作家的劳动绝不仅是为了取悦于当代
而更重要的是给历史一个深厚的交代

路遥

纪念路遥先生诞辰七十周年

路遥

1949.12.2—1992.11.17

1949年生于陕北，1973年进入延安大学中文系，开始文学创作。1982年发表《人生》，轰动全国。1988年完成《平凡的世界》全三部，1991年获第三届茅盾文学奖。

路遥全集

·典藏版·

长篇小说卷

平凡的世界

第二部

北京出版集团公司
北京十月文艺出版社

卷三

第一章

黑色的新式“伏尔加”小轿车在茫茫的春雨中穿过绿色海洋般的中部平原，由北往南，向省城飞驰而行，车轮在积水的柏油路面溅起一溜白雾。黄土高原边缘地带的冲积阶地和两级台原，像一抹荒凉的海岸线消失在了北方遥远的天边。透过车窗，从辽阔的平原上望过去，南方巍峨的横断山脉渐渐出现在视野之内。一列列钢蓝色的山峦像大海中的舰队一般威严；突兀的峰巅之上，隐约可以瞭见那白皑皑的积雪。

小汽车在奔驰。绿色。还是绿色。无边的绿色中，有时会闪过一片绯红或一方金黄——那是大片返青的麦田中盛开的桃花和油菜花。温暖的春天从中国的南方走来，开始用生命的原色装饰北方的大地了。

绿色中飞驰的小车急速地绕过一个抛物线似的大弯道，把弧线内一座巨大的化工厂甩在后面，重新转入笔直的路面，在平原上继续向南飞奔。道路两旁晃过一排排青杨绿柳，那枝叶被雨水洗得油光鲜亮；成对的燕子翻飞着低掠过雾气腾腾的麦田，用它黑色灵巧的剪刀裁剪密麻麻的雨丝……

乔伯年沉默地坐在车内，对原野上的一派春光并不特别在意。

他不是诗人，也不是游客，看来无心观赏这撩拨人的飞红流绿。

实际上，在这个头发斑白的人眼里，此刻车窗外依次出现的只是这个内陆省的三种截然不同的地貌。北方那消失了的一抹黄色，就是荒凉的黄土高原。那里沟壑纵横，土地被流水切割得支离破碎，面积却要占全省版图的百分之四十五。这季节那里仍然是一望无际的荒凉——他出生在那里，闭住眼也能看见故乡一年四季的景象。

展现在眼前的这几百里绿色平原，当然是全省的“白菜心”了。这块肥得流油的土地，也曾经是中国历史上的“白菜心”——散布在平原上那一个个小山似的古代帝王的坟冢就是证明。不过，对于全省来说，这块风水宝地毕竟太小了，面积只占百分之十九。

南边云雾缭绕的蔚蓝色山峦，是亚细亚两个庞大水系的分水岭。那里土壤单薄，怪石嶙峋，属半封闭状态的贫瘠山区。

中间一点“白菜心”，周围全是“菜帮子”，这就是本省大自然面貌的写照。多少年来，南北广大山区的千百万人，连起码的温饱问题都没有解决。正因为如此，他，刚上任不久的省委书记，此刻哪有心思把这大自然的风光看成是一幅五彩画图呢？他深知这些美妙画面的后面隐藏着什么样的景象。他深感责任重大。他的心情是沉重的。是啊，二十万平方公里的土地，三千万人口哪！

省委书记坐在车内，罗着腰，只是沉默地一支接一支抽烟。他身躯高大，但并不壮实。脸色是黝黑的，皮肤已经失去了光泽。颧骨和前额都很突出，整个头颅像一块粗糙的岩石。头发已经斑白了，并且脱得稀稀疏疏。

这样的人物，面部总会有一些特点——乔伯年的特点主要表现在眼睛里。即使是缺乏睡眠，这两只眼睛也总是充满了活力和机警，并且像年轻人一样闪烁着锐利的光芒。当然，如果走起路来，那神态就更像一个小伙子。

其实他已经五十八岁了。他原来的身体倒不像现在这样瘦削——当年曾经像运动员一样健壮哩。可惜一副好身体在“文革”的牛棚和监禁中耗费了大半。唉！那时间，他本以为，自己的后半生就要在“牛圈”里窝囊地结束了，而不能再出去为人民拉犁耕作。谁能想到，在他接近花甲之年，中央却把这么重大的责任交给他来担当。

责任的确是重大啊！他在上任前就充分估计到了这里工作面临的困难性。但一进入实际环境，困难比想象到的更为严峻。

可是话说回来，如果没有困难，此地一片歌舞升平，那要他乔伯年来干啥？党不是叫他来吃干饭的，而是叫他来解决困难的！他意识到，这是他一生中最重大、也许是最后一次为国为民效大力的机会了。他决不能辜负中央的希望和信任。记得离京前，中央一位老领导特意找他谈话，鼓励他放开手脚工作，以便迅速打开这个省的落后局面。他是有信心的。去年底召开的党的十一届三中全会，为整个国家做出了历史性的总结，同时又展示了辉煌的发展前景。他强烈地意识到，一个新的历史时期开始了，而眼下又是一个艰难的转折阶段：既要除旧，又要布新；这需要魄力，需要耐力，需要能力，需要精力，当然也需要体力——尽管这一切他乔伯年都不够，但他自信他的生命还具备最后的爆发力！

他是在中央任命后第二天就到这里上任的。只有多病的老伴和他同行而来。他们几个大点的孩子都已经在北京参加了工作。小女儿倒正好前年考上了这个省会的一所全国重点大学，能和他们团聚了。他老伴浑身是病，这几年除自己不能照顾家人，还要家人照顾她。亲爱的秀英在“文革”中他被监禁后，一边工作，一边拉扯孩子，还要为他的命运焦虑——积劳成疾啊！没有秀英，他说不定也就早垮了。尽管他眼下工作繁重，又一大把年纪，但只要有空子，他就尽力照顾老伴。小女儿虽然在这个城市，但不能让孩子耽误学习回家来侍候她妈。新来的保姆是个农村姑娘，刚到几个月，还有些拘束，家务活上有时还得要他给这孩子当助手……

省委书记在车里一边抽烟，一边静静地望着车窗外绿色无边的麦田。濛濛春雨中，农人们戴着草帽，正在大田里抡着胳膊抛撒化肥。这场雨太好了，正赶上了农时。不知道北边和南边的山区下没下雨。他在心里说：老天爷！最好给那两个地方多下一点雨吧！没有办法，我们现在很大程度上还要依靠你吃饭哩！

是的，南北两个山区一直是乔伯年最为关心的地方。他到职后最先跑的就是那两个地方。这是他工作的重点。跑一跑，更心焦。那里农村的贫困已经可以宣布为紧急状态。但最令他心焦的是，越是贫困落后的地区，那里的领导往往受“左”的思想影响越深，脑筋也更僵化。改变那里的极度贫困状况首先要改变那里的领导状况。这是最咬手的问题。他已经让省委主管组织工作的副书记石钟同志尽快提出意见，调整和加强南北几个地区的领导班子……

乔伯年用指关节揉揉太阳穴，打了一个长长的哈欠。他感到眼睛有些肿胀，很想在车里迷糊一阵，但就是睡不着。昨晚在省农业科研中心开了半晚上会；会完后又失眠了很长时间。他现在很困惫，但又很清醒。

他是昨天上午到达位于黄土高原和中部平原接壤处的这个著名的农业科研中心的。本来他很早就想到这里跑一趟，但一直挤不出时间来。他对这个农科中心抱有极大的希望。这里有农学院、林学院、省农业科学院等十几个科学研究和教学单位，拥有科技人员三千多人，仅教授和副研究员以上就有二百五十人左右，真正是人才荟萃之地——这在全国也是不多的。毫无疑问，今后全省农业的大发展，必须发挥这个科学中心的作用。

昨天出发时，他准备当天就返回省城——因为省上还有一些紧迫的问题等待他解决。但他却推迟到今天下午才回来。

这个农业科研中心的所在地仅是一个小镇，几千名科技人员的生活一直存在严重问题。粮、菜、煤、水和各种生活必需品根本不能保障。他昨天一到那里，科学家们就纷纷向他诉苦。他立刻决定晚上召开有关方面负责人紧急会议，研究解决办法。除过先临时采取一些措施外，他准备返回省里后，着手研究将这里的镇一级建制改为县一级建制，以便更好地解决这个远离大城市的科研中心在后勤方面的问题。尽管这两天他又跑路又熬夜，疲惫不堪，但他高兴的是他没有虚行这一趟。

现在，汽车已快要到省城了。南面逶迤的山岭已经显出了清晰的面目，如同屏风一般立在天边。城市依傍着南岭，在广大的平原地区展开，此刻在春雨中灰漠漠一片看不见从东到西的边沿。

汽车驶过郊外大片的蔬菜地和工厂区，进入了市内。

这季节的白天仍然是短暂的。当汽车上了二十华里长的解放大道时，天色已经接近黄昏。加之天阴得很重，城市实际上已开始了它夜晚的生活。

路灯映照着积水的街道，像一条条灿烂的银河。两边的人行道挤满了匆匆行走的人群，各种雨伞组成了一望无际的“蘑菇林”。主干道上穿梭着各种车辆；一个接一个的岔路口，红灯绿灯在交替闪烁。

“伏尔加”的速度慢了下来。

乔伯年侧过脸，看见外面几乎每一个公共汽车站，都拥满了黑鸦鸦的人群。有的车站好不容易来了一辆车，车上车下挤成一团，迟迟开不走。他知道人们在这大雨天挤不上车是什么滋味；他也知道这些人在抱怨，在咒骂，一片叫苦连天。

他在车里叹了一口气。

汽车终于折进了省委大院，缓缓地滑到了他的家门口。

这是一个空荡荡的院落，有一座二层小楼。这地方原是一位常委的住所，几年前他调走后房舍一直闲置着。这是省委大院里比较陈旧的一所住家宿舍。乔伯年到职后，省委办公厅把他的家安排在已调到中央的原省委书记住的地方——那里条件当然要好得多。但他就看上了这地方。一来这地方闲置着，二来有个大院落，他还能在其间营务点什么庄稼。他有个癖好，爱在自己住的地方种点玉米什么的。在他看来，即使从欣赏的角度来说，庄稼比之名花异草也有一种更为淳朴的美感。

乔书记走进自己的小院子，不免惊讶地愣住了。他看见一些人正在他的院子里移花栽草，忙乱成一团。对他来说，这是一种破坏，而不是美化。

“谁让你们移栽这些东西呢？”他问其中的一个人。

“张秘书长。”那人回答他。

“你去叫他到这里来一下。”

那个人走后，他对其余忙碌的人说：“你们不要搞了，这些花草从哪里移来的，再移回到哪里去。”

这些移花栽草的人都停止了干活，一个个面面相觑，不知他们把什么弄错了。

这时候，省委常务副秘书长张生民来了。

“谁叫你在我的院子里搞这些东西的？”他问张生民。

门牙不知怎么缺了半颗的张生民，咧开嘴难为情地笑着，吐字不清地说：“我寻思你院子里光秃秃的，因此就……”

“我准备在这地方种点庄稼呀！”

种庄稼？张生民和其他人都愣住了。

秘书长只好叫众人把这些花草又移走了。

乔伯年这才进了家门。

他先上了二楼的卧室。

秀英正在床上躺着。她没说什么，像往常一样，只冲他笑了笑。这笑容使他浑身一下子松宽下来。他现在才感到瞌睡得要命，真想马上在她身边躺下来迷糊一阵。

但他还有许多事要做，不敢睡着了。再说，还没吃晚饭呢。

他问老伴："没什么吧？药吃了没有？"

"没什么。晚上的药还没吃。"

他在起居间洗了一把脸，就走到楼下的会客室里。保姆小陈给他沏了一杯茶。他抿了两口，就走到厨房里，准备帮小陈洗菜，结果被小陈硬拦住了。他就又动手为秀英熬中药。因为老伴多年生病，他已经是个"老熬家"了，熬药的经验很丰富，足可以编一段"熬药三字经"。只要他在家，秀英的中药都是他亲自熬。

他把砂锅放在火上，和小陈开始拉呱起了家常。他东拉西扯，询问她家里的各种情况。小陈是位初中毕业的农村姑娘，刚到他家来，大概因为他是"大官"吧，这孩子一直克服不了拘谨。他想尽量使她很快随便起来，就像自家人一样，比方说，他在家里做错了什么，她也敢批评和纠正他，就像他的小女儿虹虹对他一样。

当他把第二遍中药搀好凉水重新放在火上后，突然记起了一件事。

他很快出了厨房，来到电话间，迅速要到了张生民。他让生民通知市委和市上一些部门的负责人，明天早晨上班前都到省委来。他告诉生民他要这些负责同志来干什么。不过，他让生民先不要给市上的领导说明。

明天要做的"文章"，是他刚才在汽车上"构思"的。

乔伯年打完电话后，先看着让秀英吃完中药，然后自己才开始吃晚饭。

他还没吃完饭，门铃就响了。他知道，今晚的第一批客人已经登门了。

小陈领进来的是省委副书记石钟。老石是来和他谈南北几个地区领导班子调配问题的。同来的还有省委组织部长和组织部干部一处的处长。他们见他还端着碗，就劝他吃完饭再说。

乔伯年一边吃，一边把他们领进会客室，说：“吃着谈着！形象是有点对不起大家，但这是在家里，你们都不是生人嘛！”

几个人都和他一起笑了。

当老石他们给他谈起黄原地区领导班子的考察情况时，提起一个叫田福军的人，说这个干部威信很高，而且很有能力。

“田福军？”乔伯年停下筷子，瞪住眼睛想了半天，说，“这个人我好像熟悉，但一时又想不起来了……”

几位管组织的同志谈完情况后，他接着指示他们再做详细的考察工作，以便很快提交省委常委会讨论。

老石他们告辞后，他家里先后又来了四五批客人。有谈工作的，有反映问题的，也有来告状的。有些是他事先约好的，有些谁知是从什么门道里闯进来的……一直到十二点，他才从烟雾腾腾的会客室出来，摇摇晃晃地上了二楼，走进自己的卧室。

太累了！他躺倒在床上，顾不得和秀英打个招呼，头一挨枕头就迷糊了。他隐约地听见自己在呻吟。他感觉到了那只温热的手关切地放在了他的额头上。他只来得及在心里对老伴说：“我没发烧……”就睡得什么也不知道了。

第二章

一夜春雨过后，城市的空气中少了不少怪味道。省委大院里鹅黄嫩绿，姹紫嫣红；小鸟在树丛中发出欢愉的啁啾。这个天地里已经是一片春天的繁荣景象。天完全放晴了，东边的太阳正从一大片楼房后面吃力地爬起来。

乔伯年比往常提前一刻钟吃完早点，换了一双圆口黑斜纹布鞋，准备过一会就离家出走。

这时候，省委常务副秘书长张生民来了。秘书长告诉他，除过市委和市上有关方面的负责人，他今天早上又通知了省上所有的新闻单位，让他们派记者来，采访今天上午这次“重大活动”。

乔伯年生气地问：“这算什么重大活动？为什么要让记者来？”

生民嘴里漏着气说：“你要带着市委领导亲自去街上挤公共汽车，这种深入实际的工作作风报道出去，一定会引起全省的震动！”

“生民同志，这是去工作，而不是去制造一条新闻！这个城市的绝大部分人每天都在挤公共汽车，我们去挤一次，又有什么了不起！你赶快去打电话，让新闻单位不要派记者来！”

秘书长在一刹那间愣住了。他心想：这不又是一条新闻吗？省委书记去挤公共汽车，还不准新闻记者报道！

但他很快反应过来他不敢违抗书记的指示，赶紧掉转身出去打电话。

到外面的时候，张生民一路走，一路想：看来用老办法已经不能适应这位新书记的要求了。但怎样才能适应老乔的要求呢？作为省委常务副秘书长，多年来他已经习惯于一种传统的思路和传统的工作方法，而且前任书记对他的工作一直是很满意的。唉，他现在不会工作了！接二连三地弄巧成拙！原来自视自己的一套是“创造性地工作”，现在却都成了画蛇添足。

张生民打完电话，刚出了院子，就看见一溜小轿车鱼贯进入省委大院——这是市上的领导们来了。

他赶忙迎上去，把这些人领进了小会议室。

市委书记秦富功问张生民：“开什么会？”秦书记的确有点纳闷，开会前不知道会议内容，这种情况他一生中遇得还不多。至于市上的其他负责人，恐怕更有点丈二和尚摸不着头脑了——他们或许猜想：是不是国家又发生了什么重大政治事件？这种事件通常都是先给他们这一级领导传达的。

张生民露着缺了半颗的门牙，索性也故作神秘地对秦富功笑了笑，说：“等一会乔书记就来呀，到时你们就知道了。”

当乔伯年进入小会议室时，所有的人都从沙发里站起来。

他和大家一一握了手，也没坐，立在茶几前说：“今天把同志们找来，不说别的事。咱们一块去坐一次公共汽车怎么样？”

秦富功和市上来的所有领导都互相瞪起了眼：去坐公共汽车？

不过，大家在一刹那间也就明白了过来：省委书记要深入基层了解情况，解决群众坐车难的问题哩。

秦富功立刻有些尴尬地检讨说：“市上的工作没有做好。这样一些小事情都让乔书记操心，我们感到很过意不去……”

“同志们，这可不是小事啊！成千上万的人每天都要坐公共汽车，而且大部分工人、干部和市民上下班都要依靠公共汽车，这是城市生活最重要的环节之一，几乎和本市所有公民都有关系，怎么是小事呢？什么是大事？难道整天泡在会议里，发些不痛不痒的言论，做些可有可无的决议，就是大事吗？不，我们现在要从根本上来改变我们的工作观念和工作作风……好了，今天我们把会议搬到街道上去开吧！”

秦富功等人都连连说：“好！好！”

张生民补充说：“乔书记这样做是要了解我市公共汽车的实际情况，为不惊动四方，请大家出去不要公开身份。”

张秘书长见省委书记赞同地点了点头，知道他的这个补充不是画蛇添足。

紧接着，乔伯年一行人就相跟着步行出了省委大院，来到了街道上。

他们先到一个就近的公共汽车站，准备坐四路公共汽车在解放大道六路口下车后，再换坐一趟电车。

此时正值早晨上班的高峰期，公共汽车站挤满了黑鸦鸦的人群。他们站在这人群里，也就是一些普通人了，看上去像外面来这个城市开会或办事的干部。街道两边，自行车像两股洪流，向相反的方向滚滚而去，并且在每一个十字路口形成了巨大的漩涡。

过了近十分钟，四路车还不见踪影。人群中有的伸长脖子向大街的南面张望，有的在焦急地看腕上的手表，有的已经开始咒骂了。

秦富功等人也焦躁不安地向南面张望。他们多么希望这该死的汽车早点来啊！此刻，他们专心致志地等车，已顾不得和省委书记说两句闲话，以掩饰这令人难堪和不安的局面。

当一辆大轿车从远方驶来的时候，市上的领导们如同看见了救星，脸上都不由自主地露出了笑容。等车的人都争先恐后拥到半街道上，准备拼搏一番。但是，这辆车驶近的时候，大家才发现不是四路公共汽车。秦富功等人脸上的笑容即刻消失得一干二净，再一次陷入到困窘之中。周围的人群里发出一片唉声叹气。

一刻钟以后，一辆四路车终于从南面驶过来了，而且上面空无一人。车站上的人再一次骚动起来，等待这辆车靠近。

可是，汽车甩站而过，风驰电掣般跑了。人们只好朝着远去的汽车连声叫苦。

乔伯年不言不语立在人行道的一棵中国槐下。秦富功就像挤过一趟车似的，拿手帕不断揩自己汗津津的脸。市交通局长掏出圆珠笔，把刚才甩站的那辆四路车牌号记在了本子上，脸上的表情似乎说：哼，鬼子孙，等着瞧吧！

五分钟以后，四路车终于来了。

这下一家伙就来了四辆，像蜻蜓交尾似的，亲密地连在一起，徐徐进站了。

尽管这个站的人都能上车，但人群还是进行了一番疯狂的拥挤，以便上去抢占座位。有时候两个胖子别在车门上互不相让，后面的人就像古代士兵抬杠攻城门似的，齐心合力拥上前去打通阻塞。

等乔伯年一行人上了第三辆车的时候，已经没有座位了。

张生民赶忙指着乔伯年对旁边一位坐着的姑娘说：“请你给这位老同志让个座。”

那姑娘嘴一撇，扭过头去看街道上的景致，把张生民的话没当话。

“算了，算了，”乔伯年用一只手抓住悬空的扶手杠，“就站一会好了。”

因为一下子来了四辆空车，车内现在还不挤。他们后面的第四辆车甚至空无一人，好像是跟着前面的三辆车跑龙套。

“你们为什么四辆车跟在一块跑呢？”乔伯年问他身边售票的小伙子。

“不为什么。”售票员连看也没看他一眼。

“为什么不间隔时间一辆一辆放车？这样不是更好一些吗？”

“为什么你嘴这么多？”售票员斜瞪了乔伯年一眼。

“你服务态度怎这么不好！”秦富功气得脸煞白。

“态度不好又怎样？你要什么态度？”

市委书记气得张口结舌，一时竟不知该说什么。根据“规定”，他不能让这位态度蛮横的售票员知道他现在顶撞的是些什么人。

“你叫什么名字？”市交通局长在旁边恼怒地问。

售票员冷笑了一声，理也没理。

交通局长正准备掏圆珠笔和笔记本，这时车已经到了下一站。车门“哗啦”一声打开，上面的人还没下完，下面的人就像决堤的洪水一般涌进了车厢。一刹那间，几位领导就被挤得一个找不见一个了。

乔伯年一下子被拥到了一排座位中间，两条腿被许多条腿夹住纹丝不能移动。他赶忙躬下腰将两手托在车窗旁的扶手杠上。幸亏他身后有两个小伙子顶着后面的压力，否则他就根本招架不住了。

汽车开动后，省委书记半趴半站，透过五麻六道的车窗玻璃，看着外面的街道。新建的大楼和破旧的房屋参差不齐地拥挤在一起。偶尔有一座古塔古亭，在一片灰色中露出绚丽的一尖一角，提醒人们这个城市有着古老的历史。新和旧，古老和现代，一切都混同并存，交错搀杂；这就是这个城市的风貌——由此也可以联想到我们整个的社会生活……

太阳刚出来不久，水泥街道已经晒干了。但人行道上还存留着雨水的痕迹。所有的街道都是肮脏的。行车道上一片尘土飞扬，人的视野被局限在很狭小的范围内。解放大道中央雄伟的明代钟鼓楼本来应该在目力所及之内，也已经被黄尘罩得不见了踪影。街道两边的铺地花砖积了厚厚一层泥垢，像一条条乡间土路。许多店铺的门面和牌匾，如同古庙一般破败。清洁车堆载如山，一路疯跑，把垃圾撒得满街都是……唉，这一切都太令人沮丧了。人在这样的环境中生活，胸口就像被什么堵塞了似的憋闷，甚至想无端端地发火。就说这公共汽车吧，坐一段路，比干几个小时活都累。此时，已经不知被挤到什么地方的市委领导同志们，会有何感想呢？哼！多么轻松！把这样严重的问题看做是“小事”！好吧，自己体验一下就知道这是什么滋味了！

又过了一站的时候，乔伯年看别人买票，才反应过来他也应该买票。是啊，常不坐公共汽车，竟然连这种基本的观念都忘了。

他一只手用劲握着扶手杠，腾出一只手在口袋里摸钱。身上没有零钱，他只好掏出一元人民币，对售票员说：“到六路口一张票。”

“八路口下！六路口不停车！”售票员说。

“六路口不是有站吗？”乔伯年问。

“有站也不停！”

“为什么？”

“什么也不为！”

“那要是六路口下车怎么办？”

“不停你下什么？”

“有站为什么不停？”

“早说过不停！你耳朵长到哪儿去啦？”

“小伙子，你难道不能把话说和气一点吗？”

“要听和气话回家找老婆去！”

乔伯年气得手都有点抖了。他强忍着说：“那就买张八路口的吧。”

“拿零钱！找不开！”

“你手里不是有那么多零钱吗？”

“零钱是为你准备的？”

乔伯年索性不再和这个蛮横的售票员争执了。

这时候，他背后的一个小伙子把他手里的钱接过去，声音坚定地对售票员说："把票卖了！"另一个小伙子也帮腔说话。售票员看两个棒家伙出面，只好嘴里不干不净地说着，把钱接了过去。

乔伯年很感动地看了看他身后的这两个青年。他正想说句什么感谢话，售票员把票和找回的零钱，像打人似的"啪"地掼在他的手心里，把他弄得一个趔趄。

他身后为他买票的那个小伙子立刻将售票员的手臂一挡，只听见售票员尖叫了一声，喊叫说："啊呀！我的胳膊……"

司机听见售票员的喊叫声，立刻把车停下来，并且跳出驾驶室，绕后门挤进车内，大声喊："捣乱分子在哪里？"

汽车里顿时乱作一团。乔伯年想不到会突然出现这样的事。在他还没有反应过来的时候，他身后的那两个小伙子一边用手把众人豁开，一边架着他出了车厢。售票员和司机紧撵着跳下车来，要揪扯他们。

张生民和秦富功等人也拼命从车里挤下来，紧张得满头大汗跑过来。生民拨开围观的人群，大声喊："干什么！干什么！这是咱们省委书记！"秘书长一着急，竟然自己先"泄密"了。

但售票员和司机怎么可能相信省委书记挤公共汽车呢？他们嘲笑地说："别他妈的糊弄人了！撒泡尿照照，看这家伙像不像个省委书记？都上车！到公司去！一人罚款十元！"

"胡闹！"市交通局长对这两个狂妄的家伙吼叫说。他掏出圆珠笔和笔记本，问："你们叫什么名字？"

"别咋唬！快上车！"司机喊叫说。

气急败坏的交通局长只好跑到车后记牌号去了。

这时候，那两个护架乔伯年的小伙子走到前面，其中的一个掏出个什么证件递到司机和售票员面前——那两个人一下子脸色煞白，惊慌得手足无措。

乔伯年这才知道，这是两个便衣保卫人员。他看了一眼张生民。生民咧开豁牙嘴笑了笑。秘书长自认为这个“蛇足”不多余，否则今天就麻烦了。

乔伯年掏出手帕擦了把脸上的汗，对司机和售票员说：“你们赶快走吧，已经耽搁好长时间了！”

两个人立刻像兔子一样蹿上车。汽车一溜烟就不见了踪影。

大家在人行道上围住省委书记，纷纷问他身体受伤没有？

乔伯年笑着说：“没受伤，只受了点气。”他问大家：“现在咱们到什么地方了？”

“快到八路口了！”市交通局长说。

“那咱们还得走回去两站，才能倒坐电车？”

秦富功满脸愧色，赶忙说：“乔书记！我要为你的安全负责，今天无论如何再不要去挤电车了。我们市上的几个同志心里都很沉重。今天对我们的教育太深刻了！你尽管还没批评我们一句，但实际情况对我们的工作提出了无情的批评。请相信我们一定会尽快改变市内交通状况的……”

这时候，一溜小轿车悄无声息地停在了人行道旁。遵照张生民的指示，省市领导的小车一直不远不近跟着刚才那辆四路公共汽车。现在，生民已经让保卫人员用步话机把车调过来了。

乔伯年只好说：“那好吧……这算是一次现场办公会。同志们，还要说什么吗？事实已经全说明了！我希望这个问题能得到尽快解决！但不要头疼医头，脚疼医脚，而应该通过交通入手，全面改变市内各种公共服务事业的落后面貌……”

乔伯年做了简短的指示以后，领导们就分别坐车回了省市机关。

当天晚上，乔伯年参加完省上的一个工业会议，回到家吃了几片药，正准备上二楼去休息，客厅旁的电话间响起了急促的铃声。

他拿起电话，原来是市委书记秦富功。

秦书记在电话上告诉他，他已经严肃地处理了今天那几辆捣蛋公共汽车的有关人员，而且开除了他们坐的那辆车上的售票员。为了杀一儆百，他准备将这件事在晚报上公开报道……

乔伯年握着话筒半天说不出话来了。

他长叹了一口气，问秦富功："这就是你们解决问题的办法？请你立即撤销对那些人的处分！也不准见报！"

他放下话筒，两只手撑在桌子上，望着窗外满天的星斗，陷入到了焦灼的思虑之中……

第三章

从一九七八年到现在，田福军借调到省委组织部已经一年零三个月了。

他来到这里，主要工作是在一个省委专门成立的小组里，清查本省和“四人帮”有牵连的人和事。他负责的那部分工作实际上去年秋天就已经基本结束。从那时以来，他一直像个闲人似的呆在省委第二招待所。

黄原那面一直没有给他安排工作。地委管组织工作的副书记呼正文来省里开会时曾看过他两次，说他的工作省上可能另有安排，让他再等一等。苗凯同志也来看过他一次。不过，意外的是这次见面老苗态度很客气，还主动征求他对自己的工作安排有什么意见。田福军能说什么呢？他只能说他完全服从组织安排，个人没什么要求。老苗走后很长时间，他都弄不明白苗凯为什么对自己的态度有了这么大的转变。可是无论怎样，他对这一点感到很欣慰。不管自己今后做什么工作，只要老苗能同志式地对待他就行了。

一年多来，他一直单身一人住在招待所的一间平房里。除过春节回原西县住了十来天外，他再也没有回过家。爱云去年和晓霞来看过他一次，因为县医院工作繁忙，她住了一星期就带着女儿回去了。

闲着没事的时候，田福军主要是躺在宿舍里看书。这是一个难得的读书机会。他的办公桌、窗台上、床铺间，到处都是书；古今中外，文史地理，无所不有。他平时也懒得整理，书籍在四处堆放得乱七八糟——反正这里很少来人，又是个临时居住地，不必太讲究。

他读的大部分书是他在大学的儿子从学校图书馆给他借来的。晓晨已经毕业，留校教了书。孩子虽说是工农兵学员，但学习很刻苦，主要钻研古典文学，在学报上已经发表过几篇学术论文。发表儿子论文的几本杂志一直放在他的枕头边，他时不时都要拿出来翻着看，几乎都快背诵下来了。他为此而感到一种说不出的骄傲。是呀，这是他儿子写的文章。儿子好像昨天还是个孩子，今天就发表论文了。而且小家伙的这些文章他理解起来都有点吃力——记得儿子最初的几个汉字都是他给教会的哩！晓晨在六岁前身体很不好，气管和扁桃体经常发炎，动不动就烧到了四十度，还伴着抽风。尽管他妈是医生，也常吓得哭鼻流涕。唉，为了这孩子，他和爱云曾度过多少个不眠之夜啊！两个人坐在床上，轮流抱着他；一个晚上，孩子常常把整个床铺都吐脏了——那样的夜晚，他和爱云怎么能想到儿子将来能发表艰深的论文呢？他们当时只盼望他往大长，因为长大一点，身体的抵抗力就能增强一些……想起这些情景，田福军就会一个人坐在床铺上眼圈红半天。不论什么人，儿女都是自己心头的一块肉。他感到内心温暖的是，当年还要他万般操心的儿子，现在却开始关怀他了。孩子每次来这里的时候，总要给他带些营养品，还怕招待所的水不够开，专门给他买了一个烧水的电热杯。他最快乐的时候是和儿子在一起严肃地讨论问题的时候。小家伙！倒像个大人似的头头是道地反驳他的看法。好，希望你能胜过老子！不过，孩子，你在公开场合说话可要注意分寸哩，这道理你应该明白……

想起儿子的时候，他也就会想起他的女儿晓霞。晓霞和她哥的性格截然相反。晓晨沉着文静，晓霞风风火火像个男孩子。她小时候倒没生过什么病，几乎不知不觉就长大了。这孩子天性活泼，好动脑筋，而且思路很怪。记得她六岁那年，他和爱云带她来省城住过几天。有一次他们领她去动物园玩，看完动物后，她突然问他："爸爸，你说世界上什么动物最残？"他随口说："老虎狮子呗。"她扬起头说："不对！"她妈问她："那你说什么动物最残？"她说："人最残！"当时把他夫妻俩惊得目瞪口呆。她妈问她："人怎么能和动物比呢？"她却振振有辞地说："爸爸不是说人是高级动物吗？"是的，他是给她说过这话。他问女儿："那你说为什么人最残呢？"她回答说："你看人把动物都关在笼子里不让出来，连大老虎都关住了，人不是最残吗？"说得他和爱云一时都无言可对……

多少年来，他一直记得和女儿的那一次对话。他有时候也仔细观察这孩子，不知她脑瓜里究竟有些什么新奇想法？他也琢磨不来这孩子长大后会成为一个什么样的人。

现在，女儿已经长大了，算算已快满二十一岁。高中毕业，考了一回大学，差几分没考上，现在仍在复习功课，准备再考。他知道，"文革"十年把他的孩子耽搁了。如果在正常年月，晓霞的天资是可以考上大学的。不过，现在也还有些希望。他知道这孩子有一股顽劲。是的，有时她这股劲上来了，他和爱云也不放在她眼里。他这几年越来越对这孩子的个性有点担心。她的性格太不安分了，情感方面也太激烈了。记得还在她上初中的时候，就开始把他的书柜翻得乱七八糟，捉住啥看啥。而且不知什么时候竟然看起了他的《参考消息》，在饭桌上和他争论国际问题，有些意见常叫他大吃一惊。有一次她竟然说她非常同情以色列。当他严厉斥责她时，她却顶嘴说："你别想改变我的看法！二次世界大战犹太人受尽了迫害，死了那么多人，我同情他们！"她大概看了一些有关二次世界大战的书，把过去犹太民族的不幸和现在的犹太扩张主义混为一谈了。但他当时无法说服这家伙。

当然，他在内心十分疼爱和喜欢女儿。这是一个正直和富有同情心的孩子，只是性格和情感方面过分炽烈了一些，但理智还是健全的。有些认识方面的片面性是由年轻而造成的。但这总比愚蠢和不动脑筋强。他多么盼望女儿最终能考上大学，接受更高的教育……

田福军一个人蜷曲在招待所的房子里，看完书休息的时候，就由不得想想儿女的事。他大半生忙忙碌碌，很少像现在这样闲下来幸福地思量自己的家庭。

这是否有些儿女情长了？

可是，世界上谁能没有这种情感呢？只是因为繁重的工作和艰难的事业，人才常常把个人的情感掩埋在心灵的深处，而并不是这种东西就丧失掉了。不，这种掩埋起来的个人情感往往更为深沉，更为巨大！

田福军日常没事的时候，除过看书，也很少到街上走走，或到熟悉的人家去串门。不过，他有时却到省作家协会去找老作家黑老拉拉话。好在作协就在不远的隔壁，他就当出去散步一样。另外，黑老藏书不少，他可以在那里借几本他喜欢的书——黑老的书从不借人，他算是惟一的例外。黑老原名叫黑耀其（这是他后来才知道的），从事写作后，才把名字改成了黑白（瞧，作家的名字都这么古怪）。一九五八年，他当时任黄原地区行署办公室副主任，就和黑老成了好朋友。那时他才二十五岁，黑老——那时称老黑，已经四十三岁，他们可以说是忘年交。他从中国人民大学毕业回来的前一年，黑白就在原北县深入生活，挂职兼任副县长，写一部反映山区合作化的长篇小说（后来这部书的内容一直写到了“大跃进”和人民公社）。当时他作为行署办公室管后勤的副主任，常代表地委和行署到原北县去看望他，并关照原北县有关方面尽力照顾好黑老的生活。每次黑老回地区的时候，他都把他安排在宾馆最好的房间里，并保障行署的汽车黑老随叫随到。在黑老那部长篇小说的写作进入关键阶段的时候，他干脆把他从原北接回来，让他住在黄原宾馆里写。这样，他们渐渐成了在一块天上地下无所不谈的朋友了。黑老那部名字叫《太阳正当头》的长篇小说，当时出版后影响很大。一九五九年黑老回了省作协。以后的年月里，他每次到省里来开会或办事，总要去看望他……

现在，二十年过去了。黑白已经六十三岁，由当年的老黑变成了黑老；他自己也已经四十六岁，由当年的小田变成了老田。但他们在一块还像当年一样情深意厚，无话不谈。黑老现在的主要话题是“文化大革命”。从“文革”开始到“四人帮”垮台，十年里他遭受了不少磨难。他开玩笑说，那些年把“黑白颠倒”了，现在才又“黑白分明”了……

有时候，田福军心里也很烦乱，既看不进去书，也无心去找黑老聊天，常一个人披着那件黑棉袄，在招待所后院的小树林中长时间地来回踱步。他焦急的是，国家已经进入了一个令人欢欣鼓舞的时期，而他却闲呆在这里无事可干。什么时候才给他分配工作呢？正文说省上可能要考虑他的工作安排——但他不愿留在省城。他在基层工作惯了，在大城市很不适应。去年年底石钟同志就和他谈过，问他愿不愿留在省里工作，他表示他不愿留在这里，而愿回黄原去。唉，就是仍回原西县给李登云当个副手也行。他现在不是想争官，而是想工作。但苗凯同志现在是怎样想的呢？他来看他时，对他的态度倒是一百八十度大转弯，但只是征求他对自己工作安排的意见，而不说地委对他的工作有什么考虑。共产党员什么时候要求过组织按自己的意见安排工作呢？

他一个人在小树林中转来转去，对自己下一步的命运也想不出个所以然来。

只好继续等待吧……

这一天下午，当他正在小树林中转悠的时候，突然看见好像是润叶向他这边走来了。润叶？她怎么到这儿来了？是不是他看错了人？

但这的确是润叶。

她现在已经走到了他跟前，说：“我刚来，到你住的地方，看门锁着，问隔壁服务员，说你到这里散步……”

“你怎到这儿来了？”他一边引着侄女往回走，一边问她。

“我调到团地委的少儿部了。离开原西的时候，我二妈叫我到你这里来一下，给你送换季的衣服……我到黄原报到后，有几天假，就坐公共汽车下来了……”

“吃饭了没？”

“我下车就吃了。”

“你先到我门口等一会，让我到登记室给你登记个房子……”

田福军给润叶登记好房子后，就赶快走回他住的地方。他的门锁着，润叶立在门口，地上放一个大提包。

他开了自己的房门，把侄女引进去，忙着给她掺洗脸水、泡茶。

润叶不让他忙，让他坐着，并且先抢着给他冲了一杯茶。

在她洗脸的时候，田福军才问：“你是怎么调到团地委的？”

“丽丽和丽丽的男朋友帮助我调的。”

“丽丽就是杜正贤的娃娃吧？好像是你的同学。杜正贤不是在地区文化局当副局长吗？怎么把你调到团地委呢？”

“主要是丽丽的男朋友帮的忙。”润叶说。

“丽丽的男朋友是谁？”

“叫武惠良，是团地委领导。”

“他又不是劳动人事局长，年轻轻的……”

“他爸是地区人事局长。”

“噢……”田福军这才想起地区人事局副局长武得全——那个武惠良大概是得全的儿子了？

田福军半天没有说话。尽管润叶是走后门调动工作的，但他不愿指责侄女。他知道润叶和女婿合不来，婚姻很不幸，不愿在原西呆了。本来他应帮她调个工作，但他自己的工作一直也没着落，怎么可能帮助她呢？现在这样也好，润叶已成大人，能自己对自己负责任了，这应该说是好事。

田福军在这短短的时间里觉察到，侄女现在似乎从不幸中得到了某种解脱。至少在表面上看来又恢复了正常。他曾多么担心她在精神方面发生问题。

但田福军在心里也常常同情向前和登云两口子。他们也是不幸的。尤其是向前——他是一个好娃娃。唉，这小子怎么一个死心眼看上个润叶呢？年轻人啊，真是不可思议！明知是火坑，偏要往里面跳！毫无办法，只能像他原来想的，让时间慢慢去解决他们的问题吧……

田福军为不刺伤润叶，根本没提向前一家人。他只问自己家里的情况，并鼓励侄女在新的工作岗位上好好学习，提高水平——因为她过去一直没有搞过行政工作，刚开始一定会很不适应……

润叶在他这里住了两天，把他所有的衣服都洗得干干净净，并且把脱落的扣子都给他补缀好。他打电话把晓晨叫来，带着姐弟俩到一家著名的菜馆里吃了一顿。润叶第四天就回黄原去了，临走前还把他的房子收拾了一遍，将散乱的书籍都分类给他整理得齐齐整整……

润叶走后的第三天下午，田福军到省作家协会把看过的书还给黑老，又从他那里拿了几本新的书回来。

当他返回招待所的时候，见他房门口停一辆小轿车，而且他的门也被打开了。他不知发生了什么事，赶忙走前去。在门口不远处，招待所所长撵过来，紧张地说：“啊呀，到处找不见你！赶快！省委乔书记和石书记在你的房子里等你！”

田福军头“轰”地一声，急忙走进了自己的宿舍。

招待所服务员正给乔伯年和石钟倒茶。两位省委领导见他进来，都站起来和他握手。

石钟对他说：“乔书记去省考古研究所看望了几位老专家后，让我带他来这里，说要见见你……”

乔伯年手里端着一杯茶，笑着打量了一下他，说：“你就是田福军？咱们是老熟人了！”

田福军有点惊讶。他想不起他什么时候见过乔书记。没有！他怎么能是乔书记的熟人呢？

他只好说：“乔书记可能记错人了……”

“没有！没有！”乔伯年笑着说，“咱们没有见过面，但的确是老熟人了！至少我是早就认识了你。一九五七年我在农业部的时候，分管过一段内部刊物的工作。那时人民大学计划统计系一个叫田福军的学生，给刊物写过几篇很有质量的文章。有两篇我还给写过编者按语。那个田福军不就是你吗？”

田福军这才明白了。他很受感动地说：“就是的。当时我不知道这情况。想不到这么多年了，你还能记得这些事。”

“这是我回忆起来的。记得我当时还让部里管人事的同志去人民大学找过你，想让你毕业后到农业部来工作，但又听说你执意要回黄原去，我就再没让他们强求你。我也是黄原人嘛！很乐意咱们黄原能多留下一些人才！”

“这事我想起来了，当时中央农业部是来人找我谈过话。”田福军说。

服务员退出去后，房间里就他们三个人了。

乔伯年坐在他床边上，问他：“你是黄原哪个县的？”

“原西县。”他回答。

“噢，那你和高步杰同志是一个县！我是原东县人。咱们黄原有句口歌：原西的女子原东的汉。因此我就娶了个原西老婆！”

三个人都笑出了声。

“高老前年还回原西视察过工作。”田福军告诉省委书记。

“那我知道，”乔伯年说，“高老回北京后，到我家里说了半晚上咱们家乡的贫困，还哭了一鼻子……噢，福军同志，你能不能谈谈应该怎样改变黄原地区贫困落后的面貌呢？”

省委书记突然提出的这个问题，使田福军一时不知怎样回答。

他想了一下，说：“最紧迫最重要的当然是农村的问题。照我看，第一步应该普遍推行联产到组的生产责任制。有些地方甚至不妨包产到户。这些方法已经在四川和安徽有了先例，据说非常成功。既然人家能搞，我们为什么不能？如果实际证明落后山区包产到户更好一些，那么生产责任制也可以主要以这种形式搞……”

“可是，集体生产方式不存在了，社会主义制度的性质如何体现？”石钟插话问田福军。老石的口气似乎不是反对他的看法，而是想让他把自己的意见论证得更有力一些。

田福军冲口说：“奴隶社会也是集体生产！”

乔伯年和石钟都笑了。

田福军感到他话说得有点冒失，就没有再继续说下去。

这时，乔伯年口气认真地对他说：“福军同志，省委已经决定让你回黄原去担任行署专员。希望你回去后，能在那里迅速打开新的工作局面……罢了石钟同志还要和你详细谈一谈。”

田福军愣住了。

他立刻对两位省委领导说：“这么重大的担子，我能力太低，怕担负不了。请省委能重新考虑……”

“已经决定了。你准备一下，力争尽快返回黄原。不准再打退堂鼓！”

乔伯年说着便站起来。两位书记和他握了手，便告辞走了。

田福军送走两位省委领导，即刻返回到房子里。他关住门，立在脚地上，低倾下两鬓斑白的头颅，开始沉重地思考这新的使命。

第四章

一九七九年，农历有个闰六月。

阳历六月上旬，也就是农历五月芒种前后，田福军从省城返回黄原，出任了地区行政公署专员。

这件事立刻在整个黄原地区引起了各方面的强烈反响。

半月前，当原任专员调到省第二轻工业局任局长之后，地区各部门和各机关的干部就开始纷纷猜测谁将是专员的继任者。对地区部门的许多干部来说，这样重大的人事问题不关心是不可能的，不议论是不由人的。

从省里的各种渠道马上传回来了各种小道消息。从这些消息看来，地区除苗凯以外几乎所有的副职，都有担任专员的可能性。也有几个地区部门的领导人和一两位名声突出的县委书记，列入了这个专员继任者的队伍。另外还有一种说法是，省委可能要派省上某个部门的负责人来担当这一职务。但又据本地的一些政治观察家分析，最有可能的还是在现任地区副职中挑选出一个人来任专员。半个月来，某些处于微妙地位的人，心里一直瞀瞀乱乱；他们的神经处于雷达般的敏感状态中。

没有人想到黄原地区的新专员是田福军。

可是现在，竟然是这个人来上任了。

正因为太出人意料，当这件事成为事实后，公众中引起的强烈反响就不足为奇了。

几天之内，田福军一下子成了黄原地区议论的话题。他个人的详细经历，他的家庭、老婆、儿女，他的工作、生活、性格、爱好、走路、说话、声音、相貌……都成了人们口头传播的“信息”。有好几个地区已经出现了声称是田福军亲戚的人。还有人神秘地散布说，解放战争时，田福军和国民党军队浴血奋战，曾身负重伤，当年就在他们家息养了几个月……

田福军上任之前，省委的任命公文就先一步到了地区。因此他一回来，首先就遇到了这个议论他的风潮。

行署办公室刚把他安顿在宿舍里，以地区文化局副局长杜正贤为“领队”的原西籍干部，就闻风看望他来了。满屋子的原西土话听起来是亲切的，但场面未免有点庸俗。在有些原西籍干部看来，也许他们荣升的机会来临了。

田福军压抑着内心的不快，尽量堆着笑容应付走了这群“贺喜”的老乡。

他想先尽快和地委书记苗凯同志见见面。听说老苗几天前病了，现住在地区医院里。他就很快起身去地区医院看望他。

在地区医院的“高干病房”里，老苗和他热情握手，欢迎他回来担任专员职务。

田福军诚恳地说：“苗书记，我没有担负过这么重大的责任，也没这种工作经验，你是一把手，又是我的老领导，今后希望你能经常指导我。”

苗书记把两片药送进嘴里，喝了几口白开水，说：“我已经不行了。脑筋僵化，很难适应目前的领导工作。新时期正需要像你这样思想解放，能开创新局面的领导干部！另外，我最近身体很不好，血压又上去了，从早到晚头昏沉沉的，连当天的文件都看不完。我已经给省委写了信，想请一段假，到省医院去看看病。现在既然你已经到职了，并且又是地委排在第一位的副书记，那么地区的工作你就先全面管上吧……以前我对你的工作安排有些不恰当，希望你能谅解。今后我们一定要紧密团结，争取使黄原的工作有个大的起色……”

田福军说：“苗书记，你不必再提过去的事了。在任何时候，个人都应该服从组织，这是党的原则……我现在担心的是，我刚到，你就要走，这副担子恐怕我担当不好，是不是先请正文主持一段……”

“那还是要你主持嘛！也没有什么，地委和行署你都工作过，情况也熟悉，你就放手干吧！即使是重大决定，只要常委会通过了，也就不必再给我打招呼；我想集中一段时间，好好把病看一下……”

这时护士进来要给老苗打针，田福军就只好告退了。

田福军在地区医院看罢苗书记的当天晚上，行署副专员冯世宽到宿舍里看他来了。

这两个人的关系我们已经知道。过去他们在原西县工作的时候，曾经发生过一连串的冲突。富于戏剧性的是，他们不仅又要在一个锅里搅稠稀，而且两个人的地位发生了变化：以前是冯世宽领导田福军；现在是田福军领导冯世宽。世事沧桑啊……

由于种种原因，现在这两个人见面后，都有点不太自然。

田福军把冯世宽让在沙发里，赶忙给他斟好了一杯茶，并且先打破尴尬，主动说：“世宽，你过去是我的老领导，现在咱们又要一块共事了，你可要好好帮助我啊！以前咱们在原西县有过些碰磕，但大部分是为了工作，希望你不要计较。就是在今后一块工作中也免不了有些碰磕。但只要是为了工作，我想我们都是能相互谅解的。现在我们可要齐心协力呀！我们的责任可是比过去更重大、更艰难了。你已在行署搞过一段工作,我有失误之处,你得及时提醒我……”

冯世宽面有惭色地说:“过去在原西,责任主要在我。我这人比较主观,看问题也很片面,检讨起来,在那里工作时犯了不少错误。现在看来,你当时的很多意见都是对的。如今你成了我的领导,请相信我会尊重你的。你对我也不必客气。我争取当好你的助手!”

田福军和冯世宽谈了很长时间,直到呼正文和地区其他一些领导来拜访,世宽才告辞了。他两个人都没想到,这次谈话结果如此令人满意。社会在变化,生活在变化,人也在变化;没有什么不是一成不变的,包括人的关系。

对于田福军担任专员职务,从最初的反响来看,黄原地区的大部分干部还是满意的。许多人熟悉他,知道他是一个正派和有能力的干部。另外,从资历方面说(这一点在目前仍然很重要),他在“文革”前就先后任过行署办公室副主任、主任,地委农村工作部部长,地委秘书长兼政策研究室主任。如果没有“文化大革命”,恐怕他也早被提拔到这一级当领导了。再说,他还是人大毕业的大学生。既有学识,又有长期的实际工作经验,这在黄原地区历任专员中也是少有的。看来省委有眼力,将一个不被重用的人才一下子提拔到了这样重要的岗位上。人们都期望地区的工作从此能出现一个新面貌。但是,话说回来,黄原的专员可不是好当的!这是全省最穷的地区,也是最复杂的地区!这个叫田福军的人会有多少能耐呢?骑驴看唱本,走着瞧吧!

两天以后,地委和行署在机关小餐厅举行了一个小型茶话会,对新任专员表示欢迎。

苗凯同志也从医院赶回来参加了这个茶话会。

在茶话会中间,苗书记向地委和行署的各位负责人出人意料地宣布:省委已同意他去省医院看病和检查身体。他说这次看病时间可能要长一些,因此他走后这段时间,黄原地区的工作就由田福军同志主持……

第二天，苗凯就坐车离开黄原，去省上看病去了。

关于苗凯在这个时候出去看病，在地委和行署大院里产生了各种各样的说法。有一种说法是，省委可能要把苗书记调离黄原。因为大家知道，苗凯同志一贯对田福军有看法，并且曾在使用他的问题上采取了不信任的态度。在这以前的一年多里，田福军实际上是被苗凯从黄原挤到省上去“打零工”的。现在田福军突然被派回来任了专员，这两个人怎么可能在一块同心协力工作呢？

与此同时，社会上也有人在散布田福军是新任省委书记的亲戚这样一些流言。但这种流言很快就被一些热心的业余社会考察专家否定了；他们证实原西县的田福军祖宗三代都和原东县的任何人没有亲戚关系……

苗凯走后，田福军无心去理会各种各样的无稽之谈。他想尽力把工作铺排开。原来他想到职后一段时间，先稍微适应一下新的工作环境再说。但现在他脚跟还没有站稳，实际上就面临主持全面工作的局面了。苗凯同志说不来什么时候才能返回地区。在这段时间里，他总不能只维持一个“看守内阁”。

他不能辜负省委的期望。

对于目前黄原的工作，他实际上早有了一些打算。

小麦大收割之前，田福军主持召开了一个全区农业工作会议。参加会议的除地区有关部门和各县的主要负责同志外，还请了一些公社和大队的领导人。会议的主要议题是讨论在农村实行生产责任制以及建立各种形式的作业组问题。整个会议实际是一次大辩论。田福军要求与会的所有人都大胆提出自己的观点。会议不要求所有的问题都统一认识。

田福军在会议结束前强调指出，五月十一日《光明日报》发表的评论员文章《实践是检验真理的惟一标准》，提出了目前工作最重要的思想和认识方法。生产责任制这样一种新的生产方式，必须敢于实践，才能使它的优越性和存在的问题显示出来。他认为，从根本上说，像黄原这样的贫困山区，如果不砸烂大锅饭，实行生产责任制，就不可能寻找另外的出路。当然在实行时，要稳妥；要不断摸索，不断完善……

他的大胆讲话在会场引起了爆炸。有一位老资格的县委书记当会站起来，向他提出了两个尖锐问题：如果有的队要搞包产到户怎么办？而有的队不搞生产责任制，继续坚持集体生产方式怎么办？

所有县委书记的目光都盯在田福军的脸上，看这位“新政”人物怎么回答。

田福军果断地说：“前一种情况不阻挡！后一种情况不强迫！”

啊啊！有几个老练的党务工作者在人群中又撇嘴又摇头。哼！这是中央的“红头文件”，还是田专员的信口开河？

这次重要的会议结束后，各级领导有的情绪激动，有的忧心忡忡，纷纷返回了他们的工作岗位。根据地委和行署的部署，在夏收之后，地、县、社三级要派出大量的干部到农村去搞生产责任制。在短短的时间里，整个黄原地区立刻处在了一种激荡的气氛中；并由此而引起了一场有关什么是社会主义道路和什么是资本主义道路的社会性的大辩论……

田福军自己当然更忙得不可开交了。其他方面的工作他还来不及铺排。他已经派出由副专员冯世宽带队的考察团，包括地区部门和县的一些领导人，去最先实行责任制的四川省考察去了。他本人坐车从南到北，一个县一个县往过跑，搞调查研究，和各县的负责同志一块讨论解决一些棘手问题……

从县上回到地区后，他就住在自己的办公室里。地委家属楼已经给他安排好了一套房子，但一直空锁着。他的家还在原西没有搬。妻子的工作已联系到市医院，但他腾不出时间把他们搬到黄原来。

说实话，和爱云分别了一年多，他实在需要她的温暖和关照，巴不得天天晚上都能和她共眠一床。可是家里老老小小的，光妻子一个人搬不了这个家，非得他回去一趟不行。

好在这一段侄女还能帮他照料一下生活，否则他得经常穿脏衣服。他多年一直在家里吃饭，省上一年多的大灶饭实在腻了。润叶就在他办公室旁边的一间小房里，临时备办了点灶具，给他做点家常便饭。

有一天，他看见那间小屋里不光润叶做饭，还有一个女孩子给她帮忙。他以为是晓霞这鬼丫头来了。直到小房门口他才发现是杜正贤的女儿丽丽。丽丽是润叶的同学，以前常来他家，他认识。

他问丽丽："听说你有了男朋友，怎不带他来？"

丽丽笑着看了一眼润叶，对他说："本来要来，可是他爸不让来。"

"为什么？"

丽丽不好意思地笑着，看来不知该怎样回答他。

润叶只好说："本来惠良想一块来转一转，可他爸说，因为他们帮我调到了团地委，而现在你当了专员，惠良要是往你这里跑，怕别人说闲话……"

田福军听这话，内心忍不住感慨万端。他想不到自己当了这么个"官"，在多少人中间引起了那么多的看法、想法……这叫人感到无谓的烦恼啊！中国人把多少心思和精力都投入到了这种可怕的损耗之中……

他只好开玩笑说："你叫你的男朋友来玩，别管你公公说什么！让老武放心，我不会给他儿子什么好处！"

润叶和丽丽都被他的话逗笑了。

过了不久，田福军终于抽出一天时间，回原西去搬自己的家。

他当天回到原西家里后，屁股刚挨到椅子上，李登云、张有智、马国雄、白明川、周文龙等县上的领导就都相跟着来了。马国雄一进门就说：“啊呀，我们还在招待所等你哩！房子和饭都安排好了，结果说你回了家！”

田福军招呼他们坐下后，用略带责备的口气说：“我在这里有家，为什么还要在招待所给我准备房子和饭？”

说完这话，他马上意识到，他这种说话的口气也太有点居高临下了，于是又开玩笑补充说：“怎么？我回来应该先看你们，还是先看我的老婆？”这一下才把大家逗笑了。正给众人倒茶的爱云脸通红，扭过头不好意思地白了一眼丈夫。

田福军下午就准备起身，因此没时间和原西县的领导与各方面的熟人详谈细说。他说他过一段时间一定要专门到原西来，和老同事们一块放展住几天，既商量工作，也谝闲话。

在田福军回来之前，好心的李向前就率领妻弟润生和妻妹晓霞，把他家的东西几乎都打捆好了。

这天午饭前，县上许多干部都来为田福军装车——这种帮忙主要是为了表示一种情谊。当然也有个把势利之徒，看原来在原西展不开腰的田福军“高升”了，趁这最后之机，带着巴结的激情，满场吆喝着搬运东西。

李向前没有来。他昨天就躲着出车走了。可怜的小伙子不愿亲眼目睹这个他热切地迷恋过的家庭从这里拔根而去——在这之前，他心爱的人已经远走高飞了。这样的时候，我们真感到心里酸楚。我们能理解他那难言的心情……

下午吃过饭后，田福军一家人就要去黄原了——在黄原那面，润叶已经把那一套楼房宿舍收拾得干干净净，在等待着他们的到来。

上车前，原西县的所有领导和几百名自动跑来的干部，挤在县委大院里送他们。这情景使田福军深受感动。而最使他感动的是过去和他“对着干”的周文龙。文龙特意把他拉在一边，说：“田主任，我过去实在对不起你……我知道这种道歉太肤浅了。我自己过去在迷途中走得太远。我很希望到省党校去学习一两年。你能不能帮助一下我……”

他亲切地拍了拍文龙的肩膀说：“年轻人走点弯路不是什么了不起的事。能反省自己，这是一个人成熟的表现。年轻人，甩掉包袱吧！你们是国家未来发展的主力。像我们这样的人，理智地说，是为你们下一步大显身手做个过渡……你要去省党校学习的愿望我一定设法满足你！”

周文龙为不耽搁别人和田福军告别，紧紧握了一下他的手，就赶快退开了。

在田福军和徐爱云与众人握手告别的时候，徐国强老汉已经带着一种别离故土的悲凉心情，茫然地坐在了小卧车的前座上，怀里紧紧抱着他那只老黑猫。

田福军自己就要进车的时候，立在车旁的晓霞却提出不坐他的小卧车，而要坐在大卡车的驾驶楼里。

“为什么？”田福军问他的怪脾气女儿。本来小车四个座位，他两口子加上晓霞和她外爷正好。

女儿嘴伏在他耳边悄悄说：“爸爸，你官大了，要注意群众影响哩！你看这么多人为你送行，这是尊敬你。你不能不识敬。你们三个坐小车可以，我也坐在里面就有点不像话了。你明白吗？田专员！”

啊啊！田福军眼圈一热，用手爱抚地揪了揪女儿的小辫，说：“小伙子！那你去吧，给咱好好押车！”

第五章

黄原地委书记苗凯同志到省城后，没有能立即进医院。省人民医院的高干病房一时腾不出床位来，需要他等候几天。

他于是就住在省城的黄原办事处。

全省各个地区在省城都有自己的办事处，而且都是县一级建制，规模相当可观——既是个办事机构，又像个中型旅馆。只要是本地区来省城的干部，不论是哪个县的，都可以在这里吃住；并且每天还有向自己地区发放的长途公共汽车。各地来省城办事的人，一般都愿意住在自己地区的办事处——这是很自然的。在这人生地不熟的大城市里，有这么个地方完全是家乡气氛，到处是乡音土话，那亲切的感受如同在外国走进了自己国家的大使馆。

黄原地区驻省会的办事处五十年代就建立了，因此在市中心选了一块好地皮，一出大门，就是繁华闹市，“办事”很方便。

苗凯这次下来，仍然住在办事处二楼他常住的那间套房里。房间比不上高级宾馆，但也还舒适。除过服务员，办事处几乎所有的领导也都参与了服务。各地区办事处都有那么几套特殊房间，以备自己的领导来省城时居住。

因为他刚到，省里的许多熟人还不知道他来，因此没人来拜访，这几天一个人呆着倒很清静。这正是苗凯所希望的。他极需要清静几天，以便对眼前的某些事态做深入的考虑和明了的判断。

苗凯同志自己知道，他的病实际上并不是非要到省里来看不可。他的血压是有点高，但这是十几年来的老毛病，现在也并没有什么发展。他还从来没有因为血压问题就长期脱离工作，专门住在医院里治疗。这种病住在医院里也没什么好办法。更何况，他的血压从没高到过危险的程度。

现在，他可是准备长时间在省医院住院啰。这在很大程度上倒不是为了看病……

在黄原地区前专员调到省二轻局当局长后，苗凯自己想让地区管宣传的副书记高凤阁当专员。凤阁多年和他一块共事，两个人很合得来。如果这样安排，黄原的工作他搞起来就顺当得多。他为此曾专门来过一次省里，分别找省委管组织的副书记石钟和省委常务副书记吴斌谈过他的意见；并且还和省委组织部长也谈过。他当时自信省委会尊重他的意见，让高凤阁出任黄原行署专员。

他万万没有想到，给他派回来个田福军！

这不是要专门拆他的台吗？

他反感田福军这类干部——自以为是，什么事上都有自己的一套看法。再说，谁都知道他苗凯不重用这个人，现在省委却这么重用他，这不是等于故意给他难堪吗？自去年田福军被省上借调走后，他本以为这个干部不会再回来了，因此他才去看过他一回，并且态度尽量客气——这在很大程度上是他知道了这个人和石钟的关系不很一般……

现在，苗凯不得不进一步想，是不是省委对他有了看法，不准备让他在黄原继续干了？这是完全可能的！新来的省委书记乔伯年处处讲要解放思想，克服领导干部中僵化和半僵化状态，大胆提拔开拓型的干部。大概他就是乔书记说的那种僵化型干部吧？

其实，在得知田福军被任命为专员后，吃惊之中的苗凯就考虑起了他自己的命运。想来想去，他觉得省委的意图是想让田福军来接替他的工作——目前让他任专员只是一个过渡。

既然是这样，他苗凯还再有什么心思在黄原工作呢？

但是，他总不能一时三刻就平白无故把工作甩下不管吧？

于是，他就想到了自己的高血压。

请假看病，住在医院里，这是个好办法。一方面可以观察一下省委下一步怎样对待他；另一方面也可以一下子把工作甩给田福军——他刚上任，恐怕没有那么大能耐收拾住一个地区的局面吧？田福军连一个县的一把手都没当过，猛一下独立搞一个地区，不出洋相才怪哩！哼！黄原可不是一个部门，面积和人口等于一个阿尔巴尼亚！让他扑腾一段时间吧，让他自己用事实向省委证明他不是当地区一把手的材料！

在田福军回来的前三天，他就抓紧时间住进了地区医院——如果田福军到职后他再去住院，个人意气恐怕就太有点明显了。与此同时，他也给省委写了信，要求请假到省上去看病；当然，他内心深处还有一种隐隐的希望——希望省委不批准他请假看病。如果不批准，那就说明省委还是信任他的，黄原地区离开他还是不行的！

但省委同意了他来省城看病。并且明确指示他治病的这段时间内由田福军主持黄原的工作。

看来一切都明朗了。这更证实了他对省委意图的猜测是正确的。他内心顿时产生了一种深深的悲凉感。是呀，他五十四岁了，政治生涯看来要走到了尽头……

但苗凯又感到自己对目前的局面采取的方式还是聪敏的。田福军一回来，他就急流勇退，也许会给省委造成一种他尊重上级决定，并且已改变对田福军的看法，支持和信任他放手工作的印象。

不管怎样，看来这住院看病，实在是个万全的应急办法！再说，他也的确累了，休息几个月也好……

现在，苗凯一个人安安宁宁住在办事处的套房里，很悠闲，很自在。

当然，有时候他又希望有人来和他谈点什么话。他一辈子和人谈话谈成了习惯——似乎成了生活的主要内容；一旦一个人悄无声息地呆着，就好像脱离了世界或者说世界脱离了他。他心里油然冒出了两句古诗：众鸟高飞尽，孤云独去闲……

跟他一块来的秘书白元，这几天也很少到他房间来——他讥讽地想，他大概坐着他的小车到处跑“政治”去了。这小伙子三十来岁，大学毕业生，原来在黄原中学教语文，在报刊上曾发表过几篇小说（哼，如今写小说的比驴还多），是高凤阁给他推荐来当秘书的。自当秘书后，这小伙再不写小说了，而看来对搞政治倒蛮有兴趣。这几年他也不多写材料，主要是跟他跑，帮助照料一下他的生活。白元初来时精精干干的，这两年跟他吃宴会，喝啤酒，肚子已经明显地凸起来；身体肥肥壮壮的，走路迈着点八字步，已经把首长架势摆下了。他每次跟他到省里，都利用他的关系，在政界到处结识“有用”人士，撑棚架屋，看来在政治上要大展身手。年轻人！不要急，得慢慢来，一口吃不成个胖子！

这天午饭前，白元照例到他房间来，问他出去不出去，有没有什么事要办？

他说他不出去，也没什么事要办。

小伙子坐在他对面的沙发上，给他削了一个苹果。

他吃苹果的时候，白元支支吾吾说：“苗书记，我跟你也几年了，你能不能把我放到基层去锻炼一下呢？”

苗凯敏感地支棱起了耳朵。他知道秘书要求到基层“锻炼”是什么意思——这是叫他提拔哩！按过去的常规，给地委书记当几年秘书后，一般都会提个科级处级干部。

但苗凯敏感的是，为什么白元在这个时候提出要去“锻炼”呢？

嗯，他明白了。是的，这小伙大概也感觉到他在黄原已经成了强弩之末，因此想在他滚蛋前谋个一官半职——要是他走了，小伙担心把他撂在空摊上！

苗凯也能理解秘书的心情。小伙歪好侍候他几年了，总得提拔一下。再说，又是个大学生——现在当官不就是讲究有文凭吗？

但他有点气恼的是，秘书这时候提出这问题，几乎等于公然地把他看成个已经大势已去的老汉了。他由此进而推想，大概黄原地区的所有干部现在都这样看他苗凯。

尽管他对白元此时提出要去“锻炼”不愉快，但还是忍着没有表示出来。他盘腿坐在沙发里，和气地问秘书：“那你想到什么地方去呢？”

白元突然变得像个十八岁的害羞姑娘，两只手互相搓着，先咧开嘴不好意思地笑了笑，说：“我想下到县里去。”

“想去哪个县？”

“如果可以的话，我想到原南县去。”

哼，倒会挑地方！原南是黄原最好的县，不光产煤，还有一片森林，粮食和钱都不缺，工作很容易搞出成绩。地区有几个领导都是在原南县提拔上来的。黄原的干部说那是个出专员书记的地方。哼，一口倒想吃个白菜心！

“那你下去想干什么工作有考虑吗？”苗凯问一脸羞涩的秘书。

“如果县委副书记不好安排，那我就当县革委会副主任，但最好能挂个县委常委……”白元毫不害羞地说。

苗凯瞪大眼半天说不出话来了。他的秘书竟然不要脸地向他直截了当要这么重要的职务！

这倒使苗凯一时产生了一种愤慨的情绪。他想他如果还回黄原工作，他就不要专职秘书了；自己要走哪里，办公室随便叫个人跟上就行了。白元他不要了，原南县的官他也当不成！叫这小子到哪个部门当个副科长就满行了！这种野心家还敢提拔！

他把吃剩的半个苹果搁在碟子里，仍然和气地对秘书说："你的想法我知道了，罢了再说吧……"

这时候，办事处主任武宏全进来请他们去吃午饭。苗凯就和白元起身去小餐厅。

午饭是刀削面。办事处主任武宏全知道苗书记是山西人，还给他准备了一瓶清徐出的特制山西老陈醋。武宏全是地区劳动人事局副局长武得全的哥哥，是个门路广，会办事的人，多年来一直担任驻省办事处主任。

当天下午，省委常务副秘书长张生民带着省委两位副书记吴斌和石钟来办事处看他。

省委领导在他的套间里坐下后，张生民先对苗凯说："本来省委乔书记也要来看你，但今天下午要坐飞机到中央去开会，走前专门吩咐我尽快给你在省医院安排床位，让你安心养病……我已经把床位联系好了，你明天就可以搬进省医院。"

吴斌和石钟也关切地询问他的病情。苗凯只好说他血压最近情况不好，整天头昏脑涨的。

两位省委书记看来主要是礼节性探望他的病情，因此不谈工作方面的事。

说闲话的时候，张生民对苗凯说："黄原办事处还空着一大块地，你们为什么不搞个贸易中心，专门经营黄原特产呢？比如你们那里的红枣、木耳、黄花都很有名……人家都说咱山西人会做生意，你老兄怎忘了咱们的拿手好戏呢？"

生民也是山西人，他和苗凯是老乡，也是多年的老熟人。

苗凯转而对吴斌和石钟说："你们两个知道我有多少钱！只要省上给钱，我们就可以盖座贸易大楼。可是我两手空空，拿什么盖楼？"

吴斌开玩笑说：“你们山西人都是九毛九！我不信你连这点钱也拿不出来！”

在座的人都哈哈大笑了。

省委领导临走的时候，石钟才对苗凯说：“关于黄原行署的领导班子，我们考察后，高凤阁同志在干部中意见很大。根据民意测验看，大部分干部都拥护让田福军当专员。省委也认真考虑了你提出的意见。但根据考察的情况，还是决定提拔田福军同志。省委希望你们能很好地配合，使黄原的工作尽快出现更好的局面……”

“我完全拥护省委的决定！福军同志是个有能力、有魄力的干部！黄原的工作现在我想让他多管一些。我年纪大了，再说，身体也不太好……”

省委领导们临走时，再一次嘱咐让他好好安心治病。

第二天，苗凯就住进了省人民医院的高干病房……

一个月以后，黄原地委副书记高凤阁借到省里来办事的机会，赶到医院来看望他。

高凤阁不是汇报，而是描绘了苗书记离开后这段时间里黄原地区风云变幻的形势。

高凤阁告诉苗凯，他刚一走，田福军就大刀阔斧地干开了。目前，全区农村正在搞生产责任制，上上下下一片混乱。有的地方已经包产到户，走了资本主义道路，但田福军指示不准拒挡。据他看，大部分县的领导还是不完全按田福军的那一套来。他对苗书记说，不论怎样，黄原整个社会舆论都认为田福军就要当一把手呀，而且都传说苗书记已经免了职，要调回省里……

“那地区其他领导的态度呢？”苗凯尽量沉住气问高凤阁。

“除过我，大部分人都跟上田福军跑了。连冯世宽也积极为田福军卖劲使力，前不久已带着人马到四川为田福军的做法找根据去了！”

苗凯听完高凤阁的汇报，沉思了半天没有说话。他根本想不到，田福军这么快就在黄原造成了如此大的声势；而且这么胆大，竟然刮起了单干风！

高凤阁激动地对苗凯说："你应该很快返回黄原去！省委又没免你的职，你还是黄原的一把手啊！你怎么能把权力拱手让给田福军，让他随心所欲地折腾呢？你要是回去，局面肯定会另有变化！田福军的这一套做法尽管农民拥护——农民嘛，都是小生产者思想，当然愿意搞单干！可是县、社和一些大队领导人都顶得很凶！只要你回去，田福军的那一套推行起来就不那么顺当了……我已经给《黄原报》写好了几篇评论员文章，是抨击这种危险倾向的，等你回去后，我就准备连续发表！"

苗凯考虑了一下，说："你先回去，让我自己想想再说……"

高凤阁走后，苗凯想，凤阁说得对！他现在仍然是黄原的一把手嘛！而且从吴斌和石钟上次来办事处，也看不出省委就要把他调出黄原。既然是这样，他作为地委书记，怎么能装病放弃自己的领导责任呢？

不能住院了！应该立即返回黄原去！

苗凯说走就走。他在第三天办了出院手续，同时给省委打了招呼，然后就坐车迅速地返回了黄原地区……

第六章

进入伏天以后，双水村和它周围的山野，看起来已不再荒凉。沟道里和山峁上，到处都有了深深浅浅的绿色。这里不久前曾落过半锄雨，暂时还可以抵挡一下阳光烈火般的烤晒。可怜的东拉河眼下又瘦得像一根细麻绳，只是还没有断流，悄无声息地淌过八月的村庄。

金家湾和田家圪崂两个生产队的禾场上，分别立着几堆鲜黄的新麦秸。这说明少得可怜的夏田作物已经碾打完毕。可以想来，每家分走的那点麦子，简直不够填牙缝。谁都知道白面细粮好吃，可是谁又指望吃夏呢？黄土高原山区的庄稼人，主要靠吃秋。眼下，秋庄稼还没有结籽粒，夏粮几乎等于没有，人们的生活仍处于危机之中。

但不论怎样，到了这季节，庄稼人心里就不再那么恐慌；即使没什么五谷，自留地的瓜瓜菜菜已经可以填肚子了。

我们的双水村还是双水村，看起来没有什么大变化。从本书的第一部结束到现在，我们已经熟悉的这个小小的世界里，年轻的母亲们又给我们带来了六七个小生命；但还没有什么人谢世。惟一令人瞩目的是，一九七七年秋冬之间经过那场风波在哭咽河上修起的大坝，已经被山洪从中央豁开一个大缺口，完全垮掉了。这意味着当年那几万斤高粱、无数个劳动日和“半脑壳”田二的一条人命，都统统付之东流。大坝落成后，孙玉亭曾出主意在坝面上用镢头雕刻了毛主席的两句诗词：高峡出平湖，神女应无恙。玉亭当时解释说，刻这两句诗最恰当，因为大坝旁边的神仙山就是神女变的。现在，烂坝大豁口的两边，只剩下了“高峡”和“无恙”四个字，似乎是专门留下来嘲笑福堂和玉亭的。幸亏当时洪水是一点一点把大坝拉破的；否则，金家湾的半个村舍和哭咽河口对面田家圪崂的许多人家，恐怕都让洪水卷走了。

这个坝的垮掉对田福堂的打击是沉重的。他那股大干一番事业的劲头明显地跌落了下来。同时，时代的发展和社会的变化，也使这个盲目而自信的农村政治家吃了一惊又吃一惊。当年他曾以大寨和永贵同志为榜样，可现在这两个农村的样板渐渐都销声匿迹了；而且玉亭还告诉他，三月份昔阳县委在报纸上都公开做了检查。又据石圪节公社主任徐治功说，县上已经把“农业学大寨办公室”也撤销了。哈呀，连大寨都不学了？这正如田二活着时说的那样：世事要变了！

世事看来的确要变了。春节前后，中央发出通知，把地、富、反、坏、右的帽子都摘了，而且他们的子女入学、参军、招工招干和入党入团，一律不受影响。这不是和贫下中农平起平坐了吗？看，把金光亮几家地主成份的人高兴成啥了！走路都能得唱“道情”哩！

再看看！现在到处的集市都开放了——这实际上是把黑市变成了合法的。有的人还跑起了长途贩运，这和投机倒把有什么两样？最使人想不通的是一再强调要尊重生产队的自主权，那公社和大队的领导还有什么权？现在这两级领导都怨气冲天，圪蹴下不工作了——工作啥哩？一切都由生产队说了算嘛！唉，这社会已经全乱套了，竟然提倡人发家致富哩！毛主席老人家生前一贯爱穷人，而今却爱起了富人……

田福堂在眼花缭乱的社会变化面前，感到自己完全成了个傻瓜。他越来越摸不着头脑了。他的助手孙玉亭每天都要往他家跑一次，惊慌地告诉他报纸上又有了什么新的政策和做法。看来这大变化还在后面哩！本来，田福堂以为眼下这是什么人一时的胡闹，过一段就要纠正——那时当然又会有一些人犯路线错误。他甚至预见过这种“胡闹”不会超过半年。可现在不仅没有纠正的迹象，反而却越走越远了……

在田福堂对眼前的变化还没反应过来的时候，更大的冲击就直接来到了农村——上面已经要派人下来搞生产责任制了！孙少安去年要搞而没有搞成的事，现在竟然要在农村普遍实行！听说这政策是他那个升了官的弟弟田福军鼓弄的。福堂在心里说：福军，你新官上任三把火，乱烧一通，迟早要犯大错误呀！

麦收之后不久的一天，石圪节公社就派武装专干杨高虎到双水村来，帮助他们搞生产责任制。听说每个村子都去了干部。不过，高虎到他们村说，根据县上的精神，搞生产责任制不是硬性的；搞也可以，不搞也可以，由大队自己定。

杨高虎把这个“主要精神”给大队党支部传达后，也就不管了，拿着枪整天到山里去跑着打野鸡。

大队党支部开了一晚上会，决定双水村不搞生产责任制。除过支委兼大队会计田海民外，其余四个人的意见是一致的。奇妙的是，田福堂、孙玉亭、金俊山和金俊武，四个人尽管个人之间有许多矛盾和冲突，但在这个“大是大非”问题上采取了共同的立场。当然，他们的“一致”在性质上有区别：田福堂和孙玉亭是坚决反对搞；金俊山和金俊武是怕犯错误而不敢搞。田海民一个人表示最好由社员自己讨论决定搞不搞——他的意见另外四个人不予理睬，等于没说。

但是，双水村第一生产队的正副队长孙少安和田福高，却没把大队党支部的决定当一回事，吵闹着要在一队搞生产责任组了！本来他们去年就要搞，后来被上级领导压制了。现在既然上面说能搞，大队党支部怎么可能再压住呢？

哈呀，孙少安这小子公然不服从大队党支部的决定，简直无法无天了！

可是，在耕翻麦地前，田福堂眼睁睁地看着他所在的一队“乱”了……

那些天里，整个田家圪崂处在一种纷乱的激动之中。在田福堂的记忆里，这情景只有在土改和合作化时出现过。看吧，天一黑，人们把饭碗一撂，鞋底子掼得山响，就纷纷拥到一队的饲养室，吵嚷大半个夜晚。

一切很快被确定了下来。

正式分组的那晚上，副队长田福高终究是同族人，专意客气地上门来把田福堂也请去了。福堂尽管一肚子不舒服，也只好一脸丧气去了饲养室。他不去不行，因为他自己也是一队的成员。

田福堂压抑不住痛苦，一开始就极没修养地和队长孙少安没头没脑混吵了一架，然后甩手走了。是的，他太痛苦了。当年搞合作化时，他曾怀着多么热烈的感情把这些左邻右舍拢合在一起；他做梦也想不到二十多年后的今天，大家又散伙了。随着集体的散伙，他的精神也七零八碎了！

他无法接受眼前的现实。

但他也没有能力拒挡这个潮流。

是的，尽管他拂袖而去，田家圪崂的生产责任组照样划分开了！

当然，一队也总不能把田福堂甩下不管，得让他加入到某个责任组去。

可责任组又是自愿结合，没有哪个组愿意要党支书！要田书记等于要一个负担——他常不是开会，就是“做工作”，一年四季劳动不了几天。

啊啊！以前人们谁敢想象，堂堂的田福堂，竟然能被冷落到如此的地步！

谁也没有注意，那晚上田福堂的儿子润生也来参加会。他父亲甩手走后，这个瘦弱的青年没有走。他最后看没人愿意要他爸，就把孙少安和田海民拉到一边，恳求说：“我们家能不能和海民哥一个组呢？你们不要计较我爸，他年纪大了，又是老脑筋。你们就把我看成是我们家的主事人。我爸气管有病，劳动可能不行。但我自己不教书了，准备到责任组劳动呀……”

孙少安和田海民有点惊讶地听完润生的话。他们没注意到这个并不起眼的娃娃，已经成了一个大人——一茬又一茬的男人就是这样不知不觉地走上了严峻的生活舞台。

在这个诚恳的青年面前，两个已经成熟的庄稼人还有什么话可说呢？此刻，他们大概立刻就能想起，当年的某个时候，他们就是这样有了成人的参与意识，庄严地面对着生活的挑战。这样的青年理所应当值得尊重。

少安立刻劝说海民将润生一家接受到他的组里。海民同意了。不管怎样，不能把支书丢下不管；再说，润生这么恳求，他不好伤这娃娃的脸——自家吃亏就吃亏吧！

海民虽然同意了，但说他还要和他爸和组里其他几家人商量一下。

撂在空摊上没人要的还有我们的玉亭同志。不过，他即使是纯粹的累赘，少安也不会把二爸拒之门外的——他只能把他收留在自己的组内。玉亭也知道这一点，于是就放心地攻击这“资本主义复辟行为”——他知道侄儿最终还得要他。

在短短的几天之内，双水村的第一生产队就化成了十几个责任组。一般一个组四五户人家，都是自愿结合在一起的，大都是父子或亲近的门中人在一块。生产队的土地、牲畜和农具等，一律打成上、中、下三等，按各组户数、劳力和人口分配开来，实行以组核算。

在饲养室田万江老汉的窑洞里各组组长占卜般紧张地抓完纸蛋后，众人就先后拿起绳索丈量麦地了。麦地一分开，马上又分秋田。秋田在分配时，另外考虑了各块地今年庄稼的长势。牲畜由于棚圈方面的困难，这半年仍将由田万江统一喂养——万江老汉这半年被“提拔”到了民办教师的位置上，参与所有责任组的分配……

双水村一队的责任组并不是个例外。与此同时，黄原各地的农村生产责任制都铺排开了。当然，地、县、社、队各级领导，既有积极支持和投身于这变革浪潮的人，也有不少人处在不理解甚至反对的状态中。有的同一级领导中，往往给下级发出了相互矛盾或者对立的指示。最引人注目的是，在黄原行署号召全区推行生产责任制的同时，地委管辖的《黄原报》却接二连三发表评论员文章，对责任制横挑鼻子竖挑眼。这是一个混乱的非常时期。群众中广泛流传的几句顺口溜形象地概括了眼下的形势：上面放，下面望，中间有些顶门杠！

正因为这样，本年度下半年全地区出现了各种生产方式并存的局面。情况真是五花八门！比如石圪节公社东拉河流域的四个村庄，罐子村全村实行了生产责任组；双水村半个村实行了生产责任组；下山村干脆包产到户了；而公社所在地石圪节大队却仍然坚持他们的大集体生产方式……

在双水村田家圪崂一队生产责任组搞得热火朝天的时候，金家湾那边的二队却按兵不动。这当然是有原因的。金家湾这面的人中农以上成份的居多，合作化时他们不积极，许多人因此被收拾得多年抬不起头来。现在又要把集体往开分，他们一时鼓不起这种勇气。当年因为对集体化不积极而受到的批判，仍然记忆犹新；现在怎么敢贸然把集体弄散伙呢?

不过，说实话，金家湾许多人的心都被田家圪塄分队分乱了。他们激动地注视着东拉河对岸所发生的一切。他们心里盘算：如果一队的责任组成为事实而存在下去，不久他们也许就能步其后尘了。

紧接着时令就到了耕翻麦田的时候。金家湾的人看见，田家圪塄那面的人像发了疯似的，起早贪黑，不光把麦田比往年多耕了一遍，还把集体多年荒芜了的地畔地棱全部拿镢头挖过，将肥土刮到了地里。麦田整得像棉花包一般松软，边畔刮得像狗舔了一般干净。哈呀，这些家伙是种地哩还是绣花哩？瞧，所有的秋田不仅锄了三遍草，还又多施了一次化肥！不得了！这样干下去，用不了几年，田家圪塄许多人家要发得流油呀！金家湾的人眼发红，手发痒，心里像钻进去些毛毛虫……

往日吵吵闹闹的田家圪塄，现在一整天鸦雀无声，再也看不见什么闲散人，甚至连女人和娃娃都到地里拼命去了。

可是，田福堂却关住门，一整天躺在土炕上不起来。他不时地闻纸烟，闻罢后又咳嗽老半天。他难受。从内心深处说，他难受的不仅是集体被弄散伙了，而最主要的是，集体散伙了，他田福堂怎么办?

是呀，多少年了，他靠集体活得舒心爽气，家业发达。他能不热爱集体吗？没有了集体，也就没有了他田福堂的好日子；他的命运和集体息息相关。如今让他也上山握老镢把吗？他已经多年不摸劳动工具；况且这把干骨头，又有气管炎，怎么能一年四季山里上洼里下呢?

在土炕上躺了几天以后，田福堂实在憋闷得不行，就一个人起身到石圪节去赶集散心。

走到石圪节街上，田福堂看见集市也和往年大不一样了，不知从哪里冒出那么多的东西和那么多不三不四的生意人！年轻人穿着喇叭裤，个把小伙子头发留得像马鬃一般长。年轻女人的头发都用“电打”了，卷得像个绵羊尾巴。瞧，胡得禄和王彩娥开的夫妻理发店，“电打”头发的妇女排队都排到了半街道上……

田福堂心事重重地在街道上溜达了几圈后，就想到公社去和徐治功拉阵闲话。白明川提拔到县上后，徐治功就成了石圪节的一把手。

他到公社时，徐主任正和一个干部蹲在院子的凉崖根下下象棋。杨高虎端个洗脸盆，在灶房门口拔野鸡毛。不知哪个窑洞里，传出来吼雷一般的鼾声。

公社里从来没有像如今这样消闲啊！

田福堂蹲在徐治功旁边，一边看下棋，一边问治功：“你们怎不下乡搞责任制呢？”

徐治功一步将对手“将”死后，引着田福堂一边往办公窑走，一边说：“现在不是要尊重生产队自主权吗？公社还有屁事可干？上面说责任制搞也可以，不搞也可以。那就让农民自己看着去办吧！反正搞好搞坏，和公社球不相干……这你比我清楚！这都是你弟弟的政策嘛！”

田福堂一时噎得说不出话来了。他在治功的办公窑里支吾着应付了几句，喝了一杯茶，就又告辞出来了。

田福堂本来是到石圪节散心的，没想到越散心越烦。治功刚才提起了他弟弟，使他忍不住又想起了自己的女儿——她现在也调到黄原去工作了。他是半年前才知道女儿和女婿的关系糟糕透顶。老天！为什么家事国事都这么不顺心呢？

赶集回来，吃罢晚饭，田福堂又一个人来到中窑里，仰靠在被垛上闭住眼休息。胡盘乱算一天，也够熬人的。

正在他闭目养神的时候，润生进来了。

儿子立在脚地上，犹豫了一下，对他说：“爸，我下半年不准备教书了。”

“为什么？”田福堂直起身子问。

“我到责任组劳动呀！”

“胡闹啥哩！好好当你的老师！”田福堂生气地说。

“爸，农村一眼看见要分开种庄稼呀，这学校怎个办也说不来了，还不如现在就不教这书哩……”

“只要能教一天，你也要教你的！”

“爸爸，我已经想过了，现在生产队一分开，咱们家没人劳动不行。你身体不好，不能上山。我准备劳动呀！爸爸，你放心，我肯定能养活了你和我妈。再说，我要是参加了劳动，村里人就看不上你的笑话了。我以前没劳动过，但慢慢就会习惯的。我明天就准备到海民哥的组里去出山……”

田福堂眼眶里旋转着泪水，声音沙哑地对儿子说：“爸爸舍不得让你去受苦！听爸爸的话，还去教你的书；爸爸准备出山呀！我身体没什么大病，能劳动哩……”

“主意我已经拿定了，下半年我不再去学校！”润生说完就转身出去了。

儿子刚一走，坚强的田福堂趔趄着身子关住门，然后一头扑倒在土炕上的被堆里，咧开嘴无声地哭了……

第七章

麦子种完，犁铧一挂，就到了白露；这时节，锄头也就要束之高阁了。

农历八月，是庄稼人一年中最美好的时光。不冷不热，也不饥饿；走到山野里，手脚时不时就碰到了果实上。秋收已经拉开了序幕：打红枣，割小麻，摘豇豆，下南瓜……

庄稼人孙少安的心情和这季节一样好。

真是连他自己也难以相信，几年前他梦想过的一种生活，现在开始变成了现实。一群人穷混在一起的日子终于结束了，庄稼人的光景从此有了新的奔头。

谁说这责任制不好？看看吧，他们分开才一两个月，人们就把麦田种成了什么样子啊！秋庄稼一眨眼就增添了多少成色！庄稼人不是在地里种庄稼，而像是抚育自己的娃娃。最使大伙畅快的是，农活忙完，人就自由了，想干啥就能干啥；而不必像生产队那样，一年四季把手脚捆在土地上，一天一天磨洋工，混几个不值钱的工分。庄稼人也愿意活得自由啊！谁愿意一年到头牛马般劳动而一无所获呢？人们在土地上付出血汗和艰辛，那是应该收获欢乐和幸福，而不是收获忧愁和苦痛的……

少安感到，他父亲的脸上也显出了他过去很少看见的活色。一年多前，当他像现在一样把队分开的时候，父亲曾多么担心他栽跟头呀！好，现在老人放心了，因为上面有人支持让这样搞哩！

在他们这个责任组里，父亲实际上成了领导人。二爸一开始不愿“走资本主义道路”，牛着不出山，他没办法，父亲就到田家圪塄吼着骂了一通，二爸也就无可奈何被吆起身了。对于二爸来说，大队的常年基建队已经解散，他要是不在责任组劳动，就没处去干活了——归根结底，他是农民，还拉扯着三个娃娃，不劳动一家人吃啥呀？

少安家里眼下还没有什么大变化。老祖母八十二岁，仍然半瘫在炕上；母亲头发已经半白，但也没什么大病，照旧像过去一样门里门外操劳；弟弟少平还在村里教书，今年二十一岁，完全成了大人，只是比过去说话更少，放学后就闷着头干活；小妹妹兰香去年考入了原西县高中——让全家骄傲的是，她考高中考了全县第三名。兰香一直在县高中住校，两个星期才回家一次。

他们家最大的熬煎，仍然是他大姐一家。罐子村实行责任组后，他姐夫王满银就跑了出去。说是做生意，可这二流子两手空空，谁知到什么地方瞎逛荡去了。政策一宽，社会一松动，有些农民已经开始脱离土地，向外地和城镇流去。这些人大部分出去是靠力气和手艺挣钱；也有人鬼知道靠什么手段谋生呢。他们村金俊文的大儿子金富，半年前就出走了，至今杳无音讯，连家里人也不知道他在哪里。

少安知道，他姐夫屁股一拍走了以后，那个家就又得靠姐姐一个人来操磨了。猫蛋今年八岁，已经在罐子村小学上二年级；狗蛋也已经六岁，明年就该上学了。可是他们不务正业的父亲丢下他们和母亲不管，一个人到外面逛世界去了——真是作孽！

孙少安自己的家庭仍然是幸福的。他和秀莲从结婚到现在，一直保持着热烈的爱恋。据说有了孩子，两口子的感情就要减少一些，而分散给了孩子。但是虎子降生以后，他两个的感情似乎倒更深了。是啊，仔细地品味，人生是多么美妙，又是多么神秘——这样一个活蹦乱跳的小东西，竟是两个人共同创造的！他和她，通过这个娃娃，更意识到他们是完全融合在一起了。当他们共同疼爱孩子的时候，相互看一眼对方，心间就会淌过那永不枯竭的、温暖的感情的热流。

有孩子以后，秀莲就更不讲究自己的穿戴，经常是一身带补钉的衣服。少安记得他很小的时候，那时还年轻的母亲就是穿着这样一身缀补钉的衣裳。像土地一样朴素和深厚的母亲啊！想起来就让人温暖，让人鼻根发酸。少安很喜欢妻子这身打扮，他希望自己的儿子也能记住这样一个母亲的形象……

生育以后，秀莲反而更结实了，门里门外的活拿得起，放得下，从不叫苦喊累。只是晚上睡在一个被窝里，有时她在他耳边念叨说他们不能像其他年轻夫妇一样，干干练练过几天日子。少安明白妻子的心思。在农村，年轻人成家后，几乎没有和老人一块过日子的。但他还是老主意：决不分家。秀莲知道不能改变他，但还是忍不住要转弯抹角地嘟囔。另外，她在枕头边说得最多的话，就是她还想给他生个女儿。实际上，这也是他的心愿。但现在计划生育政策很严，他们不敢放肆。生完虎子后，没用公家催促，他就带妻子到石圪节医院戴了节育环……

责任组实行以后，所有组的麦田比往年生产队种得又好又快；而且秋田也比往年多锄了一遍。金家湾和田家圪崂毗邻的地块，庄稼看起来明显地有了高低之差。东拉河西岸的劳动热情空前地高涨。孙少安尽管还是名义上的生产队长，但实际上田家圪崂现在有了十几个队长，甚至每一个农民都成了队长。早晨，再也不用孙少安派活和催促了，许多人现在出山都走到了他的前头！

麦子种毕，又停了锄务，而大规模的秋收还没有开始——田家圪崂的庄稼人多少年来破天荒第一次消闲了。好，人们开始有时间赶集上会，做点小生意；手巧的庄稼人，鼓弄起了家庭副业。

眼下，少安还没有这份闲心。责任组的农活是没什么可做了，他就又一头扑在了自留地里。他起圪塄帮畔，想多整出一块平地来，明年好扩大蔬菜种植。

这天早晨，天还不明，他像往常一样准备爬起来上自留地，但秀莲抱着不让他起床。她撒娇说："多睡一会吧！你常天不明就把我一个人撂在被窝里！现在又没要紧活路，你再睡一会……"说着便用两条结实的光胳膊紧紧箍住了他的腰。

少安没法，只好依了她。

于是，两口子第一次把觉睡到了大天明。

起床以后，情绪正好的秀莲又对丈夫说："干脆！你今天也别出山了，到石圪节赶集去！一年四季没明没黑在地里操磨，你也歇息上一天，到集上去散散心。"

少安被妻子说动了心，就决定今天到石圪节赶集去。是呀，他已经好多时没到石圪节去了。对他们来说，走石圪节就等于是逛城市；或者说等于城市的人去逛公园。

秀莲给他换了见人衣裳，又烧了半锅热水，让他把满头的土垢洗干净，然后亲自拿那把破木梳给他把头发梳理了一下。少安一边照镜子，一边耍笑说："你把我打扮成个新女婿了！"

秀莲说："等咱们有了自己的新窑，就再结婚一次！"

秀莲的话使少安的心情沉重起来。是的，什么时候，他们才有自己的新窑洞呢？从他们结婚到现在，就一直住在饲养院的破窑洞里。但他又想，只要政策就这样宽下去，他有信心在这几年里给自己营造个新家。

两口子相跟着回到家里吃过早饭，少安就准备起身到石圪节去赶集。在他们回家之前，父亲已经吃过饭出山去了——老人劳动心劲越来越大。

少安临起身前，他妈对他说：“你赶一回集，身上也不带几个钱，干脆把咱刚摘下的老南瓜带几个卖了，你好花销……”

少安想也是，大人倒没什么，但回来总得给虎子买点什么。

于是，他就在羊毛口袋里装了几个南瓜，扛在肩上去了石圪节。

石圪节的集市和往常大不相同了——庄稼人挤得脑袋插脑袋。大部分人都带着点什么，来这里换两个活钱。街道显然太小了，连东拉河的河道两边和附近的山坡上，都拥满了人。到处都是吆喝叫卖声。土街上空飘浮着庄稼人踏起的黄尘。

不时有一个穿花格衬衫、戴蛤蟆镜的青年在人群中招摇而过，手里提的黑匣子像弹棉花似的响个不停，引得老百姓张大嘴巴看新奇。

孙少安挤到南街头食堂旁边的菜市场上，几个老南瓜不多时就卖了。

他把毛口袋卷起夹在胳膊窝里，准备去给虎子买几毛钱的水果糖，给秀莲买一块揩汗的手帕，再拣绵软一点的吃食，给老祖母买一点。他的老南瓜卖了三块五毛八分钱，足够置办这些东西。如果还有剩余的话，他还准备给父亲买一块包头的羊肚子毛巾——他头上的那块已经肮脏得像从炭灰里捡出来似的。

孙少安正从南街的人群里往北街挤的时候，突然感觉有人似乎拉扯他的衣服。他心一惊，以为是小偷——听说操这行当的人现在多起来了。

他赶忙回过头，才发现是他的同学刘根民。

根民手里提着个黑人造革皮包，笑嘻嘻地对他说：“我从背影上就认出是你！”

少安问他：“你到哪里去呀？”

“我刚下乡回来。走，跟我到公社去。我正准备捎话叫你来呢！现在走，我有事要给你说！”

少安只好和根民一块挤过人群，跟他往公社走。一路上，他估摸不来根民要给他说什么事。既然根民先不说，就说明街上不能谈论，他也就不能问。是不是他又犯了错误？犯了什么错误？他想来想去，他没做过什么出格事。至于责任组，现在这是上面也同意搞的，更何况又不是他孙少安一个人搞——不会是这事！

他很快排除了他再一次面临批判的可能性，于是精神便松宽下来。

根民一边走，一边给他递上一根纸烟。

少安一般不抽纸烟，仍然卷旱烟抽，但老同学的这根纸烟他接住了。

根民现在已成了石圪节公社副主任。一身干净的深蓝制服，头发稍稍背梳起来，看起来已经蛮像个公社领导了。这人性格随和，但脑子利索，在石圪节上高小时就是班上的生活干事，做什么事都很认真。少安很感激他的同学；在他成了干部而自己成了农民的时候，他一直像过去一样把他当朋友对待。

少安跟根民进了公社院子。徐治功主任正和公社民政专干下象棋。他们进来时，徐治功只抬起头跟刘根民打了个招呼，就赶忙举起一颗棋子往石板棋盘上一掼：“将！”

根民走过去，对下棋的徐治功说：“徐主任，根据我这次下乡看，凡是实行了责任制的村子，今年麦子播种情况普遍好。麦田比往年都多耕翻了一遍，而且还掏了圪塄溜了畔……”

徐治功手里举着一颗棋子正要用劲往石板上掼，这时将举棋子的手突然停在半空中，仰起脸问刘根民：“掏了圪塄溜了畔，黄河泛滥怎么办？”

这句没头没脑的话，倒问得刘根民不知如何对答。

徐治功说完这句有水平的话后，就不理刘根民了，扭过头把手中那颗棋子掼在棋盘上，对民政专干说：“再将！”

刘根民只好转过身，引着少安进了他的办公窑。

根民给少安倒好茶，在脸盆里弄了点凉水，一边擦脸，一边抱怨说：“现在农村正搞责任制，实际上工作更多更麻缠了。可徐主任说现在没什么工作，整天蹲在凉崖根下下象棋。公社有的干部也看他的样，圪蹴在机关不下乡，把我们几个快忙死了……”

因为根民说公社的事，少安不敢评价，只是一边喝水，一边冲刘根民会意地笑。

根民擦完脸，说：“现在说咱的事。是这，县高中准备扩建教室，我一个表兄是高中管总务的，也负责基建。他们在城边的拐峁村买下些砖，要往中学工地上拉。他问我有没有亲戚愿干这活。我想了一下，我在农村的亲戚没人愿去。这是个受罪活！我突然想起了你，不知你愿不愿去？我前几天就想让你来一下，但没碰上双水村的人，捎不出去话……”

少安听根民说完，先怔住了。随后他问：“工钱怎样？”

“拉多少赚多少！一块砖赚一分钱运费。如果架子车拉，一回估摸拉四百块吧，一天拉十来回，能赚一笔大钱呢！”

少安叹了一口气，说：“人一天能拉多少呢？这得要牲畜拉才行！架子车好搞，现在有包产到户的队，当年搞农田基建队的架子车有折价卖给个人的，大概不到一百元就能买辆好的。问题是要买头好牲畜可就不容易了！要是骡子的话，没一千来块钱是买不到手的……这事恐怕我做不成，你还是另打问别人去……”

根民立刻说：“我考虑了你揽这活的困难。主要是牲畜问题。这样行不行？你干脆在公社信用社贷点款，个人再转借上一点钱，买个骡子！这活干完了，牲畜也使用不坏，到时保准卖个原价，这样你不是就把钱赚了吗？你这家伙是个有心计的人，怎么连这个账都算不开！”

孙少安皱着眉头一口接一口吸烟卷。他开始被刘根民的“论证”吸引了。他问根民：“信用社能给我贷一千块钱吗？”

“不行啊！公社已做了决定，即使是特殊情况，一次最多也只能贷七百元，还要公社副主任以上的领导批准哩。一般人一次只能贷一二百块。当然我会按特殊情况对待你。这也不算走后门，我是在规定范围内办事。另外的几百元就得你自己想办法。几百块钱我私人也拿不出来，要不我就借给你了……”

少安一个人想了半天，然后对老同学说：“让我再思谋几天，回去和家里人商量一下，罢了给你回话！”

根民说：“那也好。不过，时间不要太长，中学那面催得很紧……”

当孙少安出了公社院子的时候，街上的集市已经快要散了。他只糊里糊涂给儿子买了几毛钱的水果糖，就折转身往回走。一路上，他不断考虑猛然出现的这个新的生活契机，心在咚咚地跳着。直到快要进双水村的时候，他才发现他把装南瓜的羊毛口袋丢在根民的办公窑里了……

第八章

孙少安回家后，天还没有黑。家里人已经吃完了晚饭——给他留下的饭在锅里热着。父亲碗一放就到院子的旱烟地忙去了。秀莲正给虎子洗脸——她等他吃完饭，就准备一块相跟着回田家圪崂的饲养院。

少安把衣袋里的水果糖给儿子掏在炕上，然后抱歉地对家里的其他大人笑笑，说："我有些事，回来得忙，没顾上给你们买个什么……"

大人们都没言传，甚至也没认真听他说这话——他们压根儿就不会想赶一回集还要给大人买个什么。

少安接着匆忙地扒拉了两碗饭，对妻子说："你先回去，我和爸爸有个事要商量一下，过会就回来了。"

秀莲把虎子亲了亲，就起身走了。虎子一直是跟爷爷奶奶在这面睡的。

少安嘴一抹，走到院子里，对忙活的父亲说："爸，我有个事想和你拉谈一下……"

孙玉厚老汉拍打着一双沾泥带土的手，从旱烟地里转出来，和儿子面对面蹲在院子的空场地上。

少安卷好一支旱烟卷，等父亲把烟锅装起后，一根火柴点着了两个人的烟。

接着，他就把公社刘根民给他说的事，一五一十给父亲转述了一遍。

孙玉厚听儿子说完，眼瞪了半天；然后不由自主地用手指头在地上画开了道道——这是进行计算活动。他画的不是数字，而是一些像古星象图似的点点杠杠；除过他，谁也看不懂其中的奥妙。平时简单的账玉厚老汉都用心算；一遇较复杂的数字，他就用手指头在地上画开了这种“星象图”。

孙玉厚在地上画了一会，抬起苍头，说：“除过各种沓杂，一天能赚不少钱。”

这笔账孙少安早算过了，他说：“就是的。”

“可是牲口买不起啊！”孙玉厚看着儿子说，“这活苦重，驴不行，得用个骡子；可这得千大几才能买来！咱们借百儿八十手都抖哩，这么多钱怎敢借？要是公家都贷了款还好说。可人家只给七百块，剩下的就要向私人借。私人谁有那么多钱？就是别人有，咱能借来吗？总不能再向金俊海家开口吧？你结婚时借下的钱，要不是少平教书有两个补贴，恐怕现在都还不了人家……话又说回来，就是公家的贷款，也要限时间还，而且要扛利息……”

“不管怎样，只要能买了牲畜，干一两个月活，这些账债开过，还能赚不少钱呢！”少安看出父亲借债借怕了，把他刚算过的那笔有利的账忘记了。

孙玉厚这才又反应过来，这次借债和少安结婚借债不一样——这是借本赚利呢！

不过，他还是忧心忡忡地对儿子说：“这可是一笔大钱！我借钱借怕了，谁知道这事里有没有凶险？另外，几百块钱你向谁借？”

少安再不言语了。

他能向谁借这几百块钱呢?

他长叹了一口气，把烟屁股一丢，双臂抱住膝盖，深深地埋下了头。他只听见父亲在他旁边“叭叭”地使劲吸烟。在一片沉寂中，远处东拉河的河道里，传来一声牛的哞叫。

天色暗下来了。

过了一会，少安抬起头，对父亲说:“那我明天给根民捎个话，让他另找别人揽这活去。”

父亲无可奈何地说:“那就叫人家去干吧。没有金刚钻，揽不了这瓷器活……”

孙少安回到饲养院那边的家里后，秀莲已经躺在被窝里，但还没有入睡，灯一直点着。

少安一边脱衣服，一边对她说:“你怎睡下还点灯熬油呢?”

“我一个人怕……”妻子说。

和秀莲躺在一块的时候，少安仍然为丢了有生以来最大一笔收入而忍不住叹息起来。

秀莲警觉地瞪起一对大花眼睛，问丈夫:“你怎么啦?”

少安于是又把拉砖的事给妻子说了一遍。

秀莲听他说完，在被窝里抬起半个光身子，高兴地说:“如果能赚这么大一笔钱，那咱们不光能打土窑，就是硬箍几孔石窑洞也够了!”

她一下又想到她的“主题”上了。

少安亲昵地把妻子扳倒在被窝里，说:“你看你!小心凉了……这都是空说哩!什么地方去借那几百块钱买牲畜?”

兴奋的秀莲又一次爬起来，两只手托在丈夫结实的胸脯上，说:“这事你别熬煎!咱们给山西我爸写个信，让他想办法给咱转借这钱!我知道哩，我姐夫手头有点积攒哩!”

少安听秀莲这么一说，也一闪身从被窝里坐起来，说:“这门路倒能试一下！”

夫妻两个于是光身子坐在被窝里，商量开了从秀莲娘家那里借钱的事。

“干脆！咱现在就给家里写信，明天就邮出去！”性急的秀莲说着，便身上一条线不挂跳下炕，从对面的土台子上找出少安上学时的那支烂杆钢笔，又把兰香作业本后面写剩的几张白纸撕下来。她回到炕上，把煤油灯往被窝旁边挪了挪。

这样，两个小学毕业生就趴在被窝里，把纸压在枕头上给山西的贺耀宗写起了信。秀莲知道怎样才能打动她爸的心，因此由她口授内容，少安执笔书写。夫妻俩折腾了好一阵才把信写完。

这下两个人都睡不着了，乘兴致干完了恩爱之事，又搂着拉了半晚上话。两个人兴奋地回忆了他们过去的相识，谈了他们眼下的生活，设计了他们未来的光景……

第二天吃早饭时，少安把他给丈人写信借钱的事告诉了父亲。

孙玉厚说：“你丈人家也不是银行！能拿出那么多钱来吗？如果他能给你借这笔钱，那你按你的想法去做，爸爸不管你。”

“如果我包工外出，马上就是秋收大忙，你得受累。另外，还不知组里其他几家人愿不愿意让我走……”

“他们怎不愿意？你给组里交包工钱，年底众人还能分一点现金。一眼看见，今年下来吃的问题不大，但钱和以往一样缺，众人巴不得有个来钱处呢！至于秋收，这和过去生产队不一样，都经心着哩！用不了几天，大头就过去了。咱家里我一个劳力满能行。只要你能买得起牲畜，你走你的！再说，你又不是常年包工，那活一两个月不就干完了吗？”

少安说：“按现时包工行情，一个月交队五十元，我多交上十元……”

父亲的态度使少安把另外一些担心消除了。他现在只是等着山西那里的回信。

但是，他的秀莲对家里给他们借钱是不是过于自信？丈人家有没有这笔钱？就是有这笔钱，会不会给他们借？常有林是上门女婿，就是丈人有心帮扶他们，“挑担”会不会从中作梗？自秀莲和他结婚后，他们还一直没回过山西，那里的情况他们现在两眼墨黑……

几天以后，山西的回信终于来了。

这封信把少安和秀莲高兴得眉开眼笑！信是常有林给他们写的。姐夫在信中告诉他们，家里接到信后，都十分乐意帮扶他们这笔钱。常有林并告诉他们，他已经打问过，山西这面的大牲畜价钱要比他们这面便宜，因此他建议少安把贷到的款拿上，到山西来一趟，由他帮他们买一头好骡子……

少安接到信后，和家里人商量了一下，立刻去石圪节找到了刘根民。根民当下帮助他在公社信用社贷了七百元款，并把少安将要来拉砖的事打电话告诉了县高中他的表哥。少安装起贷款，拿了上次丢在根民办公窑的羊毛口袋，先跑到下山村用七十块钱买了一辆架子车，赶天黑才返回到双水村。

第二天，他就坐公共汽车去了山西老丈人家。

到山西后，常有林从家里拿出四百元钱，引着少安到柳林镇用九百九十元钱买了一头三岁口的铁青骡子……

从山西返回来的时候，少安就不用坐公共汽车了。他在骡子背上搭了一条线口袋，骑着这头牲畜往回走。这头骡子体魄雄壮，口青力大，毛色光亮如绸缎，一路上到处被人夸赞。快过黄河时，有人就出价一千一百元要买它。但再大价少安现在也不会卖。

第二天下午，少安骑着骡子来到了黄河大桥。

以前几次走山西往返都是坐汽车，经过大桥时，不能好好瞧瞧黄河，很急人。现在他迫不及待地从骡子背上跳下来，把牲口拴在一块石头上，就怀着一股难言的激动，走到大桥中间，伏在桥栏杆上。

他立刻感到一阵眩晕和心悸……

眼前是一片麦芒似的黄色。毛翻翻的浪头像无数拥挤在一起奔跑的野兽吼叫着从远方的峡谷中涌来，一直涌向他的胸前。两岸峭壁如同刀削般直立。岩石黑青似铁。两边铁似的河岸后面，又是漫无边际的黄土山。这阵儿，西坠的落日又红又大又圆，把黄土山黄河水都涂上一片橘红。远处翻滚的浪头间，突然一隐一现出现了一个跳跃的黑点，并朦胧地听见了一片撕心裂肺的喊叫声。渐渐看清了，那是一只吃水很深的船。船飞箭一般从中水线上放下来，眨眼工夫就到了桥洞前。这是一只装石炭的小木船，好像随时都会倒扣进这沸腾的黄汤之中。船工们都光着身子，拼命地扳着，拼命地喊着，穿过了桥洞……

少安立刻调过身，看见那船刹那间就到了下游——下游水面开阔，船行走得似乎慢了下来。

这时候，他看见另一只上行的船正在河边像甲虫似的慢慢向大桥这里移动。牵着船的那根绳索像绷紧的弓弦似的伸向河岸的峭壁，扣在一串光身子纤夫的肩膀里。这些人几乎是在半崖的羊肠小道上手脚并用爬着走；呻吟般的“嗯哟”声像来自大地的深处……在这令人痛苦的呻吟中，那只下行的船已经漂到了一片平静的水面上；接着便传来了艄公那无拘无束的歌声——

你晓得，
天下黄河几十几道湾？
几十几道湾上几十几条船？
几十几条船上几十几根杆？
几十几个艄公来把船来扳？

船工们的应和声如同闷雷一般——

我晓得，
天下黄河九十九道湾，
九十九道湾上九十九条船，
九十九条船上九十九根杆，
九十九个艄公来把船来扳！

船和歌声都渐渐远去了……

孙少安立在大桥边上，两只手紧紧抠着桥栏杆，十个指头似乎都要钳进水泥柱中。他感到胸腔里火烧火燎，口也有点干渴。他的心中腾跃起一股难以抑制的激情，似乎那奔涌不息的河水已经流进了他的血管！

他离开桥边，走过去解开牲口的缰绳，一翻身骑上去，风一般迅疾地穿过大桥，向黄河西岸奔去……

第九章

九月下旬，在一个秋雨濛濛的日子里，孙少安带着自己的畜力车，来到了原西县城。

雨中的原西城非常寂静。雨水洗过的青石板街上，看起来没有多少行人。商店的门都开着，但顾客寥寥无几；售货员坐在柜台后面，寂寞地打着深长的哈欠。街道两边一些低矮的老式房顶上，水迹明光，立着一行行翠绿的瓦葱。到处都能听见淙淙的流水声。空气中满含着土腥味。原西河涨宽了，城内也能听见远处河水有力的喧哗声。天空灰暗的云朵一直低垂下来，和城外山峁上蓝色的雾气溶接在一起，缓慢地向北方涌动。偶尔传来一声公鸡的啼鸣和几声狗的吠叫，那声音听起来也是湿漉漉的……

一年一度的秋雨季节开始了。在农村，庄稼人现在都一头倒在热炕上，拉着沉重的鼾声，没明没黑，除过吃饭就是睡觉，似乎要把一年里积攒下来的疲乏，都在这几天舒散出去。多么好啊！曚昽的睡梦中闻着小米南瓜饭的香甜味；听着自己的老婆在锅灶上把盆盆罐罐碰得叮当响……

但是，孙少安享不成这福了。他现在浑身攒着劲，准备要在县城大动一番干戈。这是他的一次命运之战。

找到根民的表兄后，他才得知，由于等不到根民的回话，他表兄前不久已把这活包给了别人。听说他要来，根民的表兄费了好大劲才又把原来包活的人辞退了。

孙少安倒抽了一口冷气。

“那你在什么地方吃住呢？”根民的表兄问他。

“只要能干上活，这些都好凑合。人好办，主要是牲畜。”少安说。

根民的表兄想了一下，说：“拐峁大队的书记我熟悉，我们就是买他们的砖。我给你写个条子，你去找他，让他在拐峁给你寻个闲窑。不过，这得出租钱。我们这是学校，没空地方。再说，你住在城里，早上拉空车去装砖，多跑一趟冤枉路……吃饭哩？”

“如果有住的地方，我准备自己做着吃。”少安说。

“那好，你现在就到拐峁去，先找个住的地方再说！”

于是，少安就拿着根民表兄写的一张纸条，来到拐峁村找到了这里的书记。

书记为难地对他说：“我们村里没一眼闲窑啊！”

“我歪好不嫌！只要有个能遮风挡雨的地方就行了。”少安恳求说。

拐峁的书记想了想，说：“后村头有孔烂窑，没门没窗，和个山水洞一样；是村里一家人十几年前废弃不要的。你如果不嫌，自己去看看……”

书记用手指了指那孔烂窑所在的地方。

孙少安二话没说，就又带着他的骡子和架子车，一个人来到拐峁村后边那个偏僻的小山塆里。

这地方离村子有一里多路，周围全是荒野。

当少安找到那孔烂窑时，不免愣住了。这的确像个山水洞：不大的一个废窑，旁边塌下一批土，堵住了半个窑口；窑口前蒿草长了一人多高……

一切都破败不堪！

“这还不如个狗窝……”他自言自语说。

不过，少安很快决定就在这地方安身了。其他地方没住处，城里旅社住不起，有这么个遮风挡雨的洞洞也满不错了——这又不花一个钱！唉，揽工小子还指望住个啥好地方哩？再说，住在这地方也有好处，四野里都是荒地，容易给牲口割草……

细濛濛的雨一直不住气地飘洒着，山野里寂静得很！少安戴着破草帽在雨中愣了一阵，就穿过齐腰深的蒿草，钻进了这孔破窑洞。

外面看起来破烂不堪，里面还是个窑洞的样子，而且很干燥。刚从湿淋淋的雨中走进来，这破窑里有一种暖烘烘的气息。少安忍不住高兴起来。

他钻出破窑洞，立刻把铁青骡子从车上卸下来，先把它拉进了窑洞。牲口是他的命根子，不敢再让雨淋了；万一这牲口有个三长两短，他孙少安就得去上吊！

接着，他从窑洞口开始，两只手在蒿草丛中拨开了一条通向外面的路。堵在窑口的那堆塌下来的土，并不妨碍人畜进出，他也就不准备再清理了。

把架子车推进窑洞后，他把一个装过化肥的口袋铺在后窑掌的地上，倒下一堆黑豆先让骡子吃。他开始在窑洞出口的土墙一侧，为自己弄了个床铺；骡子在里他在外，晚上可以给牲口充当个“哨兵”。

他接着又在窑洞口塌下来的土堆上简单地戳了个锅灶——他原来就准备到城里后自己做着吃，行前准备了一点粮食和灶具。怎样省钱怎样来！反正一个人好凑合，只要能填饱肚子就行了。

弄好了炉灶，拿饮马的桶在坡下的小河里提来了水，孙少安就准备在这里做饭了。问题是还没有柴火。下了几天连阴雨，到哪儿去捡点干柴呢？

他想到河岸檐下说不定有夏季发洪水时落下的河柴。于是又冒雨跑出去了一趟，果真搂揽回来一口袋。

一切都“齐备”了。他在锅里下了些豆片和小米,便点燃了灶火。

袅袅的炊烟从这个荒芜的山野里升起来，飘散在濛濛的细雨中。炉灶里，干河柴烧得劈啪响。小铁锅的水像蚊子似的开始吟唱。后窑掌里，铁青骡子嚼了黑豆，饮了半桶水，满足地打着响亮的喷鼻……把他的！这倒真像个“家”了！

锅开以后，少安戴着那顶破草帽，通过蒿草中那条刚开辟的路，转到“院子”边上。

他用破草帽挡着雨，用纸条卷了一支旱烟棒叼在嘴上，一边吸，一边满意地打量着自己的“新居”，嘴角浮上了一丝笑意。他想，明天早晨，他就可以开始干活。原打算今天晚上去县高中找一下妹妹兰香，但现在没人给他照看这个不设防的“家”，等明天再说吧！反正他给县高中拉砖，每天都要跑那里……

孙少安这样想事的时候，看见一个人撑着顶黑布伞，从左边的土坡上向他这里走来——是找他的？

是的，这个穿戴不像农民也不像干部的人，径直走到他面前，问：“是你住在这里了？”

少安说：“是的。是拐峁大队的书记让我住在这里的。”

“这是不是书记的窑洞？”那人带着嘲讽的笑容问。

“书记说不是他的，是他们村一家人十几年前废弃不要的……”

“谁说人家不要了？你住人家的地方，应该给窑主打个招呼嘛！”那人的脸色阴沉下来。

“噢……”少安明白了，此人正是窑主。他说：“那现在怎办？你看我已经住下了……要不，我给你出租钱。”

“你看着办吧！”

从窑主的态度看，多少得给他一些租钱——这家伙看来也正是为此而来的。

“你看一月多少钱？”少安问。

“当然，要是住个好地方，你一月总得掏二三十块吧？我这地方不怎样，你就少给点算了！”那人宽宏地说。

“你提个数目。”

“那就一月五块吧！”

“五块就五块。”少安只好应承了。

“我叫侯生贵，在城里合作商店卖货，家就在拐峁村里……”

那人说完，就折转身走了。

少安望着这个远去的人，心里不免涌上一股不愉快的情绪。他想，城里市民皮这么薄！要是在乡下，这么个破地方，谁好意思向人家要租钱呢！

“王八蛋！”他忍不住骂了一句。

少安在雨中立了一会，就回到他租来的这个破窑洞里，开始吃晚饭——这里没灯，天一黑，饭都吃不到嘴里了……

第二天一大早，孙少安就从拐峁往中学的基建工地上拉砖。开始干起了活，这就使他心里踏实了许多。

当天拉完砖后，他把骡子拴在学校门口的一棵树上，去找他的妹妹兰香。

兰香和金秀忙着给他在学生灶上买了饭。吃完饭后，妹妹又跟他一起来到拐峁他住的地方。

妹妹已是个十七岁的大姑娘了。她看见他住在这么个破地方，难过得泪花在眼里直转。她帮他把这个烂窑洞收拾了一番，并提出让他到学校灶上吃饭。他劝解妹妹说，大灶上吃饭不方便，这里做着吃还能省些钱和粮。

“那我每天下午上完课后，就来给你做饭，咱们一块吃！”兰香说。

少安说："就怕耽误你学习哩。"

"不耽误！我来做饭，你也省点事！"

少安于是同意了妹妹的意见。

就这样，每天下午，当孙少安拉完砖回到这个荒野里的破窑洞时，兰香就把饭做好了。兄妹俩蹲在这个敞口子土窑里，有滋有味地吃他们的晚饭。晚饭通常都是高粱黑豆稀饭和腌酸白菜。在这个世界上，有多少人能想到，在这样一些地方普通人所过的那种艰辛生活呢？

但对于孙少安来说，这日子过得蛮不错。生活中任何一点收获，对他来说都是重要的。他每天面对的是生活中的具体事——没有什么事是微不足道的。比如今天，他拉砖路过街道时，碰见原来在石圪节当主任的白明川；明川知道他现在的情况后，问他有没有什么困难？他马上把他最头疼的一件事提出来，让白主任帮一下忙——帮他在县粮食加工厂给牲口买点麦麸。白主任立刻给他办了。他高兴得不知如何是好：他自己跑了四五回都买不出来啊！同时，他也才知道，明川已经调到黄原市当副书记去了……

由于白明川给他解决了一个大问题，因此晚上他回到那孔破窑洞时，情绪特别好。妹妹正在忙活，他闻见饭锅里飘出来的味道都比往日香！

嗯？这味道的确和往常不一样！并不是由于他兴奋而使鼻子产生了错觉！

他忍不住问妹妹："你做什么饭呢？"

"我割了一斤肉，买了几斤白菜，还在中学大灶上买了几个白面馍。"兰香说。

"你哪来的钱？"

"我上个月的助学金省下三块半……"

"为什么破费呢？"

“你忘了？今天是你的生日！”

少安鼻子猛地冲上了一股辛辣的味道。他蹲在地上，半天没有说话。他无言地望着亲爱的妹妹和她那一身破旧的衣衫，泪水在眼眶里直打转。

兰香给他盛了一大碗白菜炖肉，又拿了两个馒头。

他一时喉咙堵塞得难以下咽。他对妹妹说：“不要花你的助学金。助学金你都换了菜票。罢了大哥在市场上给咱买点菜……”

是啊，常不吃菜人也受不了！

第二天，少安拉完砖后，就到城里的菜市场上去了一趟——他准备买点土豆或白菜。

可是，他来得太晚了，菜市场已经没有了人迹。

他只好调转身往回走——明天得早一点来！

当他走过空荡荡的菜市场时，无意中发现地上乱七八糟丢着一些菜帮子菜叶——这是卖菜的或买菜的人剔剩下的。

他有点惊喜地弯下腰把这些别人所丢弃的烂菜捡了一大抱。好，这东西不花一分钱，在河里洗一洗，把烂了的一择，照样能吃！

这个发现使孙少安每天的生活多了一项内容——到菜市上去捡菜帮子菜叶。

当然，这是一件让人屈辱的事。每天，他都要等菜市场上空无一人的时候，才敢去那里。要飞快地捡，还得要留心察看有没有人注意他；心在狂跳，脸烧得像燃烧的炭块……小偷行窃一般紧张啊！

捡完菜，他就慌忙离开菜市场，吆着骡子逃跑似的来到原西河边。

原西河依然如故，在暮色中平静地流过城外，流向远方的苍茫之中。他把牲口卸脱放它到河岸上吃草，自己便蹲在河边洗这些被人用泥脚踩过的烂菜叶。

他在河边一边洗菜，一边常常忍不住心潮起伏，耳边时不时听见那甜蜜的歌声从远山飘来——

正月里冻冰呀立春消，
二月里鱼儿水上漂，
水呀上漂来想起我的哥！
想起我的哥哥，
想起我的哥哥，
想起我的哥哥呀你等一等我……

黄昏中，泪水盈满了他那双饱经忧患的眼睛。原西河！原西河！记得不？几年前，他和润叶正是一块坐在这河边，进行了那次终生难忘的谈话……现在他当然明白了，那时润叶是向他表白爱情哩，而他当时却说了那么多蠢话！如今，生活已使他们天各一方；但不论怎样，他在内心深深地感谢润叶，她给他那像土块一样平凡的一生留下了太阳般光辉的一页。是的，生活流逝了，记忆永存；他忙乱和劳累，常常想不起她，但并不是已将她遗忘。没有。他知道她的婚姻不美满，并且已调到黄原。她的不幸或许也包含他的原因？可是，润叶，无能的少安既然当年没有能力和你生活在一起，现在又怎么能给予你帮助呢？他只能默默地给你一个庄稼人的祝福……

每天傍晚，孙少安抱着一堆洗净的烂菜，总是怀着一种怅然的心情告别了原西河，回到拐峁后村头那孔破窑洞，回到他严峻的现实之中。吃完饭兰香一走，他就倒在地上睡了。有时他希望在梦中能再现当年原西河边的一幕。可是，一天劳累，浑身酸疼，睡着如同死去一般，那个浪漫的梦永远也没有做成……

第二天天还不明的时候，他就紧张地爬起来，套起架子车，赶紧到砖场去装砖；任何其他事便在脑子里荡然无存了。

运第一回砖的时候，原西县城还在睡梦之中。

他在车辕上挽一根套绳，扣在肩胛里，和牲畜一起拉着车，走过寂静而清冷的街道。平路上，他一般不太出力，让骡子拉着走。一旦上坡的时候，他就使出浑身的劲拼命拉车，尽量减轻牲口的负担。从十字街到中学有一道大陡坡，他常常挣着命拉车，两只手都快要趴到地上了；牲口和他都大汗淋漓，气喘得像两只风箱。这时候，他眼前就不由得浮现出黄河岸边那些手脚并用、匍匐在石壁小道上的纤夫……

天天如此。

孙少安和他的铁青骡子把时间拉出了九月。

每一天下来，他临睡前都要在那孔破窑洞的左墙上用指甲画一道杠杠；然后在右墙上记下一天的收入、支出和净赚的钱数。随着左墙上杠杠的增多，右墙上的钱数也在增多；这一笔不断增加的钱，使孙少安每天睡觉前都要高兴得发半天呆……

第十章

十月初，从原西城传回来了惊人消息：金光亮家即将高中毕业的小子金二锤，要去参加解放军了。

这消息使风起云涌的双水村更加激荡起来。在山里，在家里，在村中各处的闲话中心，金二锤当兵立刻成了全村人议论的话题。尤其在金家湾那边，所有金姓人家似乎都有些激动。

哈呀，多少年来，谁能想到，一个地主家庭成份的人，怎么可能去参加无产阶级的军队呢？别说地主成份，中农成份也难！特别是对于田福堂和孙玉亭这样的人来说，尽管年初就知道中央的政策“变”了，“五类分子”大部分摘了“帽”，今后他们的子弟一律和贫下中农子弟同等对待，不论入党入团、招工招干和参军，都不再受影响；可一旦这政策在他们村成为具体的事实，仍然使这些人震惊得目瞪口呆。

金光亮弟兄几家起先对这消息半信半疑。当二锤捎话回来证实了他要去参军，并说一两天就要回村向家人告别的时候，这一大家人才兴奋地忙乱起来。他们翻箱倒柜，碾米磨面，准备给出远门的娃娃备办几顿家乡的好吃喝。这些天里，常避免出头露面的金光亮弟兄几家人，似乎专意到村中的各个公众场所去走动，说话的声音也提高了八度。长期无声无息的一家人，现在一下子就变得如此引人注目。这是否意味着，在双水村的生活舞台上，一些处于台下的角色渐渐要走上台来了？

最为得意的当然要数金光亮！这几天，他已经不出山劳动，专门在家里操持以等待儿子回来。实际上这些家务事都由老婆忙碌，他帮不了多少忙；他只是兴奋地在家里碍手碍脚出出进进，没干什么活，倒打破了两只碗。

后来，金光亮干脆穿了一身过节的新衣裳，剃得光亮的头上包了一条白羊肚子新毛巾，衣袋里装了几盒带锡纸烟，到村里转悠去了。前地主的大儿子挺胸凸肚，迈着雄壮的步伐，专门往村中各处闲话中心的热闹处走；那神气就像他本人已经成了解放军。他见人就散发纸烟，心满意足地接受村民们的恭维和道喜。受了多少年的冷落，金光亮现在要借此机会去寻找人们的尊重。唉，几十年经受的过分对待，看来把这人也弄得有点不正常了。瞧他！尊严和荣耀得几乎到了滑稽的地步……

这天上午，金二锤在他二爸金光明的陪同下，回到了双水村。二锤身穿不戴领章帽徽的黄军装，脸上挂着喜气。金光明在他们的侯生才主任被提拔到县百货公司当了副主任后，就成了我们已经知道的那个百货二门市的主任。金主任戴了一副装饰性的金丝边眼镜，胸前挂个借来的照相机，满面春风地引着侄儿进了金家湾前村的新家。

金光亮弟兄三家就像过婚嫁喜事一样，大人娃娃都穿起了新衣裳。他们在外村的亲戚也都赶来为金二锤送行。三家人的院子里飘散着油糕和小炒猪肉的香味；饸饹床子咯巴巴价响个不停。邻居金俊文和金俊武两家人，也被叫去吃了一顿喜庆饭。金家湾的一些门中人都纷纷去看望了即将离家的金二锤。本来这种事，大队领导也该上门去看望，但田福堂、孙玉亭等人怎么可能向他们以前的敌人致敬呢？更何况，就是他们想去，金光亮一家人此时也未见得欢迎。金俊山是个例外。他虽然是队里的领导，但往年没有过分地伤害同族这家成份不好的人，因此副书记按常规去金光亮家表示了祝贺之意，并被主人强行留下喝了几盅烧酒。

金二锤离家的前一天，道喜的亲戚们都先后走了。这家人仍然沉浸在喜庆的气氛中。弟兄三家人几天来都在一块吃饭；吃完饭就挤在一孔窑里兴奋地、没完没了地拉家常。

上午，金光明在院子里分别给家人照相留念，闹腾了半天。

等众人先后回到窑里后，见全家的主事人金光亮一声不吭地把一些纸钱和黄表纸放在一个竹篮里，并且拾起了两碟祭坟的茶饭。

一家人看这情景，一个个都面面相觑。

金光亮脸色阴沉地扫视了一下全家老少，然后开言道："今天是咱们家的高兴日子，应该让地下的祖先也长出上一口气。自从老人入土之后，我们这些活着的不肖子孙，怕连累自己，还没到坟上去祭奠一次呢。现在二锤要去参军，我们什么也不再怕了，今天咱们到祖坟上去，给老人们敬供上一点心意，让他们在地下也平一平心！另外，也给田福堂和孙玉亭这些人看看！二锤，你过来把篮子提上，咱们一块到你爷坟上去！"

金二锤立在门前，抠着手指甲，为难地看着父亲，嗫嚅说："爸，咱们不要这样……"

"怎？"金光亮歪着嘴巴问。

"我爷旧社会的确剥削过穷人，我现在参加了解放军，借此再去祭奠他，政治影响不好……"

金二锤话还没有说完，金光亮就走前一步，伸出巴掌在儿子脸上打了一记耳光，喝问道："你说你去不去？"

金二锤眼里旋转着泪水，说："不……"

金光亮眼里闪着凶光，问："那是不是你爷？"

“是……”

“那你为什么不上他的坟？”

“……”

金光亮又伸开巴掌朝儿子脸上抡过来，结果被光明和光辉挡住了。二锤他妈已经和几个娃娃在锅台后面哭成了一堆。

金光亮怒气冲冲，扑着还要过来打儿子，他的两个弟弟一人扯着他的一条胳膊，在旁边好言相劝。金光明说：“大哥，你的心情我们都能理解，但你也要理解二锤呢。虽说现在政策宽了，我们也还得谨慎一些为好……”金光辉也凑话说：“老人已经是入土的人了，也不在乎咱们这些事。他们在地下也能体谅活人的难处哩……”

“放你们的臭屁！”情绪疯狂的金光亮对两个弟弟破口大骂。他甩开这两个捉他的人，提起那个篮子，一个人恼悻悻地出了门。

临近中午的时候，在小学后面金家祖坟那里，金光亮一个人跪在老地主的坟前，哭丧着脸开始了他的祭祖仪式。与此同时，他的儿子不听家人的劝说，强行骑着他二爸的自行车，提前回了原西县武装部。几天来弥漫在这一大家人中的欢乐情绪顿时烟消云散，而重新被一种不愉快的气氛笼罩了……

在这些激荡的日月里，生活的戏剧常常一幕紧接着一幕，令人目不暇接。谁也想不到，金光亮家的二锤参军走了没几天，他们的邻居金俊文一大家人又迎接了金富的归来。全村人议论的话题立刻又从二锤转移到金富的身上了。

外出半年多毫无音信的金富，突然回到了双水村，这本身就是一条新闻。更何况，金俊文家的这个大小子，像个人物一样，神气活现地出现在大家的面前，不能不使村民们对这个过去不成器的家伙刮目相看。

金富完全成了另外一副样子。一身时新衣服，头发披散在脖项里，大蛤蟆眼镜遮住了半个脸，脚上像金光明一样登着锃亮的皮鞋。

口音也变了，把猪肉说成“大肉”，把金俊武改叫“二叔”，而不叫“二爸”了。但更重要的是，据说这家伙带回来了许多值钱东西，衣服、手表、录音机和各种人们还叫不出名堂的新玩艺儿；光布匹听说就有几大捆！至于钱，有人看见他随手就能在口袋里抓出一大把来。全村人又一次被惊得目瞪口呆。如果说金光亮家成了“政治暴发户”，那么金俊文家又成了双水村的“经济暴发户”。人们纷纷谈论，这两家人猛一下红火成这等光景，或许是因为挪了宅第的原因？当初田福堂把他们从哭咽河老住处往金家湾前村赶的时候，这两家人还哭鼻流水，舍不得当年米阴阳看下的风水宝地呢！现在看来，双水村真正的风水宝地倒是他们现在住的这地方。有的人十分遗憾当年没抢先把自己的家安在那里……

这些天里，村中各处的闲话中心，又充满新奇和激动，把双水村新崛起的人物金富围在人堆中间，吸他的进口外国烟，听他眉飞色舞讲叙大地方的景致。金富尽管把牛皮都吹破了，但有些没见过世面的庄稼人对这些不着边际的神话仍然信以为真。金富吹嘘说他到中南海和华国锋下过三盘棋。第一盘他赢了，第二盘华国锋赢了，第三盘他和华主席下了个和棋，结果双方不分输赢握手言和……

有人问他：“你坐过火车没？”

金富扬起头自负地哈哈一笑，说：“火车算个球！我常坐的是飞机！两月前，我坐飞机就从咱们双水村上空飞过。我当时把头探出来一看，我妈正在哭咽河里洗衣裳哩！田万江我大叔吆一群牲灵在田家圪塄的土坡上往下走；还听见庙坪山玉米地里锄草的婆姨女子笑得咯呱呱的……”

啊啊！所有的人都由不得张开了嘴巴。他们想不到眼前这个人曾经在空中就已经回了一次双水村。

没有多少天，金俊文和他的儿子们就在前后村庄名声大振。他们的钱财引得许多人家托起媒人，要把自己的女儿嫁给金富；金富不行，就是嫁给金富的弟弟金强也可以。

这阵势立刻把金俊文也变成了个人物。这些天来，他穿戴着儿子带回来的“外路货”，不时满脸荣耀地出现在公众面前，那神气很快使人们联想起不久前的金光亮。俊文也已经把旱烟锅撇在家里，出门拿着带嘴纸烟，见人就散。遇上有人给他的儿子说媒提亲，他总是矜持地笑笑，说：“这是娃娃们的事嘛，得由他们自己做主……”

唉唉，世事啊！想当年，东拉河流域的庄稼人，谁愿意把自己的女儿嫁给金俊文不成器的儿子呢？可是现在，人们却像攀皇亲一样，盼望自己的女儿被金富选中。人们！你们怎么能因为贫穷，就以物遮目，而变得如此愚蠢呢？

但对稍有头脑的人来说，有一点至今还是个谜：金俊文的小子大字不识几个，又一直是个“溜光棰”，怎么半年之中就变成了一个神通广大的人物呢？他干什么营生赚下这么多钱？

据金富自己讲，他在外面做大生意，上海广州都跑遍了。但做什么生意，这小子一直说得含糊不清。

对于大多数只走过石圪节的农民来说，外面的世界他们无法想象，也就将信将疑地接受了金富的说法。大概大地方赚钱就是一件很容易的事吧？金富说过，大城市街上到处都是钱。也许的确是这样。唉唉！就算是这样，双水村的大部分农民也没勇气出去到那些地方捡人民币去。看来还是俗话说得对：撑死胆大的，饿死胆小的！

可是，从金富腰缠细软趾高气扬地回家的第一天，有一个人就明白他在外面做什么“生意”。

这人就是金富他二爸金俊武。

被金富现在称呼为“二叔”的俊武，用鼻子也能闻见侄儿是靠什么发横财的。在俊文一家人和村民们谈论这个逛鬼的“本事”和运气时，精明人金俊武早已羞愧得低下了头。俊武同时知道，村里也不是没有人明白金富的“把戏”，只不过人家不说罢了。他清楚，像俊山和孙少安弟兄们，甚至还有田福堂和海民他们，早已在心里嘲笑上他们这家人了。

他自己一直碍于情面，也不愿给大哥大嫂揭穿其中的丑陋。自从彩娥和孙玉亭的麻糊事件发生后，他已经不愿意再看见他家出的丑事扬播到前后村庄；这接二连三的丑闻，将会使他自己的儿子长大后，都没人给媳妇！

他只好忍着不吭声。金富给他家送过来的礼物，他都让老婆客气地退回去了，这使俊文和张桂兰极不满意，好像他金俊武眼红他们发财，才这样伤他们的脸。他老婆也不明白他的做法。她看哥嫂为此不高兴，就提出请金富吃一顿饭来弥补兄弟妯娌间出现的感情裂痕。金俊武这才忍不住破口大骂：“糊脑松！那王八羔子倒是个什么人物值得咱去巴结？三天两后晌，鸡窝里就能飞出金凤凰？那小子的钱财不是从好路上来的，他瞒得了众人，瞒不了我金俊武！”

几天以后，金俊武左思右想，决定找大哥谈一谈。

这天在庙坪山摘完豇豆，已经黄昏了。等众人下山后，俊武就设法和俊文相跟在一起走。

两个人抽了一锅烟，俊武就开口对俊文说：“大哥，有件事我早想和你拉谈拉谈，但一直很难开口……”

金俊文疑惑地问：“什么事？你就直说！”

金俊武牙齿咬了咬嘴唇，也不看大哥，低着头说：“我看金富要闯大祸呀！”

“怎？”金俊文停住脚步，一脸的奇怪。

金俊武委婉地说：“哥，自家的娃娃自家知道。你也不想想，金富一下子就变得那么能行了？这半年多工夫，怎能赚那么多钱呢？咱虽然没出过远门，但凭脑子笨想，估计外面的钱也不那么好赚……”

“生意人凭的是运气！说赚就能赚大票子！”金俊文对弟弟的

说法不以为然。

金俊武沉吟了一会，说：“我也是为咱们家好。咱父亲活着的时候，常指教咱们活人要活得清清白白……”

“那你是说金富的钱财是在外面偷来的？抢来的？”金俊文立刻沉下脸问。

金俊武没有言传。

他态度等于肯定了金俊文的反问。这严重地损伤了俊文的尊严。他有点气愤地对弟弟说：“你不要红口白牙枉说我的娃娃！金富不是那样的人！他是我的小子，是好是坏碍不着两旁世人！”说完便头一扭，独自一个人在前面走了。

金俊武望着大哥远去的背影，长长地叹了一口气。他痛心地感到，他们弟兄之间的关系，已经再不可能像过去那样亲密无间了……

两天以后，百无聊赖的金富心血来潮提出要单独住进他三妈的窑洞里。彩娥改嫁以后，财物大部分拉到石圪节胡得禄那里，她的窑洞就用一把“将军不下马”锁住——这意味着金俊斌这一支人从此就“黑门”了。但窑洞作为遗产，自然还属王彩娥。金富不服此理，认为窑洞理所当然应该由金家继承，因此准备强行进驻。

但金富的弟弟金强倒成了个懂事青年，他劝阻哥哥说不能这样。气盛的金富出口就骂金强。金强骨子里也不是个省油灯盏，两兄弟于是就在他三妈的院子里吵开了架，不一会工夫，自然就吸引了许多村民前来围观。

金强见无法劝阻他哥，就赌气说：“我管不了你！不过，我看你怎往进住呀！除非你把门砸了！”

金富轻松地笑了笑，说：“我什么也不砸就进去了！不信你现在就看！”

金富说罢此话，就在众目睽睽之下，表演了惊人的开锁技巧：他随手拾起一根硬柴棍，走前去在锁眼里一捅，“将军”立刻下了

“马”。转眼间，王彩娥的两扇门就大敞开了……

这一天以后，双水村的人才明白了金富靠什么“本事”在外面弄了那么多的钱财。许多庄稼人羞愧地撤回了自己女儿的媒约，再也不往金家湾前村头跑了。

金富住进他三妈窑洞的当天，和彩娥家沾亲的本村村民刘玉升，像那年“麻糊事件”一样，及时到石圪节去报了信。这次王彩娥没有动用娘家的人马，而拿着公社主任徐治功给双水村大队党支部一封态度坚决的信，回到了村子。她先把公社的信交给田福堂，然后去金家湾那里，双脚跳起，把金俊文和金俊武两家人骂了个狗血喷头。金家的其他人明知理亏，谁也没敢出来应骂。只有金富扑着要出来扯他三妈的嘴，结果被金俊文夫妇硬把这个烈子拦挡住了。

第二天，大队党支部只好派可以和这家人对话的副书记金俊山，向他们传达了公社的强硬决定，让金富立刻将强占的窑洞交出来。

于是，住了一夜的金富只好又从他三妈的窑里搬了出去。至于门上的锁子，倒也不用另买，金富两个手指头一捏，“咯吧”一声就重新锁住了。

过了几天，金富悄无声息地离开双水村，不知又到什么地方做他的“生意”去了……

第十一章

时间大踏步地迈进了一九八〇年。

八十年代的第一个春天，中国社会生活开始大面积地解冻了。广大的国土之上，到处都能听见冰层的断裂声。冬天总不会是永远的。严寒一旦开始消退，万物就会破土而出。

好啊，春天来了！大地将再一次焕发出活力和生机。但是前行的人们还需留心：要知道，春天的道路依然充满了泥泞……

阳历二月下旬到三月初，庄稼人出牛动农之前，生产责任制的浪潮大规模地席卷了整个黄土高原。面对这种形势，社会上尽管仍然有“国将不国”的叹息声，但没有人再能阻挡这个大趋势的发展了。

毫无疑问，这是继“土改”和“合作化”以后，中国近代历史上农村所经历的又一次巨大的变革，它的深远意义目前还不能全部估价。

富有戏剧性的是，二十多年前，中国农村的合作化运动是将分散的个体劳动聚合成了大集体的生产方式，而眼下所做的工作却正好相反。生活往往就是这样。大合大分，这都是一定历史条件下的产物。说不定若干年后，中国农村将会又一次重新聚合成大集体——不过，那时的形式不会也不应该等同于以往了。人类正是这样不断地在否定之否定中发展的。当然，短短几十年中，如此规模的社会大集散，也许只有中国才具备这种宏大气魄。

在黄原地区，尽管地委书记苗凯和人称“苏斯洛夫”的副书记高凤阁，对生产责任制采取了“顶门杠”式的做法，但门还是没有能顶住。被高凤阁说成是田福军的“路线”看来明显占了上风。在去年夏收后的工作基础上，眼下生产责任制已在全区各县所有的农村展开。当然，今年已经比去年走得更远——几乎绝大部分农村都包产到户了。田福军知道，这不是他个人有多少能耐，而是中央的方针和农民的迫切愿望直接汇流才造成了这种势不可挡的局面……

过罢春节不久，小小的双水村就乱成了一窝蜂。对生产责任制抱反感情绪的田福堂，一反常态，干脆来了个“彻底革命”，宣布全村实行“单干”，谁愿怎干就怎干！这态度实际上也是一种不满情绪的发泄——由此不可避免地造成了一时的混乱。

“去他妈的，乱吧！”田福堂在心里说。他甚至有一种快感。

混乱首先从金家湾二队那里开始了。

二队的人成份复杂，加之去年夏收后没实行生产责任组，现在看见一队的人已经见了好处他们心痒痒；如今既然田福堂让大家“单干”，这下可不能再落到一队后面了。于是说分就分，把承包责任制弄得像土改时分地主的财物一样，完全失去了章法。

在分土地的时候，尽管是凭运气抓纸蛋，但由于等级分得不细，纸蛋抓完后还没到地里丈量，许多人就在二队的公窑里吵开了架；其中有几个人竟然大打出手。在饲养院分牲口和生产资料的时候，情况就更混乱了。人们按照抓纸蛋的结果纷纷挤在棚圈里拉牲口。运气好的在笑，运气不好的在叫，在咒骂；有的人甚至蹲在地上不顾体面地放开声嚎了起来。至于另外的公物，都按“土政策”分，分不清楚的就抢，就夺，接着就吵，就骂，就打架；哪怕是一根牛缰绳也要剁成几段麻绳头，一人拿走一段。一旦失去了原则和正确的引导，农民的自私性就强烈地表现了出来。他们不惜将一件完好的东西变成废物，也要砸烂，一人均等地分上那么一块或一片——不能用就不能用！反正我用不成，也不能叫你用得成！连集体的手扶拖拉机都大卸八块，像分猪肉一样，一人一块扛走了——据说拖拉机上的钢好，罢了拿到石圪节或米家镇打造成老镢头……

二队分东西分眼红的人，眼看没个分上的了，竟然跑到公路上去分路边他们队地段上的树木。

大队党支部副书记金俊山经常扮演“救火队”的角色。他看此情，急得去找二队长金俊武，对他说：“咱们金家湾的人是不是都不想活了？公路边上的树怎敢分嘛！那是国家的财产！你是个精明人，今儿个怎这么糊涂？不信你看吧，树一旦分开，社员几天就连根刨了！金家湾半村人恐怕都得让公安局用法绳捆了去！”

金俊武眼角里糊着眼屎，无可奈何地对金俊山说：“我现在也没办法了。一听要单干，队里的人谁还再把我放在眼里呢？社员一哇声要做的事，一个人怎能挡住？再说，就是我不同意这样做，大家说田福堂都同意，你金俊武小子算老几？你管了我们十几年，现在爬远吧！”

俊武说的也是实情。金俊山看没办法了，就到学校去找儿子金成，让他骑自行车去石圪节公社找个领导来——双水村的局势一旦失去控制，金俊山的办法就是找公社领导来解决——这倒也不失为良策。

但小学教师金成嗫嚅着对父亲说：“我是教师，这是村里的事，我怎能把公社领导请动哩？”

不爱发火的金俊山对儿子吼叫说：“你给徐治功和刘根民说，双水村分东西打死了几个人，看他们来不来！”

金成只好骑着车子去了石圪节……

当天晚上，公社副主任刘根民来到了双水村。

刘主任看了金家湾这个局面，当然生气极了。这位年轻的上级领导把田福堂找来，很不客气地把他批评了一通。

田福堂大为震惊：这么个娃娃竟然跑来数落起了他？自他当大队领导以来，历届公社领导还没敢这样批评过他呢！即使是他做错了事，过去的领导也只是婉转地好言相劝——想不到世事一变，这么个毛头小子倒把他像毛头小子一样指教了一番！

不过，人家年龄虽小，但官比他大。田福堂只好检讨说他没把工作做好。但又强调说，他也是为了“执行党的路线”，想把这场运动搞得“轰轰烈烈”……

刘根民立刻让金家湾的“生产责任制”停止进行，并让村民们把分走的东西先交回来；破坏了的生产工具，根据情况，由破坏者照价赔偿。

刘根民接着给徐治功打了招呼，索性在双水村住了下来，开始帮助这个村的两个生产队有条不紊地落实生产责任制。他和大小队两级干部组成了领导小组，没明没黑进行这件复杂的工作。

根据外面有些地方的成熟经验，根民和干部社员反复协商后，把土地按川、山、水、坝地和阳、背、远、近分类分级；牛、羊、驴、马，以等次作价；耙、犁、鞍、锨、铡刀、木锨、木杈、链枷、簸箕以至架子车、钢磨、柴油机等，也统统按好坏折成了钱。土地按人口分。牲畜作价后按人劳比例拉平分，差价互相找补。生产工具纯粹按价出卖给个人。公窑继续作为集体财产保留。树木凡是集体栽种的都作价卖给个人。公路边的树作为集体和国家财产不许动。至于在一九七一年“一打三反”运动中作价归公的私人树木，根据原西县宜粗不宜细的有关政策，活着的归原主，损伤的酌情补钱。另外，大队几个主要领导都给多分了六到十亩土地，以后开会和其他公务误工就一律不再给付报酬了……

几乎经过近半个月的忙乱，赶刘根民回公社的时候，双水村的责任制才终于全部搞完。

现在，这个一贯热闹和嘈杂的村庄，安静下来了。

但是各家各户的生活节奏却异常地紧张起来。春耕已经开始，所有的家庭都忙成了一团。哈呀，多年来大家都是在一块劳动，现在一家一户出山，人们感到又陌生又新奇，同时也很激动。从今往后，自己的命运就要靠自己掌握啰，哪个人再敢耍奸溜滑不好好劳动？谁也没心思再管旁人的闲事，只一头扎在自己的土地上拼起了命；村中所有的“闲话中心”都自动关闭了……

双水村开始了新的生活。同时，新的问题也立刻出现了：几乎一半的学生不再上学，回家来帮父母亲种地。一家一户劳动，既要忙农活，还要经管牲口和放牧羊只，谁家都感到人手紧缺呀！

村中的初中班垮了。这个班大部分学生都回了家，剩下一两个愿意继续上学的，也都转到了石圪节中学。当初因办这个班而增加的教师孙少平和田润生，自然也被解除了教师职务。润生不几天就跟他姐夫李向前去学开车，兴致勃勃地离开了双水村；而愁眉苦脸的孙少平只好像他的学生一样回家去种地。

这样，孙玉厚一家倒有了三个强壮劳力。在现时的农村，这是一个很大的资本，让双水村的人羡慕不已。村民们更羡慕的是，孙少安去年秋冬间在原西城里包工拉砖，赚了一笔大钱——据传说有好几千元哩！啊呀，时势一转变，曾经是村里最烂包的人家，眼看就要发达起来了！

情况的确如此。孙玉厚父子们眼下的腰杆确实硬了许多。只要这政策不变，他们有信心在几年中把光景日月变个样子。尤其是孙少安，他现在手里破天荒有了一大笔积蓄。去年拉砖除过运输费、房租和牲口草料钱，净赚了两千元。另外，铁青骡子卖了一千六百元，还了贷款、贷款利息和常有林的四百元借款，这头牲畜干赚了五百元。两千五百块钱哪！对于一个常常手无分文的庄稼汉来说，这一大笔钱揣在怀里，不免叫人有点惊恐！

是呀，这笔钱如何使用，现在倒成了个问题。

孙玉厚老汉早已表明了态度，他对儿子说：“这钱是你赚的，怎个花法，你看着办吧！爸爸不管你……”

秀莲一门心思要拿这钱箍几孔新窑洞。

她央求丈夫说：“咱结婚几年了，又有了娃娃，一直和牲畜住在一起……自己没个家怎行呢？我已经受够了，我再也不愿钻在这烂窑里！现在趁手头有几个钱，咱排排场场箍几孔石窑洞。箍成窑，这就是一辈子的家当；要不，这一大家人，几年就把这钱零拉完了……你总不能让虎子长大娶媳妇也像你一样……”秀莲说着便委屈地哭了。

其实，少安原来也打算拿这钱箍窑，只是包产到户以后，他心里才有了另外的主意。

他想拿这钱作资金，开办一个烧砖窑。

孙少安在城里拉砖的时候，就看见现在到处搞建筑，砖瓦一直是紧缺材料，有多少能卖多少。他当时就想过，要是能开个烧砖窑，一年下来肯定能赚不少钱。他当时打算回来给大队领导建议开办个砖瓦厂……现在既然集体分成了一家一户，人就更自由了，为什么自己不能办呢？没力量办大点的砖厂，开一个烧砖窑看来还是可以的——像他们家，男女好几个劳动力，侍候一个烧砖窑也误不了种庄稼！

主意拿定后，他先征求了父亲的意见。父亲仍然是老话：你赚的钱你看着办！

接着，孙少安又用了三个晚上，在被窝里搂着秀莲，七七八八给她说好话，讲道理，打比方，好不容易才把箍窑入迷的妻子说通。不过，秀莲让步的附加条件是，烧砖只要一赚下钱，首先就要修建窑洞。

少安答应了她。

清明前后，地已经全部消通，孙少安就在村后公路边属于他们家承包的一块地盘上，开始修建烧砖窑了。他，他父亲，少平，秀莲和他妈一齐上手，用了近半个月的时间，终于修建起了一个烧砖窑。少安在城里拉砖时，已经把烧砖的整个过程和基本技术都学会了。烧砖窑建好后，他率领一家人开始打土坯——在这之前，他已经去了一趟原西城，买回一些必需的工具。

第一窑砖坯很快装就绪。烧砖的炭也用县运输公司的包车拉来了。

这天晚上一直弄到大半夜，才把最后的一切细节都安排好——明天早晨就要点火呀！

鸡叫头遍的时候，少安和秀莲才回到一队的饲养院。现在，牲口都分给了个人，饲养员田万江老汉也搬回家住了，这院子一片寂静。

秀莲累得头一挨枕头就睡着了。

但孙少安怎么也合不住眼——明天一早，烧砖窑就要点火，年轻的庄稼人兴奋得睡不着觉啊！

在这静悄悄的夜晚，他的思绪像泛滥的春水一般。过去的，现在的，未来的，无数流逝的经历和漫无边际的想象在脑子里杂乱地搅混在一起。皎洁如雪的月光洒在窗户上，把秀莲春节时剪的窗花都清晰地映照了出来：一只卷尾巴的小狗，两只顶架的山羊，一双踏在梅花枝上的喜鹊……

少安猛然听见外面什么地方有人说话的声音。

他的心一惊：这时候外面怎么可能有人呢？

他在被窝里轻轻抬起头，支棱起耳朵。可又没听见什么。是不是他产生了错觉？

他正准备把头放到枕头上，却又听见了外面的说话声——这下他确切地听见了，似乎就在外面院子里；而且声音很低，就像传说中的神鬼那般絮絮叨叨……

少安尽管不信迷信，头皮也忍不住一阵发麻。他本想叫醒妻子，但又怕惊吓了她。他就一个人悄悄爬起来溜下炕，站在门背后听了一阵——仍然能听见那声音！

他于是顺手在门圪塄里拿了一把铁锨，然后悄悄开了门，蹑手蹑脚来到院子里。

院子被月光照得如同白昼。

他仔细听了一下，发现那奇怪的说话声来自过去拴牲口的窑洞中。

少安紧张地操着家伙，放轻脚步溜到这个敞口子窑洞前。

啊，原来这竟然是田万江老汉！

老汉没有发现他，立在当初安放石槽的土台子前，仍然喃喃地说着："……大概都不能应时吃夜草了……谁能在半夜里几回价起来添草添料呢……唉，牲灵不懂人言呀，只能活活受罪……"

孙少安忍不住鼻子一酸。他眼窝热辣辣地走到了田万江老汉面前。

万江老汉吓了一跳，接着便嘴一咧，蹲在地上淌起了眼泪。

原来他是在对那些已经被分走的牲口说话！

人啊……

少安也蹲下来，说："大叔，我知道你心里难过。队里的牲灵你喂养了好多年，有了感情，舍不得离开它们。石头在怀里揣三年都热哩，更不要说牲灵了。你不要担心，庄稼人谁不看重牲灵？分到个人手里，都会精心喂养的。再说，这些牲灵都在村里，你要是想它们，随时都能去看望哩……"

万江老汉这才两把揩掉皱纹脸上的泪水，不好意思地笑了，对队长说："唉，我起夜起惯了，睡不踏实，就跑到这里来了……这不由人嘛！”

少安也笑了，说：“今晚上我也睡不着，干脆让我把旱烟拿来，咱两个拉话吧。我还有点好旱烟哩，头茬，我爸喷上烧酒蒸的！”

少安于是又转回家里，尽量不惊动睡熟的妻子，拿了烟布袋和卷烟的纸条，悄悄溜出了门。

他来到隔壁饲养室，和田万江老汉面对面蹲在一块，一边抽烟，一边拉话。这两个被生活的变化弄得睡不着觉的庄稼人，竟然一直呆到庙坪山那边亮起了白色……

天大明以后，仍然精神抖擞的孙少安，就吆喝起一家人，来到了他的烧砖窑前。

在亲人们的注视下，他用微微发抖的手划着一根火柴，庄严地点燃了那团希望的火焰。

清晨，在双水村上空，升起了一片浓重的烟雾……

第十二章

在村里和家里的生活发生翻天覆地变化的时候，孙少平却陷入了极大的苦恼之中。

三年的教师生涯结束了，他不得不回家当了农民。

他倒不仅仅是为此而苦恼。迄今为止，他还不敢想象改变自己的农民身份。当农民就当农民，这没有什么好说的。无数像他这样的青年，不都是用双手劳动来生活吗？他，农民孙玉厚的儿子，继承父业也可以说是一件十分自然的事。

但他不能排除自己的苦恼。

这些苦恼首先发自一个青年自立意识的巨大觉醒。

是的，他很快就满二十二岁——这个年龄，对于农村青年来说，已经完全可以独当门户了。

可是，他现在仍像一个不成事的孩子一样生活在一大家人之中。父母亲和大哥是主事人，他只是在他们设计的生活框架中干自己的一份活。作为一个已经意识到自己男性尊严的人，孙少平在心灵深处感到痛苦。这决不是说他想在家里“掌权”。不，在这一大家人中，父亲和大哥当然应该是当家人。说实话，即使现在让他来主持这个“集体”，他也干不了……

由此看来，他无法从这个现实中挣脱。

但他的确渴望独立地寻找自己的生活啊！这并不是说他奢想改变自己的地位和处境——不，哪怕比当农民更苦，只要他像一个男子汉那样去生活一生，他就心满意足了。无论是幸福还是苦难，无论是光荣还是屈辱，让他自己来遭遇和承受吧！

他向往的正是这一点。

其实，我们知道，这种意识在他高中毕业时就产生了，只不过随着年龄的增长和生活的变迁，他内心这种要求表现得更为强烈罢了。

按说，要做一个安分守己的农民，眼下这社会正是创家立业的好时候。只要心头攒劲，哪怕纯粹在土地上刨挖，也能过好光景。更何况，像他们家现在还有能力办起一个烧砖窑，那前程不用说大有奔头。发家致富，这是所有农民现在的生活主题。只要有吃，有穿，有钱花，身体安康，儿女双全，人活一世再还要求什么呢？

谁让你读了那么些书，又知道了双水村以外还有一个大世界……如果你从小就在这个天地里日出而作，日落而息，那你现在就会和众乡亲抱同一理想：经过几年的辛劳，像大哥一样娶个满意的媳妇，生个胖儿子，加上你的体魄，会成为一名相当出色的庄稼人。不幸的是，你知道得太多了，思考得太多了，因此才有了这种不能为周围人所理解的苦恼……

既然周围的人不能理解他的苦恼，少平也就不会把自己的苦恼表现出来。在日常生活中，他尽量要求自己用现实主义态度来对待一切。

毫无疑问，对孙少平来说，在学校教书和在山里劳动，这差别还是很大的。当教师不必忍受体力劳动的熬苦，而且还有时间读书看报——虽说身在双水村，但他的精神可以自由地生活在一个广大的天地里。如今，从早到晚天天得出山，再也没有什么消闲的时光看任何书报了。一整天在山里挣命，肉体的熬苦使精神时常处于麻痹状态——有时干脆把思维完全“关闭”了。晚上回到家里，惟一的向往就是倒在土炕上睡觉，连胡思乱想的工夫都没有。一个有文化有知识而爱思考的人，一旦失去了自己的精神生活，那痛苦是无法言语的。

这些也倒罢了。最使他憋闷的仍然是不能按照自己的意愿去安排自己的生活。他很羡慕村中那些单身独户的年轻庄稼人，要累就累得半死不活，毕了，无论赶集上会，还是干别的什么，都由自己支配。这一切他都不能。理性约束着他，使他不能让父亲和哥哥对他的行为失望。他尽量做得让他们满意；即使受点委屈，也要竭力克制，使自己服从这个大家庭的总体生活。农村的家庭也是一部复杂机器啊！

他一个人在山里劳动歇息的时候，头枕手掌仰面躺在黄土地上，长久地望着高远的蓝天和悠悠飘飞的白云，眼里便会莫名地盈满了泪水。山野寂静无声，甚至能听见自己鬓角的血管在哏哏地跳动。这样的时候，他记忆的风帆会反复驶进往日的岁月。石圪节中学、原西县高中……尽管那时饥肠辘辘，有无数的愁苦，但现在想起来，那倒是他一生中度过的最美妙的时光。他也不时地想起高中时班上的同学们：金波、顾养民、郝红梅、田晓霞、侯玉英……眼下，这些人都各走了各的路。金波正在黄原跟他父亲学开汽车。红梅和他一样，回村后当了小学教师，听说现在仍然当着。侯玉英的情况他现在不很清楚——他和跛女子早已断绝了“关系”。顾养民和田晓霞如同学们预料的那样，去年秋天都考上了大学。养民如愿地考进了省医学院，晓霞进了黄原师专中文系。

每当想起田晓霞，他总感到一种惆怅和苦涩。自她进入大学后，他就再也没给她写信，主动断绝了联系。有什么必要再联系呢？归根结底，他们走的是两条道路，而且是永远不会交叉的两条路。晓霞给他的最后一封信寄自黄原师专。他没有给她回信，也就没有再收到她的信。他们的关系随之结束了。对于他来说，这也是自己一个人生阶段的结束……

他一个人独处这天老地荒的山野，一种强烈的愿望就不断从内心升起：他不能甘心在双水村静悄悄地生活一辈子！他老是感觉远方有一种东西在向他召唤。他在不间断地做着远行的梦。

外面等待他的生活是什么样子？他难以想象。当然，有一点是肯定的——一切都将无比艰难；他赤手空拳，无异于一丛飘蓬。

唉！有时他又动摇了：还是顺从命运的安排吧！生活在家里，虽说精神不痛快，但一日三餐总不要自己操心；再说，有个头疼脑热，也有亲人的关怀和照料。倘若流落在他乡异地，生活中的一切都将失去保障，得靠自己一个人去对付冷酷而严峻的现实了……

可是，到外面去闯荡世界的想法，还是一直不能从他心灵中勾销。随着他在双水村的苦闷不断加深，他的这种愿望却越来越强烈了。他内心为此而炽热地燃烧，有时激动得像打摆子似的颤抖。他意识到，要走就得赶快走！要不，他就可能丧失时机和勇气，那个梦想就将永远成为梦想。现在正当年轻气盛，他为什么不去实现他的梦想呢？哪怕他闯荡一回，碰得头破血流再回到双水村来，他也可以对自己的人生聊以自慰了；如果再过几年，迫不得已成了家，那他的手脚就会永远被束缚在这个“高加索山”上！

经过不断的内心斗争，孙少平已经下决心离开双水村，到外面去闯荡世界。有人会觉得，这后生似乎过于轻率和荒唐：农村的生活已经开始变得这样有希望，他们家的事业也正在发端之际，而且看来前景辉煌，他为什么要去不属于自己的世界自寻生路？那个陌生的天地会给他带来多少好处？这恐怕只有天知道！

但是，宽容的读者不要责怪他吧！不论在任何时代，只有年轻的血液才会如此沸腾和激荡。每一个人都不同程度有过自己的少年意气，有过自己青春的梦想和冲动。不妨让他去吧，对于像他这样的青年，这行为未必就是轻举妄动！虽然同是外出“闯荡世界”，但孙少平不是金富，也不是他姐夫王满银！

少平已经暗暗把自己外出的目的地选在黄原城。原西县对他来说，已经不算“大地方”。而更大的地方他还不敢去涉足。黄原是合适的。对他来说，那地方已经是一个大世界；再说，离家也不远，坐汽车当天就能返回。

到黄原去干什么？他将在那里怎样生活？

别无选择。他只能像大部分流落异地的农民一样去揽工——在包工头承包的各种建筑工地上去做小工，扛石头、提泥包、钻炮眼……

不管怎样，他是非走不可了。

孙少平把他外出谋生的一切方面都想好以后，决定先和父亲谈这件事。

这天吃过午饭，父子俩到山上一块坡地种玉米。

马上就要立夏，正是玉米和蔓豆大播种的时候——家家户户都在忙这两大科庄稼的耕种。如今不像往年，四山里几乎看不见什么人在劳动。其实，哪个庄稼人也要比往年干得凶！只不过现在一家一户分散在各处，谁也照不见谁的面。

少平家大部分玉米和豆子都已经种完，现在只留下一些零碎土地，也用不着动用牲畜。

父亲在前面拿镢头掏土坑，少平手里端个升子点籽种。两个人都赤脚片，一前一后，来来回回，也顾不得说话。父亲挖坑就像母亲纳鞋底，行行道道，疏密有致，远看如同工艺美术家精心设计的图案。少平耐着性子，尽量把籽种不偏不露点在土坑中间，再补上一个不轻不重的脚印。

终于休息了。父亲蹲在地上抽烟，少平就凑到他跟前，也学着他哥的样，卷了一支旱烟棒。

他用父亲的打火机点着烟抽了几口，然后才鼓起勇气，和父亲谈起了他走黄原的打算。

孙玉厚老汉惊得目瞪口呆。

他“吱吱”地用劲吸着烟锅，思谋了好一阵，才说：“你还小哩！出那么远的门，人生地不熟，我和你妈怎能放心？你怎猛然想起要出门哩？”

少平一时难以给父亲说清楚自己的心思。

“我呆在家里不痛快，想出去跑一跑……”

父亲低倾下头，手指头抠着脚指头，说：“我能想来哩。你从学校回来劳了动，心里难过。没办法啊！世事就是这样。爸爸看见你一天灰土满面的，心里也难过……不过，而今政策宽了，劳动虽说辛苦一些，但吃饭不要再受熬煎。你刚开始出山，爸爸晓得你不习惯。过上一两年，也就习惯了。外面的世界不是咱们的，你出去，还不是要受苦？再说，有个什么事，也没人帮扶你……”

“爸爸，这你不要操心。我二十几的人了，自个儿能管得了自个儿。你就让我出上几天门！你年轻时不是也吆牲灵跑过山西吗？我不到外面闯荡一回，一辈子心平不下来。你就让我走吧！咱们家现在有你和我哥，这点土地你们能耕务过来。我出去，也不是去瞎逛！我也长两只手，兴许还能给家里赚几个活钱。爸爸，你放心……”

孙少平几乎要哭了。

父亲看出儿子为他的行动经过了长时间的准备，显然很难再说服他放弃这种冒险念头。他只好犹豫地说：“那这事你要和你哥商量哩！唉，我老了，世事要看你们闹。不过，爸爸生怕你们有个闪失……”

少平严肃而感动地对父亲点了点头。

玉米地半后晌就种完了——种完就回家，不必像生产队，只要不磨到天黑，就收不了工。

父子俩回家后，离吃晚饭还有很长一段时间。于是他们又收拾了一下，赶到后村头烧砖窑那里给少安两口子帮忙。

孙少安夫妇正忙得不可开交。第三窑砖正烧到紧要关头，少安既要加炭漏灰，还要刁空抢着打下一窑的土坯。还不到热天，他就光穿了件小布褂，脸熏得如同戏里的包公。秀莲头上拢着的毛巾也像烟囱里拉出来的——她正拿铁锹和泥。

少平和父亲一到，四个人上手，活路很快就松宽了。父亲接替少安烧火，让他集中打土坯；少平和泥，让嫂子去溜土。这是一个多么和谐而富有生气的劳动集体！瞧，已出的两窑青砖，约摸一万多块，齐齐整整码在土场边上，像两堵蓝色的长墙。双水村的人面对孙家的这派兴旺景象，谁不眼红？啊呀，不得了！孙少安这小子竟然办起了“工厂”！

天黑以后，少安让家里人回去吃饭。他自己的饭照例由秀莲吃完后送到土场上来——他要照看炉火，不能离开。

等父亲嫂子先后走了以后，少平却磨蹭着没有急忙回家。他一边帮哥哥添炭，一边吞吞吐吐对哥哥说出了他的心事。

少安惊讶得都有点反应不过来了。他生气地对弟弟说：“你胡想啥哩！家里现在这么忙，人手缺得要命，你怎么能跑到外面逛去呢？”

这个“逛”字刺伤了少平的心。他也有点生硬地对哥哥说：“我不是去逛！我是要出去干点事！”

“干什么事？无非是去揽工！你又不是匠人，当个小工，一天挣一两块钱，连自己的嘴都糊不住！你何必要去受这罪呢？你在家里，咱们父子三人，加上你嫂，一边种地，一边经营咱的烧砖窑，这不好好的嘛！”

“我已经二十几的人了，我自己也可以干点什么事！”

少安一时不能理解弟弟是什么意思，难道你现在没事可干吗？

但少安猛然感到，弟弟已经成大人了！他已经不能再像过去一样在他面前以老大自居了！是呀，弟弟大了……本来他应该为此而高兴，可是此刻心里却有一丝说不出的伤感。他早已看出来，弟弟是一个和他想法不太一样的人……

现在，少安已经明白，尽管他不情愿弟弟出走，但看来已经很难劝阻他了。

兄弟俩圪蹴在土场边上沉默了一会，一人嘴里噙着根旱烟棒，使劲地抽着。天已经黑严，远处村子里亮起了模糊的灯光。在金家湾那边，不知谁家婆姨正拖长声音呼叫孩子回家睡觉。东拉河水声朗朗，吟唱着那支永不疲倦的歌……

孙少安已不再和弟弟争辩。他伤感地对少平说："那你看着办吧，你已经成了大人，我……"他感到语塞，竟不知说什么了。

这时候，孙少平的心情也沉重起来。他对哥哥说："我走了，你和爸爸的负担就更重了……"

少安轻轻叹了一口气，说："既然你一心要出去，也就不要牵挂家里。你自己一个人在外面，无依无靠，倒要好好操心哩！家里的事你放心，有我哩……"

黑暗中，两团泪水涌满了少平的双眼……

几天以后，少平就决定走黄原了。

母亲流着泪为他把那点破被褥拆洗了一遍。少安从手头挤出五十元钱，硬往弟弟手里塞——少平只接了十五元；他知道家里现在需要钱，他不愿拿这么多；再说，既然他要出门，就得靠自己的双手去谋生了！

临走的前一天晚上，他打捆好了自己的行李。一条开洞的黑羊毛毡；被褥是早年间姐姐出嫁后留下的，已经缀了许多补钉——三根断麻绳续在一起，便扎住了这出门的全部行囊。

晚上，他和衣躺在土炕上，一直半睡半醒。明天他就要走了，走向一个前途未卜的世界。他现在才感到了一片令人心悸的渺茫，由不得手心里捏出两把汗水……

睡梦中，他感觉有人轻轻地摩挲他的头发。他知道这是父亲的手。他一直等汹涌的泪水通过鼻泪管流进肚子里，才睁开眼睛。

父亲立在炕边，手里拿着当年他上学时用过的那个烂黄提包，说："我出去叫田海民把坏了的拉链修好了。海民说，以后用的时候，拿肥皂擦一擦……"

他克制着哽咽，对父亲说："嗯……"

第二天早晨，从米家镇开往黄原的第一辆长途汽车过来后，挤在公路边上为少平送行的全家人，都举起胳膊拦挡车。

车一停住，少平就立刻提起那卷破烂行李挤了上去。他尽量笑着挥手向亲人们告别，而并不知道两颗泪珠早已从他的脸颊上滑落下来……

第十三章

黄原城是一座古老的城市。据清嘉庆七年版《黄原府记》称，其历史可追溯至周（古为白狄族所居住）。周以后，历代曾分别在这里设郡、州、府，既是屯兵御敌之重镇，又是黄土高原一个重要的物资集散地。现在作为地区首府，管辖着黄原市和周围十五个县，其版图如地委书记苗凯所说，等于一个阿尔巴尼亚。

该城坐落在一个大川道里，四周被连绵的群山包围。黄原河由北向南穿城而过，于几百里外注入黄河。市区在黄原河上建有二桥，连结东西两岸。市中心的桥建于五十年代，称为老桥；桥面相当狭窄,勉强可以对行两辆汽车。上游还有一座新桥,是前两年才修起的；桥面虽然宽阔，但已在城市外围，车辆和行人不像老桥这样拥挤。

城南另有一条小河向北流来，在老桥附近和黄原河交汇。小河叫小南河。在小南河与黄原河汇流处外侧，有一座小山包，长满了密密的树木草丛；而在半山腰一方平土台上，瞩目地立有一座九级古塔！据记载，塔始建于唐朝，明代时进行过一次大修整。此山便得名古塔山。古塔山是黄原城的天然公园,也是这个城市的标志——无论你从哪个方向到黄原城，首先进入视野的就是这座塔。如果站在古塔山上，偌大一个黄原城也便一览无余了。

黄原城以老桥为中心，形成了几个主要的区域。大桥以东统称东关，因为汽车站在这里——这是通往外界的主要“口岸”——各种杂七杂八的市场摊点和针对外地人的服务性行业也就特别多。而进入这个城市的大部分外地人实际上都是来揽工谋生的农村手艺人或纯粹的庄稼汉，因此那些旅馆、饭馆都是档次很低的。东关大桥头也是传统的出卖劳动力的市场，平时经常像集市一般拥满了北方各地漫流下来的匠人和小工，等待包工头们来“招工”。

城市的主要部分在黄原河西岸。东关的街道通过老桥延伸过来，一直到西面的麻雀山下，和那条南北主街道交叉成丁字形。西岸的这条南北大街才是黄原城的主动脉血管。大街全长约五华里。南北街道的中段和东关伸过来的东西大街组成了本城的商业中心，也是全城最繁华的地带。南大街沿小南河伸展开来，大都是党政部门；北段为宾馆、军分区和学校的集中地。除过市中心的商业区，人们分别把这个城市的其他地方称为东关、南关、北关。南关主要是干部们的天地，因此比较清静；北关是整洁的，满眼都是穿军装和学生装的青少年；东关却是一个杂乱的世界，聚集着形形色色的人们……

当孙少平背着自己的那点破烂行李，从拥挤的汽车站走到街道上的时候，他便置身于这座群山包围的城市了。他恍惚地立在汽车站外面，愣然地看着这个令人眼花缭乱的世界。他虽然上高中时曾因参加故事调讲会到这里来过一次，但此刻呈现在眼前的一切对他来说，仍然是陌生的。

一刹那间，他被庞大的城市震慑住了，甚至忘记了自己的存在。

这就是我要开始生活的地方吗？他在心里对自己发出了疑问。你，身上带着十几块钱，背着一点烂被褥，赤手空拳来到这里，你怎样才能生活下去呢？

这一切他自己全然不知道。

他此刻惟一意识到的是，他已经来到了一个“新大陆”。至于到这里怎么办，他一时的确还难以想象。

孙少平发了一会愣怔，便迈着沉重的脚步，往前走去。

到东关大桥头的时候，他看见街道两边的人行道上，挤满了许多衣衫不整或穿戴破烂的人。他们身边都放着一卷像他一样可怜的行李；有的行李上还别着锤、钎、刨、錾、方尺、曲尺、墨斗和破篮球改成的工具包。这些人有的心慌意乱地走来走去，有的麻木不仁地坐着，有的听天由命地干脆枕着行李睡在人行道上。少平马上知道，这就是他的世界。他将像这些人一样，要在这里等待人来买他的力气。

他便自然地加入了这个杂乱的阵营，找了一块空地方把行李搁下。周围没有人注意他参加到他们的队伍中来。和这些同行比起来，他除过皮肤还不算粗糙外，穿戴和行李没有什么异样的。不过，他发现，他和他周围的所有人，也并不被街上行走的其他人所注意。由汽车、自行车和行人组成的那条长河，虽然就在他们身边流动，但实际上却是另外一个天地。街上走动的干部和市民们，没什么人认真地看一眼这些流落街头的外乡人。少平原来还担心碰见晓霞或金波，现在他才知道这种担心是多余的——这不像原西县和石圪节，熟人低头不见抬头见。再说，他们也不会想到他来黄原。

他不熟练地卷起一根旱烟棒，靠着自己的铺盖卷抽起来。此时已经是下午，黄原河被西斜的太阳照耀得一片金光灿烂。河西大片的楼房已经沉浸在麻雀山的阴影中。刚从寂静的山庄来到这里，城市千奇百怪的噪音听起来像洪水一般喧嚣。尽管满眼都是人群，但他感觉自己像置身于一片荒无人烟的旷野里。一种孤单和恐慌使他忍不住把眼睛闭起来。现实的景象消失了。他通过心灵的视觉，却看见了炊烟袅袅的双水村；看见夕阳染红的东拉河边，饮饱水的黄牛抬起头来，静静地凝视着远方的山峦……

“唔……”他像呻吟般地发出一声叹息。

严酷的现实立刻便横在这个漂泊青年的面前。他既没有闯世的经验，又没有谋生的技能，仅仅凭着一股勇气就来到了这个城市。

他靠在砖墙边自己的烂铺盖卷上，久久地闭着眼睛。他内心痛苦而烦乱，感觉自己在这里无法掌握自己的命运。

那么，再返回双水村吗？这很容易，明天早晨买一张汽车票，大半天就回去了——回到他那另一种苦恼之中……可是，他怎么能回去呢？

“不！”他喊叫说，并且睁开了眼睛。他看见周围有几个人在看他，脸上都显出诧异的神色——大概以为他精神不正常吧？

孙少平尽量使自己的精神振作起来。他想，他本来就不是准备到这里享福的。他必须在这个城市里活下去。一切过去的生活都已经成为历史，而新的生活现在就从这大桥头开始了。他思量，过去战争年代，像他这样的青年，多少人每天都面临着死亡呢！而现在是和平年月，他充其量吃些苦罢了，总不会有死的威胁。想想看，比起死亡来说，此刻你安然立在这桥头，并且还准备劳动和生活，难道这不是一种幸福吗？你知道，幸福不仅仅是吃饱穿暖，而是勇敢地去战胜困难……是的，他现在只能和一种更艰难的生活比较，而把眼前大街上幸福和幸运的人们忘掉。忘掉！忘掉温暖，忘掉温柔，忘掉一切享乐，而把饥饿、寒冷、受辱、受苦当做自己的正常生活……

这种自我安慰的想法，使孙少平的心平静了一些。他开始谋算自己眼下该怎么办。

他没想到聚在东关“找工作”的人这么多。他看见，每当一个穿油污涤卡衫的包工头，嘴里噙着黑棒烟来到大桥头的时候，很快就被一群揽工汉包围了。包工头就像买牲畜一样打量着周围的一圈人，并且还在人身上捏捏揣揣，看身体歪好，然后才挑选几个人带走。

带走的人就像参加了工作一样高兴；而没被挑上的人，只好灰心地又回到自己的铺盖卷旁边，等待着下一个“救世主”来。

当又一位嘴噙黑棒烟的家伙来到大桥头的时候，少平也毫不犹豫地跟随众人，挤到了他的跟前，怀着激动的心情等待选拔。

这人迅速扫视了一下周围，说：“要三个匠人！”

“要不要小工？”有人问。

“不要！”

那些匠人们便带着高人一等的优越感，把赤手空拳的小工撂在一边，纷纷问包工头：“一个工多少钱？”

“老行情！四块！”

所有的匠人都争着要去，但包工头只挑了其中三个身体最好的带上走了。

孙少平只好沮丧地退回到砖墙边上。

麻雀山后面最后一缕太阳的光芒消失了。天色渐渐暗下来。街上和桥上的路灯都亮了——黑夜即将来临。大桥头的人群稀疏起来。

孙少平仍然焦急地立在砖墙边上。看来这工不好上！至少今天是没有任何希望了！

那么，他晚上到什么地方去住呢？

本来他可以去找金波。但他不愿找他。他不愿意这么一副样子去找他的朋友。当然，他可以去住旅社——他身上带着哥哥给的十五块钱。旅社很容易找，东关街巷的白灰墙上，到处画着去各种旅社的路线箭头，纷乱地指向东面梧桐山下层层叠叠的房屋深处。

但他舍不得花钱。

他想到了车站的候车室。是呀，那里有长木栏椅子，睡觉蛮好的！

他于是就提起那点行李，重新返回到长途汽车站。

他在候车室门口就被一位戴红袖标的值勤老头拦挡住了。这里不让住宿！

唉，不让住也有道理。如果这里可以过夜，那么揽工汉把这地方挤不破才怪哩！

他碰了一鼻子灰，只好离开了。

现在，他又重新踯躅在东关的街道上。夜幕下的城市看起来比昼间更为壮丽；辉煌的灯火勾勒出五光十色的景象，令人炫目。大街上，年轻的男女们拉着手，愉快地说笑着，纷纷向电影院走去。旁边一座灯火通明的家属楼上，不知哪个窗口飘出了录音机播放的音乐，一位女歌唱家正柔声曼气地唱着——

你是一朵向日葵，
遍体金黄比花美。
吐露芬芳为了谁，
你又为谁百折不回？

笑得是那样美，
从来不流辛酸泪！
但愿我和你长相随，
一生一世紧相依偎。

孙少平扛着自己的被褥，手里拎着那个破黄提包，回避着刺目的路灯光，顺着黑暗的墙根，又返回到了大桥头。这大桥无形中已经成了他的“家”。现在，揽活的人大部分都离开了这里，街头的人行道被小摊贩们占据了。

他走到桥中央，伏在水泥桥栏杆上，望着满河流泻的灯火，心绪像一团乱麻。他现在集中精力考虑他到什么地方去度过这个夜晚。

他突然想起，离家时父亲曾告诉过他，黄原城有他舅一个叔叔的儿子，住在北关的阳沟大队，有什么事可以去找他。尽管这亲戚关系很远，但总算还能扯上一点，比找纯粹的生人要强。要不要去找这位远亲舅舅呢？

但少平想，他人生路不熟，得边走边打听，赶天明都不一定能找见这家亲戚。

他简直走投无路了。现在才是阴历四月初，天气仍然不暖和；尤其是夜间，还相当冷。要不，他可以到周围的山野里去度过这一夜。街头上更不能过夜，万一让警察带走，会急忙说不下个明白的。而这城里的熟人他又不愿意去找啊……

他猛然想起了一个半生不熟的人：贾冰。

是的，或许可以去找他？贾老师是个诗人，说不定他会更理解人，而不至于笑话他的处境。他那年来黄原讲故事，和晓霞一块跟着当时的县文化馆杜馆长，应邀去贾老师家吃过一顿饭。记得他们家有好几孔窑洞，说不定能在那里凑合几个晚上呢！只要晚上有个住处，白天他就可以到大桥头来找活；只要找下活干，起码吃住就有了着落。

这么想的时候，孙少平已经起身往贾冰家走了。

贾冰家在南关一个小土坡上，他不一会就到了。

他刚一进贾冰家的院子，一条大黑狗“汪”一声蹿了出来，他吓得往旁边一跳，把手里的黄提包像手榴弹一样向狗扔去。

“男爵！”有人从窑里喊了一声，紧接着便走出窑洞来。

少平一眼认出这就是贾老师。

“男爵，回去！”贾冰对狗说。那位张牙舞爪的“男爵”便向旁边的窝里悻悻而去。

贾冰走过来，看定他，问：“你找谁？”

贾老师显然已经不认识他了。

“贾老师，我是孙少平……”他谦恭地说。

“孙少平？”贾老师仍然想不起来他是谁。

是的，他太平凡了。那年仅仅一面之交，还是杜馆长带着，人家怎么可能记住他呢？

“那年地区故事调讲会，我跟杜馆长来过你们家。我是原西县石圪节公社双水村的……”少平竭力提示贾老师，以便让他能想起他来。

“噢……”贾冰看来有点印象。

孙少平立刻用简短的话说明他的卑微的来意。

“那先回窑里再说。”贾冰从地上拾起他的黄提包，引着他进了窑。

窑里一位中年妇女正在一个大盆里翻洗猪肠子。贾冰对她说：“这是咱们县的一位老乡，到黄原来揽工，晚上没处住，找到这里来了。”

那位妇女大概是贾冰的爱人。她既没看一眼少平，也没说话，看来相当不欢迎他这个不速之客。少平并不因此就对贾冰的爱人产生坏看法。他估计这家人已经不知接待了多少像他这样来黄原谋生的亲戚和老乡，天长日久，自然会生出厌烦情绪来。

“你吃饭了没？”贾冰问。

“吃了。”他撒谎说。

“来揽工？”

“嗯。”

“为什么？你不是上过高中吗？”

“嗯。”

“那为什么跑出来揽工？”

“我一时也说不清楚……”

“你喜欢诗歌吗？”

“我……”

“噢……黄原的钱也不好赚！”

少平敏感地意识到，如果他对贾老师说，他喜欢诗歌，并且念出什么人的几句来，说不定他今晚可能会得到较好的接待。但他谈不到对诗歌有什么特别的爱好。他不愿在这方面撒谎。现在他猜想，诗人大概把他看成了一个纯粹为赚钱而借宿的凡夫俗子，因此不可能对他有什么兴趣。

不过，看来贾老师念过去的一面交情，还不准备把他拒之门外。他把他引在隔壁一个放杂物的小土窑里，说：“这窑常不生火，可能有点冷，你就凑合着住吧！”

“这就蛮好了！”他感激地说。

晚上，少平躺在自己单薄的被褥里，很久合不住眼。他想，这里看来只能借宿一个晚上。明天一早，他就应该去北关的阳沟大队找那位远门亲戚，争取在那里住下来。然后他得千方百计找个营生干；只要有活做，有个吃住的地方，哪怕先不赚钱都可以……

第十四章

第二天窗户纸刚发亮，少平就悄悄地爬起来。

他到院子里的时候，贾冰一家人还在熟睡之中。

他很快离开这里，转到了街道上。

从南关通往北关的大街上，除过赶长途汽车的旅客外，此刻还没有什么人。

他迎着清冷的晨风，在静悄悄的街道上匆忙地走着。城市的一切在他眼里都是模糊的，他现在一心想的只是要找到那位没见过面的亲戚。

赶到北关的时候，天已经大亮了。

他从一个扫街道老头那里打问清楚了去阳沟的路。于是在黄原宾馆旁边折转身，拐进了一条小沟。沟道相当狭窄，两面坡上像蜂窝似的挤满了房屋和窑洞。从这些房屋和窑洞好坏差异来看，少平估计这里是干部、工人和农民的混杂居住区。

他在沟道中没有铺沥青的土路上一边走，一边发愁地想：在这么密集庞杂的居住区寻找一家农民，看来太困难了。迎面不时有骑自行车和步行的人走过来，但他没有开口。这些都是上班的干部或工人，他们不可能知道有个叫马顺的庄稼人。

他看见路边水井旁有个正用辘轳绞水的老头，尽管穿戴也还可以，但可能是个农民——城边上的农民穿戴当然不像山区农民一样破烂。

他便试着走过去向这老头查问他的亲戚马顺。

一下问对了！老头向他指了指阳面土坡上的一个院子，说："就住在那里，我们原来是一个生产队的。"

少平的心咚咚地跳着，兴奋地爬上了那个小土坡。

马顺两口子看来刚起床，尿盆都还没倒，两个孩子仍然在炕上睡觉。

当少平向他的亲戚说明他是谁的时候，没见过面的远门舅舅和妗子算是勉强承认了他这个外甥。

马顺看来有四十岁左右，一张粗糙的大脸上，转动着一双灵活的小眼睛。他不冷不热打量了他一眼，问："你就这么赤手空拳跑出来了？"

"我的行李在另外一个地方寄放着，我想……"

少平还没把话说完，他妗子就对他舅恶狠狠地喊叫说："还不快去担水！"

少平听声音知道她是向他发难。他于是立刻说："舅舅，让我去担！"说话中间，他眼睛已经在这窑里搜寻水桶在什么地方。

水桶在后窑掌里！他没对这两个不欢迎他的亲戚说任何话，就过去提了桶担往门外走。马顺两口子大概还没反应过来，他就已经到了院子里。

他舅撵出来说："井子你怕不知道……"

"知道！"他头也不回地说。

孙少平一口气给他的亲戚担了四回水——那口大水瓮都快溢了。

这种强行替别人服务的"气势"使亲戚不好意思再发作。马顺两口子的脸色缓和下来，似乎说：这小子看来还精着哩！

他舅对他说：“你力气倒不小。是这，我一下子想起来了，我们大队书记家正箍窑，我引你去一下，看他们要不要人。你会做什么匠工活？”

“什么也不会，只能当小工。”少平如实说。

“噢……我记得前两年老家谁来说过，你不是在你们村教书吗？小工活都是背石头块子，你能撑架住？”

“你不要给人家说我教过书……”

“那好吧，咱现在就走。”

马顺接着就把少平引到他们大队书记的家里。

书记正和一个干部模样的人坐在小炕桌旁边喝啤酒。桌子上摆了几碟肉菜。

少平跟他舅进去的时候，书记没顾上招呼他们，只管继续对那个干部巴结地笑着说：“……这地盘子全凭你刘书记了！要不，我这院地方八辈子也弄不起来……喝！”书记提起啤酒瓶子和那人的瓶子“咣”地碰了一下，两个人就嘴对着瓶口子，每人灌下去大半截。

把啤酒瓶放下后，书记才扭头问：“马顺，你有什么事？”

他舅说：“我引来个小工，不知你这里要不要人了？”

“小工早满了！”书记一边说，一边又掂起啤酒瓶子对在嘴巴上。不过，他在喝啤酒的一刹那间用眼睛的余光打量了一眼少平。

估计书记看这个“小工”身体还不错，就对那位干部说：“你先喝着，我和他们到外面去说说！”

三个人来到院子里，书记问马顺：“工钱怎么说？”

“老行情都是两块钱……”他舅对书记说。

书记嘴一歪，倒吸了一口气。

“一块五！”少平立刻插嘴。

书记“扑”一声把吸进嘴里的气吐出来，然后便痛快地对少平说：

“那你今天就上工！”

他舅在旁边愣住了，不知外甥为什么把自己卖了这么低的价钱。

对于少平来说，就是一天挣一块钱也干。

他先问最迫切的问题：“能不能住宿？”

“能！就是敞口子窑，没窗户。”主家说。

“这不要紧！”

上工的事谈妥后，少平性急地连他舅家也没再去，就起身直接到南关贾冰家寻他的铺盖卷。

来到大街上，他觉得脚步异常地轻松起来。这时他才注意到街道两旁的景致。商店的门都开了，到处是熙熙攘攘的人群。大橱窗里花花绿绿，五光十色。姑娘们率先脱去了冬装，换上鲜艳的毛衣线衣，手里拎着时髦的小皮革包，挺着高高的胸脯在街市上穿行。人行道上的汉槐洋槐缀满了一嘟噜一嘟噜雪白的花朵，芬芳的香味飘满全城。

孙少平浑身像剥去了一层沉重而坚硬的甲壳，胳膊腿充满了柔韧的弹性。他感到春风吹拂在脸上，就像一只温柔的手在亲切地抚摸着他。他内心洋溢着欢乐——他终于有“工作”了！

到南关的时候，他在副食门市部买了一盒饼干，准备送给贾老师的孩子们。不论怎样，他很感激这位诗人让他在他们家留宿了一夜；否则，他昨天晚上就要露宿街头了。

少平走到贾冰家，很快收拾好自己的行李，把那盒饼干留下，就向贾老师两口子告辞，起身到北关去。

贾冰和他爱人看来有点过意不去——他们此刻大概已经明白，这后生不是那种死皮赖脸的人。

“你如果没处住，再来！”贾冰对他说。

“贾老师，我能不能借你一本书？我看完就给你送回来！”少平最后惴惴不安地提了一个要求。

“可以！你自己到书架上去拿！”贾老师痛快地说。看来他对爱学习的人很乐意帮助。

少平于是在书架上挑了一本《牛虻》——他很早就听晓霞介绍过这本书。

就这样，他背着自己的铺盖卷，手里提着那只烂黄提包，怀里揣着《牛虻》，来到了北关阳沟大队书记家。

书记的老婆是个精明麻利人，看来最少能主半个家事。她引着少平，把他送到匠工们住的敞口子窑里，并且又把站场监工的亲戚叫来，把他交代给了这位工头。

这敞口子窑铺了一地麦秸；麦秸上一摆溜丢着十七八个铺盖卷，地方几乎占满了。少平只好把自己的那点行李放在窑口最边上的地方。

吃过中午饭，少平就上了工。

他当然干最重的活——从沟道里的打石场往半山坡箍窑的地方背石头。

背着一百多斤的大石块，从那道陡坡爬上去，人简直连腰也直不起来，劳动强度如同使苦役的牛马一般。

少平尽管没有受过这样的苦，但他咬着牙不使自己比别人落后。他知道，对于一个揽工人来说，上工的头三天是最重要的。如果开头几天不行，主家就会把你立即辞退——东关大桥头有的是小工！

每当背着石块爬坡的时候，他的意识就处于半麻痹状态。沉重的石头几乎要把他挤压到土地里去。汗水像小溪一样在脸上纵横漫流，而他却腾不出手去揩一把；眼睛被汗水腌得火辣辣地疼，一路上只能半睁半闭。两条打颤的腿如同筛糠，随时都有倒下的危险。这时候，世界上什么东西都不存在了，思维只集中在一点上：向前走，把石头背到箍窑的地方——那里对他来说，每一次都几乎是一个不可企及的伟大目标！

三天下来，他的脊背就被压烂了。他无法目睹自己脊背上的惨状，只感到像带刺的葛针条刷过一般。两只手随即也肿胀起来，肉皮被石头磨得像一层透明的纸，连毛细血管都能看得见。这样的手放在新石碴儿上，就像放在刀刃上！

第三天晚上他睡下的时候，整个身体像火烧着一般灼疼。他在睡梦中渴望一种冰凉的东西扑灭他身上的火焰。他梦见下雨了，雨点嘀嗒在烫热的脸庞上……一阵惊喜使他从睡梦中醒了过来。真奇怪！他感觉自己脸上真有几滴湿淋淋的东西。下雨了？可他睡在窑里，雨怎么可能滴在脸上呢？

他睁大眼，发现他旁边的一个石匠正光着屁股往被窝里钻。他感到一阵发呕，赶忙用被子揩了揩脸——他知道，这是那个撒完尿的石匠从他身上跨过时，把剩下的几滴尿淋在了他的脸上。没有必要发作，揽工汉谁把这种事当一回事！

他蒙住头，很快又睡得什么也不知道了……

三天以后，孙少平尽管身体疼痛难忍，但他庆幸的是，他没有被主家打发——他闯过了第一关！

以后紧接着的日子，一切都没有什么变化。他继续咬着牙，经受着牛马般的考验。这样的时候，他甚至没有考虑他为什么要忍受如此的苦痛。是为那一块五毛钱吗？可以说是，也可以说不是。他认为这就是他的生活……

晚上，他脊背疼得不能再搁到褥子上了，只好趴着睡。在别人睡着的时候，他就用手把后面的衣服撩起来，让凉风抚慰他溃烂的皮肉。

这天晚上，当他就这样趴着睡觉的时候，突然感觉有人在轻轻摇晃他的头。

他一惊，睁开眼，看见他旁边蹲着一位妇女。

他在睡眼矇眬中认出这是书记的老婆。他赶紧把背后的衫子撩下去，遮住了自己的脊背。

“你原来是干什么的？”书记的老婆轻声问他。

“我……一直在家里劳动。”少平吞吞吐吐说。

书记的老婆摇摇头，说：“不是！你就照实说。”

少平知道他瞒哄不住这位夜访的女主人了，只好把头扭向一边，说：“我原来在村里教书……”

书记的老婆半天没言传。后来听见她叹了一口气，就离开了。

少平再也不能入睡。他透过洞开的敞口窑，望着天上那轮明月，忍不住眼里涌上了两团泪水。一片深沉的寂静中，很远的地方传来拖拉机的“突突”声……他心想：也许明天他就会被主家打发走——那他到什么地方再能找下活干呢？

第二天，出乎少平意料的是，他不仅没有被打发走，而且还换了个“好工种”——由原来背石头调去钻炮眼。

新的活当然要比背石头轻松得多。通常这种美差都是由站场工头的亲戚或朋友干的。不用说，和他一块背石头的小工都大为震惊：为什么突然把你小子“提拔”了？

少平心里明白，这是女主人对他动了恻隐之心。唉，为了这位好心的妇女，他真想到什么地方去哭一鼻子。对他来说，换个轻活干当然很好，但更重要的是，他在这样严酷的环境中，竟然也感觉到了人心的温暖。毋庸置疑，处在他眼下的地位，这种被别人关怀所引起的美好情感，简直无法用言语来表述……

半月以后，孙少平已经开始渐渐适应了他的新生活。脊背上溃烂的皮肉结成了干痂，变成了一种深度的疼痛；而不像开始时那般尖锐。手上的肉皮磨薄后又开始厚起来，和石头接触也没有了那种刀割般的疼痛感。身架被强度的劳累弄得松松垮垮——这样就可以较为舒展地承受一般的压力……

黄土高原第一场连绵的春雨来临了。雨天不能出工，做活的工匠们就抓紧时间，开始白天黑夜倒在没门没窗的敞口子窑里睡觉；沉重的鼾声如雷一般此起彼伏。雨天不出工，当然没有工钱，但主家按行规给工匠继续管饭。

下雨的第二天，少平睡足觉后，很想去街上走一走。他计算过，他已经赚下二十多块钱。他想从主家那里预支十块，加上他原来带的十几块钱，到街上为自己买一身外衣——他的衣服烂得快不能见人了。

他从女主人那里拿了钱以后，又从一个工匠那里借了一顶破草帽，就一个人冒着濛濛春雨来到街上。

雨中的大街行人稀稀疏疏，小汽车溅着水疾驶而过；远处，涨水的黄原河发出深沉的呜咽。

少平从阳沟泥泞的路上走出来后，先忍不住趴在黄原宾馆的大铁门上，向里面张望了一会——那里面是他所不了解的另一种生活……

离开这座富丽的建筑物，不知为什么，他猛一下想起了田晓霞。

是的，他们又在同一个城市里了——不远处就是著名的黄原师专。但他决不会再去找她。人家已经成了大学生，他现在是个揽工小子，怎么能去找她呢！随着社会地位差距越来越大，过去的那一切似乎迅速地变得遥远了。他想，要是眼下碰见晓霞，双方也一定会有一种陌生感……朋友，看来我们是永远地分别了！

少平走到市内最大的一个百货商店，为自己细心地挑选了一身深蓝涤卡衣服。他怀着喜悦的心情，把这身玻璃纸包着的服装夹在胳膊窝里，然后又顺着街道闲逛了一会，就返身向阳沟那里走去；买衣服后，他身上就没几个钱了，在街上瞎逛荡还不如回去再睡一觉！

当他从街上回到那个敞口子窑后，满窑的工匠仍然睡得像死人一般。

他从被子旁把黄提包打开，将新买来的衣服放进去。这时候，他才发现了提包里那本《牛虻》——半月来，他已经忘记了从贾老师那里借来的这本书；甚至也忘了他自己是个识字人呢！好，雨天不出工，他现在正好能看这本书了。

他内心立刻感到一种颤栗般的激动！

他很快倒在自己的一堆烂被子里，匆忙地打开了那本书，竟忍不住念出了声："亚瑟坐在比萨神学院的图书馆里，正在翻查一大堆讲道的文稿……"

第十五章

短短一个多月时间里，孙少安的烧砖窑就出了四窑砖。每窑七千块，四七两万八千块砖。除过运费、煤费和毛收入百分之十的税纳过以后，每块砖净得利二分五厘。算一算，一家伙就赚下七百来块钱！

目光远大的孙少安，政策一变，眼疾手快，立马见机行事，抢先开始发家致富了；黑烟大冒的烧砖窑多么让人眼红啊！

少安已经渐渐上升为双水村第一号瞩目人物。田福堂、金俊山等过去的“明星”在人们眼里多少有点逊色了。

现在，孙玉厚家尽管还是过去那院烂地方，但上门的人却显然增多了。村里有些开口借十来八块紧用钱的庄稼人，孙少安都慷慨地满足了他们的愿望。对于孙家来说，这不仅仅是给别人借钱，而是在修改他们自己的历史。是啊，几辈子都是他们向人家借钱，现在他们第一次给别人借钱了！

但是，外人并不知晓，孙少安的事业在大繁荣的后面，充满了重重的困难。可以毫不夸张地说，每一分钱几乎都是用血汗换来的。要维持一个烧砖窑，起码得三四个好劳力。他们一家人既要种庄稼，又要侍候这个庞然大物，已经把力气出到了极限。少平在家的时候，三个男劳力加上秀莲，还能勉强两头应付。少平一走，父亲一个人忙山里的活已经力不从心，因此少安夫妇办这个烧砖窑也到了纳命的光景。挖土、担水、和泥、打坯、装窑、烧火、出砖……每一样都是重苦活。两口子天不明忙到黑灯瞎火，常常累得饭也吃不下去；晚上睡在被窝里，连亲热一会的精力都没有——辛苦得梦中都在呻吟……

眼下，时令已经到了夏至，麦子面临大收割，山上所有的秋田都需要锄草；同时还得种回茬荞麦。这些活孙玉厚老汉一个人是再也忙不过来了！

烧砖窑只好停工。

对于赚钱赚得心正发热的少安夫妇来说，停止烧砖是一件很痛苦的事。可是没有办法！少安要帮父亲去干山里的活。

秀莲开始动气了。

自结婚以来，秀莲从不和少安吵架。即使有些事她心里不痛快，一般都忍让着少安，丈夫说怎办就怎办。那些年，亲爱的男人受死受活支撑着这个又大又穷的家，她心疼他，决不给他增添烦恼。可是现在，随着家庭生活的好转，又加上他们的事业开始红火起来，秀莲渐渐对家庭事务有了一种参与意识。她在这个家庭再也不愿一味被动地接受别人的领导，而不时地想发出她自己的声音。是呀，她给这个家庭生育了后代；她用自己的劳动为这个家庭创造了财富；她为什么不应该是这个家庭的一名主人？她不能永远是个附庸人物！

她首先对少平的出走大为不满。她对丈夫说："我们要把这一家人背到什么年代呀？少平屁股一拍走了黄原，逛花花世界去了，家里这么多活，把咱两个都快累死了！别人看不见咱的死活，咱为什么给别人挣命呢？当初少平年龄小，咱受死受活没话说。现在二十大几的后生，丢下老小不管，图自己出去畅快！我们凭什么还要给这些人挣命？”

秀莲这样数落的时候，少安一句话也不说。当然，他心里对少平出走黄原也不满意——但他怎能和自己的老婆一块攻击自己的弟弟？

秀莲见丈夫不言语，便有点得寸进尺了。她进一步发挥说：“咱们虽说赚了一点钱，可这是一笔糊涂账！这钱是咱两个苦熬来的，但家里人人有份！这家是个无底洞，把咱们两个的骨头填进去，也填不了个底子！”

“山里的活不是爸爸做着哩嘛！”少安反驳说。

“如果把家分开，咱就是烧砖也能捎带种了自己的地！就是顾不上种地，把地荒了又怎样？咱拿钱买粮吃！三口人一年能吃多少？”

其实，这话才是秀莲要表达的最本质的意思。小两口单家独户过日子，这是秀莲几年来一直梦想的。过去她虽然这样想，但一眼看见不可能。当时她明白，要是她和少安另过日子，丢下那一群老小，光景连一天也维持不下去。可现在这新政策一实行，起码吃饭再不用发愁，这使她分家的念头强烈地复发了。她想：对于老人来说，最主要的不是一口吃食吗？而他们自己还年轻，活着不仅为了填饱肚子，还想过两天排排场场轻轻快快的日子啊！

“我已经受够了！”她泪流满面地对丈夫说，“再这样不明不白搅混在一起，我连一点心劲也没了！”

“家不能分！”少安生硬地说。

“你不分你和他们一块过！我和虎娃单另过光景！”秀莲顶嘴说。

孙少安大吃一惊。他没想到，他的妻子一下变得这么厉害，竟然敢和他顶嘴！

他已经习惯于妻子对他百依百顺，现在看见秀莲竟然这样对他不尊重，一时恼怒万分！大男子的自尊心驱使他冲动地跳起来，扑到妻子面前，举起了他的老拳头。

“你打吧！你打吧！”秀莲一动也不动，哭着对丈夫说。

少安猛一下看见妻子那张流泪的脸被劳动操劳得又黑又粗糙，便忍不住鼻子一酸，浑身像抽了筋似的软了下来；他不由展开捏紧的拳头，竟然用手掌为妻子揩了揩脸上的泪水。

秀莲一下子扑在他怀里，哭着用头使劲地蹭着他的胸口，久久地抱着他不放开。

少安用手抚摸着妻子沾满灰土的黑头发，闭住双眼只是个叹气……

他心疼秀莲。自从她跟了他以后，实在没享过几天福。穿缀补钉的衣服，喝稀汤饭，没明没黑地在山里劳动……她给他温暖，给他深切的关怀和爱抚，并且给他生养下一个活泼可爱的儿子。几年来，她一直心甘情愿和他一块撑扶这个穷家而毫无怨言。对于现时代一个年轻的农村媳妇来说，这一切已经难能可贵了。瞧瞧前后村庄，结婚几年还和老人一块过日子的媳妇有多少？除过他们，没有一家不是和老人分开过的！眼下，尽管他对妻子的行为生气，但说实话也能理会她的心情……

孙少安陷入到深深的矛盾中去了。这矛盾在很大程度上是由新的生活带来的。过去的年月，一家人连饭也吃不上，他的秀莲根本不会提念分家的事啊！

但是，不管从理智还是从感情方面讲，他无法接受分家的事实。他从一开始担负的就是全家人的责任，现在让他放弃这种责任是不可能的。这不仅是一个生活哲学问题，更主要的是，他和一家老小的骨肉感情无法割舍。他们这个家也许和任何一个家庭不同。他们真正是风雨同舟从最困苦的岁月里一起熬过来的。眼下的生活尽管没有了什么大风险，但他仍然不愿也不能离开这条“诺亚方舟”！

他怀抱着妻子，抚摸着她的头发，声音尽量温柔地劝她：“秀莲，你是个明白人，你不要叫我作难。我求求你，你心里不管怎样想都可以，但千万不要在脸上带出来。爸爸妈妈一辈子很苦，我不愿意叫他们难过……”

他捧起妻子泪迹斑斑的脸，吻了又吻。

丈夫的态度虽然使秀莲的情绪缓和下来，但她的意志并没有被温柔的爱抚所瓦解。她现在先不提分家的事了，转而又提出把手头的几百块钱拿出来，给他们建设一院新地方！

少安说：“新地方迟早总要建的，可现在咱们的烧砖窑才刚开始出砖嘛！等明年多赚下一点钱，咱一定箍几孔像样的新窑！”

“少安，你听我说！明年谁知道又是个什么社会！趁咱现在手头有了一点钱，这地方是无论如何要建的。这可不是我专意要糊涂，少安！这点钱不咬着牙做点事，三抛撒两破费就不见影了。你还是听我一次话，咱们箍窑吧；钱要是不够，再从我娘家借一点……你就答应我吧！咱在牛驴窝里已经钻了几年，总不能老是没自己的一个家……”

妻子的这番话倒使少安的心动了。他感到秀莲的话也有一定的道理。只不过，他原来打算要建就建个像样的家，而现在靠手头这点钱能弄出个啥名堂来？

他于是劝秀莲先耐一下心，让他思量思量花费再说……

孙少安思量过来又思量过去，建三孔纯粹的砖窑或石窑，眼下这点钱根本不够用。就说箍三孔砖窑吧，除过自己的砖不算，每孔窑最少得六个大工；每个大工又得四个小工侍候。三六十八个大工，四六二十四个小工；每个大工五元工钱，每个小工二元工钱，光这一项就得一百三十八元。每架门窗从买木料到手工得一百五十元；三架门窗四百五十元。白灰五千斤，每斤二分钱，得用一百元。人均一天三斤粮，总共得六袋面粉；每袋议价十六元，也得用一百来元。还有烟、酒和其他费用……我的天！这把他手头的钱花干也不够。再说，下一步怎开办事业呀？再去问人家借钱吗？他已经借怕了……

后来，少安突然想，干脆打三孔土窑洞，然后在土窑洞上接砖口，这样也阔气着哩！土窑打好了，不比硬箍石窑和砖窑差。另外接个砖口，再戴个“砖帽”，既漂亮，也省钱省砖。

对，这是个好办法！

他和秀莲一商量，秀莲也蛮高兴的。

孙少安下了很大的决心，才向父亲吐露了他的心事。他怕父亲对他有看法——刚赚下几个钱，就忙着为他们小两口建新窑！

但是开通的老人反而为这事很高兴。他对儿子说：“爸爸也有这个想法哩！现在趁手头有几个钱，赶快给你们营造个地方！爸爸为这事已经不知熬煎了多少年，心里老是揣着一颗疙瘩，觉得对不起你们。本来，这是老人的责任！爸爸没本事，给你们建不起个家来。现在你们自己刨挖着赚了两个钱修建地方，爸爸还有不支持你们的？要弄就尽快弄！”

少安被父亲的一番话说得激动不已。为自己建个新家，何尝不是他多年的梦想啊！可过去那仅仅是梦想罢了。想不到现在，这就要成为真的了？应该感谢这新的生活……

他充满激情地对父亲说：“先不忙，等我帮你把庄稼锄过再说！”

孙少安帮助父亲把山里的秋田锄过以后，也没有能立刻开始他的建窑计划——他还要和父亲到罐子村去帮助姐姐家锄地。

他姐夫过完春节就又到外面流窜去了，半年来没见踪影。据上次他们村金富回来说，他曾在郑州火车站见过王满银，说那个逛鬼吃不上饭，已经把身上的外衣都扒下来卖了。溜窃匠金富的话也许不足为信，但少安一家人心里清楚，王满银在外地的光景比这位小偷兼吹牛专家所描绘的也好不了多少。罐子村家里的地一直由兰花耕种。可怜的女人既要拉扯两个孩子，又得像男人一样在山里干活——那熬苦是世人所难以想象的。幸亏她离娘家不远，她父亲，她弟弟，在农活最紧张的时候，就跑来替她做了……

少安和父亲怀着沉重而痛苦的心情，把兰花家的地都锄过了。他们把这里的活干得比双水村都要细致；边边畔畔，一丝不苟。为了减轻女儿的负担，孙玉厚返回双水村时，把小外孙狗蛋也带回来了。外孙女猫蛋已经上了罐子村小学，不能跟着来外爷家……

两家的秋田锄过以后，少安这才开始动手修建他的新地方。一切都开始忙乱起来；但由于这是为自己谋幸福，少安和秀莲都有说不出的兴奋！

他们把新居的地址选在离烧砖窑不远的山崖根下。这里不仅土脉坚硬，据米家镇已故米阴阳当年称，这地方风水也好得不能再好：前面有玉带两条——公路和东拉河；面山五个土台子一字排开，形似五朵莲花……以前没人在此建宅，主要是这地方已到村外。现在他们乐意占这块风水宝地；一是清静，二是离他们的烧砖窑近。

开挖土窑洞是一件技术性很强的工作，最少得聘请一位行家领料另外的雇工。双水村打土窑最出色的专家是金俊文。可是现在，别说一天出五块工钱，就是出十块钱也把金俊文请不来了。俊文因为大儿子有了“出息”，家业急骤发达起来，已不把百儿八十的钱放在眼里了。他整天穿戴一新，在山里做点轻活（重活有二小子金强哩），然后逢集就到石圪节的土街上去优哉游哉；在胡得福的饭馆里喝二两烧酒，吃一盘猪头肉，日子过得像神仙一般快活！

少安知道请不动金俊文，于是就到山背后的王家庄请了一名高手；然后又在村中雇了几个关系要好的庄稼人，便开始大张旗鼓地为自己建造新居。多少年来，双水村第一次有人如此大动土木。人们羡慕不已，但并不感到过分惊讶。在大家看来，孙少安已经跃居本村“发财户”的前列，如今当然该轮上这小子张扬一番了！

第十六章

对于孙玉亭来说，眼前的生活仍然像梦一般不可思议。

实行责任制尽管已经半年多了，他还没有从这个变化中反应过来——农村的改革如同一次大爆炸，把我们的玉亭同志震成了严重的脑震荡……

失去了亲爱的集体以后，孙玉亭感到就像没娘的孩子一样灰溜溜的。唉，他不得不像众人一样单家独户过日子了。

他当然也不再是双水村举足轻重的人物。人们现在在村巷里碰见他，甚至连个招呼也不打，就像他不存在似的。哼！想当初，双水村什么事上能离开他孙玉亭？想不到转眼间，他就活得这么不值钱？他眷恋往日的岁月，那时虽然他少吃缺穿，可心情儿畅快呀！而今，就像魂灵一下子被什么人勾销了……

起初，玉亭根本没心思一个人出山去种地。他要么闷头睡在烂席片土炕上，接二连三地叹气；要么就跑到村前的公路上，异想天开地希望听到外面传来“好消息”，说集体又要恢复呀！如果村里来个下乡干部，他就拖拉着那双烂鞋，飞快地跑去，打听看政策是不是又要变回去了？

在人们几乎忘记一切而发疯似的谋光景的时候，双水村恐怕只有玉亭一个人仍然在关心着“国家大事”。每天，他都要跑到金家湾那面的学校把报纸拿回家里，一张一张往过看，指望在字里行间寻找到某些恢复到过去的迹象。但他一天比一天失望。社会看来不仅不可能恢复到原来的状态，而且离过去越来越远了。

既然世事看来没希望再变回去，他就无法和现实再赌气。一个明摆的事实是，他一家五口人总得吃饭。他难以在土炕上继续睡下去了，首先贺凤英就不能让他安宁，开始咒骂起了他：

“你这样装死狗，今年下来叫老娘和三个你嫩妈吃风屙屁呀？你看现在到什么时候了？人家把地都快种完了，咱的还干放在那里！等着叫谁给你种呀？”

凤英虽然过去和他一样热心革命，但看来她终究是妇道人家，一旦世事变了，就把光景日月看得高于一切！

没有办法，孙玉亭只好蔫头耷脑地扛起镢头，出山去了。老婆尽管骂得难听，但骂得也有道理。

他已经过惯了红火热闹的集体生活，一个人孤零零地在山里劳动，一整天把他寂寞得心慌意乱。四山里静悄悄的，几乎看不见人的踪影；只有很远的地方才偶尔传来一两声什么人的吆牛声。孙玉亭心灰意懒地做一阵活，就圪蹴在地里抽半天烟。他甚至羡慕地里觅食的乌鸦，瞧它们热热闹闹挤在一块，真好！

好不容易把自己的地刨挖开后，玉亭苦恼起来了。他过去一直领导着大队农田基建队，山里的农活相当生疏。旁的不说，连籽种都下不到地里。点种还可以，一撒种就把握不住——一个小土圪塄，他就几乎把一大升小麻籽种抛撒得一干二净！

他只好厚着脸去找他哥，求他把一些技术性的农活帮助做一下。

在山里孤单地劳动一天，回家吃完晚饭后，玉亭无法立刻躺到烂席片土炕上去睡觉；他总觉得晚上还应该有些什么事。

他把碗一丢，便拖拉起那双烂鞋，丧魂失魄地出了门。

他也不知道自己怎么一下子就走到了大队部。

噢，他是开会来了！以前几乎每晚上他都要在这里开半晚上会，现在他竟然又不由自主地来到了这里！

可是，会议室门上那把冰冷的铁锁提醒他：这里不再开会了！

夜晚出奇的平静。疲劳的庄稼人饭碗一丢就进入了梦乡。惟有东拉河在沟道里发出寂寞的喧哗声。月亮在黑白相间的云彩里游移，大地上昏昏暗暗。孙玉亭一个人惆怅地立在黑糊糊的大队部院子里，心中油然生出无限悲凉。他索性蹲在会议室门台上，一边抽烟，一边在黑暗中缅怀往日那些轰轰烈烈的日子……

通常很久以后，玉亭才怅怅然从大队部院子里转出来，像个患夜游症的人一样，蹒跚着走过昏暗的村道。这时候他往往还没有一点睡意。他喉咙里堵塞着一团什么，很想找个什么人说说话；但他知道村里没什么人有兴致和他谈这论那了。

这样的时候，他便自然地想起了田福堂。

可是，当他满怀激情找了几次田福堂后，发现田福堂也变了！连福堂也再没兴致和他讨论“国家大事”，甚至还对他的夜访表示出一种厌烦的情绪。

田福堂的态度对玉亭的打击是极为沉重的。

当这位“革命家”失去了最后一个精神依托后，只好黯然神伤地生活在了他自己的孤独之中……

孙玉亭的感觉是正确的。田福堂就是没心思和他的前助手谈论“革命”了。比较起来，不论怎样，孙玉亭可以说对“革命”一片赤诚——为了“革命”，玉亭可以置自己的吃穿而不顾，把头碰破都乐而为之。但田福堂没有这么幼稚，他是一个饱经世故的人。他虽然是个农村的支部书记，但穿越过不同时代的各种社会风暴，因此有了人们常说的那种叫做“经验”的东西。尽管在感情上和孙玉亭一样，他对目前社会的大变革接受不了，但他的理智告诉他，这一切已经很难再逆转——不管你情愿不情愿，社会就是这个样子了！

既然社会的变化已经成为铁的事实，那么聪敏人就不应该再抱着一本老皇历念到头。孙玉亭梦想复辟是徒劳的！何必一口咬住个屎片子连油饼子都换不转呢？他田福堂才不是这号瓷脑！

一个时期来，田福堂甚至变得有点清心寡欲，大有看破红尘的味道。那种争强好胜，动不动就剑拔弩张的激情渐渐失去了势头。他就像一个长时间游泳的人，疲倦地回到了岸上。他现在已经很少出门；虽说还当着书记，但对公众事务不再热心。公社下来个什么任务，他就推给副书记金俊山去处理。农村已经“单干”了，有什么事值得他热心呢？再说，现在的工作能给自己带来什么甜头？

田福堂也决不会像孙玉亭一样，和自己的光景日月赌气。土地分开以后，他苦恼归苦恼，但不误农时，及时开始耕种。儿子润生已经跟上向前学开汽车去了——这是他主动找女婿安排的。家里的这点地他一个人能应付。虽说他多少年没参加劳动，开始出山有点吃不消了，但他年轻时在双水村也是一把劳动好手——旧社会和孙玉厚这一茬人，都在有钱人家的门上经受过严格的磨练，因此基本功在哩！

现在，他已经慢慢又适应了山里的庄稼活。

在山里一个人劳动的时候，他也像玉亭一样，有一种孤单和被抛弃的感觉。想起当年在村里村外叱咤风云的盛况，心里也不免涌上一丝悲凉。世事不饶人啊！一时三刻，他就被赶上了山，不得不像众人一样握起了老镢把，满头臭汗为自己的生计而拼命！他记得小时候上冬学时，金先生传授过孔夫子的一句话：民以食为天；因此这也不算什么耻辱！

家里现在只剩下了他老两口。女儿的工作调到了黄原；儿子跟上女婿学了开车。从早到晚，他院子里静得像一座古庙。他现在特别希望身边有个小孙子——这种心境已经说明他进入了老年阶段。

他感到痛苦的是，他现在知道女儿和女婿的婚姻不合。人家两口子都设法往一块调工作哩，可他女儿却和女婿把工作调到了两地！

看来，这主要是怪润叶！他原来还担心结婚以后向前嫌弃润叶，没想到自己的女儿却冷落人家李主任的儿子！这使他怎有脸再上亲家的门呢？他真想不通润叶为什么这样对待向前。

在田福堂看来，向前实在是个好娃娃。尽管自己的女儿对人家不好，但这娃娃对他们家却好得不能再好了。小伙子对他老两口尊尊敬敬，过一段时间就来看望他们，次次登门总不空手，吃的用的拿一大堆。正月里，就把他一年烧的石炭送到家里，码得整整齐齐。如今，又亲自把润生带上，教他学开车……死女子啊！这么好的女婿打上灯笼都找不下，你为什么要冷落人家呢？你娃娃作孽哩！你是个什么值钱人！

田福堂心里对女儿充满了怨气。自调到黄原后，她也没回家来。他也不想去看她。唉，按说，他现在应该抱上外孙了。可是……

尽管家里有吃有穿有钱花，但田福堂感到日子过得越来越不顺心。

双水村这位郁郁寡欢的强人，在山里劳动已经快半年了。在这短短的半年里，他眼看着村里发生了许多前所未有的变化。最瞩目的是，一些过去穷家薄业的人，很快就露出了发达起来的势头。当然，现在田福堂也不怀疑，今年下来，双水村大部分人家将不会再缺粮吃了！事实向他证明：双水村没有他的“指挥”，人们不仅照样生活，而且生活得比原来还好！

田福堂从双水村眼前社会生活的大镜子中，看见了自己的渺小。他一个人在山里突然想，这世界离开谁都可以！天照样刮风下雨，女人照样生娃娃！别说他田福堂了，就是毛主席不在了，中国还不照样是中国吗？

这样一想，田福堂阴郁的心情就会松宽许多。他已经屈服于现实，也承认了命运对他做出的这种新安排。他甚至想，“单干”以后，他田福堂也还要把光景谋到众人前面去！过几年再看吧，他田福堂还是双水村首屈一指的人物！

这个强人啊……

但是，强人往往心强命不强。天暖以后，田福堂的气管炎突然严重起来。这可不是什么好兆头。气管炎一般天气转暖就会缓和一些，可他天暖后反而厉害起来，说明病情是加重了。

早上起床后，他常常咳嗽得半天直不起腰。山里劳动的时候，力气越来越不济；干一会活，就要在地里蹲半天。至于烟，不仅不能闻，甚至连看也不能再看；一看见烟，他就忍不住要咳嗽——已经到了一种条件反射的程度。

每当田福堂蹲在地里没命地咳嗽的时候，一种力不从心的悲哀就使他忍不住想哭一鼻子！有时候，他不由双膝跪在土地上，徒然地向苍天祷告让他舒舒服服出上两口气！命运啊，真是冷酷无情，竟把这样一位强悍的人折磨到了如此地步！

但强人终究是强人。田福堂并不因为自己身体的垮掉，就想连累他的儿女。不，他就是挣死在山里，也不能把润生叫回来种庄稼。娃娃正学开车，他不能耽误儿子的前程。另外，他也从不把他的病情告诉女儿。女儿有女儿的难肠事，不要再给她增加烦恼。每次给润叶回信的时候，他都说他一切都好着哩。他永远热爱和心疼自己的儿女，愿意他们一辈子活得畅快。他就是死，也要悄悄到一边去死，而不要让娃娃们为他牵肠挂肚……

如果目睹田福堂在土地上的挣扎，那真是够悲壮的了。干一会活，他就得停下来咳嗽半天，喘息半天。对他来说，这已经不是劳动，而是服苦役啊！

麦子刚收割完，庄稼人立刻抢农时开始耕种回茬荞麦了。

尽管田福堂又割麦又锄地，已经精疲力竭，但他还是挣扎着想种几亩荞麦。荞麦是好东西，性凉败火，伏天能做凉粉泄火气，还能剁面条，捻圪坨——信天游都唱“荞面圪坨羊腥汤，死死活活相跟上”哩！尤其是城里人，把荞麦面当做一种稀罕东西看待。田福堂想，他家门外工作人多，其他庄稼少种一点可以，但荞麦不种不行——这是他每年给城里的亲戚回敬的主要礼品。

但他单枪匹马，耕种这点荞麦实在是不容易啊！别人家都是一个人犁地，一个人在后面纳拌了籽种的肥料。他自己只好吆着牛犁到地头，再返回来端起粪斗，把籽种下进犁沟。一个人干两个人的活，吃力不算，心里还急躁得不行！

今天，眼看就要亮红晌午了，他仍然有两耙地没有种完。心一急，咳嗽就来了。这一次来得太猛烈，使他连吊在胸前的粪斗子都来不及解下，就一个马趴跌倒在犁沟里，没命地咳嗽起来。

咳嗽喘息长时间停歇不了。他几乎耗尽了身上的力气，伏在犁沟里怎么也爬不起来。连那头老黄牛在旁边看着他，眼睛里也充满了怜悯。

大半天工夫，田福堂才勉强从地上爬起来，把一脸泪水鼻涕揩掉，失神地望着剩下的那两耙地。他实在没有力量再种完这点地——可是这点地也确实再占不着他另来一趟了。该死的身体啊！

现在，田福堂愁眉苦脸地看见，别的庄稼人都已经卸了牛具，开始回家吃饭了。在他上面耕麦地的孙玉厚也扛起犁，吆着牛起身回家。孙玉厚下山时要从他这块地里经过，将要亲眼目睹他田福堂的狼狈相了！

田福堂挣扎着端起粪斗子，把刚才剩下的半犁沟播完。然后他放下粪斗，回转牛，继续向另一头犁去。他想避开过路的孙玉厚，以免让他看他的笑话！

快犁到地头的时候，田福堂听见自己的喘息声比牛的喘息声都厉害。

当他强撑着又把牛回转的时候，惊讶地看见孙玉厚端着他的粪斗子，顺着他刚耕过的犁沟，一步一把撒着粪籽，走过来了。

一团热呼呼的东西一下子堵住了田福堂的嗓子眼上。他没有想到孙玉厚会来给他帮忙，一时竟愣住了。

孙玉厚走到地头，说："丢下这一点了，占不着再来一回……一个人种庄稼难啊……"

田福堂真不知说什么是好。他结果什么也没说，只长叹了一口气，然后吆着牛向前犁去。

两个人不到几锅烟工夫，就把这点地种完了。田福堂心里泛上各种味道，咧开嘴难为情地对孙玉厚笑了笑，说："玉厚哥，你快回去吃饭！"

孙玉厚吆着牛走了以后，田福堂压制着咳嗽，一边用柴草擦犁，一边怔怔地看着下了山的孙玉厚，不禁无限感慨地想了许多事。他记起了他们年轻的时候一同给有钱人家揽工的情景。那时他们曾经像兄弟一样，伙吃一罐子饭，伙盖一床烂棉絮……解放以后多少年，尽管他们同住一村，但再也没有在一块亲热地相处过。想不到今天，他们又一块种了一会地！

在一刹那间，田福堂的心头涌上了一种怪酸楚的滋味——他已经很长时间没有体验过这样的滋味了……

第十七章

从小满前后出门到现在，孙少平已经在黄原度过近两个月的时光。

过几天就是大暑，天气开始热起来了。

两个月的时光，他就好像换了一副模样。原来的嫩皮细肉变得又黑又粗糙；浓密的黑发像毡片一样散乱地贴在额头。由于活苦重，饭量骤然间增大，身体看起来明显地壮了许多。两只手被石头和铁棍磨得生硬；右手背有点伤，贴着一块又黑又脏的胶布。目光似乎失去了往日的光亮，像不起波浪的水潭一般沉静；上唇上的那一撇髭须似乎也更明显了。从那松散的腿胯可以看出，他已经成为地道的揽工汉子，和别的工匠混在一起，完全看不出差别。

两个月来，少平一直在阳沟大队曹书记家做活。书记两口子知道他原来是个教师后，对他比一般工匠都要尊重一些，还让他们领工的亲戚不要给他安排最重的活。这使孙少平对他做活的这家人产生了某种爱戴之情。一般说来，主家对自己雇用的工匠不会有什么温情——我掏钱，你干活，这没有什么可说的；而且要想办法让干活的人把力气都出尽！

既然主家对自己这么好，少平就不愿意白白领受人家这份情意。

他反而主动去干最重的活，甚至还表现出一种主人公的态度来。除过分内的事，他还帮助这家人干另外一些活。比如有时捎着担一两回水；扫扫院子；给书记家两个上学的娃娃补习功课。他一直称呼曹书记两口子叔叔婶婶。所有这一切，换来了这家人对他更多的关照。有时候,在大灶上吃完饭后,书记的老婆总要设法把他留在家里，单另给他吃一点好饭食。孙少平在这期间更强烈地认识到：只要自己诚心待人，别人也才可能对自己以诚相待。加深如此重大的人生经验，对一个刚入世的青年来说，也许要比赚许多钱更为重要。

这家人一线五孔大石窑眼看就要箍起来了。

合拢口的这一天，除过雇用的工匠，阳沟队的一些村民也来给书记帮忙。少平他舅马顺也来了。

少平看见，他舅带着巴结书记的热情，争抢着背最重的合口石；由于太卖劲，不小心把手上的一块皮擦破了，赶忙抓了一把黄土按在手上。

上中窑的合口石时，少平发现他舅扛上来的一块出面子料石糊了一丝血迹。按老乡俗，一般人家对新宅合拢口的石头是很讲究的，决不能沾染什么不吉利的东西，尤其忌血。少平虽然不迷信，但出于对书记一家人的好感，觉得把一块沾血的石头放在一个最“敏感”的地方，心理上总是不美气的。

可这血迹是他舅糊上去的，而且众人谁也没有看见！

他要不要提醒一下正在旁边指手画脚的主人呢？如果说出这事来，他舅肯定会不高兴；而不说出来，他良心上对主人又有点过不去。

这时候，一个大工匠已经把那块石头抱起来，准备安放到位置上。少平不由自主地对书记说：“这石头上有点血迹……”

曹书记的脸色一下子变得很难看——他显然知道这块石头是谁背上来的。他立刻喊叫下面的人提上来一桶水，亲自把那块石头洗干净。因为这事有一种不可言传的神秘和忌讳，众人都停下手中活，静默地目睹了这个小插曲。

少平看见，立在一边的马顺满脸通红，而且把他狠狠瞪了一眼。

他知道，他把他舅惹下了。他心里并不为此而懊悔。

合罢拢口不久，工程已经基本结束了。所有雇用的大工小工，被主家款待了一顿丰盛的午餐后，就开始结算工钱。

工匠们都挤在主家现在住的窑洞里。曹书记一边看记工本，一边拨拉算盘子；他老婆怀抱一个红油漆小木匣，坐在他旁边。书记算好一个人的工钱，她就从小红木箱里把钱拿出来，手指头蘸着唾沫，点上三遍，然后交给这个匠人。拿到工钱的匠人就和主家互打一声招呼，立刻出门去收拾自己的铺盖，自顾自走了；他们赶紧要跑到东关大桥头，看能不能当天再找个新的活干。没有什么太多的客套，更没有主雇之间的告别仪式；主家为箍窑，匠人为赚钱，既然主家的活完了，匠人的工钱也拿了，他们之间立刻成了互不相识的路人。

主家把少平的工钱留在了最后结算——这时候，所有的工匠都打发得一个不剩了。

少平已经在心里算好了自己的钱。除过雨工，他干了整整五十天。一天一元五角，总计七十五元钱。他中间预支十元，现在还可以拿到六十五元。

当书记的老婆把工钱递到他手里，他点了点后，发现竟然给了他九十元。

他立刻抽出二十五元，说："给得多出来了。"

曹书记把他的手按住，说："没有多。我是一天按两块钱给你付的。"

"你就拿上！"书记的老婆接上话茬，"我们喜欢你这娃娃！给你开一块半钱，我们就亏你了！"

"不，"一种男子汉气概使孙少平不愿接受这馈赠。他说："我说话要算话。当初我自己提出一天拿一块半工钱,因此这钱我不能拿。”他挣脱书记的手，把二十五元钱放在炕席片上，然后从自己手中的六十五元钱里，又拿出五元，说:“我头一回出门在外，就遇到了你们这样的好主家，这五块钱算是我给你们的帮工！”

曹书记两口子一下呆在了那里。他们有点惊恐地看着他，脸上的表情似乎说:哈呀，你倒究是个什么人？这么个年纪，怎就懂得这么高的礼义？

两口子半天才反应过来，紧接着把那二十五元工钱和他让出来的五元钱拿起来，争抢着给他手里塞。

但孙少平说什么也没有接。

少平带着六十元工钱，带着一种心灵上的满足，像其他工匠一样，即刻就去收拾自己的铺盖。书记两口子撵到那个敞口子烂窑里，硬要挽留他再做几天活——少平知道，这家人实际上已经不需要工匠了;他们留他“干活”，无非是想借此多给他开一些工钱。但他再不会在此逗留。他觉得现在这样离开这家人最好了!

当天下午，孙少平就告别了曹书记一家人。因为他当时还没个去处，只好又来到他的远亲舅舅马顺家里。

但是，他舅一家人接待他太勉强了。两口子都黑丧着脸，几乎把他看成了上门讨吃的叫化子。

唉，出门人不仅要忍受熬苦，还得要忍受屈辱。孙少平为讨得他舅和他妗子的欢心，又故伎重演，赶忙提了桶担去给这家人担水。

他舅他妗子对他的殷勤照样没有表现出什么好感来;也许他们认为，一个揽工小子就应该在他们的白眼中见活就干!

少平怀着一种难言的痛苦来到沟底的水井上。绞水的时候，由于他一只手有伤，没把握住，辘轳把一下子脱手而飞，把他的另一只手也打破了！他顾不得擦手上的血，先拼命把两桶水提上来。

手上的疼痛使他心中涌起了一股愤怒的情绪。为了止血，他竟忍不住把那只流血的手猛一下插进一桶水中。

血止住后，他索性赌气担起这担水往他舅家走去。哼，让他们喝他的血吧！

爬到半坡上时，少平感觉自己太过分了。他所具有的文化素养使他意识到他的行为是野蛮的。一刹那间，对别人的不满意和对自己的不满意，使他忍不住两眼噙满了泪水。

他随即把这担掺和着他的血的水倒掉，重新到沟底的水井上担了两桶。

少平把他舅家的水瓮担满后，天已经快黑了。但他看见，他舅家没有给他管饭的迹象，而且也不提让他晚上住在什么地方。第一次来的时候，尽管他妗子对他的态度像这次一样恶劣，但他舅还勉强过得去。可是现在，他舅和他妗子一样厌恶他了。少平知道，这是因为书记家合拢口的时候，他曾经“揭发”过他，让他失了面子。

很明显，他不能在这家亲戚家住下去了，而且凑合一个晚上都不行——现在就得马上离开！

这没有什么可伤心的。他收拾起自己的行李，向他舅和他妗子告辞。

这两口子谁也没有挽留，甚至没有出门来送一送他。少平想起他做活的那家人对他的情义，第一次深深地感受到，人和人之间的友爱，并不在于是否是亲戚。是的，小时候，我们常常把“亲戚”这两个字看得多么美好和重要。一旦长大成人，开始独立生活，我们便很快知道，亲戚关系常常是庸俗的；互相设法沾光，沾不上光就翻白眼；甚至你生活中最大的困难也常常是亲戚们造成的；生活同样会告诉你，亲戚往往不如朋友对你真诚。见鬼去吧，亲戚！

少平背着一卷烂被褥，手里提着那个破黄帆布提包，离开他的亲戚家，出了阳沟，来到了大街上。

落日再一次染红了梧桐山和古塔山。东方远远的天空飞起几朵红霞，边上镶着金色的亮光。

初伏已经来临，城市的傍晚一片燥热。街道两边枝叶繁茂的梧桐树下，市民们光着膀子坐在小凳上，悠闲地摇着蒲扇。姑娘们大都穿起了裙子，五颜六色，花花绿绿，给这个色调暗淡的城市平添了许多斑斓景象。

少平背着自己的行李穿行于人群之中。不过，在这个花花绿绿的世界里，他此刻不再像初来时那般不自在。少平现在才感到，这样的城市是一个各色人等混杂的天地；而每一个层次的人又有自己的天地。最大的好处是，大街上谁也不认识谁，谁也不关心谁。他衣衫行装虽然破烂不堪，但只要不露羞丑，照样可以在这个世界里自由行走，别人连笑话你的兴趣都没有。

少平几乎没有认真考虑，两条腿就自动引导他穿过黄原河上的老桥，来到东关，加入了桥头上那个揽工汉的“王国”。

现在是夏天，虽然天将黄昏，但大部分等待“招工”的工匠们仍然没有散去；人行道和自由市场的空地上，到处都是操北方各县口音的乡下人。有的人痛快地脱下汗迹斑斑的布褂，光身子坐在雪亮的路灯下聚精会神地捉虱子。四处卖茶饭的小摊贩，拖长音调吆喝着招徕顾客。空气里弥漫着呛人的烟气黄尘；苍蝇成群结队地飞来飞去。

少平把铺盖卷仍然搁在砖墙边上，用两只烂手卷起一支旱烟棒，圪蹴在墙边抽起来。他现在看起来完全成了个老练的出门人，再也没有初来乍到时的那种紧张和慌乱。当然，更踏实的是，他身上装着赚来的六十元工钱，十天八天不必为生计而担心。再说，天气也暖和起来，不要太为住宿发愁。夏天啊，这是揽工汉的黄金季节！

他这样平静地一直坐到满城灯火辉煌。这时候，他心里猛一下想起了他的朋友金波。他现在很想去见见他——自从金波到黄原后，他们还一直没有见过面。

是呀，他们再不是小孩子，已经各自开始到社会上谋生；尽管内心仍然像过去一样情深义重，但顾不得在一块相处了。

少平知道，金波就在东关邮政局跟他父亲学开车——金俊海已经从地区运输公司调出来开了邮车。两月前初到黄原时，他不愿意去找金波，以免让朋友看见他一副流落样子而难为情。那时他仍然没有克服掉中学生那种自尊自爱的心理。两个月来，石头和钢铁已经把那层羞涩的面纱撕得粉碎！

但少平为了不使他这身破烂行装“惊吓”了他的朋友，还是决定在见金波之前，先收拾和“化装”一番。

他想了一下，便即刻带上行李，从大桥头走到长途汽车站的候车室。

他接着又进了候车室的男厕所。

孙少平在厕所里把他那身新买的涤卡衣服换在身上，而把原来身上的烂衣服又塞进破提包。

他从厕所出来，花了二毛钱，把自己那卷破被褥连同烂提包，一起在车站的寄存处寄存了——可以存放到明天早晨八点钟。

现在，他像换了一个人似的，一身轻快地出了候车室。他借着一家商店被路灯光照亮的玻璃窗，用五个手指头把自己乱蓬蓬的头发匆匆梳理了一下。他满意地冲着玻璃中那个模糊的他笑了笑：看这身打扮，你像一个在黄原城里混得蛮不错的家伙哩！

于是，他蹽开两条修长而壮实的腿，迫不及待地向东关邮政局那里走去。

第十八章

少平的突然出现，显然使金波大吃一惊。

金波仍然没变模样，细皮嫩肉，浓眉大眼，穿一身干净的黄军装，一看就是个退伍军人。他好像刚洗过澡，头发梳得整整齐齐，脸上泛出光滑的红润。

他兴奋地问少平："刚从家里来？"

"我到黄原已经两个月了！"

"啊？你在什么地方哩？"金波更惊讶了。

"我在阳沟给人家做活……刚结工。"

"那你为什么不来找我？"

"抽不开身……"

"你先坐着，叫我给你弄饭去！"

金波给他冲了一杯茶，也不再说什么，就匆忙地出了门。

少平也不阻挡金波为他张罗。他到了这里，就像回到家里一样，不必作假说他吃过饭了；实际上，他现在肚子里空空如也。

不到半个钟头，金波就端回大半脸盆手揪白面片，里面还泡五六个荷包蛋。他从桌斗里拿出碗筷，一边给他盛面，一边说："你来我太高兴了！我早听说你已经不教书……我也想过，你不会死守在双水村！”

“你也吃！”少平端起一大碗面片，先把一颗鸡蛋扒拉在嘴边。

“我吃过了。”金波坐在一边开始抽烟，满意地看着少平吃得狼吞虎咽。

“我大概吃不了这么多……”

“我知道你的饭量哩！”

少平噙一嘴饭，笑了。是的，他一个人完全可以消灭这半脸盆面片。

这时候，少平才注意到，金波已经换了一身破烂工装，整齐的头发抖弄得乱蓬蓬地奓拉在额头。他心里立刻明白，敏感的金波猜出他目前的真实处境是什么样子，因此，为不刺激他，才故意换上这身破衣服，显得和他处于一种同等的地位。他们相互太了解了，任何细微的心理反应都瞒哄不了对方。

“你现在的情况怎样？”少平端起第二碗面片，问他的朋友。

“我实际上也是个揽工小子。参加工作不可能，只好临时给人家扛邮包；因此，也上不了车，只能偷偷摸摸跟我爸跑出去学两天。话说回来，没正式工作，学会开车又能怎样？”

“那你爸再没办法了？”

“有什么办法？他是个普通工人，惟一的办法就是他提前退休，让我顶替他招工。可我又不忍心。他才四十九岁，没工作闲呆着，也难受啊……”

少平不再言语了。他现在明白，他的朋友的处境的确也不比他强多少。只是他父亲在这城里有工作，他不至于像他一样动不动就得流落街头罢了。少平看见，这房子里搁两张床，显然是金波父子俩一块住着；房子里另外也没什么摆设。在双水村人的想象中，金俊海不知在黄原享什么福。但出门人很快就能知道，在这个城市里，金俊海就是个“穷人”。

“你现在出了门，你就知道，外面并不是天堂。但一个男子汉，老守在咱双水村那个土圪塄里，又有什么意思？人就得闯世事！安安稳稳活一辈子，还不如痛痛快快甩打几下就死了！即使受点磨难，只要能多经一些世事，死了也不后悔！”

金波一边说，一边狠狠地吸着烟。

少平听了金波的话大为震惊。他没想到，他的朋友的思想竟然和他如此相似！他发现金波不只是那个又聪敏又调皮的金波了——他已经变得成熟而深沉起来。

这样，他把半脸盆面片吃光以后，就坦率地向他的朋友叙说了他为什么要离家出走，而跑出来后的这两个月，他又经历了什么样的生活……

金波静静地听完他的叙说，并没有表现出惊讶。他说：“我能想得来。我赞成你的做法！虽然咱们出身底层人家，但不能小看自己。我们这样生活，精神上并不见得就比那些上大学的和当干部的人差！你看的书比我多，你更能明白这些道理……”

“不过，对我来说，这种生活付出的代价太大了。我和你不一样。家里老的老，小的小，我这么大，按说应该守在老人身边尽孝心。现在，我把一切都扔给我爸和我哥了……”

少平点着金波递过来的纸烟，情绪满含着忧伤。

金波用安慰的口吻说：“像我们这种人，实际上最重情义了。我们任何时候都不会逃避自己对家庭和父母应尽的责任。但我们又有自己的生活理想呀！比如说你吧，根本不可能变成少安哥！”

“是呀，最叫人痛苦的是，你出身于一个农民家庭，但又想挣脱这样的家庭；挣脱不了，又想挣脱……”

话到此时，两位朋友便不再言语，长久地陷入到一种沉思之中。桌子上那只旧马蹄表有声有响地走着；屋子里弥漫着烟雾。外面不远处的电影院大概刚散场，嘈杂的人声从敞开的窗户里传进来，仍然没有打破这间小屋的沉静。他们各自抽各自的烟，也不知道都想了些什么。

晚上睡下后，他们还是合不住眼，从小时候的双水村说到上初中时的石圪节；又从石圪节说到原西县上高中的那些日子。他们说自己的事，也说其他同学们的事。自高中毕业分手后，许多同学的情况他们都不知道了。记得那时间，大家都信誓旦旦地表示，他们全班同学有一天还会重新相聚。现在看来，那纯粹是一种少年之梦。一旦独立地投入严峻的生活，中学生的浪漫情调很快就烟消云散了。

两个好朋友一直把话拉到天明。尽管一晚上没睡觉，但他们仍然十分兴奋。

吃完早饭后，金波对他说："你干脆也来邮局和我一起扛邮包！等我爸跑车回来，我让他给领导求个情，或许可以。这里一天一块一毛五分钱工资，没在社会上揽工赚钱多，可是工作比较稳定。"

少平谢绝了金波的好意。他说："咱们最好各干各的。好朋友自闯江山，不要挤在一块一个看一个的难过！"

金波马上又同意了他的看法，只是问他："那你如今在什么地方干活？"

少平撒谎说："还在阳沟，另找了个主家……"

少平不愿再给金波添麻烦，就立刻和他的朋友告辞了。

金波把他送到邮政局大门口。他们也没握手——对他们来说，握手反而很别扭。

少平离开邮政局，本来应该到东面的汽车站去取他的行李，然后到大桥头等待"招工"。但他已经给金波说他有活可干，就只好在金波的目送下一直向桥西走去——走向那个虚构的"工作地点"。

当他走到麻雀山根下的丁字路口时，估计金波早已经回了邮政局，这才又折转身从原路返回东关。他来到汽车站，取出了自己那卷破烂行李，然后又走进厕所，把身上的新衣服脱下来，重新换上了那身揽工汉的行装。

现在,他又复原成另外那副样子,向大桥头他那个“王国”走去。

因为还是早晨，聚在大桥头揽活的工匠还不很多。旁边大街上，上班的人群倒非常拥挤；自行车和行人组成的洪流，不断头地从黄原桥上涌涌而过。

少平想，眼下要是他立在这里，万一金波过来，很容易看见他。他于是把行李放在砖墙上，然后自己退到一个不起眼的墙角里，一边瞧着铺盖卷,一边等待大批的工匠到来,好把他淹没在人群里……

今天很不走运，几乎没有几个包工头来大桥头。

眼看天又快要黑了，孙少平仍然怀着渺茫的企盼呆立在桥头。唉，要是找不下活干可怎么办？那他就得圪蹴下吃这六十块钱了！

临近黄昏的时候，突然有一位嘴叼黑棒烟的包工头来到了大桥头。对于仍然怀着侥幸心理留在桥头的工匠们来说，等于大救星从天而降!

人们立刻就把这位包工头包围了。

少平不甘落后，也很快挤到了人圈里。

“要四个小工！”包工头把右手的拇指屈在手心里，向空中竖起了四个指头。

但是，那些几天来找不下活干的大匠工，也屈尊愿去干小工活。这使得竞争激烈起来。

包工头立刻在匠人中间挑了两个身体最好的，叼黑卷烟的嘴角浮起一丝笑意——今天占了个便宜，用小工钱招了两个大工！但其他几个匠人年纪有些大，他似乎不愿意要，接着便再瞅年轻一些的人。他手在少平肩膀上拍了拍，说:“你算上一个！”

少平激动得心怦怦直跳，立刻返身回去拿自己的行李。

他和另外三个人跟着包工头过了大桥，然后走过灯火通明的南北大街，一直向南关走去。一路上，他们这几个人连同包工头自己，很引人注目，在行人的眼里大概像刚释放回来的劳改犯一样。

他们几个被包工头引到南关一个半山坡上的主家，一人吃了两碗没菜的干米饭。吃完饭后，另外的三个人就在旁边的一个敞口子窑里住下了。包工头指着坡下另外一个敞口子窑对少平说："那里还能挤一个人，你下去住！"

少平于是背起行李，到坡下那个敞口子窑里去安身。

这住处和他在阳沟揽工时的一样，是个没有门窗的闲窑；里面的地上铺一层麦秸，十几个人的铺盖卷紧挨在一起。

少平进去的时候，所有的工匠都光身子穿个裤衩，围在一起张大嘴巴兴致勃勃地听一个人有声有色地讲什么。

谁也没注意他的到来。

他把被褥展开，铺在窑口边上，疲倦地躺下了。

躺下以后，他才注意到，窑里所有赤膊裸体的揽工汉，原来是围着一个四十来岁的匠人，听他说自己和一个女人的故事——这是揽工汉们永远的话题。

现在，说故事的人正说得起劲，听故事的人听得如痴似醉。一支蜡烛就在那群人中间的砖块上栽着，人们轮流把旱烟锅伸过去点烟；灯火一明一灭，照出一张张入迷忘情的面孔。只见说话的人手在自己粗壮的黑腿上拍了一巴掌，叫道："啊呀，我的天！从南京到北京，哪个女人能比上这灵香俊？哼哼，咱们那山乡圪塄里自古养的是好女人！瞧，这灵香头发黑格油油，脸白格生生，眼花格弯弯，身材苗格条条，走起路来，就像那水漂莲花，风摆杨柳！"

"咝……"所有的揽工汉都像牙疼似的倒吸了一口凉气。

少平忍不住笑了，也不由把耳朵竖起来。

"嗬呀，你们还没见她那双手哩！嫩得呀，绵得呀，就像那凉粉一般……"

"你捏过没？"有人插嘴问。

“唉，怎能轮上我捏哩？我家里穷得叮当响，一个老妈妈守着我这个老光棍，吃了上顿没下顿，那些年嘛……可是，我把灵香爱得呀，说都没法说！我心里划算，叫我和灵香睡上一觉，第二天起来就死了也不后悔。可是，你把人家爱死也球不顶，人家就要结婚了！女婿就寻到了我们本村，是学校的教师……

“灵香结婚那天，我的心像碎刀子扎一样，天下谁能知道我的苦哇！我圪蹴在一个土圪塄里，眼看着人家对面院子里红火热闹，吹鼓手吹得天花乱坠。我心里像猫爪子抓一样，心想，不管怎样，我非要把灵香……”

“你准备怎样？”众人性急地问。

讲故事的人却故意转开弯子，说：“那天晚上，村里人都跑去闹洞房，我也就磨蹭着去了。洞房里，村里的年轻后生一个挤一个，大家推推搡搡，把灵香和女婿往一块弄。我的眼泪直往肚子里淌。我看见，灵香俊得像天上的七仙女下了凡！她梳了两根麻花辫子，穿着红绸子衫；那红绸子呀，红格艳艳，水格灵灵，把人眼都照花了，就是咱们黄原毛纺厂出的那种绸子……”

“是丝绸厂出的。”少平不由脱口纠正说。

“对！丝绸厂出的……你是才来的？”讲故事的人扭过头问了一句。众人却嚷道：“快说！你接下来干什么来着？”

“叫我出去尿一泡！”讲故事的人说着便站起来，走到窑口前撒起了尿。在他返回来时，少平看见他右眼里有块“萝卜花”。

“萝卜花”立刻又坐在人圈当中。他先点了一根旱烟棒，狠狠吸了一口，又“扑”一声把烟雾喷向窑顶。

坐立不安的众人都伸长脖子焦急地等他开口。

“……就这样，众人闹腾了大半夜。我哩？浑身像筛糠一样发抖，就是不敢往灵香身边挤。眼看就要散场了，我再不下手，一辈子就没机会了。我心一横，在混乱中挤上去，手在灵香的屁股蛋上美美价捏了一把……”

“啊啊！”众人都兴奋地叫起来。

“后来呢？”有人赶忙问。

“后来，人家回过头把我美美价瞪了一眼。我吓得赶紧跑了……”

“这么说，你还是没和人家睡过觉？”有人遗憾地吧咂着嘴。

“睡屁哩！”“萝卜花”丧气地又把一口烟吹向窑顶，“从此，我就离开了村子，出来揽工了。赚下两个钱，到东关找个相好婆姨睡几个晚上。钱花光了，再去干活……”

众人渐渐失去了听故事的兴趣。有人打起了长长的哈欠。

“睡！”“萝卜花”说。

于是，这一群光身子揽工汉就都摸索着回到自己的铺位上，躺下了。

不到一分钟，窑里就响起雷鸣般的鼾声。

但孙少平却翻过身掉过身怎么也睡不着。他感到浑身燥热，脑子里嗡嗡直响。城市已经一片寂静，远处黄原河的涛声听起来像受伤的野兽发出压抑而低沉的呼号……

第十九章

立秋前后，孙少安的新窑全部箍成了。

在双水村最南头的那个土坪上，出现了一院颇有气派的地方：一线三孔大窑洞，一色的青砖砌口，并且还在窑檐上面戴了“砖帽”。

孙少安是双水村有史以来第一个用砖接窑口的。在农村，砖瓦历来是一种富贵的象征；古时候盖庙宇才用那么一点。就是赫赫有名的已故老地主金光亮他爸，旧社会箍窑接口用的也是石头，而只敢用砖砌了个院门洞——这已经够非凡了。可现在，孙少安却拿青砖给自己整修起灰蓬蓬一院地方，这怎能不叫双水村的人感慨？谁都知道，不久前，这孙家还穷得没棱没沿啊！

一院好地方，再加上旁边烟气大冒的烧砖窑，双水村往日荒芜的南头陡然间出现了一个新的格局。这景观给了全村人一个启示：趁现在世事活泛了，赶快闹腾吧！说不定过一段日子，谁都可以给自己弄一院新地方的！有些性强的村民，已经在心里暗暗用上了劲，准备有一天也要改换自己的门庭。

新窑完工没有多少天，喜形于色的秀莲就迫不及待催促丈夫把家从饲养院搬过来了。虽然还没什么家当，但对这年轻的夫妇来说，就好像从地狱一下子升到了天堂。

搬家以后，创业心迫切的孙少安，等山里农活一忙毕，就不失时机地又开始点火烧砖。俗话说，人有三年旺，神鬼不敢挡。孙少安自己也觉得他现在信心十足；他要干什么事，就干成了。而过去，就是能干成的事，也常常干不成！

在劳力缺乏的时候，少安突然想起了田二的小子憨牛。责任制后，憨牛没人管了。老憨汉一死，小憨汉尽管有一身好力气，但自己料理不了生活，几乎顿顿饭都生吃。少安想，让憨牛到他的烧砖窑来做活，他给管饭，并且一天给开一点工钱；这样既解决了憨牛的问题，也解决了他的问题。至于憨牛那点地，他相帮着捎带就做了。

少安无法和田牛“商量”这件事，他索性就把这个憨后生领到砖窑来干活了——就像领回来一只无主的狗。村里人对此也没什么非议，舆论一般还认为这是积德行为。

这样一来，少安的劳力危机就缓和了许多。憨牛力大无比，还专爱干重活，担水，和泥，从早到晚像牲畜一样，除过干活，连句话也不说。只是他饭量大了一点，一个人几乎吃两个人的；但算算账，用这个劳力只有好处没有坏处。

在这样顺心的时候，孙少安也隐隐地有一些另外的不安。他总觉得，他和秀莲独占这一院新地方不太合适，应该把父母亲也搬过来。

但他又知道，秀莲不情愿这样。他的妻子搬到新地方以后，分家的意识表现得越来越强烈。现在，她自己有时候甚至不回父母那里去吃饭；而利用一点简单的炊具在新居这面做着吃。这使少安十分难堪。更不像话的是，秀莲对待老人的态度也不像前几年那样乖顺；回到家里，常常闷着头不言不语。很明显，在老人和秀莲之间，已经出现了一种危险的裂痕；作为儿子又作为丈夫的他，手足无措地被推到了这个令人尴尬的夹缝中间。

生活啊……叫人怎么说呢？

尽管秀莲不会欢迎父母迁人新居，但少安意识到他不能对这件事装聋作哑——他要主动请求父母也搬到新窑来住。老人钻了一辈子黑窑洞，现在修起新地方不让他们过来，实在说不过去呀！

种麦之前，少安在山里单独和父亲劳动时，便直截了当表示了他的心愿。

父亲半天没有说话。

他抽完一锅烟以后，才思思虑虑地说：“你的心意爸爸理解。爸爸也正准备和你拉谈拉谈……

“我们不能搬过去住。我和你妈已经商量过了，从今往后，你和秀莲应该单独过日子。”

“你说分家？不！”少安叫道。

“你听爸爸说。如今分开家，我和你妈除不难过，心里还乐意哩！看见你整修起一院新地方，我们高兴得一夜合不住眼啊！你爷爷和我，苦熬了一辈子又一辈子，谁也没能在双水村站到过人前面。现在，咱站到人前面了。说句心里话，爸爸这辈子不再图享福，只图出一口顺气；现在，爸爸就是睡到黄土里心也平了。这多少年，你和秀莲为了顾救一家人，受了不少连累。现在家里光景好了，你们也不要再为我们牵肠挂肚。我和你妈都情愿让你们痛痛快快过两天年轻人的日子，要不，我们心里也过不去啊！”

“你不要说了，爸爸！”少安皱着眉头，“我不能甩下你们不管。这家不能分！你也不要担心秀莲会怎样，总有我哩！”

“你千万不要怪罪秀莲！秀莲实在是个好娃娃！人家从山西过来，不嫌咱家穷，几年来和一大家人搅在一起，门里门外操劳，一点怨言也没有，这样的媳妇而今哪里能找得见？人家娃娃没拨弹，已经仁至义尽了！是咱们对不起人家，把人家连累得没过一天畅快日子。你要是因为分家的事对秀莲不好，我和你妈就不答应你！

“至于分开家，你也不要为我们操心。剩下也没几口人了，我的胳膊腿还硬朗，光景满能过哩！再说，少平也大了，万一我不行，还有他哩！现在他年轻，想出去闯一闯世界，那就叫他去闯一闯，反正这点地我一个人能种得过来。再说，咱们就是分了家，我这边光景烂包了，你还能看着不管吗？”

少安听得出来，父亲说的都是一片诚心话。这反倒使他忍不住哭了起来。他哭得极其伤心，一腔汹涌的感情无法表述，只是哽咽着反复说：“不能分……不能分……”

孙玉厚看少安哭得这样伤心，便像在儿子小时候一样，用他的老茧手在他乱蓬蓬的头发上抚摸了一下，说：“你这娃娃！咱们现在应该高兴，哭什么哩！不要哭了！分家的事，我和你妈商量过了，一定要分开！咱高高兴兴往开分！分开咱还是一家人嘛！”

生活的好转，看来使孙玉厚又一次显示出了他年轻时的气魄。在这件事上，不管儿子怎样坚持，也毫不能动摇他的决心。

说实在话，和少安分家，的确不仅仅是因为秀莲的态度，也是出自他自己内心的要求。在这一点上，少安他妈和他的心思是一样的。

是啊，对于他们老两口来说，一生操劳不都是为了儿女能过上好日子吗？以前世事不饶人，使他们除不能为儿女谋福，还要拖累孩子们。现在既然光景日月能过了，为什么还不让娃娃过两天轻快日子呢？可怜的少安十三岁到如今，生活压得他一直像个老头一样直不起腰来，现在不能再连累他了！不分家，秀莲不痛快，儿子的处境也难。他们老两口怎忍心看着小两口闹别扭呢？不论从哪个方面说，这家是应该分了，也到分的时候了！

和儿子谈毕这次话以后，孙玉厚老汉就在心里谋算，怎样尽快把这件事完结了；在他看来，这也是一生中的一件大事，和儿女们的婚嫁事同样重要。

自从土地分开以后，孙玉厚老汉虽说是五十大几的人了，但精神倒好像年轻了许多。从去年责任组开始到现在一家一户种庄稼，仅仅一年时间，一家人就不再愁吃不饱了。对于农民来说，不愁吃饭，这简直是一件不可思议的事——这是他们毕生为之奋斗的主要目标啊！一旦有饭吃，他们最基本的要求和最主要的问题就解决了。囤里有粮，心中不慌。孙玉厚老汉眉头中间那颗疙瘩舒展开了。

其实，一家一户种庄稼，比集体劳动活更重；但为自己的光景受熬苦，心里是畅快的。农民啊，他们一生的诗情都在这土地上！每一次充满希望的耕耘和播种，每一次沉甸甸的收割和获取，都给人带来多么大的满足！

正是新的生活变化才使玉厚老汉的心情发生了变化。因此，当儿媳妇表露出分家的念头时，孙玉厚老汉早想到要把他们小两口从这一大家人中解脱出来。是的，亲爱的儿子对这个家庭的奉献已经足够了。家分开以后，让娃娃放开马跑上几天！他看得出来，少安有本事在双水村出人头地；只要儿子立在众人面前，他孙玉厚脸上也光彩！话说回来，要是不分家，少安仍然被一大家人拖累着，他有翅膀也飞不起来！

当然，分家以后，他的负担就更重了。但算一算，剩下五口人，他能维持。花销主要是上学的兰香。目前他也不指望少平撑扶这个家——只要自己能劳动，就让他小子自顾自闯世事去吧！他想，即使他过几年不中用了，自己的两个儿子也不会丢下他不管——他的儿子他知道。现在趁他还能在山里刨挖，就尽量给娃娃们腾出几年时间，让他们各自凭本事去踢腾上一番……

对孙玉厚老两口来说，分家已经成了定局。

但是在孙少安那里，问题并没有完全解决。

自从和父亲谈罢那次话以后，少安一直陷入到一种痛苦的感情纠缠之中。他一时怎么也不能想象，他要脱离开这个大家庭？多少年来，他已经习惯于自己在家庭中扮演保护人的角色；一旦没有他，其他人怎么办?

他难受得心动弹哩!

当然，他不是不知道，要是分开家，他和秀莲能把光景日月过得热火朝天。可他父亲那里不会有什么起色——他只相信一点，全家人倒不至于再饿肚子。

唉，从农村的社会来看，儿子成家后和父母分家，这是一件很自然的事；可从自己的感情方面说，这实在又是难以接受的啊!

孙少安太痛苦了。这些天来，他几乎不愿意和别人说什么话。晚上吃完饭，他也不愿立刻回到那院新地方去安息。

他常常在黑暗中沿着东拉河畔，一边吸着自卷的旱烟卷，一边胡乱地向罐子村的方向溜达很长时间。朦胧的月光中，他望着自己的烧砖窑和那一院气势非凡的新地方，内心不再像过去那样充满激动。他不由得将自己的思绪回溯到遥远的过去……是的，最艰难的岁月也许过去了，而那贫困中一家人的相亲相爱是不是也要过去了呢?

一切都很明确——这个家不管是分还是不分，再不会像往常一样和谐了。生活带来了繁荣，同时也把原有的秩序打破了……

在少安深陷痛苦而不能自拔的时候，秀莲却一下子变得轻快起来——显然，母亲已将分家的意思告诉了她。

少安无法忍受妻子的这种快乐情绪。他气愤的是，秀莲的态度好像是要摆脱一种累赘似的畅快——这畅快本身就是对老人的不尊!

这天晚上，秀莲像庆贺似的，在新家给他炒了一大碗鸡蛋，烙了几张油饼；她不让他回父母那里吃饭，硬要他在这里吃——似乎专意让他先尝尝分开家的滋味!

少安顿时怒不可遏——秀莲太不理解他的心情了！他立刻把妻子臭骂了一通，真想把那些吃食扔到院子里去!

骂完妻子后，他把门使劲一掼，回父母那里吃饭去了，而把痛哭流涕的秀莲一个人丢在新窑里。

少安回家吃饭时，母亲疑惑地问他：“秀莲怎没过来？”

少安端起饭碗，一句话也没说。

“是不是闹架了？”父亲沉下脸问。

少安往嘴里扒拉着饭，仍然没吭声。

玉厚老汉给老伴使了个眼色。少安妈立刻解下腰里的围裙，急急忙忙出了门——她要赶到新地方去看个究竟。

不一会，少安他妈就回来了，生气地责备儿子：“你太不像话了！”

“怎啦？”玉厚老汉已经认定是儿子欺负了秀莲，火气十足地问老伴。

“秀莲说少安今儿个出了一天砖，怕他熬坏了身子，给他在那面单另做了点吃的，死小子不吃就算了，还把人家骂了一顿……”

少安妈说着，便收拾起一点饭，又出门给秀莲送去了。

孙玉厚对低头吃饭的儿子吼着骂道：“鬼子孙！人家好心待你，你为什么要骂人家？”

孙玉厚索性丢下碗不吃饭了。他手颤抖着挖了一锅旱烟，勾着头蹲在脚地上，像遭受了一次沉重的打击，脸痛苦地抽搐着。

少安仍然一句话也没说，狼吞虎咽地吃完饭后，就悄无声息地出了门。他也没回新居去，径直走到烧砖窑的土场子上，闷着头打起了砖坯。

月亮从东拉河对面的山上探出了头，静静地凝视着大地。时令已快要到白露，冷飕飕的风从川道里吹过来，把黄了的庄稼叶子摇得飒飒价响。暮色中，从远处的山梁上传来一阵飘忽的信天游——这是贪心劳动的田五，还在山里磨蹭着不回来……

孙少安拼命地往木模子里摔着泥巴，然后用一个小片一刮，就端起来把砖坯扣在撒了干土的场子上。他头上冒着汗气，索性把长衫子也脱掉甩在一边，光膀子干起来了——似乎要用这挣命般的劳动把他心中的烦闷舒散出去……

在少安不声不响走了以后，孙玉厚老汉还倒勾着头蹲在脚地上抽旱烟。他明白，少安和秀莲实际上还是为分家的事闹别扭。

老汉左思右想，觉得这件事不能再拖了。

他当机立断，决定马上就分家。不管儿子愿意不愿意，这家得尽快分——这事既然已经提出来，就不能再迁就着在一块过日子了！现在分开还为时不晚；再拖下去，说不定一家人还要结冤仇哩！

玉厚老汉随即又想：这事应该让少平也回来一下；二小子已经成了大人，这实际上等于是他和他哥分家，他不回来不合情理！

于是，孙玉厚老汉“叭叭”两下把烟灰在鞋帮子上磕掉，开门去找他弟孙玉亭；他要让玉亭给少平写封信，然后托开邮车的金俊海顺路捎到黄原，让少平赶快回家来！

第二十章

黄原揽工的孙少平，已经又换到了另一个地方干活。

这次他是在城里一个单位的建筑工地上当小工——这单位要修建几十孔“驳壳窑洞”，因此几个月内他不会“失业”。

他仍然背石头。

他本以为，他的脊背经过几个月的考验，不再怕重压；而没想到又一次溃烂了——旧伤虽然结痂，但不是痊愈，因此经不住重创，再一次被弄得皮破肉绽！

这是私人承包的国营单位建筑，工程大，人员多，包工头为赚大钱，恨不得拿工匠当牛马使用；天不明就上工，天黑得看不见才收工。因为工期长，所有的大工小工都是经过激烈竞争才上了这工程的。没有人敢偷懒。谁要稍不合工头的心意，立刻就被打发了。在这样的工程上要站住脚，每一个工匠都得证明自己是最强壮最能干的。

少平尽管脊背的皮肉已经稀巴烂，但他忍受着疼痛，拼命支撑这超强度的劳动。每一回给箍窑的大工背石头，他狠心地比别的小工都背得重。这使他赢得了站场工头的好感。不久，总包工头宣布给他和另外两个小工每天增加二毛工钱。

晚上收工以后，年纪大的匠人碗一撂就倒头睡了，年轻的小工们还有精力跑到街上去看一场电影。

少平既不急忙睡，也不去街上；他通常都是拿本书在院子的路灯下看一会。上次他给诗人贾冰还那本《牛虻》时，贾老师主动帮助给他在黄原图书馆办了个临时借书证，这使他能像以前那样重新又和书生活在一起。只不过现在除过熬苦不说，也没有多少闲时间，一天只能看一二十页。一本书常常得一个星期才能看完。

但无论如何，这使他无比艰辛的生活有了一个安慰。书把他从沉重的生活中拉出来，使他的精神不致被劳动压得麻木不仁。通过不断地读书，少平认识到，只有一个人对世界了解得更广大，对人生看得更深刻，那么，他才有可能对自己所处的艰难和困苦有更高意义的理解；甚至也会心平气静地对待欢乐和幸福。

孙少平现在迷上了一些传记文学。他已经读完了《马克思传》、《斯大林传》、《居里夫人传》和世界上一些作家的传记。他读这些书，并不是指望自己也成为伟人。但他从这些书中体会到，连伟人的一生都充满了那么大的艰辛，一个平凡人吃点苦又算得了什么呢？他一生不可能做出什么惊人业绩，但他要学习伟人们对待生活的态度——这就是他读这些书的最大收获……

随着日月的流逝，街头的树叶在秋风中枯黄了。黄原城周围的山野，也在不知不觉中被大片的黄色所覆盖。古塔山上，有些树叶被秋霜染成深红，如同燃烧起一堆堆大火。天格外高远而深邃，云彩像新棉一般洁白。黄原河不仅涨宽，而且变得清澈如镜，映照出两岸的山色秋光。城市的市场上，瓜果菜蔬骤然间丰裕起来。姑娘们已经穿起了薄毛线衣，街道上再一次呈现出五颜六色的景象。

黄原城地处几条大川道的交叉口，因此风比较大；早晨或晚间，已经充满了浸肤的凉意。孙少平身上的单衣裳开始招架不住了。

这一天下午，少平请了半天假。他先到图书馆还了书，又借出一本新的；然后便溜达着到市中心的商店为自己买了一身绒衣。

买完绒衣后，时间还早，他想到东关邮政局去找金波拉拉话——上次见面后，他还一直没时间去找过他的朋友。

当少平走到黄原河老桥的西头时，突然被一个人拉住了。回头一看，原来是他第一次做活的主家曹书记。

“哈呀，我老远就认出是你！”曹书记胳膊窝里夹着一把新买的切菜刀，一把拉住他说。

“我婶子好着哩？”少平问候。

“好着哩！常念叨你！你怎走了再也不到家里来？你而今在什么地方哩？”

“在地区物资局的工地上做活。”

“来，咱到旁边拉拉话！”曹书记扯着少平的衣袖，把他拉到桥头边上的一个栏杆旁。

“我正打问着找你，想和你商量一件事……”曹书记说着，给少平抽出一根纸烟。

“什么事？”少平点着烟，疑惑地问。

“你成家了没？”书记问他。

这更让人摸不着头脑了。

“没……”少平说。

“订婚了没？”

“啊？……没。”

“如果你单身一人，愿不愿意来我们阳沟落户？”

少平一下怔住了。他想不到书记说的是这么一回事！

“我和你婶子都看你是个好娃娃，我们都想让你到我们这里来落户……”

少平立刻动心了——能在黄原城边落户口，这的确不是一件容易事！他毫不犹豫地说：“我愿意！……就怕你们队的人不接受。”

“我同意了，其他人为难一些，但不会反对！”曹书记权威地说，“只是土地怕一时不好给你分，城边上地缺。不过，先把户口安下再说！长远你不要怕！你先可以像现在一样在城里揽活做……当然，只能落你一个人的户口，家里其他人恐怕不行。”

少平想，只要他先能落下户口，以后慢慢再说。山不转水转。他把根扎牢了，到时其他事说不定都可以解决……

他对书记说：“叔叔，能行！就按你说的来！我乐意到阳沟落户。有你和婶子，我一切方面都放心着哩！”

“那好，你要是不忙，现在就跟我去一趟阳沟，我给你想办法开准迁证。”曹书记看来非常热心给他帮这个忙。

少平想了想，觉得这事太突然，他需要再细细考虑一下，于是就对曹书记说：“我现在要到东关去办点事，过两天我一定去你们家！”

“那也好！我回去把事都弄妥当，你什么时间来都可以拿手续！”

曹书记和他很热情地握了手，就告辞走了。

少平立在原地方半天没挪动脚步。他怎么也反应不过来这件突然冒出的事。曹书记怎对他这个揽工小子关怀到这种程度呢？

其实，曹书记有曹书记的打算。

阳沟的这个精能人只生了两个女儿。他的大女儿菊英已经十八岁，但念不进去书，一直在初中留上一级再留一级；看来只能勉强初中毕业，高中的门是进不去了。少平在他家做活的时候，他老两口一下子就看中了这娃娃。少平离开后，他们商量，想叫这后生将来和他们的菊英成亲，做个上门女婿。他们没生养儿子，有个女婿在身边，老了就有人照顾了。因此，多少天来，曹书记跑着在各处的工地上打问他未来的“女婿”，却想不到今天无意中在街上碰见了孙少平……

少平对这一切当然毫无所知。他现在立在黄原河桥头，只是对曹书记的一片好心充满了感激。他真想不到他生活中出现了这样的转机。他想，这大概就是人们所说的“命运”吧？

现在，这个突然被命运之神宠爱的青年，怀着激动的心情走过了黄原河大桥，去找他的朋友金波。路过东关桥头的时候，他不由瞥了一眼他那个亲切的“王国”——那里永远躺着、坐着、站着许许多多等待劳动机会的同伴……

他在邮政局找到金波，还没来得及说他的高兴事，金波就给他拿出了一封家信，说：“我父亲前几天就捎来了，我到处打问找不见你。你快拆开看看！是不是家里有什么紧事……”

少平认出信封上是二爸的字体。他的手忍不住微微发着抖，拆开了那封信——他们家的信大概不会给他带来什么好消息。

信很简单——

少平儿：

自从你离家以后，一直没有音讯，全家人都很想念你。家里有些事，需要你很快回来一下。请你收到信马上反（返）回来。

家里一切都好，不要挂念。

父亲

虽然信上没有具体说家里出了什么事，但少平心里还是有些忐忑不安。

“没什么事吧？”金波观察着他的脸色。

“没什么……家里让我回去一下。”

“那你什么时间走，你可以搭我父亲的邮车。”

“我得收拾两天。”

金波和上次一样，先不再说什么，赶紧出去做饭——他知道少平最需要的首先是好好吃一顿饭。

两个人吃完大半脸盆揪白面片后，少平就把曹书记要他落户到阳沟的事，给金波细说了一遍。

金波不假思索地说：“啊呀，这是好事！在城边上当个庄稼人，也比一辈子呆在双水村强！旁的不说，看个电影也方便！这样，你实际上就生活在城市里了。”

金波这么一说，少平再一次兴奋起来。

两个好朋友高兴的是，他们又要生活在同一个地方，有个什么事，互相也可以照应。谁知世事今后还会怎样变化！黄原是个大地方，只要他们有能耐，尽可以在这个天地里扬胳膊伸腿！

这样，孙少平就下了决心，准备将自己的户口迁到黄原来了。他想，过几年他闹好了，还可以把父母的户口也迁过来。世界这么大，哪里也可以活人！另外，从发展的眼光看，城边上当个农民，闹腾家业的出路也多。好，他应该当机立断，马上行动，千万不敢失去这个一生难逢的好机会！

告别金波后的当天晚上，少平就找了工头，说他家里有事，要结算工钱，不准备再上这工了。

工头看来非常遗憾失去了一个好小工。结算完工钱后，工头破例把他带到厨房，让做饭的亲戚给少平切了一碗肥猪肉片子，算是对他曾经卖命干活表示一点犒劳。

一碗猪肉下肚，少平嘴一抹，就去了阳沟。

曹书记一家人热情地接待了他。这次见面，双方已经不是当初那种主仆关系，而像是亲朋好友一般。

曹书记立刻出去为他办准迁证。书记的老婆就及时抓住机会，让少平给女儿菊英补习中学语文课。在少平开始为菊英补习功课的时候，菊英她妈推说到邻居家取东西，溜出去半天没有回来。

十八岁的菊英完全是城市姑娘的打扮。白净的脸蛋，弯弯的眉毛，一对清澈活泼的眼睛，很崇拜地听少平头头是道地讲解课文。

她看起来很聪敏，但学习实在迟笨；少平说半天，她都理解不了。她只是惊讶地看着他，带着一脸的疑问：你这么能行，为什么要揽工呢？当然，这女孩子也并不知道，这个她难以理解的乡下后生，已经被父母“内定”为她的女婿……

在曹书记家愉快地逗留了几个小时，少平就怀揣着那张准迁证，回到了他做工的地方。

第二天，他从头到脚换上了新衣服，然后到街上去给家里人买东西。他身上现在破天荒揣二百多元钱，像个财主似的在商店里阔视。他给全家每个人都买了一件衣服，又买了许多吃食。那个烂黄提包显然不能再提回去，于是又买了一个很大的新帆布提包。他要在一切方面向家里和村里人显示，他在门外干得不错！

买完东西后，身上还有一百多元钱。走在黄原街上，他心里充实而自豪。

一切办理好以后，他到理发馆去理了个发。

现在，他完全换成了另外一个人。身上的伤痕被簇新的衣服包裹了起来；脸干干净净，头发整整齐齐，俨然是一副工作人的派头！

晚上，他把所有的东西都带上，来到了金波住的地方——在这里过一夜，明天早晨就搭邮车回双水村。

第二天天还不明，他就爬起来，把那卷行李和装烂衣服的破提包都交代给金波——这说明他还要回到这个城市来。然后他就提着那个鼓囊囊的新提包先一步出了门，走到城外的公路边上等金俊海的邮车。邮车按规定不准捎坐人，因此不敢在城里上车。

不一会，他就坐在邮车驾驶楼助手的位置上，离开了夜色还没有褪尽的黄原城。

在回家的路上，少平心中思绪万千。从春天离家以后，一晃就半年了。半年来，他感到比以往他度过的所有日月都要漫长。酸甜苦辣，一切都无法用语言表述。不论怎样，他没有退缩，也没有倒下。现在，他并不是两手空空回来了——这也不只是说他赚了几个钱，买了点东西；不，他半年的收获决不仅仅是这些！

现在他才感到，他离家的时间也的确不短了。这期间，他也没给家里人写信。谁知家里成了什么样子？父亲写信让他“马上返回”——出了什么紧急事呢？如果是好事，他会在信上写明的；看来家里一定是有什么不幸了，父亲怕他着急，才用了这么含糊的口气给他写信。

但是，他的心脏也开始健强了一些，心想，就是天塌下来，也按塌下来处理，熬煎也没有用！

汽车过了分水岭，少平的心忍不住“怦怦”地跳起来。公路两边熟悉的山山峁峁都亲切地出现在视野之内。他看见，东拉河两岸的沟道和山头，庄稼再不像往年一样大片大片都是同一种类。现在，各种作物一块块互相连接而又各自独成一家。每一块地都淋漓尽致地表现出了主人的个性。个把地块庄稼长得不好，你就知道它的主人肯定不是个勤快人。

村庄里，有的秋庄稼已经上了禾场。金黄的颗粒被赤膊的庄稼人一锨锨扬向蔚蓝的天空；碎雨似的五谷落下来，撒在嬉闹的孩子们的身上。山野的小路上，农妇们颤动着肥大的乳房，挑着送饭罐悠悠闪闪地走着。沟道里，牛、羊、驴、马，成群结队的很少；往往三三两两，被一些大孩子放牧着——少平知道，这些孩子都是刚刚退学的。各个村庄里，看来没有什么人闲呆着。新的生活和劳动是平静的，但少平又很清楚，对于每个家庭来说，那一天中的节奏充满了忙乱和紧张……

亲爱的双水村就在眼前了。少平透过车窗，远远地看见他家的窑顶上飘曳着一柱灰白的柴烟；一股说不出的温暖和甜蜜刹那间涌上他的心头，使他忍不住鼻子一酸，几乎要哭了。

哦，家乡，永远叫人依恋和动情的家乡啊！

第二十一章

孙少平回家以后才知道，父亲是因为分家的事才写信让他回来的。

比起他想象的其他灾祸，这件事看来并不特别严重。《红楼梦》里的凤姐说，没有不散的筵席。弟兄分家，或者父子分家，在农村已经是一件很自然的事。和其他人家相比，大哥和嫂子结婚几年都和他们一块过光景，这也就不容易了。现在他们要单另立家，不论从哪方面说都无可非议。

少平看出，大哥心里很难过。少平理解他的心情。

他去烧砖窑转的时候，大哥把他引到下面的沟道里，想和他单独说说话。

弟兄俩坐在东拉河边，一时都不知该从何说起。

少平给少安抽出一根纸烟。少安说他抽不惯，仍然用纸片给自己卷了一支旱烟棒。

“大哥，分家的事，你也不要过多地想什么。爸爸的考虑是对的，你和我嫂现在应该单另过光景了……”

少平先开口劝慰少安。

少安沉默了好长时间，才说：“那你们怎么办？一大家人，老的老，小的小……”

“有我和爸爸两个人哩！家里实际上没几口人了！我和爸爸两个完全可以维持！”少平说。

少安又沉思了一会，然后抬起头看着弟弟，说：“那这样行不行？分开家后，你到烧砖窑来，咱两个一块经营，红利二一添作五，一人一半！”

“那还等于没分家！”少平笑了笑，“既然单另过光景，咱们就不要一块黏了。虽然是兄弟，但要分就分得汤清水利，这样往后就少些不必要的麻烦。分开家过光景，你的家就不是你一个人，还有我嫂子哩！”

少安惊讶地盯着弟弟的脸看了半天。他想不到少平已经变得这么大人气——这未免有点生硬。他说：“弟兄之间怎能分得这么清哩？”

“分清了好。俗话说，好朋友清算账。弟兄们一辈子要处理好关系，我认为首先是朋友然后是弟兄才有可能，否则，说不定互相把关系弄得比两旁世人都要糟糕哩！”

这“理论”少安无法接受。但他认识到，少平已不再是过去的少平。他奇怪：弟弟在什么时候学会了高谈阔论？

不过，少安感到多少日子来由于分家而给他造成的巨大精神压力，似乎减轻了一些。少平的这种态度刺激了他，使他不由自主地想：既然你后生口大气粗，已经这么能行了，那咱们倒也不妨试试看！

他问弟弟：“那你准备怎么办？”

“我准备把户口迁到黄原城边的农村去。”

“什么？”少安吃惊得几乎要跳起来，“说了半天，你还是要屁股一拍远走高飞呀？怪不得你把分家说得这么自在！你走了老人怎么办？如果是这样，家就不能分！”

“哥，你先别躁。我迁到黄原，又不是自顾自图轻快去呀！我出去难道就会白白呆着？我不会劳动？我赚下的钱不会养活老人？再说，我在那里闹好了，说不定将来把父母亲也能搬迁过去哩！”

“这真是说笑话哩！老人年纪那么大了，还跟你上天去呀！”少安已经生气地挖苦起了少平。

少平知道，少安无法理解他。他沉默了一会，说：“哥哥，不管怎样，咱还是按爸爸的意思来，先把家分开再说。你不要太为我们担心。我出去要是不行了，我就会很快回双水村的。往出办户口不容易，要是往回迁户口，双水村不会拒绝接受我吧？你叫我出去先闯一闯，头碰破了，那是我活该。你不是也在闯吗？你为什么不一心种庄稼，而开办个烧砖窑呢？还不是谋个大出展吗？我为什么就不能有我的一点打算呢！”

少安倒被弟弟的这番话说得无言对答。

他问少平：“那你和爸爸商量了没？”

“还没哩。罢了我和他商量。你放心！如果爸爸不同意我出去，我就留在双水村种庄稼呀！”

兄弟俩实际上无法再把话谈下去了。

少安长叹了一口气，站起来。

少平也站起来。兄弟俩就这样沉默寡言地离开了东拉河畔，相跟着从草坡的小路上转上来，一块走到烧砖窑的土场上。少安抓起木模子打砖坯，少平把鞋袜扔在一边，裤管挽在半腿把上，赤脚片跳进泥里，抡着铁锨帮哥哥干起活来……

两天以后，在孙玉厚的主持下，这个多年的大家庭就一分为二了。

分家其实很简单，只是宣布今后他们将在经济上实行“独立核算”。原来的家产少安什么也没要，只是和秀莲到新修建起的地方另起炉灶过日月罢了。实际上，这个家永远不会像少平说的那样“汤清水利”。首先虎子就分不开。小家伙名义上分过去了，但他不会离开爷爷和奶奶；孙玉厚老两口也离不开这个宝贝孙子。

家总算这样“分”开了。

分家以后，少平立刻就和父亲谈他自己的出路。

孙玉厚老汉豁达地对儿子说：“你走你的！这两年爸爸还康健，能种了这点庄稼。只要你能在外面闯出个世事来，爸爸不拉你的后腿！你出门爸爸放心着哩，不会闯出大乱子来……”

“只要我能在黄原扎下根，将来就把你们都迁过去！”

少平非常感激父亲如此慷慨放他出门。

玉厚老汉苦笑了一下，说：“先不要想那么远的事。再说，我和你妈一辈子就是这双水村的人了，不会把老骨头撂到外地去的。你只管闹你的世事去！你到了外面，可要你自操心哩！爸爸盼你这辈子不要像爸爸一样，活得蜷胳膊屈腿的……”

少平心里陡然间生出一种悲壮的情绪来。他想，为了父母亲对他的热爱和希望，他也要好好活一辈子人！

在村里办好迁移手续后，他准备到罐子村和原西县高中分别看望姐姐和妹妹，然后就直接返回黄原。

离开双水村的那天，父母亲和大哥大嫂一直把他送到村头。母亲哭出了声，惹得全家人都眼圈红了。是的，这次出门不比往常——这意味着他不再属于双水村，而将成为一个陌生地方的公民了！

少平顺路先到罐子村看望姐姐。兰花一见他，什么也没说，先哭了一鼻子。王满银几乎一年没回家来，姐姐一个人又种地，又带两个孩子，操磨得像个老太婆一样。

酸楚和愤怒使少平的心情久久不能平静。

他在姐姐家留了几天，帮她把一些主要的秋庄稼割倒在地里——不久爸爸和哥哥会来帮助背运和碾打的。

临走时，他给姐姐放下二十块钱，让她去量盐买油。

少平怀着极其痛苦的心情，从罐子村搭上了去原西县的长途公共汽车。

从原西县汽车站出来，走在那条熟悉的石板街上，闻着空气中亲切的炭烟味，一种怀旧的情绪立刻弥漫在他的心头。不知为什么，他突然记起了几句诗——在诗人贾冰的影响下，他后来也读过不少诗。

他在心里默默地念着——

往昔的回忆使我们激动，
我们重新踏上旧日的路，
一切过去日子的感情
又逐渐活在我们的心里；
使我们再次心紧的是
曾经熟悉的震颤；
为了回忆中的忧伤，
真想吐出一声长叹……

少平一边从街道上往过走，一边泪眼矇眬地寻找着过去涉足过的角角落落。

一直到十字路口附近，他才使自己镇定下来。

他看见，现在的原西城似乎比往日要纷乱一些。十字街北侧已经立起一座三层楼房；县文化馆下面正在修建一个显然规模相当可观的影剧院，水泥板和砖瓦木料堆满了半道街。原西河上在修建大桥，河中央矗立起几座巨大的桥墩；拉建筑材料的汽车繁忙地奔过街道，城市上空笼罩着黄漠漠的灰尘。街道上，出现了许多私人货摊和卖吃喝的小贩，虽然没遇集，人群相当拥挤和嘈杂。

少平突然听见旁边有人喊他的名字。

他回过头一看，原来是跛女子侯玉英！

侯玉英怀里抱着个孩子，一瘸一拐从一个白布帐遮盖的货摊上转出来，走到了他面前。

“我一眼就认出了你！”侯玉英兴奋地笑着，对少平说。她比过去胖了许多，脸蛋像个圆面包似的。

“这是……？”少平指着她怀中的娃娃。

“我的！四个月了！云云，给叔叔笑一笑！”侯玉英用手指头在孩子的下巴上按了按，那孩子就咧开小嘴笑了。

少平把孩子从跛女子手里接过来，在这个胖小子的脸上亲了亲，又递给她，问：“你什么时候结婚的？”

“前年国庆节……你看不上咱，咱没等头，就寻了男人……”侯玉英虽然大方地说了句玩笑话，但脸已经通红了。

少平的脸也红了。他还没有遇见一个女的当面说这种话。

“你爱人干啥着哩？”他问。

侯玉英扭过头朝那个白布帐下指了指。

少平看见，一位头发留得很长的青年，正在殷勤地为顾客拿东西，找钱。

“他也是个待业青年！去年，我爸为我们办了个营业执照，我们就干上了这营生……生意还不错……哎，下午到我家里去吃一顿饭！两年多没见你，还以为你死了！我么……一直还忘不了你……”侯玉英竟然羞得低下了头。

少平已经很不自在了——跛女子站在大街上说这种话！

他只好客气地说：“我还要到中学去找我妹妹，以后我到城里再去你们家……你快忙你的，我走了……”

少平慌忙给侯玉英打了招呼，就告辞走了。

他紧张地穿过街道，尽量使自己淹没在稠人广众之中。一直到通往中学的石坡路上时，他的心跳才恢复了正常频率。

和侯玉英这次意外的邂逅，使孙少平感慨万端。唉，时过境迁，他们这一茬人已经开始各自寻找自己的归宿。同学之中，有的已经结婚，并且有了儿女，安安稳稳过起了光景日月。少年！少年！那是永远地逝去了……

可是，你现在还不准备这样安排自己的生活。至于你的未来是个什么样子，你现在还难以断定……

少平在中学见到妹妹后，很快就换了另一种心情。他高兴地看见，妹妹已经长成了大姑娘，身材高挑而挺拔，乌黑的头发剪得齐齐整整。少平心里骄傲地想，妹妹就是到黄原城，也是最漂亮的姑娘！

他给兰香带来了在黄原买的那身时新衣裳和两条天蓝色拉毛围巾——其中一条是送给金秀的。

兰香和金秀在学校大灶上给他买了白馍和两份甲菜。兄妹三个在她们的宿舍吃了下午饭。吃饭时，金秀不断询问她哥和她爸的情况。

第二天，兰香撵到汽车站去送他。等车的时候，她忍不住哭了。

少平劝慰妹妹说："别哭！我知道你为分家的事伤心。你不要怕，有二哥哩！你好好念书，有什么困难，就给我写信，寄到你金波哥那里，我保准能收到。你千万不敢影响学习，你快要考大学了！二哥这辈子恐怕再不能进大学门，但我特别希望你能考上大学。咱家里就看你争这口气了！"

兰香把脸上的泪水揩净，一边听少平说，一边给他点头。

中午，少平上了公共汽车，直奔黄原城。

在黄原汽车站下车后，他身上只剩下五毛钱；他除过留够一张车票的费用，把所有的钱都分给了爸爸、姐姐和妹妹。

现在，他等于赤手空拳返回到这个严厉的城市。现在正是城里下晚班的时候，自行车如同洪水一般从他面前流过。

他又一次惆怅地立在候车室外面，思谋自己该怎么办。

他应该马上找到活干，否则五毛钱只能勉强在小摊上吃一顿饭。

当然，今晚上他也可以到金波或者阳沟曹书记那里凑合一下。但明天呢？后天呢？

不行！先得有个立脚之地，有饭吃，能赚点钱，然后才可以考虑其他事。

这样想的时候，他的两条腿已经开始自觉地向东关大桥头移动了。

当他混入大桥头的“劳力市场”时，太阳就快要坠入麻雀山的背后。一些失去信心的揽工汉已经开始退出这个地方。

少平焦灼地立在砖墙边，绝望之中带着一丝侥幸，等待看有没有包工头来“招工”。

他的愿望随着黄昏的降临而渐渐破灭了。

他突然想：他能不能再到他原来干活的工地上去碰碰运气呢？他知道那工程还没完。只是一般说来，他中间辞工的空缺，很快就会有人补上的。

尽管毫无把握，少平还是过了黄原河大桥，向物资局的工地走去。

他拿着剩下的五毛钱所买的那盒用作交际的纸烟，在工地上转了几圈，才找到了工头。

由于他现在穿了一身新衣服，工头几乎认不出他来了。他把那盒纸烟大方地塞到工头的衣袋里，说：“我是孙少平。我又来了。现在我没活干，能不能再上你的工？”

工头看来记起了这个干活不要命的小工。他想了想，说：“本来人手满了，但一个人嘛……你来吧！”

少平高兴得几乎要跳起来。他先到工地的灶上扒了两碗干米饭；然后就一路小跑着，到东关金波那里去取他的那卷破烂行李。

第二十二章

连绵不断的秋雨刷刷地下着，城市一直笼罩在阴冷的水雾之中。从节令上看，这大概是黄土高原本年度的最后一次雨水；过不久，天空就要飘飞起雪花。

这雨已经下了一天一夜，还没有停歇的迹象。南风赶着灰黑的云彩，潮水般向北方漫过去。雨时疏时密，但一直没有断头。老天爷总是不尽如人意，伏天要雨的时候，偏偏一滴雨也不落；现在不需要雨，雨倒下个没完没了！

大街小巷淙淙地流淌着污水；房屋上的灰尘和人行道上的泥垢被雨水洗得干干净净。黄原河再一次变成了浑浊的泥汤。城外的山野峡谷之中，飘游着一团团蓝色的雾霭。

秋雨造成了一种令人愁闷的气氛。街上行人寥寥无几；卖东西的乡下人披着破麻袋片，躲缩在屋檐下心灰意懒地等待买主。十字街的警察钻进岗楼里打盹去了，让汽车在街上自由行驶。从省城到黄原每周三次的班机还没有停飞，轰鸣着低掠过城市上空，降落在东川水迹斑斑的跑道上。什么地方沉重的钢铁撞击声，在寂静的雨声中听起来格外刺耳。

少平干活的那个工地照例停止了施工——场地完全泡在了一片

烂泥汤中。工匠们也照例倒在窑里开始没明没黑地睡觉。疲劳过度的人哪！一个个睡得伸胳膊蹬腿，不仅鼾声中捎带着舒服的呻吟，还把牙齿咬得嘎嘣嘣价响……

少平躺在自己的铺盖卷上，却没有一点睡意。他头枕着自己的两只手，眼睛直勾勾地望着窑顶，一边听外面单调乏味的雨声，一边脑子里杂乱地想许多事。

前几天，他抽空去了一趟曹书记家，把户口落在了阳沟。

他在那里仅仅落下个空头户口而已。视土如金的阳沟不会给他土地，他实际上仍然是一棵无根草。现在他完全把自己的命运交到了曹书记的手上。他指望过一两年后，老曹最起码能给他争取一块安家的地盘。至于土地，他不敢奢望。

这样说来，他一生也许只能在黄原城里打短工了。这是一条十分不可靠的谋生之路。要是将来成了家，用这种方式能养活得了老婆孩子吗？

但是，以后的一切对他来说，似乎还很遥远。无论如何，他已经成了一名黄原人，这本身就具有非凡的意义。他想象，他那些前辈祖宗中，大概还没有人离开过故土。现在，他有魄力跑出来寻找生活的“新大陆”，此举即使包含巨大的风险，也是值得的。

直到这个时候，孙少平还不知道曹书记两口子为他落户口的真实用意。我们可以猜想，如果他知道他们是要他做上门女婿，那他会非常乐意接受这个现实的。把爱情放在一边不说，他眼下起码就不会有这么多熬煎了，反正到时一切生活方面的问题都会迎刃而解的。

但他同样不知道，曹书记两口子目前还不想把事情挑明。一来他们要进一步“考察”一下他；二来菊英还在上学，年龄也小。对曹书记来说，这是他的一步“远棋”——还得走一段再说！

现在，少平躺在这个汗气熏人的破窑洞里，在鼾声雨声的交响曲中，谋算着自己下一步的生计。他想，他一定不敢误工，要千方百计找到活干。他要赚钱给家里的老人，还要供妹妹上学——现在分了家，他就是一家之主，肩负着重大的责任！他已经在工地上留心学习匠工的技能，想尽快改变当小工的处境。如果他成了匠工，他一天的工钱就能提高一倍；这样，除过顾救家庭，自己也能积攒一点。两三年后，要是能在阳沟找个地盘，他就可以先箍两孔窑洞——那时才意味着他真正在黄原扎下了根。

这一切也许并不是梦想。他年轻力壮，只要心里攒上劲，这个目标是可以实现的。当然，这还是一个最基本的打算哩！他甚至想某一天，他也会成为一名包工头，嘴里叼着黑棒卷烟，到东关大桥头去挑选工匠……嘿嘿，他就是成了包工头，为什么一定要嘴里叼根黑棒卷烟呢？不，他不会像现在这些工头一样，神气活现地把自己搞得像电影里的保长一般；他要和他雇用的工匠建立一种平等的朋友关系，尤其是要对那些上过学而出来谋生的青年给予特别的关照……

孙少平躺在自己的铺盖卷上，不断地这样胡思乱想。反正这下雨天也没什么事，总不能没完没了地看书；再说，他手头的两本书已经看完，现在也懒得到图书馆去借。

吃过午饭以后，天突然出现了一会短暂的明亮，雨也下得小了一些。工匠们碗一撂，回来又倒下睡了。

少平感到很烦闷，不愿意再躺在自己的铺盖卷上做那些浪漫的遐想。趁雨下得不大，他想到街上转转，看能不能看场电影，好消磨一段时光。

天气已经很冷了，他把那身深红色的绒衣穿在身上，外面仍然套着那身做活的破衣裳，就赤手空拳出了门，来到大街上。他也没伞，就在屋檐下躲躲闪闪地走着；好在雨不大，星星点点的，不会把衣服淋个透湿。现在穿绒衣似乎太早，走一段路以后，身上便感到热烘烘的。他感到有点不自在——外衣的两个肩膀破烂不堪，里面的红绒衣暴露出来，特别扎眼。从这身新旧悬殊、不伦不类的衣服上，一眼就看出他是个地道的乡巴佬。

但少平放心的是，这里没有多少熟人。街上谁有兴趣注意他这身有碍观瞻的穿戴呢？

他便尽量把那种别扭抛开，自由自在地在黄原街上逛荡。雨中的街道难得清静；稀稀落落的行人，脸都被雨伞遮挡着。所有的商店都照常开门营业，但没有多少人光顾。

少平不知不觉溜达到了南关。这里离地委不远的地方，有一座本城最大的影剧院，他很想去碰碰运气，看现在放不放电影。

他远远地看见，影剧院前面的街道上，拥挤着许多人。估计有电影！但不知是否能赶上场？

他加快脚步走到影剧院门口，迅速瞥了一眼大红油漆木牌，见上面写着《王子复仇记》。

他高兴极了！这是根据莎士比亚的《哈姆雷特》改编的电影，据上次金波说，为哈姆雷特配音的是孙道临，相当激动人心。

少平一看时间，知道还能赶上这一场，便慌忙挤到了售票处。

他失望极了——这一场票已售完。

他于是垂头丧气退回到拥挤的人群里，看能不能钓个“鱼”。

他正在人群中瞎挤，突然愣住了。他看见田晓霞穿件米色风雨衣，两手斜插在衣袋里，正在几步远的地方微笑着看他。

他僵立在原地，脸顿时像火一般烫热。

她走过来，仍然微笑着，伸出手，说：“我以为这是在做梦。”

“是……我也这样认为……”他握了握她的手。

一阵难言的沉默。

“你现在是去看电影呢？还是到我家里去呢？”她掏出一张电影票递到他面前。

“不，你去看吧……我……”他的脸仍然像火烧一般。

“我已经看过一次了……不过，如果你愿意的话，我建议你也别去看了，咱们到我家里去吧！”晓霞似乎故意表现出一种矜持的态度，但显然很难掩饰她的激动。

少平看见，晓霞已经完全是一副大学生的派头了，个码似乎也比高中时高了许多。一头黑发散乱地披在肩头，上面沾着碎银屑似的水珠。合身的风雨衣用一根带子束着腰；脚上是一双棕色旅游鞋。

但是，站在这个人的面前，不知为什么，少平并不为自己的一身破衣服而感到害臊。相反，他觉得穿这身衣服见她正“合适”。

“何去何从？”她笑着把手中的票晃了晃。

“我当然放弃了‘复仇’！”少平脸上的燥热渐渐消退了。

晓霞嘿嘿一笑。她很快把那张票向旁边“钓鱼”的人处理掉，便引着少平向地委走去。

“你为什么不给我回信？”晓霞一边走，一边问他。

少平无言以对。

他听见“嘭”一声，心一惊。扭头一看，晓霞手中撑开了一把湖蓝色的自动伞。

她向他挨近了一些，把雨伞遮在两个人的头上。他顿时感到自己沉浸在一片迷濛的湖蓝色的梦幻之中……

近两年了，他没有见晓霞的面。他原来想，一年前他没有答理她最后的那封信，他们的联系也就随之永远地断绝了。她将会变成自己记忆里的一个人，而在现实中他们再不可能见面。是呀，人家是大学生，他是一个乡巴佬，相差如同天上人间……可是，现在却猛然和她相遇在了这秋雨绵绵的黄原街头……

“你怎不回答我的问话呢？”她在雨伞下转过脸，瞅着他。

“一切都很明白……”他说。

“是因为我上了大学，你仍然是个农民吧？看来，你还是世俗的！”晓霞不客气地说。

少平心里不同意老同学对他的评价。其实，他在灵魂深处并没有低看自己。她显然不了解他这两年的变化。他之所以不愿和她再联系，的确是因为两个人在生活中的处境差异太大。但这并不是说，他认为他所走的道路就比上大学低贱。是的，他是在社会的最底层挣扎，为了几个钱而受尽折磨；但他已不仅仅将此看做是谋生活命——职业的高贵与低贱，不能说明一个人生活的价值。恰恰相反，他现在倒很“热爱”自己的苦难。通过这一段血火般的洗礼，他相信，自己历经千辛万苦而酿造出的生活之蜜，肯定比轻而易举拿来的更有滋味——他自嘲地把自己的这种认识叫做“关于苦难的学说”……

晓霞把他引进了地委大门。看门房的老头在玻璃后面满脸堆笑向晓霞点了点头，他们就径直穿过一个大院，又通过一道小门，来到一个安静的小院落。

晓霞对他说：“这是常委院。”她又指了指旁边一座四层楼，“那是地委家属楼，我们在一单元二楼左手……这样吧，咱们不回家了，在我爸的办公室里好拉话。我爸昨天去了原东县，还没回来……”

常委院是一排做工精细的大石窑洞，三面围墙，有个小门通向家属楼。院里有几座小花坛，其间的花朵大都已凋谢，竟奇迹般留了一朵红艳艳的玫瑰。墙边的几棵梧桐树下，积了厚厚一层黄叶。

晓霞收了雨伞，从身上掏出钥匙，打开了中间一孔窑洞的门。她揭起门帘，把少平让进去。

窑洞面积很大，两孔套在一起；刚进门的这孔显然是办公室，从墙中间的一个小过洞里穿过去，便是书房兼卧室了。

她引着他进了里间。

他拘谨地坐在沙发里，环视着这个非凡的地方。晓霞忙着为他倒茶、削苹果。

少平在对面墙上的穿衣镜里，看见自己穿着一身烂衣服，头发乱得像一团沙蓬，坐在这舒适的全包沙发里，实在有点滑稽。如果不是晓霞在，进来个生人看见他这副模样，会以为是个图谋不轨的歹徒呢！

晓霞把一个削好的苹果递到他手里，然后也坐在旁边的沙发里，开始询问他这两年的情况。

少平这才一边吃苹果，一边打开了话匣子，如实地向晓霞叙说他的经历和目前的状况。

在少平说话的时候，晓霞瞪着一双美丽而惊讶的眼睛，聚精会神地听着。

少平说完后，晓霞像木雕一般呆坐在沙发里，不再发问，也不再说话。

少平也沉默了一会。然后他信任地对她说："你不要对任何熟人或咱们的同学说起我的情况。我知道你能理解我，我才对你说了实情。我不愿意我目前的真实情况让别人知道。要是传回原西，我父母一定会着急的。我希望在老人的想象中，我在黄原的一切都是美好的。咱们同学之中，除过金波，谁也不知道我现在的情况；我也不愿意让他们知道。这不是因为虚荣，而是不愿遭受虚荣者的嘲笑；我想默默地、宁静地走自己的路……

"你得向我保证这一点！"少平强调说。

晓霞像是从梦中惊醒，随口说："这你放心！"她站起来，"先不说了，让我去买饭！咱们就不要回我家里吃了，我知道你在我家里吃饭不自在。我到大灶上去买……"

晓霞从柜子里拿出碗筷，又在桌子抽屉里抓了一把饭票，就很快出去了。

一刻钟以后，她端回一瓷盆炒菜；菜上面摞了一堆馒头。她拿出个小碗，给自己拨了一点菜，又拿了一个馒头，说："剩下都是你的！"

少平估量了一下，说："我大概可以消灭，不过，你不要笑话！"他说着就端起了盆子，不客气地大吃起来。

晓霞笑了。她坐在他旁边，把自己碗里的肉又挑回到他的瓷盆里。不知为什么，她这举动使他想起了润叶姐——那种黄土高原姑娘们所具有的温暖的亲切感……

天色暗下来了。

晓霞拉亮电灯，把自己的碗放在一边，站着看了他近一分钟，突然问："我能给你什么帮助呢？"

少平抬起头，说："你如果认为什么书好，再像以前一样，及时推荐让我看。"

"其他呢？"

"不需要了。"

"那我怎样把书交给你？"

少平想了一下，说："我半个月来找你一次，行吗？"

"当然行！"

"什么时候来比较合适？"

晓霞也想了一下，说："白天你都要干活，那么，就星期六晚上吧。就在这里。我爸一般星期六晚上都不在办公室……"

少平接着就告辞了。晓霞也不挽留，起身把他一直送到地委机关的大门口。

分手时，她对他说："我知道，你不愿意告诉我你在什么地方。但是，你一定要来找我啊……"

"我会找你的！"他主动和她握了手，就转身向街道上走去。

雨不知什么时候已经停了，西边远远的天空露出了一片乌蓝。

好，天一晴，明天就可以出工了！

第二十三章

田晓霞静静地立在黄原地委门口，一直目送着孙少平的背影消失在北大街的尽头。

暮色已经临近，满城亮起了耀眼的灯火。不远处的电影院刚刚散场，清冷的街道顿时出现了一阵喧闹。嘈杂的人群散乱地流向东西南北，街巷中自行车的铃声响个不停。

片刻工夫，大街上重新安静了。雨已停歇，满天破碎的云彩像溃退的队伍似的在暗夜中向南逃遁。四面的群山只能模糊地分辨出一些轮廓。

田晓霞心绪极其纷乱，一时无心回家去。

她索性离开地委大门口，来到了街道上。她在人行道梧桐树下的暗影里，慢慢地溜达着，情不自禁向北走去。说来奇怪，她怀着某种侥幸，希望孙少平还能在这条路上转回来。她现在才觉得，她和少平两年后第一次相遇，几乎没有交谈多少。他倒说了一些，她几乎没说什么。唉，实际上，她刚看见少平时，感到又陌生又震惊，简直顾不上说什么！

是的，孙少平已经变了，变得让她几乎都认不出来。这不是说他的模样变了——模样的确也变了，但主要的变化并不是他的外表。

上师专以后，本来她已经习惯于同周围的那些男男女女相处。她认为自己也告别了过去的生活，开始了人生的一个新阶段。尽管她仍然保持着自己的个性，但基本上和新的环境融为一体。过去的一切，包括中学时期的朋友，渐渐地开始淡忘；而将自己的生活迅速地投入到另外一个天地。国家在多少年禁锢以后，许多似乎天经地义的观念一个个被推倒；新的思潮像洪水一般涌来，令人目不暇给。她整天兴奋地沉醉于和同学们交换各种信息，辩论各种问题；回家以后，又和父母亲唇枪舌剑一番。她周围的青年，一个个都是以天下为己任的雄辩家；古今中外，旁征博引，思想一个比一个解放，幻想一个比一个高远，对社会流弊的抨击一个比一个猛烈。他们学习刻苦钻研，吃穿日新月异，玩起来又痛快淋漓……

可是，她猛然间发现了另外一种类型的同龄人。

孙少平和过去有什么不同？从外表看，他脸色严峻，粗胳膊壮腿，已经是一副十足的男子汉架势。他仍然像中学时那样忧郁，衣服也和那时一样破烂。但是，和过去不同的是，他已经开始独立地生活，独立地思考，并且选择了一条艰难的奋斗之路。说实话，尽管她以前对这个人另眼相看，认为他身上有许多不一般的东西，但上大学后，她似乎认定，孙少平最终不会逃脱大多数农村学生的命运：建家立业，生儿育女，在广阔天地自得其乐。现在农村政策宽了，像少平这样的人，在农民中间肯定是出类拔萃的人物，说不定会发家致富，成为村民们羡慕不已的“冒尖户”。记得高中毕业时，她还对他说过，希望他千万不能变成个世俗的农民，满嘴说的都是吃，肩膀上搭着个褡裢，在石圪节街上瞅着买个便宜猪娃……为此，在少平回村的那两年里，她不断给他寄书和《参考消息》，并竭力提示他不要丧失远大理想……后来，她才渐渐认识到，实际生活是冷酷的；因为种种原因，这些不能进入大学门，又进入不了公家门的农村青年，即使性格非凡，天赋很高，到头来仍然会被环境所征服。

当然，不是说农村就一定干不出什么名堂；主要是精神境界很可能被小农意识的汪洋大海所淹没……

尽管田晓霞如此推断了孙少平未来的命运，但出于中学时期深厚的友谊，上大学后，她还不准备断绝和少平的联系。只是她一年前写信给他以后，他再没有给她回信，她这才在遗憾之中似乎也感到了某种解脱。她一生不会忘记这个少年时期的朋友；但她知道，她也许在今后的岁月中甚至不会再和他相遇，充其量只是在记忆中留下深刻印象的往日的朋友……

可是，她今天无意中在黄原街头碰见了他。

莎士比亚是她崇拜和敬仰的作家，根据《哈姆雷特》改编的电影《王子复仇记》在黄原放映第一场，她就去看了。看了一遍还不过瘾，碰巧今天有一张票，她就准备再看第二场……结果，便在人丛中发现了蓬头垢面、衣衫褴褛的孙少平。从把他引到父亲的办公室到刚才送走他，几个小时中，她都震惊得有些恍惚，如同电影中哈姆雷特看见了父亲的鬼魂……

现在，她一个人漫游在夜晚的黄原街头，细细思索着孙少平这个人和他的道路。她从他的谈吐中，知道这已经是一个对生活有了独特理解的人。

是的，他在我们的时代属于这样的青年：有文化，但没有幸运地进入大学或参加工作，因此似乎没有充分的条件直接参与到目前社会发展的主潮之中。而另一方面，他们又不甘心把自己局限在狭小的生活天地里。因此，他们往往带着一种悲壮的激情，在一条最为艰难的道路上进行人生的搏斗。他们顾不得高谈阔论或愤世嫉俗地忧患人类的命运。他们首先得改变自己的生存条件，同时也不放弃最主要的精神追求；他们既不鄙视普通人的世俗生活，但又竭力使自己对生活的认识达到更深的层次……

在田晓霞的眼里，孙少平一下子变成了一个她十分钦佩的人物。

过去，都是她“教导”他，现在，他倒给她带来了许多对生活新鲜的看法和理解。尽管生活逼迫他走了这样一条艰苦的道路，但这却是很不平凡的。她马上为在自己的生活中有这样一个朋友而感到骄傲。她想她要全力帮助他。毫无疑问，生活不会使她也走和他相同的道路——她不可能脱离她的世界。但她完全理解孙少平的所作所为。她兴奋的是，孙少平为她的生活环境树立了一个“对应物”，或者说给她的世界形成了一个奇特的“坐标”。

田晓霞不知不觉已经溜达到了麻雀山下的丁字路口。现在她不再幻想少平还会调过头来找她——这已经是夜晚了。

她于是自己调过头，又慢慢往回溜达。

街道上已经没什么人了，路灯在水迹斑斑的街面上投下长长的光影。对面山上，立锥似的九级古塔在朦胧中直指乱云翻飞的夜空。没有星星，没有月亮；清冷的风吹过远山的树林，掀起一阵喧哗。黄原河雄浑的涛声和小南河朗朗的流水声，听起来像二重奏……

她竟然也忍不住唱起来——

快乐的风啊，
你给我们唱个歌吧！
快乐的风啊！
你吹遍全世界的高山和海洋，
全球都听到你的歌声。
唱吧，风呀！
对着险峻的山峰，
对着神秘的海洋，
对着鸟雀的细语，
对着蔚蓝的天际，
对着勇敢伟大的人物。

谁要是能够为胜利而奋斗，
就让他同我们齐歌唱。
谁要快乐就能微笑，
谁要做就能成功，
谁要寻找就能得到……

这是苏联电影《格兰特船长和他的孩子们》中的插曲。她没有看过这电影，但喜欢唱这首歌。

田晓霞怀着兴奋的心情，随着自己的歌声，脚步竟渐渐变成了进行式。她穿过空荡荡的街道往家里走去。她觉得她和少平的交往将会带有一种神秘的色彩，可能像浪漫小说中描写的故事一样——想到这点使她更加激动！

她回到家后，六间房子有一间亮着灯光，说明只有外祖父一个人在家。父亲下乡没有回来，母亲在医院值夜班。润叶姐在团地委办公室住，通常都不回家来。

她听见爷爷在房子里说话。她以为来了客人，但仔细一听，原来是他在数落那只老黑猫——说它最近挑肥拣瘦，只想吃肉不啃骨头；老黑猫只用“喵呜”来回答他的指责。

晓霞在走道里舌头一吐，忍不住笑了。家里人都忙，经常顾不上和爷爷拉拉话，他就整天和那只猫唠唠叨叨说个没完。

她不准备打断他们的“交谈”，就悄悄溜进了自己的房子。

她拉亮灯，一个人坐在那张小桌子前，什么也不想做，只想静静地呆一会。

她的房间陈设很简单。一张小床，一张小桌子，一只小皮箱。房间是洁净的，但比一般女孩子的房间要乱一些。书和一些零七八碎放得极没有条理；墙壁上光秃秃的，也不挂个塑料娃娃或其他什么小玩艺儿。只是小桌子正中的墙上，钉着一小幅列宾的油画《伏尔加纤夫》——大概是从什么杂志上剪下来的。

田晓霞静静地坐了一会，便从抽屉里拿出一个红皮笔记本，开始记日记。她一直坚持写日记——不过她的日记连父母亲都不让看。她今天主要记叙了她见孙少平的情况和感受。

记完日记后，她突然心血来潮地想，下次见少平，要把墙上这幅《伏尔加纤夫》送给他；她觉得这幅小画让少平保存是很合适的。

洗漱以后，她就上了床。

她很久睡不着。思绪极其活跃——也不是全想孙少平的事。她为睡不着而急躁，而越急躁越睡不着。她第一次尝到失眠是什么滋味。她急得拿被子把头蒙起来。真急人！明早上是中国古代文学课，由著名唐宋文学专家顾尔纯副教授讲杜甫的诗。顾教授就是中学时少平班上顾养民的父亲。教授虽然担当师专副校长职务，但一直代课。他讲唐宋文学很受同学们欢迎；除过学问精深，还有诗人的激情——讲到激动之处，常常声泪俱下……她不知道她什么时候睡着了……

一个星期以后，田晓霞就激动地等待另一个星期六的到来。

她现在除过像以往一样在学校正常地对待一切，当然又多了一层说不出的心思。她眼前不时晃动着孙少平的影子。她急切地想见到他。她已经在学校图书馆为他借好了不少书,其中有狄更斯的《艰难时世》、夏绿蒂·勃朗特的《简·爱》、阿·托尔斯泰的《苦难的历程》、列夫·托尔斯泰的《复活》和巴尔扎克的《欧也尼·葛朗台》,另外,她还从父亲的书架上“偷”出来内部发行的艾特玛托夫的《白轮船》——她自己非常喜欢的一本书。

后来，她又狡猾地想：要是把这么多书一次给了他，那他就不需要两个星期来找她一次了！

她决定一次只给他带两本。

星期四下午没课。中午她在学校集体宿舍的架子床上躺了一会，就起身回家。

出学校大门不久，她发现黄原河对岸的一个小湾里，似乎有许多匠人在打石头。其实，这些石匠早就在那里，只是她以前从不留心罢了——不只是她，城里的所有市民谁留心这些和自己毫不相干的事呢？最近，她却开始对所有的基建工地和采石场都敏感地注视起来；她总想着，少平会不会就在这里或那里的工地上干活？

现在，她又不由驻足猜测：他是不是就在对面那个采石场里背石头？

一种抑制不住的欲望，竟使她迅速折转身，穿过黄原河新桥，想去对岸那个采石场看个究竟。

在快到采石场的时候，她不知在哪根神经的指挥下，竟然不知不觉像个工匠似的把两只手抄到背后。

她忍不住为自己而笑了。

现在，她已经立在河湾上面的公路边上，瞧着下面打石头的人们。她看见，虽说天气还不暖和，但这些人就只穿件小布褂，赤裸着肩膀干活。有的人坐着拿锤錾凿一些方石块；另外一些人正把打好的石块从河湾里往公路上背。公路边上，几辆拖拉机装满石头便吼叫着开走了。晓霞知道，背石头的人都是小工，活也最苦；他们从河湾往公路上爬那道陡坡时，身子都被背上的石头压成一张弯弓，头几乎挨到了地上，嘴里发出类似重病人那般的呻吟……她记起了《伏尔加纤夫》……那艰辛，那沉重，几乎和眼前这景象一模一样……

她仔细辨认了一下背石头的小工，没有发现少平——是呀，怎么可能碰这么巧呢！

“喂，妹子，爱上了就下来！”

河湾里有个打石头的家伙朝她粗鲁地喊。所有的工匠都停止了干活，朝她哈哈大笑起来。

晓霞赶紧扭头就走。她脸通红，但没有过分生气。她知道这些寂寞的揽工汉随时都想拿女人开心。她是一个思想开阔的知识青年，不认为这对她是什么了不起的伤害，反而觉得这种“遭遇”倒也有趣！

星期六这一天，田晓霞有点心神不安。她觉得自己很可笑，就像一个等待幽会的恋人一样。其实，她自己清楚，她现在和孙少平并不是这种关系。她只是为和他这种非同一般的交往而感到激动。她更多的是想和他探讨各种各样的问题，或者说探讨他们这个年龄的人常挂在嘴上的“生活意义”。田晓霞想，如果她在大学的同学们知道她和一个揽工汉探讨这些问题，不仅不会理解她，甚至会嘲笑她。但这也正是她激动之所在。是的，她和他尽管社会地位和生活处境不同，但在人格上是平等的——这种关系只有在共同探讨的基础上才能形成。或许他们各自都有需要对方改造的地方；改造别人也就是对自己本身的改造。

田晓霞怀着欢快的心情，晚饭前就来到她父亲的办公室。父亲下乡还没回来。她已给母亲和外爷打了招呼，说她不在家里吃晚饭了。

六点钟左右，她到机关灶上买好饭，端回办公室，然后就专心等待孙少平的到来。

半个钟头以后，孙少平如期地来了。田晓霞惊讶地看见，他穿了一身笔挺的新衣服，脸干干净净，头发整整齐齐；如果不是两只手上贴着肮脏的胶布，不要说外人，就连她都会怀疑他是不是个揽工汉呢！

少平看出了晓霞的惊讶，开玩笑说：“我穿了一身不合乎自己身份的衣服，但这纯粹是因为礼貌的原因！”

晓霞喜欢这句幽默话。她指了指桌子上的饭菜，说：“咱们先吃饭吧！”

“我已经吃过了，但同样出于礼貌，我再吃一顿。好在我的肠胃经受过磨练，不惧怕这种虐待！”

晓霞笑着去盛饭，说：“看来你已经学会耍贫嘴了！”

两个人愉快地坐下来，开始吃晚饭。

第二十四章

田福军终于回到原西县来了。

自从他把家搬到黄原后，一直没工夫到这个他难以忘怀的地方走一趟。除过忙，他还有些说不出口的心理障碍。原西是他的家乡，他又在这里工作了好几年；要是他迫不及待或三一回五一回往这里跑，别人可能会说他乡土观念太重，亲家乡而疏他乡。作为一个领导干部，也不能不顾及类似这些世俗舆论。从他到黄原地区上任以来，他几乎已经跑完了全区所有的县。在第一轮一般性视察中，他把原西县排在最后一站。

一月以前，苗凯同志调到省纪律监察委员会任了常务副书记，他就接替老苗任了黄原地委书记；原地委副书记呼正文接替了他的行署专员职务。

现在,他处在地区“一把手”的位置上,拿他岳父徐国强的话说,“任务”更大了。

责任制推行一年多来，全区农村的状况起了历史性的大变化。一年的事实，就使许多原来顽固地反对改革的人，在公开场所闭住了他们的嘴巴。但是，持悲观论调的仍然不乏其人——他们睁着眼睛不看责任制带来的好处，只管继续摇头叹息“社会主义已经不成体统了”。什么是社会主义？社会主义不是一个美丽而空洞的口号，也不是意味着在贫穷面前人人平等，要穷大家一样穷；社会主义首先应该极大地发展生产力，以此证明自己比别的制度优越；否则，就无力对历史做出回答！

田福军不是理论家，他的认识是大半生实际工作的体验所得。

当然，目前农村形势的发展的确令人鼓舞，但出现的新问题也照样是严峻的。他看到，责任制大包干后，农民的积极性空前地高涨，但是，基层干部似乎却没事可干了。县上和公社，都弥漫着一种懒洋洋的气息。这现象十分令人不安。田福军在各县调查研究的基础上，提出了在不同地理环境中搞大面积“丰产方”的办法——“丰产方”虽然土地还是一家一户各种各的，但农民可以共同接受科学技术的指导和其他方面的帮助。这样，所有的基层干部和农业方面的技术人员立即就被投入了进去。原来大集体时的四级科技网大包干后起不了作用，现在用这种新的形式指导农民科学种田，很受群众欢迎。这是个一石二鸟的好办法。田福军在这方面进行了全区性规划，光水稻在南面几个县就搞了七万亩；按亩产六百斤计算，黄原将增加许多细粮。他想赶后年再扩大发展四万亩！

这样搞，国家就得在化肥和良种方面投点资了。尽管地区农办主任和农业局长都跑断腿积极张罗，但地区财政局长不想给钱。专员办公会上，管财政的副专员也顶住了。最后，田福军不得不“以权压人”，才解决了问题；财政方面不痛快地拨出八十万元来扶持这件事。

前几天，田福军到原东县去，规划明年在那里搞一个几万亩的“油菜方”。这件事落实后，他才转到原西县来，准备在这个县的大马河川搞一片“谷子方”。原西县的大马河川是传统出产谷子的地方，但在农业学大寨运动中，原县委书记冯世宽坚持让这道川改种高粱，理由是高粱高产，并且说大寨的庄稼大部分种的都是高粱。

其实，谷子也是高产作物，而且粮食品质要比高粱好——只是颜色不是“红”的罢了。

原西县的一把手现在成了张有智。原“一把手”李登云在几个月前调到地区任了卫生局长。田福军和李登云虽然有一层亲戚关系，但因为润叶和向前基本是分居状态，因此他们两家的来往也就几乎很少了。田福军为此而感到心里很不好受。现在，他尽管同情侄女不幸的婚姻，同时也感到对李登云一家人有种抱愧的心情。不管怎样说，这一家人因为他的侄女，现在也很不幸。李登云两口子就一个儿子，结果在婚姻上搞成这个样子，他们很苦恼。按说，如果向前和润叶是和睦夫妻，登云现在恐怕都抱上孙子了。登云不是一个胸怀开阔的人，为此他甚至对工作都有点心灰意懒，不愿再担当公务繁忙的县委书记，而要求调到比较轻松的地区卫生局当局长。这个调动登云没找他，而是通过苗凯和冯世宽办的。登云调到黄原当然还有一个原因，就是想把向前也调到黄原来开车；这样，向前和润叶同在一个城市，多接触一下，或许能把关系调整好——再没有其他办法了。他们曾千方百计让儿子和润叶离婚，但这小子宁愿就这样活受罪，也坚决不离婚。据说更使登云夫妇生气的是，向前不知为什么还坚决不离开原西——眼下一家人扯成了三摊……

李登云调走以后，按通常循序渐进的惯例，原“二把手”张有智接替了他的职务。

现在，原西县当初的领导人中，老人手只剩下有智和马国雄两个人了。田福军和冯世宽调走时提拔起来的白明川和周文龙也离开了原西。明川很早就已调到黄原市任了副书记；周文龙在田福军的帮助下进了省党校的中青班。

田福军到原西后，马上发现这个县的工作很不能令人满意。他感觉张有智的精神状态缺乏一种生气。

这是为什么呢？

田福军感到很纳闷。

有智是他过去共事几年的老朋友，按水平和能力说，他完全应该把原西的工作搞得很出色。他过去那种热情到哪里去了？田福军可以说很了解张有智，知道他个人生活中也没遇到什么麻烦；不像李登云，有个儿子的婚姻问题……

张有智看起来好像也没什么变化。他说话还是那么直截了当，爱和人争辩；有时候甚至还和下级抬杠。田福军到原西后，他们在县招待所单独谈了很长时间。话题东拉西扯，既谈工作，也谝闲传。谈话中间，田福军含蓄地提示有智，他应该以更昂扬的精神状态把原西县的工作搞好。但有智却流露出一种令人不愉快的情绪，意思是他一个只有初中文凭的干部，干得再好，恐怕也就到“头”了；不像他田福军，有大学文凭，短短一两年，就升了好几级……

田福军大吃一惊！他没想到有智的思想深处，竟有这么一些东西。他这种思想是原来就有，还是在这新的形势下产生的？田福军判断不来。他反复思考，有智过去没有这些毛病——最起码他那时没有流露出来。现在，他竟然当着他的面说出了他的心病，这不能不使田福军感到震惊。

和张有智谈完这次话后，福军很痛苦；因为在过去那些艰难的岁月里，他两个总是并肩战斗的。现在，他的老战友竟然有了如此大的变化。本来，一个县委书记的责任就够重大了，但有智认为这“官”还有点小。我的朋友！这多么令人痛心。全省几千万人只能有一个人当省委书记；全地区几百万人也只能有一个人当地委书记。当然，不一定就只能让乔伯年和田福军来当，但终归不能让想当的都来当嘛！如果只想当官而不想干事，这种思想太危险了！这难道就是县委书记张有智同志的境界吗？

田福军感到，他得和有智开诚布公谈一次，但这次时间短促，来不及了——一个人的思想问题也不是三言两语就能解决的；等他抽出时间，找机会再和有智进行这次交锋吧！

唉，他过去对有智的一切方面是多么信任。现在看来，你可以用理想的标准要求人，但拿它来估计人是不行的。田福军同时想到，许多人由于过去的理想和信仰一次次被现实所粉碎，在眼下新的社会条件下，他们便也变得“现实”起来；而这种人的所谓“现实眼光”，不过是衰老心灵的一孔之见罢了……

在大马河川搞完谷子“丰产方”的第二天，田福军和张有智相约，一块去原西城南三十公里处的古迹石佛寺转了一圈。

据《原西县志》和《黄原府志》记载，石佛寺曾经是一座绛红色的寺院。它的周围是一片浓绿的参天松柏。门前一棵八个人伸臂才能搂住的古柏，树中却奇迹般长出一棵汉槐，古籍中称之谓“柏抱槐”。遥想当年，那寺院红墙黄瓦，绿阴箍地，香烟飘绕，如同仙境一般。此寺相传建于唐。据现有清嘉庆八年碑志记载，系肇自金统四年，即公元一一四四年，迄今已有八百多年的历史。历经各代兵匪战乱之后，从外观看，这座著名的古迹只留下了一片瓦砾和枯草中立着的一座石牌坊——“文化大革命”初期，这座石牌坊也被破“四旧”的红卫兵推倒了。不过，这里还留有一个千佛洞，基本上保持完好。

走过一片瓦砾草滩，来到石崖下，就被石洞门口一副石刻大幅对联吸引住了：石山石洞石佛像天下第一，泓寺泓庙泓佛堂世界无二。石洞高三十多米，宽六十多米；洞顶齐平，雕刻有各种图案、书法。洞中央坐着一个特大的石佛像；左右站着两个。洞两边有两道走廊，走廊上又分别立十八个大石佛像。气派之大甚至可以和杭州灵隐寺“大雄宝殿”里泥塑大像比美。另外，洞内周围三十多米高的石墙壁上，雕刻着一排排不同姿态、涂着各种颜色的密密麻麻的小佛像，简直难以数清。遗憾的是，有些石碑和佛像已经残缺不全了。

田福军和张有智从洞中转出来，走到瓦砾场被推倒的石牌坊前面，共同坐在一根锈着绿斑的石柱上。陪他们转悠的田福军的秘书白元，也坐在他们对面，胳膊上小心翼翼地挽着地委书记的外套。

苗凯调走以后，白元就又当了田福军的秘书。一般情况下，新任领导都不用前任的秘书。田福军不“忌讳”这个常规，仍然让白元当他的秘书。白元因为在前任书记面前迫不及待要了一回官，反而什么官也没当成。但这位秘书在心里还是敬畏他的前任领导，而对田福军有点瞧不起（当然不敢表现丝毫）。他瞧不起田福军主要是因为新任地委书记太不像个“大官”了，动不动就泥手泥脚和老百姓混在一起，像个公社干部。作为秘书，白元断定：大领导就应该有大领导的威严和威风。田福军太没架子了！太随和了！这哪像个地委书记？

白元就是这样理解“大官”的。生活中有那么一种人，你蔑视甚至污辱他，他不仅视为正常，还对你挺佩服；你要是在人格上对他平等相待，他反而倒小看你！这种人的情况，在伟大鲁迅的不朽著作中有详尽诠释，这里就不再累赘。

现在，这位秘书装出一副谦恭的样子，听田福军博学地和张有智谈古论今。他惊讶地看见，地委书记像个农民一样，竟然脱掉鞋袜，有失体统地拿手指头抠自己的脚趾甲！

田福军的确是这副样子——他有脚气病，动不动就拿手指头抠脚指头。

他一边抠脚，一边对张有智说：“应该把石佛寺好好修葺一下，建个围墙，修两个风雨亭，拿石板把院场铺好，再把拉倒的石牌坊立起来。这是一座珍贵的古迹，再不整修，恐怕就要毁了。如果石佛寺最终毁在我们手上，子孙后代都会唾骂我们的……”

张有智两手一摊，尖刻地问：“钱呢？”

“你们派人到省上请个专家来，先做个预算，我让地区有关部门拨点经费。”

“那好吧……不过，花一笔钱也不见得能修出个啥眉目。再说，这地方偏僻，没有多少人来参观游览。要是地处原西城周围，还能卖点门票。”张有智一边说，一边起身和田福军往汽车那边走。

“前面不就是石佛镇吗？这里以后肯定会发展起来的，到时会有人来参观游览。话说回来，就是没人来看，我们也应该整修，这是文物古迹呀！”

田福军和张有智同坐一辆车，离开了石佛寺。

当车子开到不远处的石佛镇，田福军就让司机在镇子上把车停了下来。他想拉有智一起到镇子上的供销门市部看看。田福军到公社一级的所在地，总要到当地的供销门市部走一趟。他知道，这地方对于周围几十个村庄的农民来说，就是他们的“王府井”和“南京路”，重要得很！

他和有智进了门市，先走到卖油盐的地方。他向一位女售货员询问这两样农民最当紧的东西销售情况怎样。

女售货员告诉他：盐很充足，但点灯的煤油断了。

“断了多长时间？”

“从七月份开始到现在……”女售货员打量着两位花白头发的人，看来觉得他们有点不寻常，因此说话很客气。

“县上其他地方呢？”田福军扭头问旁边的张有智。

有智脸有点红，说：“我还不清楚这情况……”

这时候，供销门市部主任来了。他显然认出站在柜台外面的这两个人是谁，赶忙推开柜台挡板，让两位领导进后院去喝水。

田福军没理会主任的邀请，问他：“你们有多少用油户？”

门市部主任这才有点慌张，说：“两千户，一月得两吨煤油，可现在只供应半吨，老百姓点不上灯，只好买蜡烛凑合。但大多数农民买不起蜡烛；一斤煤油才三毛五分钱，一包蜡十支装，一支一毛一分五厘钱，就得一块一毛五分钱，用起来还不顶一斤煤油时间长……”

“问题出在哪儿呢？”田福军问。

张有智在旁边说：“据我所知，县上石油公司也没油。油属一类物资，由地区统一调拨，下面有什么办法？”

田福军从衣袋里摸出笔记本，迅速写上：回去很快找地区财贸办公室，专门拨石油指标，落实到县、社、镇……

他把笔记本装起来，对石佛供销门市部主任说：“不要熬煎，石油马上就会有的！”

“啊呀，那就好了！你们不知道，老百姓跑几十里路来这里，买不上油，生气得把油瓶都扔了，还骂咱们的社会……”

田福军和张有智返回车里后，谁也没说话。这件小小的事大大地刺激了他们。

“怪我官僚主义……”半路上，张有智情绪不佳地说。

田福军给有智递上一根纸烟，说：“这件事的责任主要在地区！”

回到县里的当天晚上，田福军接到地委办公室打来的电话，说老作家黑白同志正在原北县，过几天就到黄原来，想见见他……

这位老朋友不见不行。田福军决定明天就返回黄原去。

第二十五章

越野车在北方的山路上经过四个多小时的颠簸，中午前后进入了黄原河东川——虽然路面宽阔了，但由于车辆开始密集起来，越野车不得不放慢速度。

从车窗里望出去，宽阔的东川已经是一片荒凉。眼下已到立冬前后，庄稼早收割完毕，地里连秸秆都不再存留。远处的山峦，绿色已被寒霜杀尽；草木枯竭，大地裸露。天灰漠漠一片迷茫，地上和空中到处都飘飞着黄叶。根据往年的经验，过不久，北冰洋及西伯利亚的冷高压就会携带着滚滚的寒流而席卷整个黄土高原；那时真正的冬天就开始了……

汽车很快驶入东川的工业区。透过一团团烟雾，隐约地可以辨认出远处直立的九级古塔和塔尖上闪耀着的那一抹落日的淡黄色光辉。

汽车小心地在一片厂房夹峙的路面上低速行驶。四面八方传来各种机器的喧嚣和钢铁尖锐的撞击声；许多物资、材料乱七八糟堆放在道路两旁。在一大片东倒西歪、饱经风霜的房屋之间，个把新建起的大楼拔地而起；色彩鲜艳，式样新颖，如同鹤立鸡群……

田福军坐在小车的前座上，思想已经从农村里跳出来，不由得考虑起工业方面的事情。全区的工业比农业问题更多,也更缠手。唉,连皮手套皮夹克衫这样一些本地传统的紧俏产品，现在也都卖不出去了。质量没有提高反而不断下降，怎么可能在日新月异的市场上去竞争呢？目前还没有什么好办法改变这种状况。工业不像农业，就全国而言，眼下也不可能进行根本意义上的改革。他现在能做到的，就是在经营管理、劳动纪律等方面进行认真的整顿……

尽管田福军对前任地委书记苗凯同志有看法，但他认识到，他的前任在全区工业方面的想法和做法基本是正确的。南煤、北油、中轻纺，再加上卷烟，形成了四大拳头。他感谢苗凯同志为黄原地区的工业打下了良好的基础。现在的问题是，他不能停留在这个基础上，而要较大幅度地扩大和发展。他已经迅速着手搞了。石油原产八万吨，不久前开始新建一座十五万吨的炼油厂。经过和中央化工部以及省上的有关部门周旋，三年内石油利润可以不上缴，自己赚自己花；一年几百万元，这对于全区几年后实现财政自给是一笔相当可观的款项。另外，上个月他曾和专员呼正文坐飞机到北京跑了一趟，与煤炭部进行了一番友好而艰难的谈判，最后终于签订了合同，在原南县建立一个年产二十一万吨的煤矿；由国家投资，黄原地区包建。地区的卷烟生产本来是个很有优势的项目，但中央有限制，无法大力扩展……在田福军的脑子里还萦绕着一个更大的梦想：那就是在他的任期内，争取使黄原通火车！当然，这是一件难得无法想象的事。但他企图力争实现这个梦想。他盘算，等农业和工业方面的一些大事理顺以后，准备带一帮子人，到北京去搞一下“活动”。他已经和高老以及许多在中央工作的黄原籍老同志写信联系过，他们都说没问题；并且建议到时带些土特产，争取在人民大会堂开个茶话会，由他们请各种“关键”人物出席，说不定还可以请来一两位政治局委员呢……

汽车进入市区后，田福军看见街道上到处都在搞卫生——各机关都“各扫门前雪”，清理人行道上的泥垢和垃圾。一辆宣传车缠绕着红布标语在街上以甲虫速度行驶，刺耳的高音喇叭严正地播送市委市政府关于整顿城市秩序和卫生的通告。田福军很满意这个气氛。说实话，黄原城也太脏了，市上完全有必要这样大动干戈来改变这个城市的风貌。只是他担心又会像过去一样搞一阵子“运动”，尔后又新颜换旧貌。嗯，很可能哩！

田福军回到地委以后，先没顾上进家门，直接去了办公室。虽然办公室和家只隔一道小门，但对他来说，这两个近在咫尺的地方常常像两个遥远的世界。爱云有时也忍不住抱怨他把家不当一回事；她对他说，“官”是暂时的，家是永远的。

嗯，也许你说得对，但我却无法两全！

他很羡慕一些人能把繁重的公务和轻松的私生活平衡起来。他没有这种本事。在内心深处，他有时也羡慕一些一般干部和普通工人的家庭；按时上下班，有充分的时间看看电视，听听音乐，和孩子们一起共享天伦之乐。他呢？一年四季东跑西奔，回到机关，工作没明没黑。即使回到家里也不得安宁啊！会客室没等他进门就坐满了各种人，排队等待和他“私下会晤”。有时候，他甚至要在众目睽睽之下吃完自己的一碗饭。记得有位省委副书记说过，地委书记像军队里的排长——意思是说这个职务比较轻松。哼，让他来当当这个“排长”吧！

田福军回到办公室，见他桌子上的文件堆得像小山一样——其中有些就是他本人签发的！

他在这座“山”面前怔了怔，然后叹了口气去洗脸。

他怀着一种“愚公移山”的心情坐在桌前，正准备翻阅这些文件时，常务副专员冯世宽小心地推开门进来了。这位他过去的上级在他面前多少有点拘谨。

体态丰盈的世宽把脖项里一条薄薄的驼色围巾解下来，说：“刚听说你回来了……”

田福军和他一块坐在沙发里，说：“我刚从原西回来。”

提起原西，世宽脸上显出一些不自在。他或许回想起当年他们两个在那里曾经有过的不愉快。但一般说来，时过境迁，两个人现在一块共事还是不错的。新的工作岗位使他们都对对方的了解深入了一步。在田福军看来，冯世宽的许多不足是由思想方法造成的。这位老中级师范毕业生对工作是很负责任的，做什么事情都很认真，包括做一些错误的事情。自他在黄原任职以来，世宽在工作上一直是支持他的，这倒是他原来所没有预料到的。因此，他们相互间开始建立一种比较信任的新关系——这是很不容易的！从冯世宽方面来说，社会所发生的巨大变化，也使他认识到过去的那一套做法不行了。他是个有一定文化程度的人，读书和学习使他能较快地甩掉一些过时的包袱；尽管气喘吁吁，但竭力跑着想撵上时代前进的步伐。他对田福军的看法在某些方面仍然持有保留态度，但他认识到，这个人最大的优点是胸怀宽阔，能容人——福军没有因为成了他的上级，就对他们过去闹过的别扭耿耿于怀；而且一直很信任他，专门到省上做工作，让他担任常务副专员职务。仅这一点，冯世宽就要求自己努力当好田福军的副手。

世宽刚坐进沙发，就直截了当对田福军发牢骚说：“明川这个人也太有点过分了！”

“怎么啦？”田福军问。

“把咱们地委和行署各罚了二百元款！”

“因为什么？”

“说咱们卫生搞得不好！”

“不好那当然应该罚嘛。”

“怎不好？咱们按照市上要求的标准，机关干部几乎两天停止办公打扫卫生，实际上比别的单位搞得都好。可明川在市上负责这件事，带着检查组来转了一下，硬说不行，坚持要罚款。下级机关罚起了上级机关，这不成了笑话？”

田福军笑了，说：“世宽，你不要为这事生气。你要理解明川，他这样做有他的道理。他罚地委和行署，其他机关也许就不敢敷衍了事了。咱们虽然是上级机关，但这个城市是由市上管理的，咱还得要遵守人家的政令和有关规定。我看明川这样做很有气魄！我留心过，省委大门口挂着市上给颁发的一块‘卫生先进单位’的红牌子，上面编号是零零一；省军区也有一块，编号是零零二。你看这可笑不可笑？难道机关级别最高，卫生也就最好吗？”

“那也不能把好的说成坏的！我看明川那态度，就是地委行署把院子拿吸尘器清扫了，也得罚咱们的款！”冯世宽不满地说。

“我相信你说的哩！世宽，既然是这样，你不妨来个高姿态，干脆对市上罚咱们的款表示欢迎，这也是对他们工作的一种支持嘛！”

冯世宽苦笑了一下，说：“唉，那就算了。我也不表示欢迎，他们要罚也就罚去吧！”说着便站起来要走了。

“你还有什么事？”田福军问。

“再没什么，就这事。我原来还想让你给明川打个电话，让他把咱们饶了……”

田福军大为惊讶：世宽竟然为这么一件事专门来找他？哎呀，这个人办事也真是太认真了！

冯世宽临出门前，告诉田福军说，前几天他碰见李登云，李登云查问他回来了没有，说想和他谈点事。

田福军对冯世宽点点头，说：“我一会给他打个电话。”

冯世宽走后，田福军心里嘀咕：李登云想和他谈什么事呢？看来必定是关于向前和他侄女的关系问题。但是，这件事不是由他和李登云就能够解决的。他们可以解决地区和卫生局的问题，但无法解决自己子女的感情问题。不过，既然登云想和他谈谈，他就不应该拒绝。

田福军看了看手表，还有些时间，就抓起桌子上的话筒。

电话号码拨了两位数字后，他又把话筒放下了。他决定亲自到卫生局走一趟——在电话上召见登云，会让他觉得自己摆官架子。

田福军到地区卫生局才明白，李登云并不是和他谈向前和润叶的事，而是要求他帮助解决地区人民医院的问题。登云抱怨说，地区医院别说给别人治病，它本身已经千疮百孔了。

田福军看登云上任不久就如此关心卫生系统的工作，立刻对这个人产生了一种过去所没有的亲切感。只有努力工作，才能叫人尊重。不知为什么，此刻他心里又很不是滋味地想起了他的朋友张有智同志。

既然登云这样热心，他就不能怠慢。再说，地区人民医院是全区最主要的医疗单位，应该给予极大的重视；他上任到现在，还没顾上抓这方面的工作。

他于是带着登云去找专员呼正文。见到正文后，三个人商量了一下，干脆一块坐车到医院去看看再说。

到地区医院后，这个单位的所有领导都陪着他们，到院内四处转了一圈。

这里的问题的确是严重的。由于多年没有经费维修，一切设施都到了破烂不堪的程度。门诊楼的二楼走道里，漫流着从厕所的破水管中涌出的水，人们只得像踩着过河的列石一般踩着砖块走路。锅炉也烂了，病人和治病的人都喝不上开水。全院一共才两部电话；甚至连个太平间也没有。八年前买回的扫描仪器由于没地方安放，一直在院墙角里用油毛毡盖着。至于职工的福利设备，那就更可怜了。有些老大夫多年来都是一家三代同挤在一间小屋里。有点水平的医生纷纷找门路往外地调。

田福军和呼正文目睹此情景，感到十分震惊。他们以前到医院看病或住院，都在专门的病房里，因此根本不了解这个医院的本来面目。

转完以后，他们在院子里围成一圈。李登云和地区医院的领导们，都瞪着眼看田福军和呼正文怎办呀。

“正文，你先谈个意见。”田福军对专员说。

“这已经到了年底,财政方面很紧张……”呼正文愁眉苦脸地说。

“你手头恐怕还埋伏一点钱吧？”田福军狡猾地对呼正文挤了挤眼。

呼正文笑了。他说:“我知道你没忘了这点钱！我从你手里接过多少还是多少。你也知道，专员预备费是补各种窟窿的。这又到了年底……”

田福军也笑了，说:“那就是说，你手头还有近二百万钱。干脆，今年你把这钱一次拨给医院吧，不要再当胡椒面撒了！”

“到时许多单位来大哭小叫，叫我怎么办？”呼正文为难地说。

“咱们永远就是这个样子！到时再想其他办法！”

呼正文尽管为难，但还是同意了田福军的意见。

于是，这笔钱现场敲定拨给了地区医院。李登云和医院的领导们都高兴得咧开了嘴巴。

田福军指示，由医院主要领导牵头，很快成立基建领导小组，今冬筹建，明年改建医院原有设施；另外要新盖太平间，铺院子，修厕所，建两座职工家属楼……

他对医院的领导们说:“钱给了你们，事办不好可要找你们算账！”

第二十六章

两天以后的一个上午，著名老作家黑白由地区文化局长杜正贤和《黄原文艺》主编贾冰陪同，前来拜访田福军。

黑老是名人，一到黄原，就由杜局长亲自出面接待。另外，机灵的杜正贤知道，黑老是田书记的老朋友，因此更不敢怠慢。另一个寸步不离黑老的人是贾冰。贾诗人不仅是省作家协会会员，而且还是个理事，现在黑老师到了黄原，他得格外卖劲招待这位本省文学界的泰斗。

在这三个人到来之前，田福军已经把侄女润叶从团地委叫过来，让她收拾了一下办公室的会客间；又买了一些瓜子、水果和本地的土特产，摆在茶几上。

田福军拉着黑老的手，把他敬让在正中的沙发里，他紧挨着坐在旁边；杜正贤和贾冰分坐在两头。润叶赶紧给客人冲茶、敬烟。

两个老朋友按照中国人的习惯，先问候了一番身体状况——互相都说好着哩。接着又开了一些亲切的玩笑。平时都爱抢着说话的文化局长和诗人，此刻都像听报告似的老老实实坐着，不敢插话，只敢咧开嘴巴赔着笑。

“你这次到原北县是故地重游，一定有不少感慨呀！”田福军对黑老说。

“也许是最后一次了。”黑白脸上露出一丝艺术家的忧伤，“这次到原北跑了一趟，是有不少感慨。不瞒你说，也有点难过！”

田福军一怔。他没有言传，等待黑老继续说下去。

“我没想到，农村已经成了这个样子！”黑白两手一摊，脸上的忧伤变成了痛苦，“完全是一派旧社会的景象嘛！集体连个影子也不见了。大家各顾各的光景，谁也不管谁的死活。过去一些不务正业的人在发财，而有的困难户却没有集体的关怀，日子很难过下去。农村已经出现了严重的两极分化，队干部中的积极分子也都埋头发家致富去了；我们在农村搞了几十年社会主义，结果不费吹灰之力就荡然无存……”

黑白的一番话使田福军一时不知该如何对答。老朋友给他描绘了一幅多么可怕的图景！田福军原来以为，作家的思想是应该能够站在时代前列的；想不到黑白同志竟然比最保守的基层干部都要更不理解农村的改革。仅从这一点看，改革就是一件多么艰难的事啊！

田福军一边诚心地听黑老说话，一边赶紧把那些吃的东西往他旁边挪。聪敏的润叶为了缓解空气，也热情招呼敛声屏气的杜正贤和贾冰吃东西。

田福军把几颗大红枣塞在黑老手里，脸上堆着笑容，说：“你说的这些现象的确存在。可是，农村既然发生了这么重大的变化，出现问题也是不可避免的。你熟悉历史，古今中外任何大的社会变革，都不可避免要出现各种各样的问题。但我们还是要从最主要的方面来看这种变革是否利大于弊……”

接着，田福军用一系列数字给黑老列举了农村改革前后的状况——这是对黑老最有说服力的回答。

黑白听得渐渐咧开了嘴巴。他说：“你说的也许都是事实，可是我思想上很难转这个弯啊！”黑白大概也觉得谈话过分严肃了一些，脸上露出了笑容，“你想想，自己一生倾注了心血而热情赞美的事物，突然被否定得一干二净，心里不难过是不可能的！”

田福军理解黑老的心情。黑老在很大程度上说的是他那部长篇小说《太阳正当头》。这本描写合作化运动和“大跃进”的书，是他一生的代表作。他在其间真诚地讴歌的事物，现在看来很多方面已经站不住脚，甚至是幼稚和可笑的。作家当年力图展现正剧，没想到他自己却成了悲剧。

田福军带着某种安慰的口吻说：“黑老，有一点是肯定的，以后的人们绝对不会怀疑你当年的讴歌完全出于真诚。至于你当时的认识和判断，那不可能超越时代的局限性。这种现象古今中外的大作家也不乏其例。我好像记得列宁在评价列夫·托尔斯泰时，也指出了他在这方面的局限性。但列宁并没有因此而否定托尔斯泰，反而称赞他的作品是俄国革命的一面镜子。我是外行，胡说八道！不过，你的《太阳正当头》的确细致地描写了当时农村的社会生活，这一点就足以使以后的读者仍然要读这本书。我认为，不能因作家对当时的生活做出不准确的认识和结论，就连他所描写的生活本身也丧失了价值。这方面最典型的例子就是托尔斯泰……”

田福军的“文艺理论”尽管过于牵强，却一下子把黑老说高兴了。他竟然竖起拇指，对田福军说：“啊呀，谁说你是个外行？你比内行还内行！你要是搞文学艺术，一定能成大事业！”

田福军仰头大笑了，说：“我根本吃不了那碗饭！”他看黑老情绪高涨起来，乘机转了话题，说：“你到黄原来，一定要对咱们地区的文化事业给予指导！”他指了指旁边的杜正贤和贾冰，“他两个负责这方面的事，有什么你就对他们说！你也知道，咱们山区文化落后，人才留不住……”

杜正贤赶忙插话说：“我们已经安排黑老为全区文化艺术界做一次报告！”

黑白同志也就不客气地指导起黄原的文化工作来了。他建议田福军办个戏剧学校；搞个诗社；等条件成熟后，还应该成立文联；并把《黄原文艺》从文化馆分出来归文联领导，他回去找省委宣传部长，争取让这刊物公开向全国发行……

田福军一一点头赞许，指示杜正贤和贾冰认真研究黑老的建议；并说过一段时间，他要专门召集个会议，解决文化艺术部门的问题。

本来田福军准备以地委的名义中午在黄原宾馆宴请黑老，但诗人贾冰已经专门买了一只羊，要在家里款待黑老，请他吃羊肉荞面圪坨。地委的宴会只好推到黑老离开时举行。

众人和田福军在办公室告辞后，贾冰硬拉福军的侄女润叶也到他家里去陪黑老吃饭。和贾冰一个单位的杜丽丽已经和她的男朋友武惠良在贾冰家帮他老婆准备这顿饭了，因此他想让润叶也去凑个热闹。田福军鼓动让侄女去，润叶就答应下来。杜正贤因为女儿和女婿都已经在贾冰家，因此推辞说他还要给田书记汇报文化方面的工作，谢绝了贾冰的邀请……

润叶和贾老师簇拥着黑老出了地委大院，一块相跟着来到诗人家。

他们进家以后，一切都已经准备好了。一张红油漆炕桌上，摆满了各种调料。贾冰和丽丽的男朋友武惠良先陪黑老喝酒；润叶和丽丽帮贾冰的爱人往桌子上端菜。

当一盆子大块羊肉上来后，贾冰硬拉润叶和丽丽也坐下来吃，让他老婆一个人去忙。黑老是个乐和人，开玩笑要和贾冰的爱人碰一杯酒；但这位腼腆的妇女红着脸退出了房间。

诗人尴尬地对黑老说："我老婆是个'土耳其'！她怕生人，请黑老不要介意……"

说完这句话后，诗人借着几杯酒落肚，竟动情地给客人讲起了他和他老婆的爱情故事。

他告诉大家，他老婆一个字也不识。他们是同村，又是邻居。在他上大学时，他把惟一的亲人老母亲一个人丢在家，全靠他现在的爱人照料。但那时他们什么关系也不是，只是同村邻居。他当时已经在大学爱上了同班一位城市姑娘。可是后来他母亲非让他和现在的这个爱人结婚不可，并说如果他不答应这件事，她就要一头碰死在他面前。他没有办法，只好在爱情和孝心之间选择了后者。结婚以后，他才知道，在那些困难的岁月，当时他爱人为了照顾他妈，偷拿自己家里的东西，曾经挨过她父亲的打骂……天长日久，他觉得他爱人是世界上最好的女人。现在，他老婆办了营业执照，在二道街上卖羊杂碎，起早贪黑，为他操持家庭，还给他生了三个小子。他的工资月月花得净光，家庭全凭老婆来养活；他有时还跑到市场上向老婆要零花钱哩……

冲动的诗人说得泪水满面，弄得客人也都吃不成饭了。

“我们是先结婚后恋爱……唉，我现在最大的愿望是明年天暖后，带着我老婆去逛一回省城！我要把她引到皇后王后的陵墓前，说：我老婆和你们一样伟大！”

诗人又立刻破涕为笑，赶紧招呼客人吃他的“土耳其”老婆做的荞面圪坨羊腥汤——于是众人也都笑了。

但润叶没有笑。她一直沉默地听诗人说他和他爱人的故事。唉，不幸的人最怕听别人说他们的幸福！

吃完饭后，润叶说她有点事，就一个人先离开了诗人家。今天是星期六，她实际上没什么事；只是觉得心情烦乱，不想和别人呆在一起。

田润叶独自回了团地委少儿部的办公室。这个办公室就她一人，墙角支着一张单人床。晚上下班以后，她通常不回二爸家，自己在机关灶上吃完饭，就在这里过夜。这个已婚女子完全过着单身汉生活——自到黄原以后，她也尽量忘记自己已经结了婚。

由于心灵受过创伤，这个人现在变得有些孤僻。除过工作以外，一般很少和别人交往，甚至也不常去好朋友杜丽丽那里。武惠良现在是团地委书记，他和丽丽都了解她在婚姻上的波折，因此很想让她去丽丽那里玩一玩，散一散心。但他们并不知道，润叶最不愿意看见他们之间的那种甜蜜关系了。不能说我们的润叶心理已经变态。不，她并不妒忌朋友的幸福；她只是怕因此而勾起自己的难过。

她将怎么办？她自己仍然不清楚……

回到团地委后，润叶闭着眼睛在自己的床上躺了很长时间；思绪像发过洪水的河流，也不知倒究漂浮过些什么东西……

天黑以后，她才爬起来，悄无声息地去大灶上喝了点稀饭。

她突然想起，她应该去收拾一下她二爸的办公室——今天因为招待黑老，二爸的办公室被搞得很零乱。

这样，她把碗筷放回宿舍，就又返身向地委常委小院走去。

进了院子，她看见二爸的办公室还亮着灯光——他还没回家去吃饭？

润叶进了门，才发现原来是妹妹和他们村的少平呆在这里。

润叶心一惊——因为她恍惚中先错把少平当成了少安。是呀，少平已经长了这么大，而且太像他哥了！

少平和晓霞正在一块吃饭，见她进来，两个人都站起来。少平赶忙叫了一声：“姐！”

在这里猛然见到少平，不知为什么，润叶由不得兴奋起来。她开始询问双水村和她家里的情况。少平就给她细说了一通，并且还转弯抹角让她知道了少安的许多情况。

少安！少安！你现在活得多么美气啊！

一提起少安，一种难以抑制的痛苦，就使她不由得默默低下了头。流逝的往事此刻又回到了她的心间。那梦魂一般的信天游也在她的耳边萦绕起来——

正月里冻冰呀立春消，
二月里鱼儿水上漂，
水呀上漂来想起我的哥！
想起我的哥哥，
想起我的哥哥，
想起我的哥哥呀你等一等我……

……很长时间，她才把深埋的头抬起来。

她看见，晓霞已经躲到外间去了。少平坐在她对面，脸扭向一边，眼里似乎含着泪水——他显然已经知道她和他哥的事；也知道她现在的难过。

她于是岔开话题，询问少平到黄原来干什么。

少平就难为情地用手背揩了揩眼睛，告诉说他是来黄原揽短工的。

她看着这个长相酷似少安的青年，心中产生了一种无限怜爱的感情。她对他说，有什么困难就到团地委来找她；并且把她的电话号码也留给了他。然后三个人相帮着把里外间的房子收拾了一遍，她就回团地委去了……

半个月以后，杜丽丽和武惠良在黄原宾馆举行婚礼。无论从哪方面说，这个婚礼润叶非得去参加不行。

丽丽和惠良的婚礼搞得十分铺张。主办人是惠良的叔叔武宏全。这位地区驻省会的办事处主任，神通广大，气派非凡，完全按省里接待贵宾的规格，搞了几桌山珍海味。除过双方家长文化局长杜正贤和劳动局长武得全外，前来吃喜宴的大部分是地区的部局长。让润叶感到难堪的是，她公公李登云也来了。两个人尽管没有坐在一个桌子上，但世界上也许再没有这么令人别扭的事了。新婚夫妇的幸福和他们双方家长的喜庆气氛，从不同的角度同时刺激着田润叶和李登云——公公和儿媳妇都各有各的辛酸！

聪敏的丽丽和惠良都看出了润叶的困难处境。惠良向丽丽耳语了几句，丽丽就对旁边的润叶说：“你要是身体不舒服，就先回去休息一会……”

润叶尽量忍着没让泪水从眼里涌出来。她站起来拉着丽丽，手在好朋友的肩背上亲切地抚摸了一下，想说句祝福她的话，但不知说什么是好。

她于是又和惠良打了个招呼，就一个人匆匆出了宴会厅。

她来到灯火通明的大街上。初冬的夜晚彻骨般寒冷。冰凉的街道，冰凉的夜空，当头悬着一轮冰凉的月亮。她的心也是冰凉的。

她一个人低着头慢慢地在街道上转悠。她不急于回团地委；也不知道自己往何处走。

现在，她竟然不知不觉转悠到二道街的自由市场上了。

这里也已经空荡荡地没有了人迹。街道两旁挤着低矮的、密密麻麻的铁皮小房，是个体户卖吃喝的地方，现在大部分都关了门；只有个把房间还亮着灯火，但已没有顾客，店主们正懒洋洋地收拾碗筷，或指头蘸着唾沫在灯下细心地点钱。

润叶不由停住了脚步，并且向旁边的暗影处一闪。她看见对面不远一个店铺里，诗人贾冰腰里围着块破布，正帮助他的“土耳其”老婆洗碗。贾老师嘴里还说着什么，并且扬起手在他爱人的屁股蛋上亲昵地拍了一巴掌；他爱人便乐得呱呱价大笑起来……

润叶猛地转过身，迈着急促的脚步向南关团地委走去。呼啸的寒风扑面而来，把她脸颊上两行滚烫的泪水吹落在了冰凉的街道上……

第二十七章

在一般人看来，徐国强是个福老汉。有吃有穿，日子过得十分清闲。更重要的是，他女婿是这个地区的“一把手”，他活得多么体面啊！走到哪里，人们都尊敬地对他笑；亲切地，甚至巴结地问候他、奉承他。他要是来到街头说闲话的退休老头们中间，当然就成了个中心人物。

但是，徐国强老汉自有他的难言之苦。女儿和女婿经常不在家，晓霞和润叶一个星期也只回来一两次，平时家里一整天就他一个人闲呆着，活得实在寂寞。如果在原西县，他还有许多熟人朋友，可以出去走走，说说话，散散心。可是现在他被搁置在水泥楼中的一个小房子里，感觉就像被孤零零地吊在了“半空中”。大街上人那么多，他都不认识。和一些半生不熟的退休老头说闲话，人家虽然因为他是福军的岳父，很尊重他，但他感到别扭和不自在；不像在原西，他和老朋友们蹲在一起，唾沫星子乱溅，指天骂地，十分痛快。眼下，他实在感到寂寞难忍时，就只能到几尺宽的阳台上去，如同站在悬崖上一般，紧张得两只手紧紧抓着栏杆，茫然地望着街上的行人。他每次都要目送着黄原去省城的飞机消失在遥远的空中——这算一天中最有兴趣的一个瞬间。他也不敢在阳台上站得太久，否则会感到眩晕。一天之中，他大部分时间在那间十二平方米的房子里消磨。唉，如果像原西一样住在平房，他还能在院子里营务点什么庄稼。这楼上屁也种不成！在陶瓷盆盆里养点花？他不会。哼，大地方人也真能！竟然在盆子里种起了东西！

他惟一的伙伴就是那只老黑猫。

黑猫不用说更老了。自到黄原以后，它和他一样，也懒得出去跑一趟，整天卧在他身边，挑拣着吃点好东西，然后便拉着呼噜睡觉。他们有时候也拉拉话。当然主要是徐国强说，黑猫听——它只是在主人说话之时，间隔用“喵呜”来应酬一声。后来，他们加添了一个“节目”。徐国强从女儿的房间里翻出来一个毛线蛋，在床上把线蛋滚来滚去，让黑猫扑着去抓。徐国强指教黑猫说：“你也老了，要锻炼身体哩！要不得个高血压什么的，又没个给你治病的医院！”

时光静悄悄地在流逝。世界上有些人因为忙而感到生活的沉重，也有些人因为闲而活得压抑。人啊，都有自己一本难念的经；可是不同处境的人又很难理解别人的苦处。百事缠身的田福军和忙忙碌碌的徐爱云一离开这个家，也就很难想象老人怎样打发一天的日子。至于晓霞，正遨游在青春烂漫的云霞里，很少踏进这个家门来。

徐国强只能生活在自己孤独的世界里。他现在最大的安慰就是这只忠实的老黑猫，一直形影不离地陪伴着他。

但是这一天，灾难降临在了老汉头上——他的黑猫突然失踪了！

黑猫是中午出门的。因为今天太阳很好，徐国强想让猫出去晒一晒暖。通常过三四天，徐老都要单独让猫出去散散心。一般说来，他的猫不会远行；常就在楼下玩一会，就跑上来“喵呜”着让他开门。

可是今天它出去很长时间没有回来。焦急的徐国强跑到楼下找了一两个钟头，没有找见它。他以为在找它的这段时间里，猫说不定回去了，就又匆匆赶回家来——但猫仍然没有回来。

这可怎么办？

徐国强老汉楼上楼下跑个不停，声音哽咽地“咪咪”呼唤着，寻找了整整一个下午。

天黑以后，猫还没有回来。徐国强几乎没有吃什么东西，就凄凉地回到自己的房间，佝偻着腰呆呆地望着墙壁。

夜已经深了。老汉和衣躺在床铺上，耳朵敏捷地谛听着外面的各种声音。呼啸的寒风拍打着门窗。夜是宁静的，又充满了喧嚣和嘈杂。他回忆起黑猫初到他家时，像个撒娇的孩子似的，在窑里乱跑，曾经把爱云她妈心爱的一只花瓷碗也打碎了；看爱云妈拿个笤帚把打它，它就跑到他怀里来寻求保护……可爱的小东西呀，晚上贴着他的胸膛，毛绒绒的，在被窝里也不老实。早上它总是和他一块起床。他洗脸的时候，它也蹲在炕上，用两只小爪子抹自己的脸……

徐国强老汉难受地闭住了眼睛。但他怎么能睡得着呢？

突然，老汉一下子从床上挺身而起。他似乎听见什么地方传来老黑猫的“喵呜”声。是的，一点也没错，就在门外的楼道里！

他慌忙拖拉着鞋，出了自己房间，通过黑暗的走道，手抖得像筛糠一般扭开了门关子。啊啊！正是他亲爱的老黑猫！他鼻子一酸，很快把它抱起来，向房间走去；猫身上不知糊了些什么东西，弄得他两手黏糊糊的。

徐国强把猫抱进房间才发现，他两只手上粘的是血。他的心缩成一团：黑猫受伤了！看来这伤不是人打的，也不是自己碰磕的，而是被锋牙利齿咬伤的。天呀，是什么作孽的家伙伤害了他的宝贝？狼？城里没狼。狗？狗咬猫干啥！那么是猫？是呀，说不定是谁家的猫咬的！看来人家是几只猫咬他的老黑猫，寡不敌众，才被咬得遍体鳞伤。唉，你呀，跑到什么地方去了！这可不是在原西，咱们是外来户，怎么敢和这里的地头蛇打斗呢？再说，你和我一样，都已经老了，就应该呆在家里，谁让你出去逞强呢？人家年轻力壮，你老胳膊老腿，闹腾不过人家呀……

徐国强老汉把猫抱在灯下，一边嘴里唠叨着埋怨老黑猫，一边细心地检查它身上的伤口。耳朵、脸、爪子都在流血；最可怕的是它的咽喉上被撕开一个致命的大口子，简直惨不忍睹。

徐国强面对这个血淋淋的牲畜，不知如何是好。他猛然灵机一动，拉开桌子抽屉，把他自己平时用的药都拿了出来。

他先把止血粉撒在猫的伤口上，又拿了棉纱和胶布准备包扎，但胶布在皮毛上面粘不住，只好凑合着捆扎起来。

他把它放在一个棉垫子上，然后悄悄溜到厨房里，把几片止痛片拿刀背捣碎，在杯子里拿水调成汤，又带了几块熟肉回来。他把肉放在猫嘴边，猫只是呻吟般喵呜着，无心食用。他就拿小勺子给它喂药。尽管他给猫说，这是止痛药，但猫怎么也不喝。

他只好把杯子放在一边，束手无策地坐在猫旁边，陪伴着它。外面的风似乎小了，寂静中听见一片沙沙声。隔壁房间里，传来福军沉重的鼾声。

徐国强呆呆地看着奄奄一息的老黑猫。此刻，这只猫对他来说，已经不是动物，而是他的亲人。他记得爱云她妈临终的时候，他也就这样呆在她的床边。动物和人一样，总有一天也要走向生命的终点。在这个时刻，他们是极需要亲人守护在身边的；这样，他们也许能镇定地度过这最后的时光。

亲爱的黑猫渐渐连呻吟的力气也没有了。受伤的眼皮耷拉下来，遮住了那两只美丽的、金黄色的眼睛。

老汉轻轻把它抱在怀里，用一只青筋突暴的手悲痛地抚摸着它。

黎明时分，老黑猫在徐国强的怀抱里死去了。

老汉用手掌抹去满脸泪水，抱起这个咽气的伙伴，打开了通往阳台的门。他看见，外面已经铺了一层寸把厚的雪。天阴得很重，空中仍然飘飞着雪花。风已经完全停了，空气中流荡着一种微微的温暖。

他把老黑猫安放在阳台的一个角落里，用那片棉垫遮盖住它，然后静静地立在栏杆边，望着风雪迷濛的城市和模模糊糊的远山，嘴里叹息着，胡楂子周围结上了一圈白霜……

徐国强老汉一个上午没有出自己的房门。他盘腿坐在床铺上，沉默地抽了很长一阵烟。后来，他在床下找出一个小小的木匣子，用笤帚打扫干净，给里面垫了一些新棉絮。他要像安葬人一样安葬他的老黑猫。

中午前后，他的猫入“殓”了。他把那只猫经常饮水吃食的小碗和那个毛线蛋，都放在了“棺材”里；然后拿小木片把木匣子钉起来。

福军和爱云中午都不回家来，他自己也无心吃饭；于是就把这个小木匣装进一个破提包，又拿了一把挖炉灰的小铁铲，一个人静悄悄地出了门。

他踏着厚茸茸的积雪出了家属楼后边的小门，蹒跚着来到街道上。满天雪花像无数只纷飞的白蝴蝶。徐国强老汉脸绷得紧紧的，路上偶尔有认识他的人热情地给他打招呼，他只是严峻地点点头。

他到离地委不远处的一个小山沟里，在马路旁边瞅了个向阳的小山坡，用小铁铲在土崖根下掘了个小洞，把那个小木匣放进去；然后用土掩埋起来，并且像真正的坟墓一样，弄起一个小土包。

殡葬全部结束后，他蹲在这个小土包旁边，又抽起了旱烟。雪花悄无声息地降落着，天地间一片寂静。他的双肩和栽绒棉帽很快白了。他痴呆呆地望着对面白皑皑的雪山和不远处的一大片建筑物，一缕白烟从嘴里喷出来，在头顶上的雪花间缭绕。徐国强老汉突然感到这个世界空落落的；许多昨天还记忆犹新的事情，好像一下子变得很遥远了。这时候，他并不感到生命短促，反而觉得他活得太长久……

毫无疑问，老黑猫的死对徐国强老汉的打击是沉重的。只有他自己才能体验到这件事的残酷性。他也并不指望别人理解他，包括他家里的人。

几天来，他的情绪一直很灰。他也不愿给别人叙说他的不幸。要是说出他为一只死去的猫而悲伤，也许别人会笑掉牙的。只是在星期天的饭桌上，爱云突然提念说："这几天怎不见猫呢？"

"猫已经死了。"他对女儿说。

"死了？也是的，这只猫太老了……"爱云轻淡地说了一句，然后便去盛汤。晓霞只顾低头吃饭；福军一边吃，一边和旁边的一位干部说话。谁也没有再说起这只死去的牲灵。

徐国强勉强吃了一小碗米饭，连汤也没喝，就回到了自己的房间。他木然地立在门后边，泪水盈满了一双昏花的老眼。他好像听见房间的什么地方传来"喵呜"一声叫唤，赶忙把脑袋转了一圈。一无所有。是他的耳朵产生了错觉……

在以后的日子里，每过一两天，徐国强老汉总要在临近黄昏的时候，一个人悄然地走出家门，穿过那条街道，来到那个小山湾里，在那个小土包前徘徊一段时光。人的感情有时候真是不可思议；他也许对人是冷漠的，但可以对一个动物怀着永远的眷恋。

又是一个黄昏。城市的灯火和山坡上的残雪闪烁着冰冷的白光。大地已经开始结冻，硬邦邦得像铁板一样。风呜咽着从远处的山口中吹过来，灌满了低洼中的城市。

徐国强老汉像往常一样，穿着厚厚的挂面羊羔皮大氅，戴着栽绒棉帽，又来到掩埋着老黑猫的那个小山湾溜达。他现在已经没勇气走到那个小土包前；只是在那个山坡下面的公路边上来回走几圈。这在很大程度上倒不是专门来祭奠那只死去的猫。他也不知道自己为什么就跑到这里来了；就好像他在这地方丢失了什么贵重的东西，尽管毫无指望再拾回来，但仍然还要反复寻找。

徐国强老汉在马路边上溜达了几圈，正准备返身回家去，却突然又听见了一声猫的叫唤。他心一惊，不由转过脸向山坡上望了一眼。除过一片昏暗，他什么也没看见。

他摇摇戴栽绒棉帽的脑袋，知道他的耳朵又出了毛病。

“喵呜！”

又是一声猫的叫唤声。这下老汉听真切了！这的确是一声猫叫，而且和他的老黑猫叫声几乎一模一样！

一股凉气沿着老汉的后脊梁一直蹿到后脑勺上。难道他的老黑猫真的活过来了？他尽管是个老共产党员，但多少还有点迷信，心想是不是猫的魂灵在他附近叫唤呢？

当又听见一声猫叫后，他才发现这叫声是从公路前面传来的。

他怔怔地立在路边，看见前面一个黑糊糊的人影向他这边走来。

直等到这个人走到他面前，他才认出这是他的外孙女晓霞！

“你怎到这儿来了？”徐国强老汉走前一步，对外孙女说。

晓霞从她的棉大衣里掏出一只小猫，举到他面前说：“外爷，我在自由市场上给你买了一只猫。你看，也是黑的！两只眼睛黄黄的，和你原来的那只一样，说不定就是老黑猫生的儿子呢！外爷，你不要难过。我知道你一个人常到这地方来……”

徐国强老汉从外孙女手里接过那只小黑猫，弯下腰用脸颊在猫身上蹭了蹭，黑暗中忍不住泪水夺眶而出。他伸出一只手在外孙女头上摸了摸，说：

“咱们回家去吧……”

第二十八章

一九八一年农历正月初六过罢传统的“小年”以后，黄原地区各县的县城，顿时拥满了公社和农村来的基层干部。这些人胸前的钮扣上都挂着一张红油光纸条，上面印有“代表证”三字。各县每年这个时候召开县、社、队、小队四级干部会议，似乎像过节一样，也成了个传统。会议期间，这些小小的县城陡然间会增加一倍左右的人口，显得异常地拥挤和热闹。县城的小学、中学和各机关一切闲置的房屋和窑洞，都睡满了这些各地农村来的杰出人物。通常这期间，县上都要唱大戏；这种会议似乎越热闹效果越好。

按老套路，每年的“四干”会主要是总结去年的工作，安排今年的生产。全体大会上，由县委书记做主旨报告，县上其他领导围绕报告中心分别讲一通话，然后以公社为单位进行讨论。

今年的“四干”会非同以往；因为这是农村实行个人承包责任制以来的第一个“四干”会。不知哪个县开的头，今年“四干”会除过传统的日程安排，另增添一个新内容：在会议结束时举行声势浩大的“夸富”活动。

于是，各县闻风而纷纷效仿。

这真是时代变了，做法也截然相反。往年的“四干”会，通常都要批判几个有资本主义倾向的“阶级敌人”，今年却要大张旗鼓地表彰发家致富的人。谁能不为之而感慨万千呢？

既然各县都准备这样搞，原西县当然也不能无动于衷。尽管县委书记张有智向来反感这类大哄大嗡，但看来不这样搞也不行。以前他是副职，不感兴趣的事可以回避；但现在他成了“一把手”，就不敢再任性了——“夸富”实际上是赞扬新政策哩！

张有智把这件事交给“二把手”马国雄去操办。这差事正对国雄的口味，他最热心这些红火工作。我们知道，一九七七年，他曾负责“导演”了接待中央高老的那次著名活动。

马国雄根据常委会的决定，早在元旦前后就召开了电话会议，要求各公社推选“冒尖户”。“冒尖户”的标准是年收入粮一万斤或钱五千元；各公社不限名额，有多少推选多少，但不能连一名也没有。“冒尖户”除在春节后的“四干”会上披红挂花“游街”以外，每户还要给奖励“飞人牌”缝纫机一台。

这件事首先难倒了石圪节公社书记徐治功。治功知道，按照县上要求的标准，他们公社连一个“冒尖户”也找不出来。石圪节是全县最穷的公社，虽然实行了责任制，农民的日子比往年好了，可新政策才刚刚一年，凭什么能打下一万斤粮食或赚下五千元钱呢？这不是逼着让他徐治功去上吊吗？哼，别说农民，他徐治功也没那么多家当！

可是，找不出“冒尖户”，徐治功没办法给县上交代。再说，没个“冒尖户”，他又有什么脸面去参加“四干”会？

找不出来也得找！找不出来就说明他徐治功没把工作做好！

他把副手刘根民叫来，发愁地和他商量到哪里去找个“冒尖户”。

两个人扳着手指头一个村子一个村子往过数，结果还是找不出来一个。

徐治功突然手在大腿上拍了一巴掌，说：“我好像听说双水村的金富弄了不少钱，兴许这小子能够上标准哩！”

刘根民淡淡一笑，对兴奋的主任说：“据有人传说，他的钱不是从正路上来的……”

“去他妈的！不管是偷的还是抢的，只要凑够五千块就行了！”

“这样恐怕不行。”刘根民摇摇头，“再说，如果这小子真是用不正当手段弄来的钱，他也不会给你说他有那么多。”

“那咱们怎么办？”徐治功束手无策地问刘根民。

刘根民能有什么办法呢？

徐治功背抄着手在地上走了两圈，又来了“灵感”，说：“你的同学孙少安怎么样？这小子开了烧砖窑，说不定赚下不少钱呢！”

“据我所知，少安也没赚下那么多钱。”刘根民说。

“不管怎样，咱们一块到双水村去看看！”

刘根民也和徐治功一样急，找不出个“冒尖户”，县上不会饶了石圪节公社。

根民只好和徐治功一人骑了一辆自行车，到双水村去找孙少安，看能不能把他的同学凑合成个“冒尖户”。

公社的两位领导在烧砖窑的土场上找到了满脸烟灰的孙少安。

少安听他们说明来意后，惊讶地说：“哎呀，你们也不想想，我就这么个摊场，怎么可能赚下那么多钱呢？”

“你甭轻看这事！”徐治功诱导说，“当了‘冒尖户’，不光到县城披红挂花扬一回名，还给奖一台缝纫机呢！”

“我没资格去光荣嘛！”少安无可奈何地说，“把我的骨头卖了，也凑不够那么多钱。”

“嗨，这就看怎样算账哩！”徐治功嘴一撇，给刘根民挤了一下眼睛，“咱们回你家去说吧！”

少安引着他们回到家里。徐治功一进院子，就指着少安的三孔新窑洞说：“这不是个‘冒尖户’是个啥？”

秀莲一看两位公社领导上了门，赶忙洗手做饭。

徐治功立刻发明了一种“新式”算账法。他把孙少安的现金、粮食、窑洞和家里的东西统统折了价，打在一起估算。后来又加上了现存的砖、砖坯和烧砖窑。尽管这样挖空心思算了一番，结果还是凑不够五千元。

这时候，在锅台上擀面的秀莲插嘴说：“把我爸家的算上大概就够了。”她听说能奖一台缝纫机，就一心想当这个“冒尖户”；她早就梦想有一台缝纫机。

“对！”陷入困境的徐治功高兴地说。

“可是我和我爸已经分家了。”少安说。

“父子分家不分家有什么两样！”秀莲白了一眼丈夫，意思是埋怨他太傻了，为什么把一台不要钱的缝纫机扔了呢？

徐治功竟然就麻麻糊糊把孙玉厚的财产也算到少安名下，总算凑够了“标准”——他终于搜肠刮肚为石圪节创造了个“冒尖户”。

于是，过罢“小年”，孙少安就以队长和石圪节公社惟一的“冒尖户”的双重身份，参加了县上的“四干”会。双水村去开会的人还有田福堂和金俊武；这两个精明人都在心里嘲笑他们村的另一个精明人。孙少安虽然知道他是个冒牌“冒尖户”，但既然被徐治功糊弄出台子，不会唱戏也得硬装成个戏子了！

会议期间，“冒尖户”们像平民中新封的贵族一般，受到了非同寻常的抬举。其他社队干部都是自带铺盖，七八个人挤在一个学生宿舍里；而“冒尖户”和各公社领导一起被安排在县招待所，两个人住一间带沙发的房子；吃饭也在县招待所的小餐厅。在社会还普遍贫穷的状况下，这些发达起来的农民受到了人们的尊敬。他们佩戴着写有“冒尖户”的红纸条走到街上，连干部们都羡慕地议论他们——是呀，这些每月挣几十元钱的公家人，恐怕有五千块存款的也不多。人们的观念在迅速地发生变化；过去尊敬的是各种“运动”

产生的积极分子，现在却把仰慕的目光投照到这些腰里别着人民币的人物身上了。

孙少安站在这个光荣的行列里，心慌得像兔子一般乱窜。他知道，在全县这几十个“冒尖户”中，大部分是真“冒尖”，也有假“冒尖”的。他自己属于后一种“冒尖户”。他真后悔为了一台缝纫机而来受这种精神折磨。除过开会，他也不上街去；他心虚，似乎感到城里所有的人都知道他是个“假”的。

他同屋住着柳岔公社的一个“冒尖户”，名叫胡永合，是靠长途贩运发财的。这家伙是个真“冒尖”。据他夸耀，他可以一次包县运输公司的两辆汽车，到省城和中部平原的县镇拉面粉，回到山区每袋净赚四五元钱。胡永合气派很大，对少安说，他今年还准备办个罐头加工厂呢！

几天以来，孙少安被各种情况刺激得坐卧不安，同时也在内心升腾起一种新的雄心壮志。他感到，由于过去太穷，生活一旦有所改善，就有点心满意足了。现在看来，他应该放开手脚发展自己的事业。他要成为一个真正的“冒尖户”。他暗暗下决心，明年他要理直气壮地来参加这样的会议！

在别的“冒尖户”们外出逛游的时候，孙少安就一个人躲在房间里，开始谋算他下一步的宏图远景。他想回去以后，先立刻筹划买一台中型300型制砖机，多开几个烧砖窑，办他个真正的砖厂！

当然，要迈出第一步困难就很多。首先是资金问题。一台中型制砖机就得五千元，他个人的钱根本买不起；更不要说扩大生产还得有其他花费。至于人手，现在倒可以雇几个人；虽然雇工还没有明确的政策，但许多地方已经有这样的现象，公家一般都睁一只眼闭一只眼。据他二爸说，报纸上现在对这问题正讨论着哩。

他首先发愁的是钱。没有办法，看来只能走贷款这条路。

这一天晚饭后，他找到了公社的徐主任和刘主任，向他们倾吐了自己的心事。

徐治功和刘根民马上表示支持他的想法；说回去以后立即给他贷款，他要多少就给贷多少。两位主任在这次会上也受到了强烈刺激。别的公社都有两名以上的“冒尖户”来参加会议，就他们公社是一户，并且还是个假的！他们来参加这个会实在是脸上无光，因此决心回去也要大干一番，下决心搞出几个真正的“冒尖户”来！

“四干”会的最后一天，原西县举行了隆重的表彰“冒尖户”大会（当时俗称“夸富”会）。

这一天，原西县城一片热闹景象。除过参加会议的一千多名干部外，城里的机关干部和市民也都纷纷涌进了县体育场。县广播站在向全县转播大会实况。体育场挤得人山人海。主席台下，“冒尖户”们全都披红挂花，骑在高头大马上，一个个都被装扮得像状元兼驸马。人们都新奇地想挤前去看看这些光荣的老百姓。

简短的会议仪式举行完以后，“夸富”大游行开始了。总指挥马国雄手里拿着个电喇叭，满头大汗地跑个不停，指挥着游行队伍按顺序出了体育场，浩浩荡荡走向大街。

游行队伍的最前边是十几班吹鼓手。这些被召来的全县最著名的乐人，唢呐上挽着红绸花，一个个都大显神通，腮帮子鼓得像拳头一般大。唢呐声和锣鼓声震天价喧吼。四面八方鞭炮声骤起，空气中弥漫着呛人的硝烟味。

乐队后面，是骑马的“冒尖户”们。他们的马都由县委和各部门的领导人牵着，使得这些受宠的泥腿把子们，都十分不好意思；此刻一个个羞怯地低着头，像些新娘子似的。

“冒尖户”后面，是一长溜工具车。每辆车驾驶楼的顶棚上面，都搁着一台“飞人牌”缝纫机——这是给“冒尖户”们的奖品；缝纫机上贴着大红“囍”字。马国雄几乎把这个活动弄成了集体婚礼。工具车使劲按着喇叭，警告两边潮水般拥挤的人群让路；它们跟在马匹后面，像乌龟般慢慢地爬蜒着。工具车后面，紧跟着“四干”会的一千多名代表。市民们现在已经挤在街道两旁，欢天喜地观看这场无比新鲜的热闹景致……

披红挂花的孙少安骑在马上，在一片洪水般的喧嚣和炮仗的爆炸声中，两只眼睛不由得潮湿了。此刻，他已经忘记了他是个冒充的“冒尖户”，而全身心地沉浸在一种幸福之中；自从降生到这个世界上，他第一次感到了作为人的尊贵。

卷四

第二十九章

每年腊月，在临近春节的十几天里，兰花和她的两个孩子，总是怀着一种激动的心情，期待着久离家门的王满银从外面归来。

外出逛世界的王满银，一年之中很少踏进家门。但他像任何一个中国人一样，每年春节还是要回家来过年的。当然，过罢春节不久，他屁股一拍，就又四方云游去了。他在外面算是做生意；至于生意赔了还是赚了，没有多少人知道。东拉河一条沟里的几个村庄，这王满银倒也算个人物；对于一辈子安身立命于土地的农民来说，敢出去逛门外的人都属于有能耐的家伙。

不论怎样，这个逛鬼总还有点人味，每年春节回来，也知道给两个孩子买身衣裳，或给他们带点外面的新鲜玩艺儿。对于孩子来说，父亲永远是父亲；他们想念他，热爱他，盼望他回到他们身边来。猫蛋和狗蛋天天等着过年。人家的孩子盼过年是为了吃好的，穿好的；为了红火热闹。他们盼过年还有另外的想望——那就是能和自己的父亲一块呆几天。这对缺乏父爱的孩子来说，比吃好穿好和红火热闹更重要。

孩子们也渐渐明白，最苦的要数母亲了。父亲一年不在家，母亲既忙家里的事，还要到山里去耕种。在通常的情况下，她既是他们的母亲，又是他们的父亲。尤其是夜晚，当黑暗吞没了世界的时候，他们睡在土炕上，总有一种莫名的恐惧。他们多么希望父亲能睡在身边——这样，他们就是做个梦，心里也是踏实的。他们现在只能像小鸟一样，依偎在母亲的翅膀下。他们已懂得心疼母亲，总想让她因为他们而高兴。猫蛋已经十岁，在罐子村小学上二年级。她长得像她姨姨兰香一样标致。母亲原来不准备让她上学，因为家里缺少帮手，她已经可以给大人寻长递短。尤其是责任制一开始，许多上学的孩子都回家来了，说明上学在农村已不时尚。是呀，上几年学还不是回来劳动？她二舅都读完了高中，现在也不得不到黄原去打短工。是大舅硬劝说她母亲让她上学的。猫蛋上了学，就知道要当个好学生；她上课为了让老师表扬，坐得端端正正，把腰板都挺疼了，因此刚入学四个月，就戴上了红领巾，母亲高兴得给她吃了三颗煮鸡蛋。弟弟狗蛋已经八岁，还没有去上学，整天跟妈妈到山里拾柴打猪草，已经担负起了男子汉的责任！老天爷总是长眼睛的，它能看见人世间的苦难，让这两个孩子给不幸的母亲带来莫大的安慰……

可是，作为一个女人，兰花的日子过得多么凄凉啊！除过担当父亲和母亲的双重责任，家里山里辛勤操劳外，她一年中得不到多少男人的抚爱。她三十来岁，正是身强体壮之时，渴望着男人的搂抱和亲热。但该死的男人把她一个人丢在家，让她活受罪。尤其是春暖花开的时候，在温热的春夜里，她光身子躺在土炕上，牙齿痛苦地咬嚼着被角，翻过身掉过身无法入睡……在山里劳动，看着花间草丛中成双成对的蝴蝶，她总要怔怔地发半天呆。她羡慕它们。唉，死满银啊，你哪怕什么活也不干，只要整天在家里就好了。我能吃下苦，让我来侍候你，只要咱们晚上能睡在一个被筒里……

罐子村的男人们都知道兰花活受罪。有几个不安生的后生，就企图填补王满银留下的“空缺”。他们有时候寻找着帮她干点活；或者瞅机会到她家来串门，没话寻话地和她胡扯。在山里劳动的时候，她常能听见不远处沟垴上传来那酸溜溜的挑逗人的信天游——

人家都是一对对，
孤零零撂下你干妹妹。亲亲！

卷心白菜起黄薹，
心上的疙瘩谁给妹妹解？亲亲！

打碗碗花儿就地地开，
你把你的白脸脸掉过来。亲亲！

白格生生脸脸弯格溜溜眉，
你是哥哥的心锤锤。亲亲！

满天星星只有一颗明，
前后庄就挑下你一个人。亲亲！

干石板上的苦菜盼雨淋，
你给哥哥半夜里留下个门。亲亲……

兰花听着酸歌，常常臊得满脸通红。她真想破口骂这些骚情小子，但人家又没说明是给她唱的，她凭什么骂人家呢？

但是，也有人真的在半夜来敲她的门。这时候她就不客气了。为了不吵醒孩子，她穿好衣服溜下炕，走到门背后，把这些来敲门的男人骂得狗血喷头。罐子村想来这里“借光”的人先后都对她死了心。

嫁鸡随鸡嫁狗随狗的传统观念，使这个没文化的农村妇女对那个二流子男人保持着不贰忠贞。只要他没死，她就会等待他回来。她在一年中漫长的日月里，辛劳着，忍耐着。似乎就是为了在春节前后和丈夫在一块住几天。几天的亲热，也就使她忘记了一年的苦难。她爱这个二流子还像当初一样深切。归根结底，这是她的丈夫，也是猫蛋和狗蛋的父亲呀!

今年和往年一样，一进入腊月，母子三人就开始急切地等待他们的亲人归来。在老父亲和少安的帮助下，兰花今年在地里收回不少粮食,看来下一年里不要再饿肚子。腊月中旬,她就做上了年茶饭，要让一家人过个好年。孩子们不时念叨着父亲；她兴奋得碾米磨面忙个不停……

可是一直到快要过春节了，王满银还没有回来。两个孩子天天到村中的公路边上，等待从黄原那里开过来的长途汽车。每当有车从路边停下，猫蛋和狗蛋就发疯似的跑过去，看是不是父亲回来了。结果一次次都失望地看着汽车向米家镇那里开走。车上下来的都是别人家的父亲——村里所有在门外的人都回家过春节了，惟独他们的父亲没有回来。

大年三十那天，兰花默默地做好了四个人的年饭，然后怀着最后一线希望，手拉着两个可怜的孩子从家里出来，立在公路边上，等待从黄原开过来的班车。

村中已经响起了一片爆竹声，到处都飘散着年茶饭的香味；所有的孩子们都穿上了新衣服，嗷嗷喊叫着沉浸在节日的欢乐中。

清冷的寒风中，兰花母子三人相偎着站在公路边上，焦灼地向远方张望。

黄原的班车终于开过来了!

但车没有在罐子村停，刮风一般向米家镇方向开了过去。车里面看来没坐几个人——除非万不得已，谁愿意大年三十才回家呢?

汽车走了，只留下一条空荡荡的路和路边上三个孤零零的人。

猫蛋和狗蛋几乎一齐“哇”地哭出了声。兰花尽管被生活操磨得有点麻木，但此刻也忍不住伤心，泪水在那张饱经忧患的脸上直淌。她只好哄儿女说：“甭哭了，咱们到你外爷家去过年……”

兰花拉着两个孩子回到家里，把做好的年茶饭用笼布一包，然后锁住门，母子三人就去了双水村……

兰花和孩子们怎能想到，大年三十那天，王满银还踯躅在省城火车站的候车室里。他身上的钱只够吃几碗面条，甭说回家，连到黄原的一张汽车票都买不起。

这位生意人通常做不起大买卖。因为没有本钱，他一般只倒贩一点猪毛猪鬃或几张羊皮，赚两个钱，自己混个嘴油肚圆就心满意足了。在很多情况下，他像一个流浪汉，往返流落在省城和黄原之间的交通线上；这条线上的大小城镇都不止一次留下了这个二流子的足迹。他也认识不少类似他这样的狐朋狗友；有时候嘴巴免不了要吊起来，就在这些同类中混着吃喝点什么。当然，他也得随时准备款待嘴巴吊起来的朋友。他从没想到过要改变他的这种生活方式。浪荡的品质似乎都渗进了他的血液。有时候，他记起自己还有老婆孩子，心里忍不住毛乱一阵。但二两劣等烧酒下肚，一切就又会忘得一干二净，继续无忧无虑地往返于省城和黄原的大小城镇，做他的无本生意。

入冬以后,生意更难做了。政策一活,大量的农民利用农闲时节,纷纷做起了各种小买卖，使得像王满银这样的专业生意人陷入困境之中。

眼看走投无路，身上的几个钱也快吃光的时候，他突然听说上海的木耳价钱很贵，一斤能卖二十多元。这“信息”使王满银萌发了到上海贩卖一回木耳的念头。本地木耳收价每斤才十来元，可以净赚十多元钱呢。好生意！

可是想想他身上剩了四五十块钱，只能买几斤木耳，跑一回上海实在划不来。他只好望“海”而兴叹。

但天无绝人之路。这一天，他在黄原和省城之间的铜城火车站碰见他丈人村里的金富。他和金富在这一线的各种车站常常不期而遇。王满银明白金富是干什么行当的，知道他身上有钱。他于是就低声下气开口向这个小偷借贩木耳的钱。

“得多少？”金富很有气派地问。

“有个五百……来块就行了。”

“那太多了！我只有一百来块。”

“也行！”

这位小偷慷慨解囊，给王满银借了一百块钱。金富有金富的想法。他知道王满银的妻弟孙少安是双水村的一条好汉，和他爸他二爸的关系也不错。和一个乡邻总比惹一个强。再说，二流子王满银还不起账，他将来也有个讨债处——据说少安家现在发达起来了。

王满银拿了金富的一百块钱，很快托一位生意人朋友买好了木耳，就立刻坐车去了上海。他是第一次到这么远的地方做生意，除不心怯，情绪反倒十分张狂，似乎想象中的钱已经捏在手里了。

到上海后，他一下子傻了眼。这里木耳价钱并没有“信息”传播得那么高，每斤在自由市场上只能卖十四五元。他又没拿自产证，一下火车就被没收了，公家每斤只给开了十三元钱。妈的，这可屙下了！

王满银碰了一鼻子灰，只好仓惶逃出了这个冷酷的城市。

他从上海返回省城时，像神差鬼使似的，碰巧又在火车站遇见了金富。他只好给小偷还了一百块债，身上的钱也就所剩无几了。连原来带的几十块钱，也大部分贴赔进了这趟倒霉的生意中。

金富当时念老乡的可怜，引着他在街上吃了一顿饭，然后又把他带到自己住的一个私人开的旅店里。

两手空空的王满银跟着这位小偷走进一间阴暗的小房子。

金富拉过一条枕巾把皮鞋擦了擦，然后在洗脸盆里撒了泡尿，对王满银说：“你做那屁生意能赚几个钱？你干脆跟上我学几手，票子有的是！”

王满银畏惧地笑笑，说：“我怕学不会……”

“只要下苦功，就能学会！看，先练这！”金富说着，便伸开两只手，将突出的中指和食指连续向砖墙上狠狠戳去。他一边示范，一边对王满银说：“每天清早起来，在吃饭和撒尿之前，练五百下。一直练到伸出手时，中指和食指都一般齐，这样夹钱就不会拖泥带水。另外，弄一袋豆子，每天两只手反复在豆子中插进插出几百下。这些都是基本功。最后才练最难的：在开水里放上一个薄肥皂片，两个指头下去，练着把这肥皂片夹出来。因为水烫，你速度自然就快了；肥皂片在水里又光又滑，你能夹出来，就说明你的功夫到家了……”

王满银坐在床边上，听得目瞪口呆。他绝对吃不了这苦，也没这个心胆。他摇摇头说：“我怕没本事吃这碗饭……”

金富一看王满银对此道不感兴趣，他也就对王满银不感兴趣了，说：“我下午就走呀，马上得结房费！”

这等于下了逐客令。王满银只好离开这个贼窝子，重新来到省城的大街上。

眼看就要过春节了，王满银这会儿心里倒怪不是滋味。往年他总要在年前的十来天赶回家里；而且身上也有一点钱，可以给两个孩子买点礼物。孩子是自己的亲骨血，他在心里也亲他们，只不过一年中大部分时间记不得他们的存在。只有春节，他才意识到自己是个父亲。

可是现在，别说给孩子买点什么，连他自己也没钱回家了。

王满银在省城的街道上毫无目的地溜达。他也坐不起公共车，在寒风中缩着脖子，从这条街逛到那条街，一直逛到两只脚又疼又麻，才返回到火车站的候车室——他临时歇脚的地方。

因为临近春节，候车室一天到晚挤得水泄不通。他要等好长时间，才能抢到一个空座位，而且一坐下来屁股就不敢离椅子，否则很快就被别人抢占了。

他就这样在省城一直滞留到春节。他一天只敢到自由市场买几个馒头充饥。有时候，他也白着脸和一位卖菜的农民死缠赖磨，用一分钱买两根大葱，就着馒头吃，算是改善一下伙食。

大年三十夜晚，火车站的候车室一下子清静下来。除过少数像他这样的人外，只有不多一些实在走不了的旅客。

这一晚倒好！市委书记在一群人的簇拥下，亲自推着煮好的饺子，来到候车室慰问旅客，王满银高兴地从市委书记手里接过一盘热腾腾的大肉水饺——在市委书记给他递饺子时，还有一群记者围着照相，闪光灯晃得他连眼睛也睁不开（他并不知道，他和市委书记的这张照片登在了第二天晚报的头版上）。

这会儿，王满银不管三七二十一，喜得咧开嘴巴，端了一大盘饺子回到一个角落里，狼吞虎咽吃起来。

过了一会，他才发现他旁边有位妇女，也端一盘饺子在飞快地吃。这女人吃饺子时，还把自己的一个大提包挎在胳膊上。王满银心想，她大概把他看成个小偷了。哼，我才不是那号人呢！

这妇女竟然搭讪着和他拉起话来了。口音一听就是外路人！王满银老半天才弄明白，这位妇女也是个生意人，是从广东来的。

同行遇同行，倒使两个人很快成了知音。这妇女告诉他，她提包里装的是电子手表——说着便拿出来一只让王满银看。

“一只卖多少钱？”满银惊讶这妇女带这么多手表，看来是个大富翁——他想起“文化大革命”样板戏《红色娘子军》里有个洪常青，说是南洋来的大富翁……嗯，这女人大概也是从南洋来的！

“南洋女人”告诉他，一只手表卖二十元。

“才二十元？”王满银顿时惊讶得张开嘴巴，连饺子也忘记吃了。他对“南洋女人”说：“要是在我们那里，一只起码能卖一百多块钱！”

现在“南洋女人”又惊讶得张开了嘴巴，她说：“只要一只能卖五十块，给你抽二十块红利！”

王满银本来没有光气的眼睛一亮，把盘子推到旁边，说：“可惜我身上没钱，要么我一下都买啦！唉，我的钱……让小偷偷了，现在连路费也没有。你要愿意，干脆跟我到黄原去，肯定能卖大价钱！”

“一只能卖五十元吗？”那女人两只眼睛也闪闪发光了。

“六十元都能卖出去哩！”

“能卖五十元就行了。”

“为什么？”

“这表是香港走私来的，是玩具表，里面都是塑料芯……”那女人冲王满银诡诈地笑了笑。

王满银又瞪住了眼。他问：“那能走多长时间？”

“最长大概半年吧……”

“不怕！半年以后谁能找见卖表的人？你愿意，明天就跟我走！不过，你得先给我买一张到黄原的汽车票！”

这女人立刻表示同意。

这真是狗尿到头上了——交了好运！王满银来了神，兴致勃勃地说：“虽然你是个女的，咱们也就算是拜识了，我就称呼你是干姐！”

“干姐？”“南洋女人”一时明白不了。

王满银解释了半天，那女人就乐意认了这个“非常关系”。

于是，大年初一，王满银带着他新结识的伙伴，坐汽车回到了黄原。然后这“干姐弟”俩就在东关的自由市场上，以每只五十五元的价格，开始出售这批香港产的塑料芯玩具手表……

第三十章

过罢正月十五的灯节以后，农村的节日气氛就渐渐淡了下来。人们又周而复始地开始了一年的劳作。有些勤快的庄稼人，已经往山里送粪了；等惊蛰一过，农事就将繁忙起来。

兰花和两个孩子做梦也想不到，正月十八，王满银突然回家来了。不是他一个人回来，还带着一个操外路口音的女人。满银给妻子解释，这是和他一块做买卖的生意人；是从“南洋”来的。那女人也就嬉笑着对兰花说了许多话，可兰花一句也没有听懂。

厚道的兰花并没有因为丈夫带回个女人就乱猜想什么，她反而高兴地接待了这位远地来的客人。在这个农村妇女的眼里，“南洋女人”是个大人物，能进她的寒窑穷舍，实在是一件荣幸的事。她热情地把那些留下的年茶饭拿出来，款待丈夫和这位女宾。

兰花和两个孩子兴奋得像重新过年一样。“南洋女人”从提包里抓出大把的奶糖，撒土坷塔一般撒在炕席片上，让猫蛋和狗蛋吃。王满银让这两个娃娃学城里人的样,叫这女人“阿姨”。只是“阿姨”说的话，娃娃们一句也解不开。

王满银带回一个“外路”女人的消息，一天内就传遍了罐子村。村中的大人娃娃就像看“西洋镜”一般轮番涌进兰花家那孔破窑洞，稀罕地来看这个说话像绵羊叫唤的女人。

看完稀罕以后，罐子村的精明人都不出声地笑了。他们知道王满银和这女人是怎么一回事。也有人羡慕地吧咂着嘴，对他们村这个二流子油然生出一种“敬意”：哈呀，这家伙本事不小，竟然挂回来个外路货！

不用说，兰花立刻成为全村人同情或耻笑的对象。

但这个迟钝女人并没有感觉到这一切。全村人突然挤到她家来所造成的热闹气氛，使她更加高兴起来，觉得她男人受到了村里人的尊重，她和孩子们脸上也有了光彩。

直到晚上睡觉的时候，可怜的女人才知道这一切对她来说意味着什么。

晚上，兰花忧愁地把丈夫叫到院子里，和他商量，让这位“南洋女人”睡在什么地方呢？他们家就这么一孔破窑洞，得开口向别人家借个地方让这女人休息。像样一些的人家他们不敢开口；穷家薄业的人家又怕委屈了客人。

但王满银无所谓地说：“借什么地方呢？就睡在咱们炕上！”

兰花听满银这么说，又惊讶又难受。她一年没见男人，这一晚上对她是多么宝贵呀！她问丈夫：“那你到什么地方去睡呢？”

王满银倒惊讶起来：“我也在家里睡呀！”

“那……”

“那什么哩？”

兰花尽管心里不畅快，也只好就这样忍受了。

晚上睡觉时，兰花本指望这位尊贵的客人自己能提出异议，但她却心安理得睡在她为她铺好的被褥里了。“南洋女人”睡在靠锅头的地方，中间隔着两个孩子；兰花紧挨孩子，王满银睡在靠窗户的边上。这个编排还算“合理”。

熄灯以后，兰花躺在被窝里，胸膛里像塞进去一把猪鬃。她多么希望钻到丈夫的被窝里去，可羞耻心使她连动也不敢动。她敢怎样呢？后炕头睡个生人，稍有动静，人家就能听见。唉，什么地方来了这么个勾命鬼呀！她躺在黑暗中，开始痛恨起了这个女人。

前半夜她怎么也睡不着。后半夜，瞌睡终于压住了骚动的欲望。她睡着了，但还能听见自己的鼾声。

突然，沉睡中的兰花觉得她的脚被什么碰了一下。她的心立刻缩成一团。黑暗中她微微睁开眼，看见丈夫光着身子像狗一样从她脚底下慢慢往后炕头爬去。她牙齿拼命咬住嘴唇，才没让自己喊出声来。

她狠狠踹了一脚那个爬行动物！

王满银立即调过身子，悄悄摸着爬进了自己的被窝。

不一会，一只求饶的手伸进了她的被窝，企图抚摸她。她用指甲在这只手上狠狠掐了一下。那只手像被蜂蜇了一般，猛地缩回去了。

兰花忍受着煎熬，终于等到了窗户纸发亮。

她起身穿好衣服，没等孩子睁开眼，就一个人溜下炕，出了门。

她像受伤的母牛一般，几乎是小跑着转到公路上，在黎明中出了寂静无声的罐子村，向石圪节公社走去——她要向公家告那个不要脸的“南洋女人”。

当兰花气喘吁吁地进了公社院子的时候，公家人刚刚吃完了早饭。公社干部过春节后大部分还没有回来，只有个文书和主任徐治功。

兰花一进徐治功的办公窑，就鼻子一把泪一把向主任叙说起了她的苦情。

徐治功几乎一直笑着听这位农村妇女说完她的不幸。他喷了一口烟，说：“现在这社会，这号事不算事！我们管不了！”

“你们连坏人也不管了？”兰花瞪着哭肿的眼睛，问徐主任。

“那你写状子告嘛！”徐主任仍然笑着说。

“我不识字。”兰花难住了。

“那你找个人写嘛！”

“你给我找个人……”

“这又不是我的事！”徐治功不耐烦地说，“我把这号事也管了，其他大事谁管呀？”

“你不找个人，我就住在你这里不走！”创伤深重的兰花也不顾一切了。

“咦呀，你给我耍起了赖！”徐治功叫道。

“我就不走！”兰花说完，竟然放开声嚎了起来。

心烦意乱的徐治功只好把公社文书叫来，对他挤挤眼：“你去给她代写个状子！”

文书对主任会意地点点头，便劝说兰花不要哭，跟他到隔壁窑洞写状子。

兰花立刻顺从地跟文书到了隔壁；接着又向这位年轻的公家人叙说了一遍“南洋女人”和她丈夫的长长短短。

不一会，徐主任过来了，声色俱厉地对文书说：“你带两个民兵，立刻到罐子村去，把王满银和那个女人捆到公社来！”

文书马上站起来，说：“我这就去！”

兰花瞪大眼，喊叫说：“怎连我男人也绑呀？”

徐治功说：“怎不绑你男人？这号事主要是整治男的！”

“那不能！”可怜的女人叫道，“我是来叫你们光把那个女人撵跑……”

徐治功对文书挤挤眼：“快去吧！把王满银绑紧些！”

文书一本正经正准备往门外去，兰花一扑起来，从文书手里夺回“状子”，说：“你们不要去，我不告了！”

她说完，便很快起身出了公社大门。徐治功和文书站在门台阶上张开嘴只是个笑。

可怜的兰花出了石圪节，又折转身往家里走。她原指望让公家把那个坏女人赶跑就行了，结果公家要把她男人也一齐绑走。她舍不得让男人受罪……

当她痛不欲生地返回家里后，无耻的丈夫和那个女人正在锅灶上做饭。狗蛋在炕上嚼奶糖；猫蛋不知到什么地方去了……兰花本想扑上去撕那个不要脸女人的脸，但“家丑不可外扬”的古训又使她放弃了这种打算——她一闹，一家人在村里就要臭一辈子！

她问儿子：“你姐姐呢？”

“姐姐到外婆家去了。”狗蛋津津有味地吃着糖。

女儿一个人跑到双水村去干什么呢？

痛苦的兰花脑子已经完全乱了。她不知道她应该怎么办。王满银若无其事地厚着脸和她说话，她也不搭理，一个人走到后窑掌的黑暗处，两只手胡乱地翻搅这翻搅那，耳朵里塞满了各种杂乱的声响。

当她糊里糊涂在一个角落里翻出一些红绿纸包时，突然怔住了。她想起，这是几年前满银贩卖剩下的一些老鼠药——当年正是这些药让公社把他拉到双水村的工地上，劳教了十几天。

兰花面对着这些小纸包，心脏剧烈地跳动起来。这些药的出现，似乎是一种命运的安排，使她自然而然地想到了死。是呀，她真不想活了！虽然她是个大字不识的农民，但她也是个人——正因为她大字不识，她心中就更容纳不了如此的事情！她不愿让公家拿法绳把她的男人绑走；但又没能力把那个女人赶走；她更没勇气为这事公开闹一场——这样她的孩子和娘家门上的人都没脸在这个世界上活下去了。

死的念头一刹那间便占据了她的心。

她在黑暗中哆嗦了一下。

她听见男人和那个不要脸女人在说话。她没听清他们说什么。但她知道，那两个人现在装得像什么事也没有发生。凤凰窝里钻进来个黑老鸦，这个坏女人已经完全像这个家里的人了。她被她挤在了一边。她半辈子受死受活，如今落了这么个下场。她不能再活下去了，她也没脸活了。去死吧！她相信人死了以后还能轮回转世，有可能转成人，也可能转成动物。不管来世是人还是牲灵，她都还要转生到罐子村来；这里有她的亲骨肉；她要来看她的猫蛋和狗蛋……

怎个死法？不能死在这个家里。不能死在仇人的面前。老鼠药没水吞咽不下去……对，到前河湾的水井边去；那里僻静，也有水。

兰花这样想着，就拣了一些绿纸包的药揣在衣袋里。她喜欢绿纸包而不喜欢红纸包。她从小就喜欢绿颜色，因为山里的庄稼、树木和草都是绿的；她记起她小时候也常爱用绿线绳来扎头发……

兰花随即掉过身，从后窑掌的黑暗中走出来，脸色灰白，嘴唇紫黑，两只眼睛模模糊糊。她没管锅台边那两个不要脸的人，一直走到前炕边，一言不发地把狗蛋抱在怀里，接着便出了家门。

她恍恍惚惚来到村前的公路边，把儿子放在地上，泪水汹涌地从两只皱纹包围的眼睛里淌出来。她拼命在儿子脸上亲了又亲，然后对他说：“你到双水村找你外爷外婆去……你不要回来了……”

狗蛋瞪着一双大眼睛，用两只脏手为母亲揩去脸上的泪水，问她：“妈妈你为什么哭？你为什么不去外婆家？”

兰花哽咽着说：“你先去，妈妈过一阵就来了……”

狗蛋听妈妈的话，就像个大人似的，背抄起两条小胳膊，挺着胸脯走了。从罐子村到双水村只有几里路，他常和姐姐相跟着去外爷家，因此一个人上路也不胆怯。

兰花用手扶住路边一根电线杆，哭着对远去的儿子喊：“你靠路边走，不要走路中间，操心汽车……”

儿子掉过头向她招招手，说：“噢！”

当狗蛋的背影完全消失在公路上后，兰花就迈着两条软绵绵的腿，向公路下面的河湾走去。

她来到河边的水井旁，在一块石头上坐下来，从衣袋里掏出那几包老鼠药。她立刻感到胸脯上像压了个什么东西，气也出不上来，好像已经把毒药吞咽了似的。她张开嘴巴，呼出的气在隆冬中变成了一团团白雾。

东拉河覆盖着厚厚的坚冰，水流在冰层下咕咕地响着。山野里灰漠漠地看不见任何一点活物。寒风吹着尖锐的口哨从沟道里刮过来，把地上枯黄的树叶和庄稼叶一直扬到半空中。

天阴了。寒冷中夹带着一种潮湿。看来要有一场雪。是呀，应该下雪了，她想。一个冬天没见一片雪，麦子旱干不说，开春动农后也没办法下籽种。今年要像去年就好了，一年雨水不断，秋夏都是好收成……

一个要死的人坐在水井边，手里捏着几包致命的毒药，心里还在盘算着日月和天年——这就是我们的兰花！

唉，可怜的人儿，对你来说，好像死是一回事，日月天年是另一回事。你也不想想，你死了以后，这一切对你又有什么意义？可你不会把这两件事混为一谈！因为你相信你死了以后还会转生到这个世界上来。是的，你怎能不再来这个世界呢？不管活在这世界上有多苦，但你总归还是那么爱这世界！你在这黄土地上劳动惯了，再说，你也舍不得离开亲爱的猫蛋和狗蛋——你还要来看他们；哪怕转生成猪狗，也要再和他们生活在一起……

兰花将那几包老鼠药打开，把那些灰土一样的药粉倒进手心里，头扬起来，瞥了一眼阴沉沉的天空，然后就把药粉全部倒进了自己的嘴巴。

她用两只手在冰冷的水井中捧了一掬凉水，低下头喝了一口，把药粉冲下了肚子。

现在她坐在水井边的石头上，闭住眼睛，静静地等待死神的来临……

第三十一章

孙玉厚老两口起床后刚倒罢尿盆，看见他们的外孙女猫蛋突然推门进来了。孩子的两个小脸蛋冻得通红，一见他们就哭。

老两口看娃娃这么早一个人跑到这里来，慌得手忙脚乱，赶紧把她抱到热炕上，问她家里出了什么事？

猫蛋一边哭，一边断断续续给外爷外婆说。老两口半天才弄清楚，不成器的王满银带回来个外路女人，逼得兰花今早上出了家门，不知到什么地方去了。这聪敏的外孙女已经懂些事，就一个人跑出来找他们。

孙玉厚牙关子咬得格巴巴价响。他想抽锅烟，两只手抖得擦不着火柴。少安妈淌着眼泪问外孙女："那你妈到什么地方去了？"

猫蛋哭得更伤心了，说："我醒来就不见妈妈，问我爸爸，他说我妈死了……"

"王八羔子！"孙玉厚狠狠向脚地上啐了一口唾沫，对老伴说："你先给娃娃弄点热呼饭，叫我找少安去！"

孙玉厚说着就急忙出了门。

老汉踩着冻得硬邦邦的土地，筒着手匆匆地往少安的新家那里走，一路上嘴里不干不净骂着他的不要脸女婿。他真想抄起杀猪刀子，跑到罐子村亲手捅了那个王八蛋……

但他没脸进罐子村啊！他只能让大儿子去收拾这局面。他现在最担心的是，女儿会不会想不开，已经跑到什么地方去寻了短见？

少安夫妇也刚起床。孙玉厚一进门，就把事态对儿子说明了。

孙少安一听这事，愤怒使他的脸涨得通红。他对父亲说："我这就到罐子村去！"

正在烧洗脸水的秀莲怔了怔，对丈夫说："你不是说好今天去县城买制砖机吗？"

"买个屁！"少安恼怒地对妻子骂道。他生气秀莲这个时候还提这事。

秀莲一看丈夫的脸色，吓得再不敢言传了。

父子俩即刻出了门。

当他们走到公路上时，突然看见远处有一个娃娃正向这里跑来——他们很快认出这是狗蛋。

两个人急忙跑着迎前去。

孙玉厚敞开老羊皮袄，一把将小外孙搂进怀里，问："你妈哩？"

"妈妈在路上站着哩，过一阵就来呀。"狗蛋嘴里噙着一块奶糖，并且还从身上掏出一块，往外爷嘴巴里塞，说，"阿姨给的！"孙玉厚气得把那块糖扔在了地上。狗蛋不知外爷生什么气，一下子哭开了。

少安对父亲说："你们回家去，让我到罐子村去看看！"

孙少安蹽开两条长腿，心急火燎向罐子村赶去，不多一会，头上就热气大冒。

从县上参加罢"夸富"会回来，孙少安就雄心勃勃地开始筹办上了砖瓦厂。短短十来天，事情已经有了眉目。他放开胆量在公社信用社贷了七千元款，并且雇好了一个可以操作砖机的河南师傅。他原来准备今天到县城边一个停办的砖瓦厂买一台 300 型制砖机，然后就要进行一番大铺排呀。另外，除过憨牛，村里还有几个人也愿意来为他干活。这些天，他一直在村里、石圪节和原西县城奔波，紧张得如同打仗一般……他万万没有想到，在这个当口，他姐夫干下了这么个混账事！

他把他姐夫恨得咬牙切齿！他想起姐姐的苦情就忍不住泪水盈眶。命运对人太不公平了，为什么姐姐这么好心肠的人，偏偏就碰上这么个男人呢？唉，当年他真不该劝说父亲答应这门亲事……

孙少安一路走，一路朝前面的公路上张望，看姐姐是不是走过来了。只要姐姐平安无事，他想他有办法收拾王满银和那个女人。

孙少安一直走到罐子村村头，还没见兰花的踪影。

他一下子紧张起来。狗蛋不是说他妈过一阵就到双水村来吗？她到什么地方去了？

少安当然不会知道，他姐此刻就在公路下面不远处的河湾里，闭住眼等死。

少安像一个红了眼的凶徒一般，闯进了姐姐的家门。

他进门后，发现姐姐不在家。王满银正和一个鬈毛头发的女人吃面条。两个人显然被他的凶相唬住了，端着碗立在地上，惊恐地看着他。

少安问王满银："我姐呢？"

"不晓得到哪里去了……"王满银瞪着眼说。

少安走前去，一拳打在了王满银的脸上。一声惨叫，王满银鼻子口里血大淌；手里的碗也被打飞了，面条像虫子一般撒了一身。

"南洋女人"一看事情不妙，把碗往炕上一掼，提起那个提包正准备夺门而出，少安眼疾手快，一把扯住她的头发，在那张黑瘦的脸上接连扇了几记耳光；那女人杀猪般尖叫着，拼命挣脱开来，大撒腿跑了。少安立刻又掉过身，一脚把王满银踢倒在地上。王满银鼻子口里流着血，趴在地上抱住头就是个嚎叫。

怒气冲冲的孙少安旋风般出了门，开始在罐子村四下里跑着，打问他姐姐的下落。

罐子村的人先后都知道了王满银家发生了什么事，又一次纷纷向这个破墙烂院涌来。有些人围住少安，向他提供“情况”。有一个老汉说，他清早在对面土坪上拾狗粪，曾看见兰花从公路上下来，到河湾里去了。

少安就很快和村里的一些人，沿着东拉河边，分别去寻找失踪的兰花。

人们很快发现了坐在水井边的兰花。

少安心疼地把脸色苍白的姐姐拉起来，说：“你坐在这儿干啥哩！”

兰花一见弟弟，大放声哭开了，说：“我吃了老鼠药……”

孙少安大惊失色。他泪水模糊地拉住姐姐的手喊叫说：“你真糊涂啊！你快说！吃了多长时间了？”

“好一阵了……”

“肚子疼不疼？”

“不疼，就是恶心……”

“快去医院！”

少安拉起姐姐的两条胳膊，将她背在脊背上，跑着蹿上了公路。

他把姐姐放在路边，自己八叉开双腿，像个强盗似的立在公路中央，准备硬行拦截从米家镇方向开过来的汽车。

当一辆卡车按着刺耳的喇叭开过来的时候，立在公路中央的孙少安拼命向司机招手。

汽车在离他几米远的地方停住了。司机的脑袋几乎撞在了挡风玻璃上；他脸色煞白跳出驾驶楼，二话没说就伸出手打了孙少安一记耳光，喝骂道：“你找死呀？”

刚打了别人耳光的少安挨了一记耳光后，仍然站着没动。他眼里噙着泪水，指了指旁边的兰花对这位怒气冲冲的司机说：“我姐姐刚吃了老鼠药，求求师傅把我们捎到石圪节……”

司机的脸色缓和下来——原来是这！他挥挥手，让少安赶快上车。

少安把姐姐扶进驾驶楼，汽车便飞一般向石圪节跑去。司机有点不好意思地对少安说：“刚才实在对不起……”

少安下意识地摸了摸火辣辣的脸颊，说：“这没什么！我们还要感谢师傅呢！”

这位打了人的师傅看来心肠不错，飞快地把汽车开到石圪节，并且绕路把少安姐弟俩一直送到公社医院的大门口。

少安来不及对司机说句感谢话，就引着姐姐赶快向急诊室跑去……

此时，在罐子村兰花家里，王满银已经从地上挣扎着爬起来。他在水瓮里舀了两马勺凉水，把满脸血迹洗掉；又拿笤帚把身上的面条扫干净。他在墙上的破镜子里照了照自己的尊容，左脸肿得像个发面馍。院子里看热闹的大人都四散走了，留下一些娃娃嬉笑着挤在门口看他的狼狈相。

但王满银现在还顾不上疼痛，只是懊丧妻弟把他的财神爷打跑了！

自从在省城火车站结识了“南洋”来的干姐后，王满银一下子觉得自己时来运转。他带着这女人，在黄原自由市场上偷偷摸摸出售香港产的玩具手表，赚了好几百块钱。两个生意人马上也“麻糊”在了一起。他们白天转着卖表，晚上在东关私人开的旅馆里包一间房子，一个被窝里搂着睡觉。真他妈的，这日子过得比神仙都畅快！

在一块睡觉的时候，干姐才告诉他，这手表原价一只才几元钱！王满银吃惊之余心想，天下哪儿还有这么好的生意呢？两个人于是商量，这些表卖完后，他们一块到广州再多弄一些，然后返回来到山区的小县镇去出售。

可是没想到有些买了表的人很快发现了表芯是塑料的，开始查问这表的来源。

王满银慌了，赶紧引着这女人离开黄原，想回家躲避几天后，再到内蒙古的草地里去出售剩下的半提包假表……唉，本来一切都顺利着哩！都怪自己昨天晚上不安生，露了蹄爪。事情也真他妈的怪！以前他老婆要是拉起鼾，炸弹也炸不醒——她什么时候变得这么灵动？

王满银手指头戳着破镜子里他自己的肿脸说："都怪你这家伙！"

这个挨了打的二流子正准备再吃点什么东西，突然有人跑来对他说，兰花吞了老鼠药，已经被拉到石圪节医院去了。

王满银顿时吓呆了。他没想到事情闹了这么大。妈呀，这是人命事！

他这时才惊恐地想：要是老婆死了怎么办？老婆一死，他说不定也要坐禁闭，那猫蛋和狗蛋就没爹妈了！

王满银两眼一闭，咧开嘴干嚎了一声，连门也没锁，就撒开腿往石圪节跑。他一路跑，一路想起两个娃娃也不知到什么地方去了——是不是都跟他妈喝了老鼠药？

王满银由于紧张，跑得又太猛，半路上腿抽了筋。他就坐在公路上，脱下鞋，喊叫着用手把脚上的老拇指头掰了半天，才又起身继续跑。

他终于一瘸一拐闯进了石圪节公社医院。

他推开急诊室的门，见几个医生正给他老婆诊断。少安见他进来，像仇人一样恶狠狠瞪了他一眼。

王满银顾不了多少，扑在床前，见他老婆还活着，就赶紧问她："你吃了哪里的老鼠药？"

所有的医生都扭过头看这个鼻青脸肿的人，不知他是干什么的。

王满银不管这些，只管问老婆："你快说嘛！吃了哪里的老鼠药？"

兰花微微合着眼，说："吃了咱家里的。"

医生们现在才知道这家伙是病人的丈夫。

"是你买的老鼠药？"王满银急着追问兰花。

"就是你那年剩下的……"兰花回答。

"那你吃的是红纸包还是绿纸包？"

"绿纸包……"

"都是绿的？"

"都是绿的。"

"嗨呀！"王满银一下子跳起来，高兴得连喊带笑，对医生们说，"不要紧！她吃的是假老鼠药！"

所有的人都瞪住了眼睛。

王满银得意地把头一拐，说："红纸包的都是真药，绿纸包的都是假的！"

的确是这样。当年他从河南人手里买了老鼠药后，自己又用灰土造了些假的。为了区别真假，他造的"药"都拿绿纸包起来；准备真药给周围的熟人卖，假药给外面的生人卖——结果真药还没贩卖完，他就被拉到双水村"劳教"去了……

医生们不管王满银说什么，继续给兰花做诊断。当然，最后的结论是她确实没有中毒。

这下连兰花也笑了。笑了一下后，又哭开了——她为自己还活着而高兴地哭泣。

王满银嘴一咧，也哭开了。

少安跟着医生出了房间，去交诊断手续费。

不一会，兰花就"出院"了。

王满银这会倒又成了个人，对妻弟说："你忙你的去！我和你姐相跟着慢慢回家呀！"

兰花问大弟："猫蛋和狗蛋哩？"

"都在我们那里。先让他们住着……"

少安一看姐姐没什么事，也就放心了，说："那你先回去，我去对面等米家镇过来的班车，到原西城办点事……"

于是，孙少安到石圪节对面的公路上等车去县城办事，王满银就和兰花起身回罐子村。

刚上路，兰花头一句话就问："那个女人哩？"

王满银脸上的青疙瘩都发红了，说："叫少安打跑了……"

兰花也不怕路上的人看见，一头扑在她的二流子丈夫的怀里，哭着说："再不许你把那些女妖精引回咱们家！"

王满银胸脯一挺，保证说："再不啦！"

兰花哭着用两只拳头在他胸脯上狠狠捶了几下，直把王满银打得倒退了几步——这既是恨又是爱啊！没有办法，不论发生了什么事，这个人还是她的男人，也是孩子们的父亲！

王满银现在变得老实起来，他像一只做错了事的小狗，恭顺地跟着妻子回了家。

回到家里，兰花看见丈夫脸肿得快把眼睛都遮住了，便又心疼起他来。她自己不顾伤心和饥饿，先放火烧了点热水，拿毛巾给丈夫敷在脸上……

第二天，兰花又去双水村把猫蛋和狗蛋接回家来；当然，满银可没敢跟妻子上丈人家的门。

猫蛋和狗蛋回家以后，王满银也就把那场风波抛在了脑后。父爱渐渐在他心里复活。他接连几天没有出门，盘腿坐在烂席片土炕上，绘声绘色地给儿女讲述外面世界的各种见闻；两个孩子亲热而崇拜地围在他身边，听得都入了迷。兰花在锅台上忙着给他们做饭，时不时泪眼朦胧地瞥一眼炕上挤成一堆的父子三人。这个女人从来没有感到过像现在这样幸福啊!

石圪节遇集的时候，王满银想起自己卖假手表还赚了不少钱，就引着猫蛋和狗蛋赶了一回集。在集上他见啥给儿女买得吃啥。他给孩子们一人买了一身新衣服；又给猫蛋买了一个书包和一条红领巾，给狗蛋买了一支手枪和一个警察帽。最后，他还破天荒给妻子扯了一身的确良衣裳……哈呀，逛鬼王满银一下子变得这么规矩，就好像太阳从西边出来了!

但没过几天，这个二流子旧病复发，逛性勃起；他屁股一拍，把老婆孩子丢下，又跑到外面浪荡去了……

第三十二章

孙少平没等到过正月十五的灯节，就又离家走了黄原，因此他并不知道罐子村姐姐家发生的事；如果他在，弟兄两个说不定能把他姐夫和那个“南洋女人”踩死哩。

他是临近春节才回到家里的。虽然他的户口落在黄原的阳沟队，但双水村永远是他的家；正如一棵树，枝叶可以任意向天空伸展，可根总是扎在老地方……

当然，他回来并不仅仅是恋念家乡。他一方面是为了和全家过个团圆年，另一方面是想为父亲做点什么事。哥哥已经分家另过光景，他现在成了这面家庭的主心骨。本来，他刚一到家，石圪节公社就邀请他作公社春节秧歌队的指导，他立刻婉言谢绝了——他已对红火热闹丧失了兴致。刚过罢春节，他就忙着跑出去给家里买了一车炭；并且把前半年用的化肥也买好了。这些大事父亲没有能力办；而哥哥正在筹办扩建砖瓦厂，也分不出手来管他们这面的事。

这些事办完后，他就决定很快返回黄原去。一家人劝说他过罢正月十五的灯节再走，但他坚持立刻就动身。他心里着急呀！给家里置办完必需的东西后，身上就没几个钱了。他要赶快到黄原去揽个活干。临走时，他除过留够一张去黄原的车票钱外，又把剩下的钱全给了兰香。妹妹马上升学，需要一笔花费——本来他想多给她留一点，但实在没有了。

家里人并不知道他急于返回黄原的真正原因是什么——他决不能让他们看出他的窘迫……

像往常那样，从黄原东关的汽车站出来后，他几乎又是身无分文了。他在金波那里把铺盖卷一取，就来到大桥头熟悉的老地方。现在他已经很自信，知道凭自己年轻力壮，很快就会被包工头带走的。是呀，他从一切方面看，都是一个老练而出色的小工了！

不出他所料，刚到大桥头不久，他就被第一个来“招工”的包工头相中了。包工头听口音是原西人。一攀谈，没错，是原西柳岔公社的，叫胡永州。少平不知道，这位包工头的弟弟就是原西县“夸富”会上和他哥住在一个房间的胡永合。当然他更不知道，神通广大的胡氏兄弟在这地区有个大靠山——他们的表兄弟高凤阁是黄原地委副书记，因此这两个农村的能人走州过县包工做生意，气派大得很！

少平和几个揽工汉被胡永州带到了南关的工艺美术厂。胡永州正给这家工厂包建新房和职工家属楼；厂房主体已经完成，现在正盖家属楼。

因为回家过春节的揽工汉现在还没大批地返回黄原，因此胡永州现在只招了二十几名工匠，先处理宿舍楼的地基。

二十几个人挤在一个垃圾堆旁的大窑洞里。好在这窑洞有门窗，又生着火，还不算太冷。少平几个人到来时，这窑洞已经挤满了。对揽工汉来说，这里住的条件可以说相当不错；虽然没床也没炕，但地上铺一些烂木板，可以抵挡潮湿。少平勉强找了个地方，把自己的铺盖卷塞下。天气冷，睡觉挤一点还暖和。上面几个公家单位的垃圾都往这窑旁边倾倒，半个窗户都已经被埋住，光线十分暗淡。但谁还计较这呢？只要有活干，能赚钱，又有个安身处，这就蛮好了！少平高兴的是，以前和他一块做过活的“萝卜花”也在这里；两个人已经是老相识，一见面亲切得很！

少平上工的第二天，就是农历正月十五。到了傍晚，黄原城爆竹连天，灯火辉煌，继春节和“小年”以后，人们再一次沉浸在节日的气氛中。古塔山上，彩灯珠串般勾勒出九级高塔的轮廓，十分壮丽。黄原体育场举办传统的灯会，那里很早就响起了激越的锣鼓声，撩拨得全城人坐立不安。

本来，所有的工匠都约好，晚上收工后吃完饭，一块相跟着去体育场看红火。但包工头胡永州对大伙开了恩，买了一大塑料桶散酒，提到他们窑洞来，让大伙晚上热闹一下。工头并吩咐让做饭的小女娃炒了一洗脸盆醋熘土豆丝，作为下酒菜。胡永州看来是个包工老手，很会拿抓做活的工匠。

这点酒菜使所有的人都没兴致再去体育场了！

晚上，二十几个揽工汉围着火炉子，从塑料桶里把散酒倒进一个大黑老碗，端起来轮着往过喝。黑老碗在人手中不停地传递着，筷子雨点般落在放土豆丝的盆子里。

连续喝了几轮后，许多人都有了醉意。一个半老汉脸红钢钢地说：“这样干喝没意思，咱得要唱酒曲。轮上谁喝，谁就先唱一轮子！”

人们兴奋地一哇声同意了。

酒碗正在“萝卜花”手里，众人就让他先唱。“萝卜花”把黑老碗放在脚边，说：“唱就唱！穷乐呵，富忧愁，揽工的不唱怕干球！”他说他不会酒曲。众人说唱什么都可以。“萝卜花”就唱了一首往古社会的信天游。他的嗓音好极了，每段歌尾还加了一声哽咽——

蓝格莹莹天上起白雾，
没钱才把个人难住。

二绺绺麻绳捆铺盖，
什么人留下个走口外？

黑老鸹落在牛脊梁，
走哪达都想把妹妹捎带上。

套起牛车润上油，
撂不下妹妹哭着走。

人想地方马想槽，
哥想妹妹想死了。

毛眼眼流泪袄袖袖揩，
咱穷人把命交给天安排。

叫声妹妹你不要怕，
腊月河冻我就回家……

“萝卜花”唱完后，揽工汉们都咧着嘴笑了。

孙少平坐在一个角落里，却被这信天游唱得心里沉甸甸的。他真惊叹过去那些不识字的农民，编出这样美妙而深情的歌。这不是歌，是劳动者苦难而深沉的叹息。

“萝卜花”唱完后，喝了一大口酒。他自己没笑，把酒碗递到旁边那个瘦老汉的手中。

瘦老汉吃得太多，便把羊毛裤带往松放了放，豁牙漏齿唱开了一首戏谑性的小曲——

初唱刘家沟，
刘家沟又有六十六岁的刘老六，
老六他盖起六十六层楼，
楼上拴了六十六只猴，
楼下拴了六十六头牛，
牛身上又驮六十六担油，
牛后背又捎六十六匹绸，
忽然来了个冒失鬼，
惊了牛，
拉倒楼，
吓跑猴，
倒了油，
油了绸，
又要扶楼，
又要拉牛，
又要捉猴，
又要揽油，
又要洗绸，
哎嗨依呀嗨，
忙坏了我六十六岁的刘老六！

瘦老汉还没唱完，众人就笑得前俯后仰了。等老汉尾音一落，他对面一个二愣小子破开喉咙既像喊叫又像唱——

本地的曲子不好听，
叫咱包头后生也吼上两声！

有人喊叫说："还没轮上你哩！"

有人说："就让这小子吼上两声吧，要不他嘴里痒痒嘛！"

众人都已经喝到了八成，红着脸手指"包头后生"的嘴巴哄堂大笑。

这小子也就醉意十足地咧开嘴巴唱道——

六十六的老刘六下里分，
唐僧在西天里取真经；
取回来真经唐僧用，
捅下了乱子都怨孙悟空！

这小子连编带诌，还蛮有嘴才！

老碗现在轮到一个边乐和边在裤腰里寻虱子的匠人手里。他额头上扣着几个火罐拔下的黑印，嬉皮笑脸地唱道——

人穷衣衫烂，
见了朋友告苦难，
你有铜钱给我借上两串，啊噢唉！
我有脑畔山，干阳湾，
沙蓬黄蒿长成椽，
割成方子锯成板，
走云南，下四川，
卖了钱儿再给老哥周还！

这是一首地道的酒曲，赢得了满窑喝彩声。

酒碗在众人手里摇摇晃晃地传递着，各种调门嗓音一首接一首唱着小曲。炉中的炭火照出一张张醉醺醺的面孔。窑里弥漫着旱烟和脚臭味，叫人出气都感到困难。此时，这些漂泊在门外的庄稼人，已经忘记了劳累和忧愁。酒精在血液中燃烧着，血液在燃烧中沸腾着。有几个过量的家伙已经跑到外面呕吐去了。

窑门突然打开了一道缝，从那缝隙中伸进一个女孩子的脑袋。这是为他们做饭的小女孩，大概只有十五六岁，脸色憔悴而蜡黄，看了叫人由不得心疼。谁也不知道她是从什么地方流落到这个城市的。

小女孩探进头来，大概是看土豆丝还有没有——实际上早已经被吃光了，连盆底上的汤都喝得一滴不剩。

有几个醉鬼看见了她，便喊："再炒上一盆！"

小女孩显然对这个场面有点恐惧，犹豫着不敢进来拿那个洗脸盆。少平看出了她的难处，准备把盆子给她送过去。但这时候那个"包头后生"站起来，醉得东倒西歪往门口走，并且伸开双臂，下流地说："干妹子，让我亲你一下……"

少平忍不住把两只拳头捏了起来。在这个醉鬼通过他身边的时候，他悄悄伸出一条腿，把这家伙绊倒在人堆里，头正好跌进那个洗脸盆中，弄了一脸肮脏。众人在哄笑声中把他推到旁边，他便像死猪一般再也爬不起来。这当口，那个做饭的小女孩赶紧掉过头跑了。

虽然没有菜，但看来这一塑料桶酒喝不完，今夜就谁也别想安生。酒碗继续往过轮；曲子仍然非唱不行。

现在这只叫人恶心的黑老碗又递到少平面前了。以前每轮过来，他不是装着出去小便，就是起来给炉子加煤，躲避着没有喝。这次看来不行了，因为这群醉汉发现少平还没醉，就要强行灌他。少平只好准备喝这酒。但众人还不饶，叫他按"规矩"来。他只好也答应唱一支酒曲。这曲子是在村里闹秧歌时田五给他教的——

一来我人年轻，

二来我初出门，

三来我认不得一个人，啊噢唉！

好像那孤雁落在凤凰群，

展不开翅膀放不开身，

叫亲朋你们多担承，

担承我们年轻人初出门……

唱完酒曲后，他在碗边上抿了一点，算是应酬过去了。但他发现塑料桶里还有不少酒，心想轮到半夜，他也非醉不可；于是假装上厕所，从这窑里溜出来了。

他没有再回窑里去。

他一个人转到街道上，慢慢溜达着消磨时间。刚从暖窑里出来，冷得他直打哆嗦，但头脑倒一下子清醒了。远处，锣鼓声和嘈杂的人声还没有停歇。天特别清亮，星星和月亮在寒冷的夜空中闪烁着惨白的光芒。

孙少平筒着双手走在清冷的街道上，内心突然涌起一种火辣辣的情绪。他问自己：你难道一辈子就这样生活下去吗？你最后的归宿在哪里？

是啊，眼前的一切都太苦了……苦倒不怕，最主要的是，什么时候才能结束这种流落生活而有一种稳定性？这一切似乎都很渺茫。双水村他不可能再回去；尽管这次离家时，哥哥又一次劝他一块合伙经营砖瓦厂，但他还是拒绝了。好马不吃回头草。既然他已经离开了老窝，就决心在外面的世界闯荡下去。要是一辈子呆在双水村，就是发了家致了富，他也会有一种人生的失落感。

可是，他已经安下户口的阳沟，对他来说还是个陌生而不相干的地方；他在那里也许永远不会有立锥之地……

他该怎么办?

他眼下无法回答自己的问题。

只能走着瞧吧!他的年龄还允许他再等待选择的时机。当然,在他的思想深处,退路中的最后一道防线大概还是亲爱的双水村……

孙少平一直在黄原街上转了很长时间,才返回到住地。

他走进垃圾堆旁的那孔破窑洞,醉鬼们都已经躺在了一片黑暗中。窑里充满了热烘烘的臭气和酒腥味。他悄悄爬进自己的被窝,但很长时间仍然没有睡着……

第三十三章

在我们这个星球上，每天都要发生许多变化。有人倒霉了，有人走运了；有人在创造历史，历史也在成全或抛弃某些人。每一分钟都有新的生命欣喜地降生到这个世界，同时也把另一些人送进坟墓。这边万里无云，阳光灿烂；那边就可能风云骤起，地裂山崩。世界没有一天是平静的。

可是对大多数人来说，生活的变化是缓慢的。今天和昨天似乎没有什么不同；明天也可能和今天一样。也许人一生仅仅有那么一两个辉煌的瞬间——甚至一生都可能在平淡无奇中度过……

不过，细想起来，每个人的生活同样也是一个世界。即使最平凡的人，也得要为他那个世界的存在而战斗。从这个意义上说，在这些平凡的世界里，也没有一天是平静的。因此，大多数普通人不会像飘飘欲仙的老庄，时常把自己看做是一粒尘埃——尽管地球在浩渺的宇宙中也只不过是一粒尘埃罢了。幸亏人们没有都去信奉"庄子主义"，否则这世界就会到处充斥着这些看破红尘而又自命不凡的家伙。

普通人时刻都在为具体的生活而伤神费力——尽管在某些超凡脱俗的雅士看来，这些芸芸众生的努力是那么不值一提……

不必隐瞒，孙少平每天竭尽全力，首先是为了赚回那两块五毛钱。他要用这钱来维持一个漂泊者的起码生活。更重要的是，他要用这钱帮助年迈的老人和供养妹妹上学。

他在工地上拼命干活，以此证明他是个好小工。他完全做到了这一点——现在拿的是小工行里的最高工钱。

去年和“萝卜花”一块上那个工时，他曾装得一个字也不识。现在他又装成了个文盲。一般说来，包工头不喜欢要上过学的农村青年。念书人的吃苦精神总是让人怀疑的。

孙少平已经适应了这个底层社会的生活。尽管他有香皂和牙具，也不往出拿；不洗脸，不洗脚，更不要说刷牙了。吃饭和别人一样，端着老碗往地上一蹲，有声有响地往嘴里扒拉。说话是粗鲁的。走路拱着腰，手背抄起或筒在袖口里；两条腿故意弄成罗圈形。吐痰像子弹出膛一般；大便完和其他工匠一样拿土圪塔当手纸。没有人看出他是个识字人，并且还当过“先生”呢。

虽然少平看起来成了一个地道的、外出谋生的庄稼人，但有一点他却没能做到，就是在晚上睡觉时常常失眠——这是文化人典型的毛病。好在别人一躺下就拉起了呼噜，谁知道他在黑暗中大睁着眼睛呢？如果大伙知道有一个人晚上睡不着觉，就像对一个不吃肥肉的人一样会感到不可思议。

是的，劳筋损骨熬苦一天以后，孙少平也常常难以入眠，而且在静静的夜晚，一躺进黑暗中，他的思绪反而更活跃了。有时候他也想一些具体的事；但大多数情况下思想是漫无边际的，像没有河床的洪水在泛滥；又像五光十色的光环交叉重叠在一起——这些散乱的思绪一直要带进他的梦中。

当然，不踏实的睡眠并不影响他第二天的劳动；他终究年轻，体力像拉圆的弓弦那般饱满……

转眼间一个月过去了。

清明之前,天气转暖,大地差不多完全解冻。黄原河岸边的柳枝,已经萌生起招惹人的绿意。周围山野里向阳的坡坬上,青草的嫩芽顶破潮润的地皮,准备出头露面了。

在工艺厂的工地上,干活的人已经穿不住棉衣,一上工便脱下撂在了一边。现在,宿舍楼起了第一层;楼板安好后,开始砌第二层的屋墙。少平的工作是把浇过水的湿砖用手一块块往二层上扔——这需要多么大的臂力和耐力啊!这无疑是小工行里最苦的活;可是他应该干这活,因为他拿的是这一行的"高工资"。

这工地站场监工的是包工头胡永州的一个侄子,他年龄不大,倒跟上他叔叔学得有模有样,嘴里叼根黑棒卷烟,四处转悠着,从早到晚不离工地,指手画脚,吆吆喝喝。胡永州本人一般每天只来转一转,就不见了踪影——他同时包好几个工程,要四下里跑着指挥。晚上他是回这里来住的。胡永州和他侄子分别住在工地旁厂方腾出来的闲窑里。紧挨着的是灶房。做饭的除过那个雇来的小女孩,还有一位六十多岁的老汉,也是胡永州的亲戚;这老汉和胡永州的侄子住在一孔窑里,那个小女孩晚上就单独在灶房里睡觉。其他工匠在这里吃完晚饭,就回到坡下那个垃圾堆旁的窑洞里去了。

工程大忙以后,需要的人也多了。胡永州陆续从东关大桥头又招回一些工匠;同时也打发了几个干活不行的人。

人手一多,一老一小两个做饭的就应付不过来。他们光做饭还可以,但那个老汉还兼管采买,大筐的土豆和白菜,五十斤一袋的面粉,老汉一个人拿不动。胡永州突然决定由少平帮助老汉出去采买东西。对于工匠们来说,这是个轻松活,人人巴不得去干。但胡永州念少平是一个县的老乡,把这好差事交给了他。

少平就像被"提拔"了一样高兴。他现在每天只在工地上干半天活,另外半天就和做饭的老汉一块到街上去采买东西;一天下来,感觉当然比过去轻松多了。

活路稍微一轻松，他突然渴望能看点什么书——算一算，他又很长时间没见书的面了。正月里返回黄原到现在，他也没有去找田晓霞借书，因为他一直装个文盲，借回来书也没办法看。再说，他口袋里空空如也，想专心干活积攒一点钱，好给家里和县城的妹妹寄，根本没心思想其他的事。

就是现在，他也不能暴露他的“文盲”身份。正因为他是个只会卖力气的“文盲”，包工头才信任他，让他去干采购工作。要是胡永州知道他是个学生出身的人，又在他这里清闲得看起了书，说不定马上就会把他打发走。他舍不得离开这工程啊！一天赚两块半工钱不说，现在还不要像其他工匠一天顶到头地出死力。

但读书的愿望一下子变得如此强烈，使他简直无法克制。他思谋：能不能找个办法既能读书又不让人发现呢?

只有一个途径较为可靠，那就是他晚上能单独睡在一个地方。

主意终于有了。他准备和胡永州说一说，让包工头同意自己住在刚盖起的那一层楼房里。虽然那楼房还正在施工，新起的一层既没安门窗，更不可能生火，但现在天气已经转暖，可以凑合；就是冷一些也不要紧，只要一个人住着能看书就行了。

胡永州并不反对他挪地方住——只要你小子不怕冷，就是愿意住在野场地里也和我胡永州球不相干!

孙少平搬到没门窗的楼房后，才想起这里晚上没灯。他就在外出采购东西的时候，捎带着给自己买了一些蜡烛。

条件一具备，他就打算到晓霞那里去借几本书回来。

过罢清明节，少平在一个星期六的傍晚，破例拿出牙具和香皂，偷偷到小南河里洗刷了一番，又换上自己的那身“礼服”，就蛮有精神地去地委找田晓霞。

在地委田福军的办公室和晓霞相会后，晓霞又高兴又抱怨地问他为什么这么长时间不来找她。

少平吞吞吐吐解释了半天。

一段时间没见晓霞，少平吃惊地发现她的个码似乎蹿高了一大截——他一时粗心，没有留意她换了一双高跟鞋。

两个人像往常那样，一块吃了晓霞从大灶上买回来的饭菜，接着热烈地谈论了许多话题。

临走时，晓霞给他借了一本艾特玛托夫的《白轮船》。她告诉他，这是她很喜欢的一本书，是前几年内部发行的；父亲买回来后，她看完就偷偷地占为己有了。

少平打开书，见书前有“任犊”写的一篇批判性序言。晓霞说，那“畜生”全是胡说八道，不值得理睬。

少平很快和晓霞告辞了——既然这本书他的“导师”如此推崇，他就迫不及待地想读它。

回到“新居”以后，他点亮蜡烛，就躺在墙角麦秸草上的那一堆破被褥里，马上开始读这本小说。周围一片寂静，人们都已经沉沉地入睡了。带着凉意的晚风从洞开的窗户中吹进来，摇曳着豆粒般的烛光。

孙少平一开始就被这本书吸引住了。那个被父母抛弃的小男孩的忧伤的童年；那个善良而屡遭厄运的莫蒙爷爷；那个凶残丑恶而又冥顽不化的阿洛斯古尔；以及美丽的长角鹿母和古老而富有传奇色彩的吉尔吉斯人的生活……这一切都使少平的心剧烈地颤动着。当最后那孩子一颗晶莹的心被现实中的丑恶所摧毁，像鱼一样永远地消失在冰冷的河水中之后，泪水已经模糊了他的眼睛；他用哽咽的音调喃喃地念完了作者在最后所说的那些沉痛而感人肺腑的话……

这时，天已经微微地亮出了白色。他吹灭蜡烛，出了这个没安门窗的房子。

他站在院子里一堆乱七八糟的建筑材料上，肿胀的眼睛张望着依然在熟睡中的城市。各种建筑物模糊的轮廓隐匿在一片广漠的寂寥之中。他突然感到了一种荒凉和孤独；他希望天能快些大亮，太阳快快从古塔山后面露出少女般的笑脸；大街上重又挤满了人群……他很想立刻能找到田晓霞，和她说些什么。总之，他澎湃的心潮一时难以平静下来……

本来，这本书他准备在一个星期内看完，想不到一个晚上就看完了。他只能等到星期六才可以去找晓霞——平时她不回家来。

星期六好不容易到了。

这天下午他耐到收工，就匆忙地拿了那本《白轮船》，到地委去找她。

他见到晓霞后，一时倒不想说什么了。他本来急切地想和她谈论看过的书，但他又感到自己很难说清楚。这本书更多的是引起了他情绪上的大波动——一个人是很难把自己的情绪说明白的。真的，这是一种无法用语言表述的感受，因为它太巨大太复杂了！

田晓霞看出了这本书给孙少平带来的震动；她自己也曾被它强烈地感染过。她高兴的是，少平和她一样理解并喜欢这本书。

吃完下午饭，晓霞突然提议他们一块去爬一次麻雀山。

这正合少平的心意。

于是，两个人一同相跟着出了地委大门，向麻雀山走去。

走在路上的时候，少平才有点拘束起来。和晓霞一块呆在房子里说话，他觉得很自然；可是，两个人一块相跟到野外去溜达，他就感到情调有点太温馨——不过，这种温馨是任何一个青年男子都不会反感的！

麻雀山就在地委的后面。他们顺着一道缓坡慢慢向山上走。快到山顶时，晓霞顽皮地离开路径，专意在一些荒地里行走；少平就愉快地迁就她的任性，紧撵着她在没有路的地方向上攀行。

一道土塄坎挡住了去路。少平敏捷地一扑就跳上去了。晓霞立在塄坎下，笑着摇了摇头；然后向他伸出一只手，要让他拉她。少平顿时有点慌乱，脸红得像水萝卜一样。晓霞被他的窘态逗得大笑，手却固执地伸着，非让他拉不行。

少平只好伸出一只颤抖的手，把她拉上了土塄坎。这是他第一次拉一个姑娘的手。他感到自己的那条胳膊僵硬得像条棍子；手掌如同被烧红的铁烫过一般。

到山顶了。两个人在一个地畔上坐下来。

黄原城就在他们眼皮底下。街道上熙熙攘攘的行人像忙碌的蚁群。他们的背后，太阳正在沉落。对面的九级古塔在夕阳中闪耀着光辉，看起来似乎像发射架上的一枚巨型火箭，格外雄伟。初春蓝色的黄原河将城市分割成两半后，弯弯曲曲地流向远方的群山深谷之中……

两个人先顾不上说话，惊奇而兴奋地观赏夕阳晚照中的大自然景象。

城市渐渐沉浸在阴暗中，景物开始模糊起来。黄原河上新老两座大桥首先亮起了灯火；紧接着，全城的灯火一批跟着一批亮了。

这时候，晓霞才转过脸，问少平看过《白轮船》后，有什么感想。

少平断断续续、结结巴巴说了一些，好像也没能把自己的感受充分表达出来。

说实话吧，这会儿他思想不能集中起来！是呀，黄昏中，在一个荒山野地里，单独和一个姑娘呆在一块，使他浑身的血液由不得沸沸扬扬……

内心的骚动让他坐立不安，他索性仰面躺在一片枯草上，两只手垫在脑后，茫然地望着暮色中的天空。天空已经亮出几颗星星。晓霞也就不再出声，静静地坐在离他不远的地方，两只手抱着膝头，凝望着远方的山峦。这是一个美妙的时光。小树林中，归窠的鸟雀扇动着扑棱棱的羽翅。没有风，空气中流布着微微的温暖。春天的黄昏呀，使人产生无尽的遐思和深远的联想，也常常叫人感到一种无以名状的忧伤！

躺在地上的孙少平，不知为什么突然眼里涌满了泪水。他深深地向夜空中吐出一声叹息，嘴里竟然喃喃地念起了《白轮船》中吉尔吉斯人的那首古歌——

有没有比你更宽阔的河流，爱耐塞，
有没有比你更亲切的土地，爱耐塞。
有没有比你更深重的苦难，爱耐塞，
有没有比你更自由的意志，爱耐塞。

晓霞仍然保持着她那雕像似的凝望远山的姿势，接着他轻轻地念道——

没有比你更宽阔的河流，爱耐塞，
没有比你更亲切的土地，爱耐塞。
没有比你更深重的苦难，爱耐塞，
没有比你更自由的意志，爱耐塞。

少平猛一下从地上坐起来。一种强烈的冲动，使他真想伸开双臂，把田晓霞紧紧地抱住！

山下的大街上传来一声刺耳的汽车喇叭的鸣叫。孙少平叹了一口气，抬起软绵绵的胳膊，用手掌揩掉额头上的一层冷汗，对田晓霞说："咱们回去吧……"

晓霞没说话，对他点点头。两个人就沉默地起身下山。山下，繁密灿烂的灯火，组成了一个无比辉煌的世界。

孙少平在南关的大街上和田晓霞分了手，胳膊窝里夹着一本新借来的《简·爱》，就回他那个门户洞开的住处去了。

第三十四章

这些天里，孙少平的日子过得很惬意。上午在工地上干半天活，下午和做饭的老头到街上的自由市场买些菜背回来，也就再没什么事了。他估算了一下，赚的钱已经超出了一百元。一百元钱，不容易啊！对一个揽工汉来说，这可是一笔巨款。钱是好东西，它能使人不再心慌，并且叫人产生自信心。

晚上，别人进入睡梦之后，他就心平气静地躺在这个没门窗的房墙角里，入迷地看书。常常读到书自动从手中跌落，他才迷迷糊糊睡着。

这一天晚上，他看书看到半夜时分，已经瞌睡得连眼皮也抬不起来。他刚刚吹灭蜡烛，正准备睡觉，突然听见上面不远处的灶房里，似乎传来一声低低的、令人恐怖的喊叫。

他在黑暗中猛地挺起身子，支棱起耳朵，静静倾听着。发生了什么事？灶房里只有那个做饭的小女孩睡觉，是不是钻进去了小偷？

半天再没声音了。少平以为是他的听觉的错误——这现象在夜深人静时最容易发生。

他正要重新躺下，却又忽然听见上面传来轻轻的哭泣声。这下他听清楚了，正是那个做饭的小女孩在哭！

他紧张地爬起来，摸索着穿好衣服，悄悄出了房子，蹑手蹑脚摸到灶房门口。

他到这门口时，小女孩的哭泣声还没停。他正紧张地判断发生了什么事，接着便又听见里面传来一个男人的声音：“悄悄的，不敢哭！你再哭，我明天就把你打发了！”

血“轰”一下涌上了少平的脑袋。他听出这是包工头胡永州的声音！

他什么都明白了。他牙咬着嘴唇，浑身索索地抖着，立在灶房门口，不知道自己该怎么办。

这时，他听见那小女孩说：“别打发我，我不哭了……”

少平用一个手指头轻轻顶了一下门。门关着。他的心像是要从喉咙里跳出来。

他在慌乱中又退回到自己的房间，立在黑暗的墙角里，用一只手狠狠地抠着刚砌起的砖墙。

孙少平悲愤地想，胡永州简直不是个人，怎么能损凌这么小的孩子呢？这个叫小翠的女娃娃当那个家伙的女儿都太小了！

这时，他眼前出现了那只美丽慈爱的长角鹿母和它被砍下的头颅；出现了那个小孩以及最后淹没了他的那冰冷的河水深不可测的湖……

他在黑暗中咬牙切齿地想，他要教训胡永州，并且把那孩子从水深火热中搭救出来……

第二天，他一个上午几乎没说一句话。

下午，他推说自己脚腕扭了，也没跟那个老头出去买菜。

他趁没人的时候，走进灶房。

面黄肌瘦的小翠正在无精打采地切菜。

他问这孩子：“你是从哪里来的？”

“原北县来的。”

“家里有些什么人？”

“我妈前年死了。我们家五个娃娃，我是最大的。”

“你爸在吗？”

“在哩。”

“你为什么一个人跑出来揽工？”

“我爸拉扯不了我们，就硬打发我出来了……”

“你想不想回家？”

小翠把刀放在案板上，双手蒙住眼睛哭了。她一边哭，一边说：“我想回，可没赚下几个钱，回去我爸打我……我不想在这里做饭了，我怕主家哩……”

“主家怎啦？”

“天天晚上来欺负我……你看！”这孩子不顾羞耻地一把撩起她的衣服。

少平震惊地看见，她那两个还没有发育起来的乳房，像被野兽抓过一般结着血痂。

他扭过脸，眼里像撒进去一把辣面。

他又一次目睹了人世间的不幸与苦难。

他对小翠说：“你不怕，我给你钱，你明天就回家去吧！”

这孩子嘤嘤啜泣着说：“有钱我就敢回去哩……”

孙少平像一个精神失常的人，两只眼睛迷迷瞪瞪，嘴里说着一些连他自己也不懂的话，向隔壁胡永州住的窑洞走去。

胡永州没有在，门上吊把大锁。

他抬起脚狠狠在门板上踹了一脚。

他回到自己的住处，坐在一堆麦秸里，呆呆地望着墙壁，连下午饭也没去吃。

傍晚的时候，“萝卜花”嘴里叼着个旱烟锅来了。他一进来就问：

“你是不是病了？没见你去吃饭？”

“我没病。”少平摸出一根廉价纸烟，递给“萝卜花”。“萝卜花”就坐在他旁边，把旱烟锅赶紧磕掉，点起了那支纸烟，香得咝咝价吸起来。

“萝卜花”算是个熟人了，少平就把胡永州做的恶事对他说了一遍。

“萝卜花”看来没把这事当个事。他咧着嘴一边笑，一边听少平说。当少平说他准备把自己的钱给这女孩，并打发她回家的时候，“萝卜花”惊讶地跳起来了，说：“你是个憨后生！这是个屁事嘛！哪个包工头不招个女的睡觉？你黑汗流水赚得那么一点钱，这不等于撂到火里烧了？”

“小翠还是个娃娃呀！”孙少平痛苦地叫道。

“娃娃不娃娃和你有个屁相干！再说，女娃一十三……”

少平还没等“萝卜花”说下去，就扬起手狠狠地打了他一记耳光。“萝卜花”一跳从房间里蹿出去，捂着腮帮子一边走，一边嘴里嚷着骂道：“你情愿给你嫩妈多少钱哩！为什么打老子哩……”

第二天上午，孙少平先把自己的铺盖捆扎起来，做好了离开这里的准备。

当他看见胡永州进了他侄儿的窑洞后，就随后跟着撵进去了。

胡永州和侄儿正在一块算账。侄儿看着账本打算盘，胡永州立在旁边给侄儿指点。两个人见孙少平走进来，就停下了。

胡永州问他：“现在正干活，你跑来干啥？”

“我结算工钱。”少平沉着脸说。

“你不上这工了？”胡永州惊讶地问。

“不上了。”

“怎？”

“不怎！”

“是不是另外寻下好工了？”胡永州的侄儿有点讥讽地问。

“这你别管。”

“咦呀，这后生头大了！”胡永州摸了一把串脸胡，咧开嘴笑着揶揄。

“你结算吧！”少平有点恶声恶气地说。

叔侄俩这时才发现少平的脸色很难看。

胡永州一看这个揽工小子气这么粗，简直对他是个侮辱。真他妈的！哪个工匠敢对包工头这样说话哩？这小子倒像个大人物似的，在他面前抖起威风来了！

他对侄儿说：“给他结账！”

胡永州的侄儿看来也不是个省油的灯盏，对少平说：“你大概是嫌这里的工钱少了吧？”他把记工本打开，拨拉了几下算盘，然后把一百多块钱扔到孙少平面前，“走球你的路吧！”

少平硬忍着把钱收起来，冷冰冰地说：“把小翠的工钱也结算了。”

胡永州和他侄儿这下才真正感到了事情有些奇怪，都愣住了。

胡永州脸吊了有半尺长，问：“为什么？”

“你知道为什么！”少平挑衅性地瞟了他一眼。

“咦呀！”胡永州叫道，“这小子狗娃喂成个狼娃了！我念老乡之情，好心待你，让你做的轻省活，给你开的是大工钱，你恩将仇报，却和我过不去！”

“不管说什么，把小翠的工钱结算了！”少平口气强硬地说。

“你是她什么人？”胡永州的侄儿问。

“什么也不是。”

“那你为什么管闲事？”

“我想管！”

胡永州对侄儿说：“别和他磨牙了，你去把小翠叫过来！”

侄儿刚一走，心虚的胡永州便用手在少平的肩膀上拍了拍，咧嘴一笑，说："小伙子，有话好说！"他抽出一支"大前门"烟给少平递过来。

包工头知道这后生抓住了他的把柄。

孙少平用手把纸烟挡开。

胡永州继续笑着，说："你不要走啦！干脆留下和我侄儿一块监工，工资我按大匠工开！"

"我不会再给一个畜生干活了！"孙少平由于气愤，出口骂了起来。

胡永州重新吊下脸来，问："那你准备怎么办？"

"这你不用管。"

"你小子吃了豹子胆啦！你查问一下，看谁能把老子的球毛拔上一根？你知道我靠的是什么人？"

"愿啥人哩！"

"实话对你小子说，我表弟就是地委副书记高凤阁！"

"高凤阁和我球不相干！"少平也粗鲁地说。

"好吧，放开你小子的马跑！"胡永州口大气粗地说。他捉纸烟的手却在索索地抖着。

这时候，他侄儿把小翠领进来了。

胡永州瞪着眼对那个女孩子喝问："你是不是要回去呀？"

小翠吓得连眼皮也不敢抬，说："我回呀……"

"你他妈的！"胡永州伸开手扑过来，准备动手打这个被他征服了的羔羊。孙少平内心的火山即刻爆发了！还没等胡永州走出两步，他就用左手一把扯住他的领口，右手左右开弓，没命地抽打那张干瘦的老脸；然后当面一拳将这个老家伙打倒在后窑掌的脚地上。

胡永州的侄儿这才反应过来，马上扑前去和少平扭打成一团。

倒在地上的胡永州有气无力地对侄儿说："不要打了，算工钱，叫这小子走……”

胡永州心中有鬼，看来不想把事情闹大。

他侄儿只好停住手，骂骂咧咧回到桌子后面，把小翠的工钱结算了——这孩子赚的钱才有五十来块。

少平把钱塞进小翠的破衣服口袋里，引着她从窑里出来，然后又到灶房去帮助她收拾了一下行李。

中午，孙少平拿着他和小翠两个人的铺盖，引着这个不幸的姑娘，离开工艺厂，来到了东关的长途汽车站。

他给小翠买了一张回原北县的汽车票，然后毫不犹豫地把自己的一百块工钱也给了她。他对她说：“你不要再到黄原来了！你年纪小，一个人出门太危险……”

小翠看自己有了这么多钱，高兴地说：“回去我爸肯定不会打我了！”

汽车开走了，那孩子坐在车上兴奋地只顾数钱，给少平连手也没招一下……

现在，这个仗义疏财的揽工汉呆呆地立在车站门口，脚边放着那一卷破烂行李。

他几乎又不名一文了。他此刻才明白他眼下处境的严峻性：他自己没钱，可以凑合；可是在很长一段时间，他将无法帮助父母亲和妹妹。

他该怎么办呢？他愁得低垂下脑袋，在周围沸腾的市声中静静地闭了一会眼。

没有任何办法。只能再到前面的大桥头去，等待另一个包工头来招走他。

他提起那卷破烂行李，迈着两条无力的腿，向那个熟悉的地方走去。

现在，孙少平身上虽然没几个钱了，但他内心还是比较平静的。

他再一次审视了自己的行为，仍然不为此而懊悔。不论怎样，他在铁蹄下挽救了一棵小草。他没想到政法机关去控告胡永州。这不是说他惧怕胡永州的靠山高凤阁，而是他没有精力再去折腾了。一个颠沛流离的揽工汉能够做到的仅此而已。现在，他又要立即为自己的生计而奔忙！

这样，孙少平就再一次来到东关大桥头的劳力市场上。

这是一个永远不萧条的市场。农村已经全部单家独户种庄稼，剩余劳力越来越多。能像他哥一样办个什么厂的人并不多，大部分闲散人只好跑出来揽活干。有的人常年四季外出做活；有的是农闲跑出来揽个半月一月短工，赚两个现钱。农村的吃粮问题现在已经不大，但大部分农民手头都缺钱花；跑出来挖抓几个，总比空呆在家里强。

正因为如此，黄原东关的这个“市场”不仅没有萧条，反而越来越“繁荣”了。从早到晚，大桥四周的空场地和街道两边的人行道上，到处都拥挤着北方各县漫流下来的揽工汉。而围绕这些人的个体户饭馆、货摊、旅社也急骤地向四周膨胀起来。整个东关就像一个吉卜赛人的大本营。另外，从外省来的各色人等也都混迹于这个闹哄哄的场所里。耍猴弄棒的，卖猫贩狗的，行医算卦的；小偷、骗子、乞丐和暗娼，纷纷潜行于其间。出售成衣的摊贩一家挨着一家，一直摆到了长途汽车站附近；五颜六色、花花绿绿的衣服像万国旗一样在春风中飘扬。河南人、安徽人、江苏人、浙江人、广东人……奇装异服，南腔北调，形成了一个奇特而驳杂的大世界。本城居民已把这里称作“黄原的香港”。

孙少平本来对自己揽活很自信，但今天实在不走运，一直熬到下午，他还没有找到“工作”。

临近黄昏的时候，他已经没什么指望了。

怎么办？他一天没吃饭，饿得头晕目眩；身上只留了十来块钱，也不敢轻易花出去。再说，晚上到哪里去过夜呢？

他简直走投无路了。

没有其他办法，看来只能去找他的朋友金波。唉，要不是如此万般无奈，他真不愿意去麻烦金波啊！

又大又圆的落日像一团鲜血浸入了麻雀山的背后。孙少平提起自己的铺盖卷，碰碰磕磕地穿过拥挤的人群，向东关邮政所走去……

第三十五章

金波从青海当兵复员回来后，已经在黄原东关邮政所干了近三年临时工。他虽然不像少平那样为赚几个钱而东跑西颠，但基本上也是个揽工汉。除非让父亲提前退休，他去顶替招工，否则他永远也没指望入公家的门。从表面上看来，他好像是这个邮政所的一员，其实完全是个外人。

这个快满二十三岁的小伙子，小时候就很漂亮；现在虽然个头仍然不算很高，但长得又精干又潇洒。皮肤还像女孩子那样白嫩，一头披散的黑发，一双清澈如水的大花眼，走在街上，常常让陌生的姑娘由不得顾盼。已有不少姑娘对他一见钟情。但侧面一打听，是个临时工，就都遗憾地退缩了。对于大多数在城市有职业的女孩子来说，找对象当然要找有工作的。在城市，没有正式工作，就意味着什么也没有。虽然现在的姑娘们开化了，但婚姻问题上这个最基本的条件很少有人采取无所谓的态度。在中国目前社会里，很多情况下，感情往往并不是男女结合的主要因素，而常常要受其他因素的制约和支配。也许世界上所有的不发达国家，这种现象尤为普遍——如果有例外，那就足可以构成本地报纸的新闻。

但金波现在倒也没什么心思去谈情说爱。他自己也知道，没有正式工作，要在黄原找个如意对象，等于水中捞月。

其实更主要的是，有一位姑娘早占据了他的心——尽管那短暂的瞬间已经过去几年，而且以悲剧的形式结束了。这个早熟青年几年前被爱情的烈火烫伤后，直到而今还没有痊愈。

这秘密已经在他心中深藏已久。本来他很早就想对好朋友少平叙述一番——如果让一个知心人听听，也许能减轻一些他心灵的负重。但每次见了少平，话到嘴边又咽回了肚子里。不是他不信任他的朋友，而是觉得当时的气氛不适于倾诉这样的心事。少平常常有他自己的一大堆困难，需要急于解决，不应该让他硬着头皮听他的浪漫经历。

一个经历了爱情创伤的青年，如果没有因这创伤而倒下，那就可能更坚强地在生活中站立起来。金波正是有了这样的经历后，才成熟了许多。这之前，尽管他父亲是个普通的汽车司机，但在农村的环境中，他的家庭条件就是优越的。这种优越不能不对他的心理产生影响。在童年和少年时期，他不要像他的朋友少平那样为吃饭和穿衣而熬煎。他没有体验过饥饿是什么滋味；也不知道一个人穿着破烂衣服站在同学们中间，自尊心在怎样遭受折磨。他在温暖的小康人家长大，也用小康人家的眼光看待生活和世界。他过去在学校里的一些小小的“惊人之举”，完全出于性格本身所致。

直到在那远离故乡的地方发生过那场刻骨铭心的感情悲剧后，他才理解了人活在世界上有多少幸福又有多少苦难！生活不能等待别人来安排，要自己去争取和奋斗；而不论其结果是喜是悲，你总不枉在这世界上活了一场人。有了这样的认识，你就会珍重生活，而不会玩世不恭；同时也会给人自身注入一种强大的内在力量……

现在，他心平气静地干他的临时工。既不自卑，也不抱怨命运。上班时，他穿上那身洗得干干净净的破烂工作衣，不要命地搬运那些大大小小的邮包，吃苦精神使所有的正式工都相形见绌。他卖力干活不只是怕失掉这只临时饭碗，而是一种内心的要求。在这方面，他的朋友孙少平给了他很大的影响。当然，这样的劳累也有解脱某种内心痛苦的作用。

下班后，他首先做的第一件事，就是用那只白搪瓷缸子，泡一缸茶水静静地坐着喝。即使不渴，他每天也要用这缸子泡一次茶，哪怕面对着茶缸发一会呆呢。这是一只极普通的白瓷缸，上面印着一行“为人民服务”的红字。对金波来说，这只普通的白瓷缸，就是他青春和爱情的证明……

喝完茶水，他把这白瓷缸小心翼翼地放进小柜，就到老桥那面的繁华闹市去溜达一圈。他是个爱讲究的人，上街前总要洗洗脸，把头发梳整齐，换上那身褪色的干净军装和那双雪白的球鞋。

每当穿行于闹市之中，他常常不会留意到姑娘们爱慕的目光。越过一片熙熙攘攘的人群，他看见的仍然是那片绿色的草地，奔腾的马群和那张亲切可爱的粉红色笑脸；耳边也总是传来那支摄人魂魄的歌声……他有时候就旁若无人地满面泪水在街头行走，而不管有多少惊诧的目光在瞧他……

最近一些日子，随着气候渐渐转暖，他的情绪却不知为什么越来越糟糕。奇妙得很！季节往往能影响人的心境。当他看见河岸上一缕缕如烟似雾的柳丝和山湾里那霞光般灿烂的桃花时，一种无限忧伤的感情就涌上了他的心头。他想叹息，想歌唱，想流泪，尤其想和什么人谈一谈他曾有过的幸福和不幸；以及那早已流逝但永远不能忘却的往事……

他很想念孙少平。所谓和别人谈一谈，那就是和少平谈一谈。如果这世界上没有孙少平，他就只能把他的故事连同自己一齐葬入坟墓中。他是那么强烈地希望孙少平出现在眼前。但少平很久没有到他这里来了。他又没地方去找他——谁知他在这城市的哪个角落里呢？

当金波对孙少平的很快到来不抱什么希望的时候，少平却突然出现在了他的面前。他喜出望外地伸开两条胳膊，在少平的肩头用劲搂了搂——他知道这种反常的外露显然使朋友有点惊讶。

他先不问少平的长长短短，马上又动手做了一盆子鸡蛋面片——他知道少平一上他的门，首先需要的是一顿饱饭。

吃完饭后，金波就提议他们一块到黄原河边走一走。少平很乐意地答应了。到了金波这里，少平就暂时忘记了这几天发生的不愉快事。落魄的人只要和朋友呆在一块，心里就会踏实下来。不过，他感到金波今天情绪似乎有些异样。

两个人一路相跟着出了邮政所的大门，穿过东关热闹非凡的夜市，从大桥头斜坡上走下来，一直来到黄原河边。

夜晚的黄原城闪烁着繁星般灿烂的灯火。城市仍然没有安静下来，不过嘈杂声似乎变得遥远而模糊。远远近近的灯光投照在碧波粼粼的河水里，一片明光闪闪。风并不温暖，但很柔和地吹过来，像羽毛在人脸颊上轻拂。

他们沿着河边，慢慢向上游的新桥那里走。少平自到黄原后，第一次这么悠闲地出来散步，心情倒有说不出的美妙。此刻，忧愁和挣扎都退远了，一切都变得如此平静，就像一个刚从火线上下来的士兵，重新回到了和平的环境中。

金波虽然个子比少平低，但尽量用一只胳膊搂着少平的肩膀。两个人手臂相攀着在夜晚的河边上款款而行，看起来倒像一对亲密的情侣。

起先他们都默默无语地这样行走着。后来，两个人坐在了河边的一块大石头上。

朗朗的黄原河水就在他们脚下流淌。河对岸是一片密集的灯火；灯火后面是黑黝黝的麻雀山。弯弯的月牙儿像一柄银镰，悬挂在乌蓝的天空。

金波凝视着满河流泻的波光灯影，轻轻叹息了一声。

“你好像有什么心事？”少平扭过脸看着他的朋友。

“是啊。我很想给你说一说。这是几年前的事了……”金波仍然望着河水，嘴里喃喃地说。

少平静默无言。他似乎感觉到金波要给他说的是什么。

他不再询问了。

金波沉默了一会，便开始给朋友讲述起了他自己的故事。少平一声不吭，静静地听着。

“……我刚复员的时候，你大概听见过传闻，说我和一个藏族女子谈恋爱，叫部队打发回来了。那是真的。你奇怪吗？不奇怪？是啊，有些事看起来奇怪，可是实际上又没有什么奇怪的……

“那年当兵我离开家乡，第一次走了那么远。又坐汽车，又坐火车，真不知道要被拉到什么地方。一直向西，穿过河西走廊，穿过无数的山脉和河流，最后来到了青海。

“我们的部队分散在一片草原上。你知道，我是文艺兵，在师部文工团吹笛子。文工团就和师部住在一起。我们的驻地周围几乎没什么居民点，几十间简易房子孤零零地立在一望无际的大草原上。旁边有一个小小的湖泊，湖边上围着一圈白花花的盐碱。远方的地平线上，是一列绵延不断的山峦，峰巅之上终年戴着雪冠。

“不过，我们的驻地旁边有一个军马场，这使环境稍微有了一些生气。日出的时候，出牧的马群像一团团彩云向茫茫的草原上奔去；日落的时候，又从地平线那边涌涌地漫过来。马的嘶鸣声打破了草原上梦境一般的寂寥。这时候，人的心就不由得激动起来。尤其是我们这些刚来的新兵，在每天日出日落的时候，总要跑出去站在土坯房的屋脊上，观看这壮丽的一幕。到了后来，大部分人慢慢也就厌倦了，在军马场的马群出牧和归牧的时光里，没有人再有兴趣跑出来观看。

“可是我永远对一天中这短暂而美妙的景象着迷。尽管早晨马群出牧的时候我也不再出房间了，可我总不放过观看晚间马群归牧时的那个场面。唉，你没有身临其境，你就无法想象那景象是如何激动人心。那时候，太阳正在西边的地平线上下沉。草原上的落日又红又大，把山、湖、原野都染成了一片绛红。就在这一片绛红色中，归牧的马群在地平线上出现了。起先，那只是一条细细的黑线，在圆圆的红日里蠕动。这条黑线慢慢地变得粗大起来。不久，你的眼前就滚动起一片奔涌的彩潮。马群越来越近，绛红色的草原上像卷起了一团狂风。你感到脚下的土地都被马蹄敲得颤动起来。隆隆的马蹄声伴随着马的警号般的嘶鸣；马鬃像燃烧的火焰似的飞扬。牧马人套杆上的绳圈在空中划出一轮轮弧线。咸水湖上惊起了一片又一片的飞鸟。与此同时，军马场的马驹欢叫着冲出棚栏，去迎接它们的父母亲归来……

“每天傍晚，我总要立在营房的屋脊后面，观看这一幕——这几乎成了我的一个‘保留节目’。

“不知是哪一天，从那远方归牧的马群中，突然传来一个女孩子的歌唱声。那是用藏语在歌唱。虽然听不懂歌词，但我知道唱的是那首有名的西部民歌《在那遥远的地方》。那歌声一下子就迷住了我。说实话，我从来没听过一个人能把歌唱得这么嘹亮和美妙，嗓音如同金属一般辉煌。当然，这副嗓子显然不是调教出来的，完全是一种野腔野调。仅凭她声音的本色，就会使人听得神魂颠倒……

“从此以后，这歌声就再也没有中断。我每天傍晚也不仅仅是去观看马群的归牧了，主要是想去听那迷人的歌声。我的心激动地沉浸在这动人的歌声中，久久地不能平静下来……

“我知道，唱歌的肯定是位藏族姑娘。但她是怎样一个人？我多么想在近处看一眼有如此出色歌喉的姑娘呀！可是我没条件去接近她。军马场有不少藏族姑娘，你知道，部队纪律严，我们不能随便去那里……从此，一种渴望便强烈地折磨着我……

“后来，我突然想出了一种‘接近’那姑娘的方法。每天当她在远处唱完那首歌时，我就站在营房后面的高处也用汉语唱一遍这首歌。我想她也会听见我的歌声的，你知道，我的嗓音还不错……

“就这样，她唱完，我就唱，每天都是这样。

“那天傍晚，我像往常那样立在营房后面，终于又听见了她的歌声。可是叫人奇怪的是，这一天她只唱了一段就不唱了。她从来都不这样！她每次总是连着一口气唱完这首歌的全部四段……百灵鸟啊，你的歌喉为什么要停歇？

“我不知出于什么原因，在纳闷中突发奇想：她会不会是等待让我唱第二段呢？

“尽管这种想法是如此荒唐，但我还是不由自主地想试探一下。我甚至可笑地想，如果我的猜想是正确的，那么我唱完第二段，她就会接着唱第三段的……

“我就这样试了。奇迹出现了！我唱完第二段后，她便立刻唱起了第三段。我的心狂跳不已，泪水刹那间就涌满了眼睛。等她唱完第三段，我便又唱了第四段……

“那天以后，我们就用这歌声‘交往’起来。一人一段，就像电影里少数民族谈恋爱的青年一模一样。每天我几乎总是流着泪和这位没见过面的藏族姑娘‘对歌’。时间在一天天过去，我想和这位姑娘见面的渴望越来越强烈。我晚上睡不着觉，白天吃不进去饭，演出时老出差错。我每天都等待着傍晚的到来；并渴望着在某个时候和她见面……

“我实在不能忍受了！有一天，我终于冒着风险，一个人偷偷溜出营房，在马群进场之前，飞跑着来到军马场的外面，和那位藏族姑娘见面了。她和我想象的完全一样，红红的脸庞，黑黑的发辫，一双眼睛像黑葡萄似的扑闪着，露出一排白牙齿憨憨地对我笑。

“我们立在军马场外面的草地上，相对而视。我不由得哭了。她用厚墩墩的手掌为我揩着脸上的泪水，激动地说着什么。但是，她说什么我听不懂，我说什么她也听不懂，互相急得用手乱比划。但两个人都知道对方在说什么。她扑在了我的怀里；我紧紧抱住了她。那时世界上一切都不存在了……

“但实际上什么都存在着。这时，军马场的政委突然出现在了我们的面前。于是，一切都结束了……

“我很快复员了。我违犯了军纪，应该受到惩处。好在部队也没给什么处分。

“临走的前一天，我倒不再顾忌什么了。我跑到军马场去找我心爱的姑娘。我要下决心带着她回到咱们家乡来。

“可是，我没有能见到她。她被调到另一个军马场去了。她将一只公家发的白搪瓷缸留给这里的一位同伴，让她转交给我。

“我在生人面前强忍着没有哭出声来……最后，我把自己那支最心爱的竹笛留给了她……

“……这样，我的爱情就算完结了。少平！直到现在，我连她的名字都不知道叫什么呀！”

金波从石头上站起来，几乎出声地哭了。

少平也站起来，一把抱住了他的朋友……

城市的灯火渐渐稀疏了。黄原河闪着暗淡的波光，深沉地喧响着从他们面前流过。岸边的树丛里，鸟雀在睡梦中呢呢喃喃……

很久以后，金波和少平才一个搂着一个的肩膀，返身从河边上慢慢往回走。

春夜是如此寂静。

第三十六章

两天以后，孙少平总算又找到了“工作”，就从金波这里离开了。

少平走后，金波也就迫使自己恢复了正常，像以往一样忙碌起来。他现在的心情稍稍有所平伏，因为终于有一个人倾听了他内心的苦痛。往事不会像烟雾似的飘散，将永远像铅一般沉重地浇铸在他心灵的深处。不过，日常生活的纷繁不会让人专注地沉湎于自己的不幸。即使人的心灵伤痕累累，也还得要去为现实中的生存和发展而挣扎。

对于金波来说，他不能安于在邮政所当一名搬运邮包的临时工。他的理想并不远大，只是想当一名汽车司机。他梦想有一天自己能正式开车，让他的生活和心灵随着车轮在大地上飞腾。他最怕过一种安宁日子，把自己的精神囿于痛苦的内心世界。

但他学开车是很困难的。他不是正式工，因此没资格上公家的车。只好相隔一段时间，他假装回家或请假干别的事，才出来偷偷跟父亲学几天。

虽然这样时断时续地学，但他实际上早可以独立开汽车了。每当跟父亲外出时，路上都是由他来驾驶。只是临近城市的公路监理站，才把方向盘交到父亲手里。这当然是违章行为。但这类事也许永远不可能从公路上杜绝。

少平走罢不久，金波有点烦闷，很想再跟父亲外出跑一回。刚学会开车，有一种瘾，过段时间不摸方向盘，简直难以忍耐。另外，给少平叙说罢自己的心事，很想出去散淡两天——这心情就像大病初愈的人想到户外去走一走一样。

这一天，他好不容易跟父亲上路了。

像往常一样，出黄原城不久，父亲就把车停在路边。两个人换了一下座位，他便接替父亲驾驶汽车，从公路上飞驰起来。他异常兴奋，那种把自己的身体和飞奔的汽车完全融为一体的快感是外人难以知晓的！

金俊海坐在儿子身边，一边抽烟，一边机警地注视着前方，看来随时都准备为儿子排除紧急事故。他是个容貌和内心都很和善的人，不像有些山区的汽车司机那样傲气十足。多少年来，他在公路上没出过什么大差错，年年都能在单位上领一张奖状。大半辈子了，无论是他本人还是他的家庭，日子过得都很平静。作为一个普通汽车司机，生活虽然不很富裕，但也不紧巴；老婆娃娃吃穿不缺，家里的木箱里面，还常压着千儿八百的积蓄。

但金俊海现在心里却有了大熬煎。他发愁儿子的工作。他知道，儿子不愿回双水村劳动。他也舍不得。可是他又有什么能耐给他在黄原找工作呢？幸亏他在单位上人缘好，要不金波的临时工也怕干不了几天，就让单位上打发了。可是“临时”下去怎么办呀？这总不是个长远之计。

惟一的办法就是他提前退休，让金波顶班招工。可是儿子不让他这样做。想想也是，他今年还没满五十岁，闲呆下也的确不是个滋味。但不这样做，儿子的前程眼看要耽搁了！

多少日子来，他白天黑夜都在为此而发愁。

现在，他不由得又和儿子说起了这件事。他一边两眼盯着挡风玻璃外的公路，一边咄咄讷讷说：“我看还是让我退了职，你顶我的班。”

“你怎又说这事……”金波放慢了车速。

“要不你怎办呀？”

“我慢慢想我的办法。”

“你还是听爸爸的话。你已经二十三岁，没时间拖了……”

“再等一等看。”

“要是公家政策变了，不再让顶班招工，这就麻烦了！”

金波不再言传。

父亲的这个提醒倒使他一惊。是的，中国的这类政策常常说变就变，往往一夜之间赶不上趟，就把人的命运改变了。

但他的确不忍心从父亲手里把方向盘夺过来。对于一个有血性的青年来说，自己无力谋生，靠剥夺父亲在这个世界上活着，即便不是堕落，那也实在脸上无光。

过了好一会，他才对父亲说：“再等一等看吧！”

金俊海叹了口气，说：“还能等出个啥结果来……”

午饭之前，父子俩就到了双水村。

他们把汽车停在田家圪塄这面的公路上，就蹚过东拉河，回金家湾那面的家里去吃饭。这趟车的终点在沙漠中的一个城市里，通常到双水村后，金俊海就留在家里，由儿子一个人去完成这趟公差。如果单位上知道金俊海如此不忠于职守，恐怕他年终那张奖状是领不成了。生活中的好人也常常干这种错事。

吃过午饭后，金波就一个人开着车继续向北行驶。

越往北走，大地就越荒凉。山脉缓坦起来，人烟村舍逐渐稀疏了。临近黄土高原另一个地区所在地的城市时，已经出现了沙丘。穿过这座塞上古城，越过秦时残断的古长城线，黄土几乎完全消失了，展现在眼前的是一望无际的大沙漠。

公路在弧线优美的沙丘中蜿蜒曲折地伸展，路面常常被沙子掩埋，甚至都看不清路迹了。在沙漠中行车是十分令人痛快的。尽管路面不好，但车辆少，不要担心撞碰。即使乱跑，也没什么大危险，柔软的沙丘不会碰坏汽车的。

一到沙漠上，金波就感到心情无限地舒展起来。视野的开阔使他想起一望无际的青海大草原。在他看来，那无边的沙丘不是静止的，而像滚动的潮头汹涌而来；这也使他想起了草原上那奔腾的马群。太痛快了！几十里路上碰不见一辆车，也看不见一个人。他漫不经心地开着车穿行在这波山浪谷之中，嘴里由不得“哇哇”地乱喊乱叫，或放开嗓门唱几段子歌。在夏季的时候，他还常常把车停在沙漠中的一个小海子边，脱得一丝不挂，跳到水里去游泳；游完，再把身上所有的衣服都洗了，晾在草地上，自己赤裸裸地躺在沙丘上晒太阳；望着蓝天上悠悠的白云，无限止地回想那个遥远的地方和那个不知去向的姑娘……

春天的沙漠依然和冬天一样荒凉。天地被风沙搅成灰漠漠一片。太阳像一面水银剥落的破镜子。没有花朵，没有绿色，所有的海子上都漂着大块的浮冰。

金波开着汽车，在这条既熟悉又陌生的道路上颠簸着行驶。天已经接近黄昏。远处隐约地出现了一个黑点。那看来是辆汽车。好稀罕！半天才碰上一辆。但那个黑点似乎一直没有移动。毫无疑问，这辆车“抛锚”了。车坏在沙漠里可是件头疼事，能把人活活急死！按照惯例，沙漠里所有过路的汽车，都有责任帮助一辆不能动弹的汽车——这是严酷的环境迫使人遵从的一条准则；因为谁都可能碰上这种倒霉事！

金波把车开到这辆坏车处，就停了下来。

下车以后，他才惊讶地看见，原来这辆车是李向前和润生开的——这可碰了个巧！

润生和他姐夫在困境中看见他，就像看见了援兵，亲热地过来拉住了他的手。

“哪儿坏了？”金波问向前。他和向前不熟悉，但认识，也知道他和润叶姐过不到一块的事。

“还没找见毛病……可能是油路出了毛病。”向前搓着两只肮脏的手，着急地说。

金波虽然是个新手，但不管行不行，也就过去和他们一块寻找起“毛病”来了。

三个人一直弄到半夜，才把向前的车修好。他们都已经很累，就决定先在驾驶楼里迷糊到天明再走。

向前拿出一瓶酒，硬要和金波喝一轮子。润生不喝酒，就先到金波的驾驶楼里睡觉去了。

金波和向前两个人坐在这面的驾驶楼里，嘴对酒瓶子，一人一口喝起来。驾驶楼外面，遒劲的蒙古风在吼叫着。大地虽然不是一团漆黑，但什么也看不清楚。两个人静静地喝着酒，醉眼朦胧地透过挡风玻璃，望着外面混混沌沌的荒野。

“你成家了没？”向前灌了一口烧酒，长长地吹了一口气，问金波。

“没。”金波捉住向前递过的酒瓶，也灌了一口。

“有没有对象？”

“没。”

“没了好……女人啊……”向前灌了一老口酒。

金波沉默地仰靠在椅座上，感到胸口烧烘烘的。

“女人是酒，让你迷迷糊糊……”向前也确实有点迷糊了。“女人又是水，像中学化学书上说的，无色无味无情无义……”

金波仍然沉默不语。

向前又灌了一口酒，摇晃着身子说：“没女人好……你看我，被女人折磨成个啥了！虽然结婚几年，除过脸上挨过女人的一记耳光，还不知道女人是个啥……我一年四季跑啊，跑啊，心里常想，什么时候，我跑累了，回到家里，睡在老婆身边……唉，现在这样活着，还不如死了……”

金波也有点晕乎起来，说：“天下女人多的是，还没你个老婆？你为什么不离婚？”

“离婚？”向前吃力地扭过脸，瞪着一双被酒烧红的眼睛，莫名其妙地看着金波。“你说叫我离婚？我死也不离！为什么不离？因为除过润叶，我谁也不爱！我就爱润叶！”

“人家不爱你，又有什么办法！”

“她不爱我，我也要爱她！”

“那就受你的罪去吧！”金波灌了一口酒，又把瓶子递过去。

向前困难地接住瓶子，嘴没有对准瓶口，烧酒在老羊皮袄的襟子上洒了许多。

他勉强把那口酒喝到嘴里，手摸了一把红钢钢的脸，提起瓶子在耳朵边摇了摇。听见还有酒。他手抖着又把瓶子递给金波，说：“要说受罪，嘿嘿，那你老哥真是受坏了！有时候，我一个人开车，一边开，一边哭。开着开着，就不由踩住刹车，跳出驾驶楼，抱住路边的一棵树。我就把那树当做我的老婆，亲那树，用牙齿咬树皮，咬得满嘴流血……兄弟，你不要笑话。你年纪小，没尝过这滋味。人啊，为了爱一个人，那是会发疯的呀，啊嘿嘿嘿嘿嘿……”向前说着，便咧开嘴巴哭起来。

这时候，金波才有点慌了。他想用手拍拍向前的肩膀，安慰一下他，但身不由己，胳膊软绵绵地抬不起来。他也八成了！

向前竟然打开车门，绊绊磕磕走到了外面。金波撵下来，要拉他，但向前使劲把他甩在一边。这个痛苦的醉汉在沙地上爬了几步，就破着嗓子嚎哭起来。金波瘫软地倒在他身旁，试图往起拉他，但怎么也拉不起来。风呜呜地吼叫着，沙子打得人连眼睛也睁不开。在风的怒号中，向前的哭声听起来像猫叫唤。沙漠在暗夜里如同翻腾的大海，使人感到惊心动魄。

酒精同样在金波的身上熊熊地燃烧着。他索性不再往起拉向前，自己摇摇晃晃站起来，在昏天黑地里，放开嗓门唱起了那支青海民歌——动荡不安的大自然也煽起了他内心的风暴。

在这样一个狂风怒号的夜晚，在荒无人烟的大沙漠里，这两个喝醉酒的男人，为了他们心爱的女人，一个在哭，一个在唱。在正常的环境中，人们一定会把这两个司机看做是疯子。可是，我们不愿责怪他们，也不愿嘲笑他们。如果我们自己有过一些生活的阅历和感情的经历，我们就会深切地可怜他们、同情他们，并且也能理解他们这种疯狂而绝望的痛苦……

在这风声、哭声和歌声之中，躺在另一个驾驶楼里的田润生心缩成了一团。他实际上一直没有睡着。他知道姐夫为什么而哭；他也明白老同学金波为什么而唱——他早就听说过金波当兵时和一个藏族女子谈恋爱，被部队提前复员了。此刻，他自己的眼里也忍不住涌满了泪水……

和少平、金波同年等岁的润生，也已经长大了。凡是成人的痛苦他都能体会和理解。就说姐夫吧，尽管他从不在他面前提说他姐的事，但他知道姐夫和姐姐的婚姻非常不幸。在这件事上，他的同情心完全在姐夫一边。他在心里恨他姐姐。两年多来，他跟着姐夫学开车，姐夫不管姐姐如何对他不好，都像亲哥哥一样看待他。姐夫真是个忠厚人，不仅对他们家，就是对世人，都有一副好心肠。有时候在路上，碰见一些孤寡老人，他总要把车停在路边，问这些人去什么地方，然后便让他们上车来。如果是他驾驶车，姐夫就自己爬到上面的车厢里，让这些老人坐在驾驶楼里。他常对他说，人活在世上，就要多做点好事；做了好事，自己才能活得心安……姐夫不仅教会他开汽车，还给他教了许多活人的道理。他的心里敬重姐夫。他根本不能理解，姐姐为什么不和这样一个好人在一块过光景呢？

现在，他躺在这个驾驶楼里，听着外面的哭声和歌声，心像无数利爪在揪扯。这一切深深地震撼了他的灵魂。别人的痛苦感染了他，他也很痛苦。痛苦啊，往往是人走向成熟的最好课程。是的，许多原来含糊不清的东西，今夜他似乎豁然开朗！

一种男性的豪壮气概在田福堂这个瘦弱的儿子身上苏醒了。他“腾”地从驾驶楼里坐起来，脑子里开始盘算他应该干些什么。是的，他已经是一个二十三岁的后生，怎么还能这么窝囊呢？他难道就不能给痛苦的姐夫帮点忙吗？好，他应该立刻到黄原去找姐姐，和她好好谈一谈——他要让姐姐爱姐夫！

田润生坐在驾驶楼里这样大胆地想着，心在胸膛里狂跳不已。他也不准备去劝说那两个醉汉——让他们哭吧，唱吧；现在也许只有这样，他们的心里才能痛快一些！

第三十七章

田润叶的生活眼下仍然没有什么改变。

虽然她已经是个成了家的妇女，但实际上一直单身一人过日子。

这样的日子已经过了几年。

她似乎“习惯”了这种处境；最少在生人看来，她的一切都是正常的。她忙碌而勤恳地工作着，并抓紧时间读些书，以弥补小学教师转为干部后知识上的欠缺。

只是除过工作，她很少有什么另外的生活。她不爱和别人一块说笑，甚至也很少到她的朋友杜丽丽那里去玩。几乎不看什么电影，因为像她这样年龄的妇女上电影院，总是有男人陪伴的，她不愿去那里受刺激。再说，现在的电影大部分是爱情故事——无论这些故事的结局是好是坏，都会让她浮想联翩而哭一鼻子。

下班以后，除过有时过去帮二爸收拾一下办公室，她总是呆在团地委她自己的办公室里。当然，这是很寂寞的。一个人长时间悄悄钻在四堵墙里面，就像个土拨鼠。唉，她还不如徐国强爷爷，老人家虽说寂寞，还有一只猫在身边做伴。她总不能也养一只猫吧？

她就一直这样生活下去吗？她难道不能改变一下自己的境况吗？她为什么不离婚？她为什么不去寻找自己的幸福？在这么大的

黄原城，难道不能再有一个她满意的男人？她是不是一辈子就要过这种修女式的生活了？

一切都说不清楚……对于有些人来说，寻找幸福是一件不容易的事，摆脱苦难同样也不容易。

田润叶在很大程度上没勇气毅然决然地改变自己的命运。而且随着时间的增长，包围她的那堵精神上的壁垒越来越厚；她的灵魂在这无形的坚甲之中也越来越没有抗争的力量。一方面，她时刻感到痛苦像利刃般尖锐；另一方面，她又想逃避她的现实，尽量使自己不去触及这个她无法治愈的伤口……

但既然伤口仍旧存在，疼痛就不可排解。她的生活实际上还是全部笼罩在这件事的阴影中。

问题明摆着，她和心爱的人孙少安之间的事早已经完结了。自少安结婚以后，几年来，她都没有再见过他的面。她只是从少平嘴里知道，少安正在办砖厂，光景日月比以前强多了。她还知道，他已经有了一个孩子……当然，这个男人永远不可能从她的心灵中消失。在她二十八年短短的生命历程中，他是她全部幸福和不幸的根源。原来她爱他；现在这爱中又添加了一缕怨恨的情感。本来啊，在这爱与恨之上，她完全有可能为自己重建另一种生活。遗憾的是，她却长久地不能超越这个层次……

但是，润叶的可爱和我们对她的同情也许正是因为这一点。如果她能完全掌握了自己的命运，像新近冒出来的一些“女强人”或各方面都“解放”了的女性那样，我们就不会过分地为她操心和忧虑了。我们关怀她，是因为她实际上是个可怜人——尽管比较而言，也许她的丈夫李向前要更可怜一些。

其实，润叶自己也不是想不来李向前的处境，只不过她很少考虑这个人的不幸。正是这个人使她痛苦不堪。名义上她是他的妻子，实际上他对她来说，还不如一个陌生人。从结婚到现在，她和他不仅没有同过床，甚至连几句正经八百的话也没有说过。但有一点她很清楚，所谓的婚姻把她和这个人拴在一条绳索上，而解除这条绳索要通过威严的法律途径。本来这也许很简单,可怕的是,公众舆论、复杂的社会关系以及传统的道德伦理观念，像千万条绳索在束缚着她的手脚——解除这些绳索就不那么简单了。更可悲的是，所有这些绳索之外，也许最难挣脱的是她自己的那条精神上的绳索……

润叶只好这样得过且过地生活着。无论是她所爱的那个人和她所不爱的那个人，她都迫使自己不要去想起他们。

但这也不可能。有关这两个男人的消息不断传进她的耳朵，让她的心灵不能安宁。尤其是李向前，能把她活活气死。她早听说他把她弟弟润生带出村子，教他学开汽车；这个人还不时给她家里帮这帮那，为她的两个老人干各种活。她为此而在心里埋怨过父母和弟弟。可这又有什么办法？他是她弟弟的姐夫，也是她父母亲名正言顺的女婿！

她根本不能理解那个李向前。她对他这么不好，他为什么还去干这些献殷勤的事呢？

没有其他理由可以解释。向前这样做，是要感动她。但这恰恰引起她对他更为深刻的反感。一个女人如果不喜欢一个男人，那这个男人就左也不是右也不是——我们可怜的向前所处的就是这样一种境况。

唉，事情到了这样的地步，我们真不知道在这两个人之间倒究该同情谁！也许他们都应该让我们同情；如果我们是善良的，我们就会普遍同情所有人的不幸和苦难。

但事实仍然是，不管李向前在双水村润叶的娘家门上怎样大献殷勤，黄原城里的润叶本人却一直无动于衷。她尽量把这些烦恼置之度外，努力使自己沉浸在日常琐碎的本职工作中。

她在团地委的少儿部当干事。这工作通常都要和孩子们接触。

和天真烂漫的儿童呆在一起，既让她心神欢愉，又常常让她产生某种伤感的情绪。她多么想把自己也变成无忧无虑的孩子，再一次回到梦幻般的童年去，而且永远不要长大——瞧，长成大人，有多少烦恼啊！

有时候，她又忍不住难受地想，如果她的婚姻是美满的，她现在也应该有个小孩了——她已经二十八岁。

这样想的时候，她的眼里往往就盈满了泪水。她有个小孩多好啊！孩子会把她心灵中的创伤慢慢抚平的……可是，没有男人，哪来的孩子呢？

她只能为此惨淡地一笑。

这天上午，她去黄原市第二中学参加了一个大会——会议表彰一位抢救落水儿童的青年教师，书记武惠良带着团地委各部门的人都去了。

中午回来，她在机关灶上吃完饭，就像通常那样躺在办公室的床上看书。

她听见有人敲门。谁呢？现在是午休时间，一般没有人来找她。

她拖拉着鞋把门打开：呀，竟然是弟弟润生！

润叶太高兴了！

她很长时间没见润生，润生好像个子一下蹿了一大截，连模样都变了。

弟弟还没坐下，她就张罗着要给他去买饭。但润生挡住了她，说他已经在街上吃过了。她就忙着为他泡了一杯茶，又拿出一堆带壳的花生和几个苹果，摆了一桌子。她记得她桌斗里还有老早时买下的一包好烟，也搜寻着拿出来放在了润生面前。

“你坐班车来的？”她问弟弟。

“我开车来的。”润生说。

润叶心一沉。她马上想，是不是向前也一同来了？如果他来了，会不会来找她？

她立刻下意识地朝房门口瞥了一眼，似乎李向前随时都可能走进这间房子来。

“你已经学会开车啦？”润叶终究因此而为弟弟高兴。

“会了。”润生心事重重地抿了一口茶水。

“爸爸和妈身体怎样？”润叶转了话题。

“妈好着哩，爸爸还是老毛病，经常咳嗽气喘。”

“那你为什么不带他到黄原来检查一下？”

“我说几次了，他不来嘛。”

“你下次一定要说服他来！”

“嗯……”

再说什么呢？润叶很不愿意和弟弟说开汽车的事。说起汽车，就可能要说起李向前。尽管她和向前的关系是这么难肠，但她不愿让弟弟参与这种事。在她看来，润生还是个孩子，不应该让他了解这种痛苦。一个家里这么多人痛苦已经够了，何必把弟弟也扯进来呢？他或许能感觉来她和向前的关系不好，但他大概不会深刻理解这种事的。再说，他现在跟向前学开车，如果知道得太深，会影响他。既然事情已经到了这一步，那么，她和向前的关系、弟弟和向前的关系，就应该是两个“双边关系”，而不应该弄成“多边关系”。她现在倒也不反对，更不干涉弟弟跟向前学开车了。

“那爸爸一个人能种了庄稼吗？”润叶只好继续把话题引到家里。

“那是个硬性子人……活忙了，我也上手帮助他……”润生点了一支烟。

“家里还有没有其他困难？”

“也没什么。爸爸让你不要经常往家里寄钱。我要是出去时间长了，就是吃水有些不方便，爸爸担水气喘得不行……烧的没什么问题，我姐夫每年开春都送一两吨炭，一年下来也烧不完……”

润生终于提起了李向前。这使润叶很不自在。

她赶忙低下头为弟弟削苹果。

润生吃苹果的时候，她才又问他：“你到黄原来拉货？”

“不是……”

“那你……”

“我就是来找一下你。”

“你一个人开车来的？”

“一个人。我姐夫回原西城办些事，没来。我已经考上驾驶执照了。”

又是“我姐夫”！

润生吃完一个苹果，又点起一支烟，说：“姐姐，我来找你，想说一些事……”

润叶看着弟弟，不知他要说什么事。她从弟弟的神态中，猛然觉察到，他已经完全是一副大人的架势。

润生也成大人了？这个发现倒使她大为惊讶。在她的眼里，弟弟永远是一个瘦弱的、性格绵和的小孩。

润生话到嘴边，看来又有些犹豫。

她就赶紧问：“什么事？”

“就是……你和我姐夫的事。”润生说了这句话后，他自己的脸先涨得通红。

润叶把头扭到一边，静静地看着对面的墙壁。她想不到弟弟真的成了大人，竟然和她谈起了这件事！

她也没转脸，继续看着墙壁，问：“你就是为这事跑到黄原来的？”

“是。”

“是李向前叫你来的？”

“不是！是我自己决定来的……姐姐，你不能再这样对待姐夫了！我姐夫是个好人，你应该和他一块好好过日子！”润生显然有些激动，两只手在自己的腿膝盖上神经质地捏抓着。

润叶一时不知该对弟弟说什么。几年来，这是第一次有人和她正面严肃地谈论她和向前的关系。她感到很突然。她更想不到是自己的弟弟来给她做工作！

她静默不语。但脸也涨红了。

“姐姐，你不能再这样了！本来，这话不应该由我给你说。但我想了又想，觉得应该给你说。姐姐，我从小到现在，一直在心里尊敬你，因此我不愿意看见你受苦。我也不愿意再看见我姐夫受苦了。前几年我年纪小，不太明白你和我姐夫的事。自从我跟姐夫学开车，才慢慢明白了。姐姐！你根本不知道我姐夫怎样痛苦。他常一个人偷着哭。原来他既不抽烟也不喝酒，可这两年常一个人借酒浇愁，喝醉了，就伤心地哭一场。我担心，他有一天要把汽车开到沟里去……你为什么不理他呢？”

润叶在心里说：你能明白吗？

“姐姐，我知道你看不起我姐夫！其实，世上像我姐夫这样的人也不多。他能吃苦，待人诚恳，心也善，对咱老人孝顺，对我就像亲弟弟一样看待。你还要人家怎样哩？你没和人家一块过光景，为什么就看不起人家呢？咱们倒是些什么了不起的人嘛！再说，这样下去，不仅苦了别人，也苦了你自己！”

润生说得头头是道，这使润叶联想起了她父亲。想不到父亲的一片嘴才也给润生遗传了不少。这再一次使她对弟弟大为惊讶。

是的，不能再把润生当小孩看待了。想想也是，他已经满二十三岁。她在他这个年龄，不是也明白了许多事理吗？

但她怎样给弟弟说这事呢？说他说得对吗？说他说得不对吗？

唉，傻孩子，你自己没有遭遇这种事，你怎能理解姐姐的难肠呢!

不过，弟弟既然以大人的姿态和她严肃地谈论这件事，她就不能刺伤他的自尊心。说实话，她此刻心里倒为弟弟的成长而感到十分高兴。不管她今后命运如何，她在这个世界上又多了一个依靠。

她仍然没好意思扭过脸看弟弟，怔怔地望着墙壁说：“你说的话我都听下了。姐姐的事得姐姐自己解决。你还是好好开你的车。既然向前对你好，你就好好跟上他学本事……”

“姐姐！”润生痛苦地叫道，“我看见你和姐夫打别扭，心里不好受！你还是听我一句话，和姐夫一块过光景吧！你现在这个样，我和咱老人都在双水村抬不起头！你在黄原你不知道，双水村谁不在背后议论咱们家！你知道，爸爸是个好强人，就因为你和姐夫的事，他的脸面在世人前都没处搁了！妈妈一天急得常念叨，头发都快全白了。你不要光想你自己，你也要为家里的老人着想哩！”

润生的话使润叶感到无比震惊。她回过头来，见弟弟的眼里噙着泪水……

啊啊，事情竟然如此严重！可是认真想一想，这一切的确是真的。刹那间，润叶一直红着的脸苍白得没有了一点血色。

她走过去，手搭在弟弟的肩膀上，半天不知该说什么。

外面的楼道里传来一阵尖锐的电铃声。

上班的时间到了。

她对弟弟说：“我先给你去找个住处。”

润生站起来，说：“今天我还要赶回原西去装货，明天一大早，我和我姐夫去太原……”

润叶怔了一下，说：“你现在就走呀？”

“噢。”

“……那我去送你。”

于是，姐弟俩就相跟着出了团地委，走到小南河边的停车场。

一路上，他们都没有再说什么。两个人的心里各自都在七上八下地翻腾着。

润叶一直看着弟弟的汽车开出停车场，过了黄原河老桥，消失在东关的楼房后面……她叹了一口气，立在停车场大门口，望着明媚春光中的城市，怔怔地发了好一会呆。

第三十八章

田润生开着汽车离开黄原后，一路上心情仍然难以平静下来。这个瘦瘦弱弱的青年驾驶这个庞然大物看起来倒很自如；但要驾驭生活中的某些事，对他来说还是力不从心的。

他怀着青年人火热的心肠，从远方的沙漠里赶到黄原城，试图说合姐姐与姐夫破裂的感情。鉴于他的年龄和他在那两个人之间的位置，这举动无疑是有魄力的。仅从这一点看，他就无愧是强人田福堂的后代。

说实话，连润生本人也对自己的行为有些诧异。这种岁数的青年往往就是如此——某一天，突然就在孩子和大人之间画出一条明显的界线，让别人和自己都大吃一惊。

现在，他带着失败和沮丧的情绪返回原西。

他两只手转动着方向盘，在蜿蜒的山路上爬行，黄军帽下的一张瘦条脸神色严峻，两只眼睛也没什么光气。

他把旁边的玻璃摇下来，让春天温暖的风吹进驾驶楼。尽管山野仍然是大片大片的荒凉，但公路边一些树木已经开始发绿。满眼黄色中不时有一团团青绿扑来。山鸡在嘎嘎鸣叫，阳光下的小河像银子似的晶亮。唉，春天是这么美好，可他的心情却如此灰暗！

在未到黄原之前，润生的全部同情心都在姐夫一边。到黄原之后，他又立刻心疼起姐姐来了。是呀，姐姐也被折磨得不成人样。她瘦成那个样子！脸色憔悴，眼角都有了皱纹。他现在既同情姐夫，又同情姐姐。但是他又该抱怨谁呢？

你们为什么要这样？难道你们不能走到一块和和睦睦过日子吗？姐夫，既然你那么痛苦，你为什么不设法调到黄原，多往我姐姐那里跑？你和她接触得多了，姐姐就会了解你，说不定也会喜欢你的……姐姐，而你又为什么不试着先和姐夫在一块生活几天呢？大人们常说，一日夫妻，百日恩爱。你要是和姐夫在一块生活些日子，说不定你也会喜欢姐夫的！姐姐，姐夫，多么盼望你们都不再痛苦；你们要是亲亲热热住在一起，那该多好……

润生一路上不断在心里对姐姐和姐夫说着话。他要下决心弥合他们的关系。他想，他还要到黄原来。他要不厌其烦地说服姐姐，让她和姐夫一块过光景。

尽管润生第一次出使黄原没有取得任何结果，但他还是为这次行动而感到某种心灵的慰藉。作为弟弟，他已经开始为不幸的姐夫和姐姐做点什么了。如果能使姐夫和姐姐幸福，那他自己也会感到幸福。想一想，他早应该这样做了。爸爸年事已高，身体又不好；他作为惟一的儿子，就应该像个男子汉一样为家庭担负起责任来。

诸位，在我们的印象中，田福堂的儿子似乎一直很平庸。对于一个进入垂暮之年的老者，我们大约可以对他进行某种评判；但对一个未成长起来的青年，我们为时过早地下某种论断，看来是不可取的。青年人是具有可塑性的，他们随时都发生变化，甚至让我们都认不出他的面目来。现在，我们是应该修正对润生的看法了。当然，这样说，我们并不认为这小伙倒能成个啥了不起的人物。他仍然是一个平平常常的青年，只不过我们再不能小视他罢了。

半后晌的时候，田润生开着车已经快进入原西县境。

在离原西县地界大约十来里路的地方，一个大村庄外的场地上正有集会，黑鸦鸦挤了一大片人，看来十分热闹。

田润生不由把车停在路边，想到集上去散散心。

他把手套脱下丢在驾驶楼里，锁好车门，就走到拥挤的人群中。不远处正在唱戏，他听了听，是山西梆子。戏台下面，挤了一大片人。看戏的大部分是庄稼汉，虽然已经开春，但他们还都穿戴着臃肿的棉袄棉裤。戏场外面，散乱地围了一圈卖吃喝的小贩。这些卖饭的人也都是乡里来的；他们在土场上临时支起锅灶，吆喝声不断。锣鼓丝弦和人群的喧嚣组成一个闹哄哄的世界，整个土场子上空笼罩着庄稼人蹬起的黄尘和土炉灶里升起的烟雾。

润生原来准备到前面去看一会戏，但人群太稠密，挤不前去，只好立在远处听了一会。戏是《假婿乘龙》，他已经在别处看过，也就没什么兴趣了。

不久他才发现，戏台子后面的一个小山嘴上，立着一座新盖起的小庙。他大为惊讶，现在政策一宽，有人竟然敢弄起了庙堂！

一种抑制不住的好奇心，使他很快离开戏场，向小山嘴那里走去。

这的确是一座新修的庙。看来这里原来就有过庙，不知什么年代倒塌了——黄土高原过去每个村庄几乎都有过庙；他们村的庙坪上也有一座。不过，完整地保存下来的不多。现在，这里胆大的村民们，竟然又盖起了新庙，这真叫人不可思议！县上和公社不管吗？要是不管，说不定所有的破庙都会重新修建起来的。他们村的庙会不会也要重建呢？

润生新奇地走进庙院。眼前一座砖砌的小房，凹进去的窗户上挂了许多红布匾；布匾上写着“答报神恩”和“有求必应”之类的字。右房角挂一面铜锣，左房角吊一口铁钟。润生不明白此二物作何用场。庙门两边写有一副对联，似有错别字两个：入龙宫风调雨顺，出龙宫国太（泰）明（民）安。他知道这是座龙王庙。大概因为黄土高原常闹旱灾，因此这里大部分的庙都是供奉龙王的。

润生张着好奇的嘴巴进了庙堂内。

庙堂的墙壁上画得五颜六色。供奉神位的木牌搁在水泥台上；神位前有香灰盒，香烟正在神案上飘绕——整个庙里弥漫着一股驱蚊香的味道。一盏长明灯静立在香灰盒边。地上的墙角里扔一堆照庙老头的破烂铺盖；庙会期间上布施的人不断头，得有个人来监视“三只手”。庙房正墙上画着五位主神，润生从神位的木牌上看出这些神的名字叫五海龙王、药王菩萨、虫郎将军、行雨龙王——边上的一尊神无名。庙堂的两面墙上都是翻飞的吉祥云彩，许多骑驹乘龙的神正在这云彩里驰骋。润生想：还应该画上一辆汽车嘛！

他忍不住笑着走出了这座小庙。他不信神，只觉得这一切倒很让人开心。

润生看罢庙堂，又返回到戏场里。除过戏迷，看来许多乡下人都是来赶红火的；他们四下里转悠，相互间在拥拥挤挤、碰碰磕磕中求得一种快活。一些农村姑娘羞羞答答在照相摊前造作地摆好姿势，等待城里来的流里流气的摄影师按快门。

他现在转到那一圈卖茶饭的人堆里，想吃点什么东西。但看了看，大部分是卖羊肉的，煮在锅里的羊肉汤和旁边的洗碗水一样肮脏。庄稼人一个个蹲在地上吃得津津有味。空气里飘散着叫人恶心的羊膻味。

他还是在一个卖羊肉水饺的小摊前停了下来。卖饭的是位年轻妇女，脊背上用一条带子束着一个小孩，正弯曲着身子趴在地上用嘴吹火。炉灶是临时就地掘下的小土坑，只冒黑烟不起火。润生盘算就在这里吃点东西，他看旁边捏下的水饺还比较干净。

他正要开口对那吹火的妇女打招呼，那妇女倒先抬起头来，问：“要几两？”

润生一下子愣住了。

那妇女也愣住了。

天啊，这竟然是郝红梅！

她怎么在这儿呢？

我们不会忘记，在原西县上高中时，这位出身地主家庭的姑娘，在班上曾演出过几幕令人难忘的生活戏剧。我们知道，起先，孙少平和她产生过感情纠葛。后来，她和班长顾养民相好了——这已经是人人皆知的事实。可是，而今顾养民正在省里的医学院上大学，她怎么在这样一个地方卖茶饭呢？她自己不是也当了教师吗？她背上的孩子是谁的？

润生和郝红梅相视而立，因为太突然，一刹那间，都不知道该说什么。他们是同班几年的老同学，尽管那时他们相互交往不多，但如今相遇在异乡，倒有些百感交集。润生看见，郝红梅脸色比他姐姐还要憔悴，头发散乱地披在额前，不合身的衣衫上沾着柴草和灰土，完全是一副农村妇女的样子。润生毕业时就知道红梅和养民已经确定了关系——他无法想象顾养民的未婚妻现在是这么一副破败相！

不过，他在这一刹那间也似乎明白了在她身上发生了些什么……

"你……"润生不知该说什么。

"我……就住在对面沟里，离这儿十里路……"郝红梅脸上涌起了一种难言的羞愧。

"你怎到这儿来了？"她问润生。

"我是路过这里……你？"他仍然不知该问她什么。

"唉……我的情况一言难尽。我前年结婚到这里，去年刚生下孩子，男人打土窑被压死了……"

啊，原来是这样！那就是说，她和顾养民的关系早就吹了。

从简短的几句交谈中，润生就证实了郝红梅的不幸。不幸！他困难地咽了一口唾沫，不知自己该怎么办。

他也不好意思再问她什么。

“我给你下饺子！”红梅这才反应过来，手忙脚乱地拿起了炊具。

“不不！我刚吃过饭，饱饱的！”润生赶忙阻拦她。

“我不信！老同学还见外！”

“真的！”润生硬不让红梅把饺子倒进热气人冒的锅里。

唉，他还有什么心思吃这饺子呢！

“到你们村的路宽窄哩？”他问。

“架子车路。”红梅不知他问这干啥，瞪住了眼。

“卡车能不能进去？”

“能哩。我们村光景好的人家，都是用汽车拉炭哩。”

“那等你完了，我用车把你送回去！”

“你开着车哩？”红梅惊讶地问，神色立刻变得像面对一个大人物似的。

“嗯。”润生给她指了指停在公路边上的汽车。

“啊呀，咱们的老同学都有出息了！”

“其实我还是个农民，是跟我姐夫跑车。”

“不管怎样，咱们山区开车的最吃香了！”

真的，对一个农村妇女来说，一个汽车司机就是了不起的人物。

这时候，红梅脊背上的孩子“哇哇”地哭叫起来。

她把孩子解下来，抱在怀中，也不避润生，撩起衣服襟子，掏出一只丰满的乳房塞在孩子的嘴巴上。

田润生脸通红，不好意思地说：“你先忙着！我到前面去看一会戏；等你毕了，我就把你送回家。”

“怕把你的事误了呢！”

“误不了！我今天赶到咱们原西城就行了。”

“你吃上碗饺子再走！”

“我饱着哩……”

润生说完，就离开红梅，两眼恍惚地朝戏场的人群那里走去。

他尽量往人堆里挤，好让别人挡住红梅的视线。

他立在拥挤的人群中，并不往戏台子上看，也不听上面唱些什么。一种无比难受的滋味堵塞在他的喉咙里。几天来，他接二连三地目睹了周围的活人所遭受的不幸与苦难，使他精神疲惫，使他心灵中充满了沉痛。从现在起,他对生活的理解不会再那么肤浅了……

他在戏场里透过人头的缝隙，偷偷地向远处那个地方张望。此刻，他看见红梅又把孩子束在脊背上，开始忙乱地招呼庄稼人吃饭……不幸的人！她为了几个量盐买油的钱，而在这个尘土飞扬的地方忍受着屈辱和劳苦。他看见她背转人，用袖口揩了一把脸。那是揩汗，还是抹眼泪?

田润生的眼睛潮湿起来。他内心中立刻升腾起一种强烈的愿望：他要帮助不幸的红梅和她可怜的孩子！这时候，他觉得，过去同过学的人不管当时关系怎样，往后遇到一块是这么叫人感到亲切……

润生一直在人丛中偷偷看着红梅把饺子全部卖完后，才从戏场里挤出来，向她那里走过去。

这时候，太阳就要落山了。

红梅一边嘴里说着感谢话，一边和他共同把灶具收拾起来。她告诉润生，灶具都是她公公早上给她搬运到这地方的。

润生把这些家具扛到车厢放好，就让红梅抱着孩子坐在驾驶楼里。

马达很有气魄地轰鸣起来。

他熟练地驾驶着汽车离开公路，转到河湾里，然后往斜对面的沟里开去——沟道里的路面刚刚能溜过一辆卡车！

太阳从山背后落下去了。润生打开车灯，小心翼翼地驾驶着。

红梅抱着孩子，一句话也不说，静静地坐在他旁边，不时扭过脸又惊讶又佩服地在看他……

汽车在村子下边的小河岸上停下来。天已经麻麻糊糊，村里有些人家的窗户上亮起了灯光。

润生帮助红梅把灶具搬到她家里。红梅说什么也要留他吃一顿饭——她已经把饺子馅和面团都准备下了。

润生推托不过，只好留下来。他看见，红梅的窑里不搁什么东西——显然是一个穷家。直到现在，他仍然不了解红梅为什么落到了这个地步！

他大方地和她一块包饺子。两个人说了许多当年学校和班里的事情。红梅还向他询问了其他一些同学近几年的情况——润生知道的也不多。不过，她避而不提孙少平和顾养民。

吃完饭后，红梅抱起孩子，又一直把他送到小河岸边的汽车上……

田润生在夜里才回到了原西县城。

他把汽车搁在停车场，先没去给姐夫打个招呼，就带着一种说不出的情绪走到街上一个私人开的小饭铺里。他要了二两烧酒和一碟咸花生豆，一个人慢慢喝起来。几杯酒下肚，他的五脏六腑都好像着了火。这是他第一次破例喝酒。小伙子！看来以后你不仅是你姐夫的助手，也将是他的酒伴了。

第三十九章

田润生走后，郝红梅把孩子哄睡着，她自己也跟着躺在了一片孤寂的黑暗中。

往常这个时候，她还要门里门外忙着干活。但今天她无心再做这一切了。她感到四肢无力，浑身软绵绵的；更主要的是，她心里烦乱不堪！

她躺在自己的小土炕上，任凭眼泪在脸上不断线地流淌。今天她突然碰见过去班上的同学，使她本来麻木的神经受到了刺激，便忍不住又一次回溯起了往事——那一切似乎都已经很遥远了……

高中毕业以后，郝红梅和所有农村学生一样，回到了村子里。临毕业时因为贫穷和虚荣，她曾在原西城百货二门市干了那件蠢事——几块手帕几乎就断送了她的生活。幸亏孙少平的帮助，否则她当时就无脸见世人，说不定会寻了短见。好在一切都暗中平息了。她终于保全了名誉，像逃跑一样离开了原西县城。

回到村子以后，她慢慢才把心平静下来。她竭力使自己忘掉那件丑陋事。不久以后，在公社教育专干的帮助下，她在村里教了书。生活似乎再一次被太阳照亮了。

这期间，她一直和城里的顾养民保持着通信关系。他们的信件来往十分频繁，每个星期都各写一封。在信中，相互间的恋爱已经公开了。她每个星期都在等待那封甜蜜的信，沉浸在无比的幸福之中。她看来似乎真的已经完全忘记了那件刺伤她心灵的偷窃事件。

过了不久，她按捺不住自己的激动，就把她和顾养民的关系向父母亲说了。

当然，两个老人比她还激动。和大名鼎鼎的顾健翎老先生的后人结亲，对一个地主成份的农民家庭来说，那简直是一种荣耀。如果在旧社会，红梅她爷发达的时候，这亲事也可以说门当户对。可如今他们是什么光景！和顾家比较，人家在天上，自家在地下，差别太大了！两个老人快慰的是，他们含辛茹苦供养女儿上学，一番苦心终于没有白操。

由于这件事的出现，这个多年破败和晦气的家庭一下子有了生气。在亲人们的眼里，红梅成了全家的大救星。

但是，命运常常捉弄人。一九七八年春天，灾难重新降临在了郝红梅的头上。

她自己并不知道，“偷手帕事件”败露在了她亲爱的人面前。传播这件丑闻的是跛女子的父亲侯生才。因为顾健翎是全县的知名人士，他孙子的婚事也就会有许多人关心。当养民和红梅的关系在县城有了传闻后，侯生才不久就知道，顾先生的孙媳妇竟然就是在他门市上偷过手帕的女学生。小市民拨弄是非的劣根性，使他迫不及待向顾老先生告了密。侯生才一家人身体都不好，常到顾先生那里去看病；在侯生才想来，给顾先生揭穿这个“西洋镜”，往后先生给他们家的人看病就会更认真了，说不定老人家还会拿出什么祖传秘方，把女儿侯玉英的那条跛腿治成好腿哩！

顾健翎一生修身养性，崇尚《朱子治家格言》，岂能容一个偷鸡摸狗者成为自己的孙媳妇？他将养民叫到跟前，把他严厉地训斥了一通，让孙子很快和那个手脚不干净的女娃娃断绝来往！

顾养民一听这事，如同晴天响了一声霹雳。他决不相信他所爱的人会做出这种事！他没有当面顶撞爷爷，但也没有答应和红梅断绝交往。他已经不是小孩子；尽管他尊敬爷爷，可这种事怎么能盲目地听从他呢？本来他正埋头复习功课，准备夏天的高考，但他决定甩开手头的一切，到乡下去找红梅……

而所有这些郝红梅当时还蒙在鼓里。她仍然沉浸在她的幸福之中。

第一个不幸的兆头出现了——她在一星期内没有接到养民的信。

这太反常了！

正在她纳闷的时候，养民突然到她家里来了。她这才又马上心花怒放——原来他是要上她家的门，才没给她回信！

顾养民一到，受宠若惊的红梅一家就紧急行动起来，手忙脚乱地开始给他张罗吃喝；他们翻箱倒柜，把所有准备过年节的东西都拿了出来，真是恨不能把自己的心肝掏出来款待这位未来的女婿。

但红梅很快发现，顾养民神色有点不对。为什么？是不是嫌她家穷？

唉，你原来就应该想到我家庭的状况！

吃完红梅父母精心制作的油糕烩菜后，养民就和红梅一块相跟着到村外的山野里去转悠。一路上，红梅兴奋地对他说这说那，他只是低倾着头听她说，自己很少开口。那时正值清明前后，芳草青青，柳绿桃红，阳光美好地照耀着这对在山野里散步的青年。

在一株红花艳艳的桃树下，他们停下了脚步。红梅手攀花枝，含情脉脉地望着她亲爱的人。

但顾养民仍然神色严峻，用一只脚蹭着刚冒出地皮的草芽子。他抬头望了一眼红梅，突然开口说：“我有件事想问问你！”

“什么事？”红梅一下子警觉起来。

“你是不是毕业时在原西的门市上拿过人家的手帕？”顾养民

直截了当问。他迫切地想知道真情啊！

他紧张地望着她，显然希望她的回答是否定的。

红梅两眼一阵发黑，身体顺树干软绵绵地堆塌在树根底下。她失神地望着远方的山峦，泪水如泉似的涌出了眼眶。她脑子里冒出的第一个字眼是：完了！

她是那么爱他，因此她不准备再隐瞒他了。她明白，这事他迟早总会知道的。现在她承认了，也就在精神上获得了彻底的解脱。以前她尽管假装自己忘记了这件事，采取了一种“鸵鸟政策”，但实际上这事一直像蛇一般在她心灵深处盘缠着；而且随着她和养民关系的加深，这件事对她的折磨就更厉害了。好，承认了吧！她现在已经不管养民是否再和她好了。

“没这事吧？你快说呀！”养民叫道。

“有……”她平静地说。

“不！不！这是为什么？为什么！为什么……”顾养民瞪着惊恐的眼睛，绝望地喊叫着。他一下子倒在她旁边的地上，两只手疯狂地抓着黄土，哭起来了。

红梅像死人一样呆坐着。她不再对顾养民解释这件事的前前后后。反正一切都完了；她感到天空和大地一起在她眼前旋转。

过了片刻，满脸糊着泥土和泪痕的顾养民爬起来，悲愤地转过身，默默无语地沿着弯弯的山路走了——永远地走了。空旷的山野里，在那死一般的寂寥之中，只有一支深情而忧伤的信天游在高原上飘荡——

三十里明沙呀四十里水，
五十里路上看妹妹。

牵牛牛开花羊跑青，

那时候见罢到如今。

大红公鸡毛腿腿，
不想妹妹再想谁。

木鸽子喝了消冰水，
往日里喜来今日里灰！

花椒树上落雀雀，
一对对成了单爪爪。

井子里打水麻绳绳短，
你丢下妹妹谁照管？

城墙底下撒豌豆，
你扔下妹妹谁收留？

一只孤雁当天叫，
我心里的苦情谁知道……

从此以后，她就堕入了一片黑暗之中。过去的一切都成了一场梦。她不抱怨任何人，只抱怨她自己。她亲手把自己的青春年华毁灭了。

同年夏天，她听说顾养民考进了省医学院。这消息既不使她高兴，也不使她痛苦。那个人的好好坏坏已经与她无干；至于他那光辉的前程，她早就估计到了。

第二年春天，本队干部的几个子女都从高中毕业回了村，她的教师职位也自然被挤掉了。她并不为此而过分地难受；她的暗淡命运也早就注定了。

这时候，外县一个亲戚给她介绍了当地一位农村小学教员。她二话没说就答应了这门亲事。她挎着一个土布包袱，单身一人来到这个陌生的地方，很快就结婚了……

她对自己的婚姻很满足。丈夫是个公派教师，人很老实，爱她，体贴她。公公和婆婆跟她丈夫的弟弟一块过；他们小两口单家独户，光景日月倒也很安乐。再说，这地方已经到了外县，她对这一点也很满意——她要远离她的痛苦与耻辱之地。

不久，她怀孕了。她摸着自己不断鼓胀起来的肚子，重新体验到了人生的幸福；往日的不幸渐渐变得遥远而模糊了。

但是，灾难再一次从天而降。她的孩子刚满月，男人就死了。可怜的丈夫积攒了一点钱，想重新整治一院地方，便雇了几个人先打几孔土窑洞，然后准备接石口。为了省几个钱，他在假日里亲自上手去帮工，结果被倒塌的土堆活活压死了！

苦命的人，常常是雪上加霜！红梅已经完全相信这是命运的惩罚。命运如此残酷无情，是不是在报应她曾偷过那几块手帕？或者是报应她爷爷在旧社会欺压过穷人？报应之烈焰啊，如果是这样，你什么时候才能在罪孽之人的头上熄灭？

丈夫死后，她完全变成了另外一个人。她不再奢望人世间的温暖和幸福。世界上的其他事对她来说不仅是遥远的，甚至是不存在的。她相信她生来就要吃一辈子苦，受一辈子罪。她活着的惟一寄托就是她怀里的这个小生命——她亲爱的儿子。她感谢老天爷动了恻隐之心，看见了她的不幸，给了她这样一个关照。

为了这孩子，她忍着悲痛重新开始了生活。她天天出山耕田种地；天冷天热，孩子都背在她的脊背上。她公公和丈夫的弟弟也穷家薄业，给她帮不上什么忙，她就一个人咬着牙苦熬日子……

这几天，沟口的川道上有庙会，她想着到庙会上去卖点茶饭，好给孩子置办点必需的东西。于是，在公公的帮助下，她就把一点简单的灶具搬运到那个戏场子里，卖起了饺子。她做梦也想不到，在这个地方碰见了过去班上的同学田润生……

郝红梅躺在黑暗中的土炕上，一边流泪，一边心酸地回首往事。她真后悔去沟口的庙会上卖饺子；要不，她就不会碰见田润生了。她不愿意再见过去那些同学的面。她希望悄无声息地在异乡了却自己的一生；看见过去的熟人，她就会想起自己的往事——而往事是不堪回首的啊！

红梅又想，田润生是偶尔相遇，走了也就走了。润生现在是堂堂的汽车司机，她穷家薄业的，人家怎会把她这样的人放在眼里呢？再说，过去在学校里，她和润生也没什么交往。

可是出乎她预料的是，三天以后，田润生竟然又开着汽车，来到了她家里。

郝红梅大吃一惊——简直不相信这是真的！

好心肠的润生给她拉了几千斤石炭，带了一塑料桶菜油，还给她的儿子买了许多吃食和一辆玩具小汽车。

红梅感动得不断用围裙揩眼泪。她把润生敬让到她的热炕头上，精心给他做了几碗香喷喷的细面条，还把给孩子留下的几颗鸡蛋，全部打进了调汤里。

润生临走时，她把自己卖饺子积攒的十几块钱，硬往他口袋里塞。她知道这十几块钱也不够开销润生给她带来的这些东西。但她总不能白白接受人家的礼物啊！

润生死活不收，最后还是把钱硬给她留下了。他说："如果我要收你的钱，我也不会给你送这些东西来。你日子过得这么清苦，我想帮助你。我要是顺路，还会来的……"

红梅含着感激的泪水送走了好心的同学。

打这以后，过些日子，润生就把汽车开到了坡底下。他每次来，总要给她和孩子带点什么，甚至把城里的酱油和醋都给她买来了。

俗话说，寡妇门上是非多。不久，村里就风言风语传播说，她准备改嫁了。每当润生的汽车开进村里的时候，孩子们就喊叫说："看，红梅的'后老汉'来了！"

郝红梅再一次陷入到苦恼之中。活一回人真难啊！嚼舌头的村民们，我现在这副样子，怎敢妄想嫁给一位司机呢？你们这样瞎说，对我倒没什么，可是叫我的同学怎样再上我的门呢？我而今好不容易碰见一个好心人，你们难道连这么一点帮助都不容我获得吗？

她不能让她的同学处在这样尴尬的境地中。

润生再一次来她这里的时候，她对他说："你以后不要再来了……"

"为什么？"润生问。

"村里人瞎说哩……"

"你怕吗？"

"我不怕！我已经是这副样子了，还怕什么！我怕你受不了……"

"只要你不怕，我怕什么哩！我和你们村的人一个也不认识，他们愿说啥哩！只要你不在意，我照样来！"

红梅扭过头，一边抹眼泪，一边说："我苦惯了，我不愿再连累别人……"

"不怕！"瘦弱的润生胸脯一挺，倒像个真正的男子汉一样气势雄壮。

红梅再还有什么话可说呢？对于孤儿寡母来说，没有什么能比得上一个男人的关怀更重要了……

但是，话说回来，她能给好心的同学报答什么呢？她一贫如洗，除过每次侍候他吃两碗她精心擀的细面条外，就只能两手空空送人家走了。

后来，她想起给润生做一双布鞋。尽管她知道人家不缺鞋穿，但这是她的一点心意。农村妇女感谢别人的礼物，往往就是自己亲手做的一双布鞋……

不用说，村里传播她和润生长长短短的风声越来越大了。这是不可避免的。生活在穷乡僻壤的人们，传播这种事已经成了一种文化娱乐。

这一天，她的公公上门了。

抽了几锅旱烟后，老人家为难地开口说：“自我儿殁了后，我就一直盘算这件事。你年轻轻的，如果有合适的人，你就按你的心意跟人家过日子去吧。你出走也可以，招个人上门也可以，我们这方面没什么意见。至于娃娃，我们也不强迫你留给我们。你也离不开这娃娃。再说，娃娃跟上你，不会受苦，我们放心着哩……”

老人的一番话是开通的。但她能说什么呢？她到哪里去找个男人？

她对公公说：“没个合适人……”

“不是说你要和那个开车的……”她公公吞吞吐吐说。

“那是我中学时的同学，人家来是出于好心帮助我。这是村里人瞎说哩！”红梅有点生气地对公公说。

“噢，是这……”老汉走了。但看来他并不相信儿媳妇所说的话。

纷纷舆论使红梅苦恼和烦乱，可倒也给她那麻木的精神世界带来一些刺激。有时候，她心里也忍不住冒出某些念头。但往往很快又摇摇头把这种念头否定得一干二净。说实话，在高中时，她根本没有看起过田润生。可现在，她这副样子——结过婚不说，还带着一个孩子，开汽车的润生怎么能看上她呢？这简直是异想天开！

唉，她实际上连这种念头都不应该有，否则，她就有点对不起仗义而好心的田润生了！

第四十章

这是五月里一个温暖的傍晚，田晓霞从宿舍里走出来，一个人在校园的路径上慢慢溜达着。路两边笔直的白杨树已经缀满了嫩绿的叶片。晚风和树叶在谈心,发出一些人所不能理解的细微声响……

这姑娘仍不失往日那种风度，薄毛衣外面像男孩一样披件夹克衫，两条胳膊帮在鼓囊囊的胸前，似乎陷入到一种深邃的沉思之中；但脸上还带着通常那种无意识的、骄傲的微笑。这是一个美好的夜晚，远远近近，灯光点点，绿意朦胧，空气中弥漫着槐花甜丝丝的芬芳。

对这位二十三岁的大学生来说，日子过得既快活又不尽如人意。她没什么大苦恼，但内心常常感到骚动不安。一天里也充满了小小的成功与欢乐，充满了烦恼与忧伤，充满了愤懑与不平，也充满了友爱和思念。唉,时光就是在这样飞逝着——转眼又是冬去春来了!

田晓霞忍不住立在路边，面对着梧桐山那面升起的一轮明月发了会呆。她望着幽深的蓝天，吮吸着深春的气息，心里火辣辣的。

她突然发现自己未免有点“小布尔乔亚”了,便由不得哈哈一笑，稍微加快点脚步，向前面走去。

在刚踏入黄原师专的时候，有一件事就在田晓霞的内心深处搅动起来：师专毕业后，她去干什么？

这是一个很现实的问题。这所学校是师范性质的，培养学生的目标，就是毕业后在黄原几个地区去当中学教师。这是她很不愿意从事的职业。一生当个教书匠，这对她来说是难以想象的。尽管她在理性上承认这是一个崇高的职业，但绝对不合她的心意。她天性中有一种闯荡和冒险精神，希望自己的一生充满火热的情调，哪怕去西藏或新疆去当一名地质队员呢！

但要摆脱当教师的命运，又绝非易事。这学校的历届毕业生，很少有过例外。首先必须去当教师，然后才可能从教师队伍中转向另外的工作——这也是少数有能耐的人才可以做到的。当然，她父亲是地委书记，可以走点“后门”，把她分配到行政单位。但她对行政工作比当教师更反感。再说，她父亲也不一定会给她走这个后门。

她有时很为这件事苦恼，甚至都有点精神不振和自制力松懈，以致影响了学习和进取心。

但她也能较快地从这种状态中解脱出来。每当她面临精神危机的时候，紧跟着便会对自己进行一番严厉的内心反省。她意识到，虽然随着年龄和知识的增长，她成熟了许多，但也不可避免地沾染上某些属于市民的意识。虽然她一直是鄙薄这些东西的，可又难免“如入鲍鱼之肆，久而不闻其臭”。也许人为了生存，有时也不得不这样。但这些东西像是腐蚀剂，必然带来眼界狭窄、自制力减弱、奋斗精神衰退等等弊病。田晓霞毕竟是田晓霞！即使有时候主观上觉得倒退是可以的，但客观上却是无法忍受的。她必须永远是一个生活的强者！

经过内心的反复折腾后，晓霞迫使自己不要过分为这事而伤脑筋。车到山前必有路——到时再说吧，反正现在苦恼也无济于事。当然，她不是把这件事完全抛在了脑后，只是先作“淡化”处理。

但最近以来，另一件事又在她心里七上八下地搅动——这是由于孙少平的出现而引起的。

她在上高中时，就和孙少平的关系非同一般。不过那时他们的交往的确很单纯。她和这个同村而不熟悉的乡下学生初次相识，他身上的许多东西就引起了她的重视或者说另眼相看。后来，他们之间的关系就加深了。但她和他在黄原相见之前，这种关系仅仅在同学之外另多了一种友谊的成份。在他们的年龄，这种关系是正常的，只是稍稍有些不平常罢了。

自从她在南关电影院门口碰见到黄原谋生的孙少平以来，在近一年的时间里，她对这个人的心情产生了某些微妙的变化。她现在总是在想着他。她常有点心神不安地等待星期六的到来，期望在父亲的办公室里，和他一块吃顿饭，天上地下谈论一番。她发现，班上现在还没有一个男生能代替少平和她在广阔的范围内交流思想。

仅仅是为了交流思想，她才如此渴望和他在一块吗？不，这个人在很大程度上已经牵动了她内心中那根感情的弦索。

是爱情？但她又觉得一切还没那么明确。她笼统地认为，对她来说，爱情大概还是一件相当遥远的事。她在学习上的进取心和对未来事业的抱负，在很大程度上占据了她的心，使她对个人问题的考虑缺乏一种强烈追求的意识。

可是，她又为什么一想起他，心头就会泛起一层温热的波澜？她又为什么常常渴望和他呆在一块？甚至多时不见面一种想念之情就会油然而生？

是爱情？也许这就是爱情！只不过她自己还没有明确承认罢了。

不管怎样，田晓霞觉得，她的生活中已经不能没有孙少平这个人了。这个人和他对生活所采取的态度，使她非常钦佩。现在，这样的男人可是不多啰！当然，社会上，大学里，不乏许多优秀青年；

但像少平这样在极端艰难条件下的人生奋斗，时下并不是一种普遍现象。真的，他太艰难了，有时候真令人目不忍睹——可他的不凡正表现在这一方面！

现在,女同学们整天都在谈论高仓健和男子汉。什么是男子汉？困难打不倒的人才是真正的男子汉！男子汉不是装出来的——整天绷着脸，皱着眉头，留个大鬓角，穿件黑皮夹克衫，就是男子汉吗？有些男同学就是这么一副样子，但看了就让人发笑。男子汉主要应该是一种内在的品质，而不是靠“化装”和表演就能显示的。

她喜欢孙少平的正是他不伪装自己，并不因生活的窘迫就感到自己活得没有意义。她看得出来,少平甚至对苦难有一种骄傲感——只有更深邃地理解了生活的人才会在精神上如此强大。

这样说来，她是不是就要真的把自己的一颗心，交给这个来自穷乡僻壤的揽工汉了？

这样想的时候,我们的“小伙子”田晓霞也会臊得满脸飞霞。噢，不！最好先不要匆忙地说这种事。一种真正美好的感情，像酒一样，在坛子里藏得越长,味道也许更醇美。另外,从谈恋爱的意义上衡量，她和少平目前还有一种难以说清的距离感……

先就保持这种关系吧！这已经使她的内心够乱了，她还要集中精力把大学上完呢！

但不论怎样，她和少平每个星期六的相见，总使她的心情久久难以平静下来。前天晚上，他们又一块谈了那么多！并且再一次登上麻雀山，在月光下坐了好长时间。她知道，他现在又到地区柴油机厂给人家修建家属楼。他每星期在她手里拿走一本书，下个星期再换一本；他说他一个人住在正修建的楼房里，为的是晚上能安安静静看书。

她无法想象，他在没门没窗也没有电灯的房间里怎样读这些书的！有几次她按捺不住自己的冲动，想晚上去找他，看他究竟住在一个什么样的地方。

但她又打消了这念头。她要顾及他的自尊心——他不会愿意让她目睹他的处境……

田晓霞在温暖的晚风中走过校园内那条长长的林荫道。前面不远处就是图书馆——她正是到那里去的。晚饭后宿舍里同伴们叽叽喳喳，互相打闹个没完，她感到心烦，就想到图书馆的阅览室翻翻新出的杂志。

晓霞进入灯火通明的阅览室后，却意外地看见了中学时的同学顾养民也在这里。

养民也发现了她，手里拿一本翻开的大型文学期刊，热情地走过来和她握手。

“你什么时候回来的？”她问顾养民。

“我爷爷病了，我回原西看了一下今天才返到这里。我父母亲现在又回去了。我准备过一两天就回学校去。”

风度翩翩的顾养民说着，就招呼她在一个长条木栏椅上一块坐下来。

田晓霞在中学时和顾养民不同班，但因为一块演过戏，彼此也很熟悉。前年高考时，原来的同学中就他们两个考上了。养民考进了省医学院——他爷爷是著名老中医，他报考医学院是很自然的。

“你也看文学杂志？”晓霞指了指他手中的那本期刊。

“平时功课压得很重，没时间看。这几天没事，随便翻翻小说。现在文学创作很活跃，我们接触得不多。”顾养民谈吐自然，给人一种很成熟的印象。他瘦高个，脸色有点苍白，近视镜的度数看来不浅。

他和晓霞很快谈论起了中学时的生活。他向她打问原来一些同学目前的情况——但没有提起过郝红梅。因为不是一个班，晓霞实际上也并不清楚他和红梅的关系。

其他人的情况晓霞一无所知，她只是给他简单说了一下孙少平的情况——这是顾养民第一个就问到的人。另外，她还告诉他，听少平说，金波也在黄原东关的邮政所当临时工。至于她哥田润生，养民压根没提起过，她也几乎把他忘了。在他们的印象中，像田润生这样没什么特点的同学，根本不值得一提。

顾养民显得很兴奋，他说："老同学们遇一回也不容易，你能不能把少平和金波找来，咱们一块在我家里吃一顿饭，好好拉拉话。正好我父母亲也不在，家里很清静。"

晓霞也觉得这个聚会很有意思，就答应说她明天就去找孙少平。

第二天下午没有课，晓霞就骑了个自行车，破例到城南柴油机厂的工地上去找孙少平。

她以前很少来这里，一路打问着，才好不容易在一条小沟岔上找到了柴油机厂。进了柴油机厂，她又打问着找到建筑工地上来了。

孙少平站在脚手架上，往正在砌房墙的三层楼上扔砖。当田晓霞在下面喊他时，他都惊呆了——这家伙怎找到这儿来了？

楼上所有的民工都停止了手中的活，惊讶地朝下面观望。他们大概弄不明白，这么个花朵一般的"洋"姑娘，怎来找浑身糊着泥巴的揽工小子孙少平呢？她是他的什么人？

有的工匠立刻和孙少平开起了粗俗不堪的玩笑。

孙少平很难堪地从脚手架上溜下来，搓着手上的泥巴，走到田晓霞面前。

晓霞立刻对他说明了来意。

孙少平听后，犹豫了一会，说："既然养民盛情邀请，我得去一下。什么时候？"

"今天晚上。你把金波也叫上，我在学校门口等你们。"

"那好吧！你要不要去一下我住的地方？"

晓霞笑着说："我不敢到府上去打扰了。我贸然跑到这地方找你，已经叫你见怪了吧？”

少平抬头望了望脚手架，见所有的工匠仍然不干活，站下“观赏”他们。他脸通红，说：“不，我很高兴，甚至还有点……骄傲！”

晓霞明白这话的意思。她也红了脸，说：“那我先走了，你们可一定要来啊……”

少平就替她推着自行车，走过坑坑洼洼的建筑工地，一直把她送到柴油机厂大门口。

送走晓霞后，少平的心仍然突突地跳着。真的，他高兴，也有些得意。晓霞来这样的地方找他，让与他一起干活的工匠们羡慕不已，这使他感到一种男人虚荣心的极大满足；至于到顾养民家里去聚会，那倒是一件十分平常的事了。

他返回工地，给站场的工头请了假，就先到他的住处去换了身干净衣服，便动身去东关找金波。

金波听说顾养民请他们去吃饭，既意外又有点作难。我们知道，高中时为少平和红梅的事，他曾策划和组织了那次打顾养民的事件。虽然这事已经过了好几年，但仍然记忆犹新。

他于是对少平说：“我还是不去了。你一个人去，就说你没找见我……”

少平笑了，说：“还为过去那事吗？咱们现在都不是小孩了，顾养民也不会计较这些事，否则他不会邀请咱们。咱们不去，反倒失了风格。”

金波想了一下，说：“那就去吧！”

于是，这两个人在下午五点钟左右，一块相跟着去了北关的黄原师专。

晓霞早已在学校大门口笑吟吟地等待他们了。

三个人进了顾养民家。

养民兴奋地拉住他们的手摇了半天。他和保姆一块动手，早已经准备好了一桌饭菜。他还把父亲的小酒柜打开，把所有的白酒、红酒和啤酒都拿了出来。

四个老同学围着桌子先后落座。亲切、兴奋，又有点百感交集。

几年前，他们还是少年。现在却都成了大人，而且每个人都已经有过一些生活的经历。当年，他们还为一些事闹过孩子式的别扭。现在想起来，连这些别扭都值得人怀恋！中学时代的生活啊，将永远鲜活地保持在每个人一生的记忆之中；即使我们进入垂暮之年，我们也常常会把记忆的白帆，驶回到那些金色的年月里……

“干杯！”

四个人把酒杯碰在了一起。

他们一边喝酒，一边热烈地交谈着。当然，话题一开始总是要回首往事的。只不过，三个男人都小心翼翼，谁也不提起郝红梅的名字……唉，你们呀！你们大概只知道可怜的红梅结婚了，可是她怎样悲惨地生活着你们知道吗？你们难道都忘记了这个不幸的人吗？

不，也许他们谁都没有忘记这个人，只是这个场所不宜谈论她罢了。

保姆开始上热菜。顾养民有素养地把菜分别夹到每个人面前的小碟里。四个命运不尽相同的同学这顿饭吃得很融洽。顾养民和田晓霞觉得，尽管孙少平和金波目前都没有工作，但在他们面前一点也不自卑，而且言辞谈吐和对生活的见解，并不比他们低。尤其是孙少平，思想和眼界都很开阔，有些观点使两个大学生都有点震惊。在少平和金波这方面看来，顾养民和田晓霞虽然进了大学门，在他们面前也不自视骄傲，像对待真正的朋友那样诚恳和尊重。

几杯酒下肚，四个人的情绪高昂起来。晓霞提议一人唱一支歌。他们四个人曾经一块参加过中学的文艺宣传队，这方面都是人才，便立刻响应晓霞的建议，开始再一次重温过去的快乐。晓霞带头先唱了电影《冰山上的来客》中的两支插曲。接着金波唱了他最动情的《在那遥远的地方》——直唱得自己泪花子在眼里打转。少平和养民合唱了深沉的美国民歌《老人河》……

这是一个多么美好的夜晚呀！

一直到晚上十一点，这个欢乐的聚会才结束。顾养民和田晓霞把少平和金波从学校里送出来。他们在大门外挥手告别……

少平和有点醉意的金波相跟着，走在夜晚温暖而宁静的大街上，情绪仍然有些激动。

从北关走到麻雀山下的丁字路口，他们也要分手了——金波回东关的邮政所，少平要到南关的柴油机厂去。

分手时，金波醉意朦胧地对少平说："顾养民和田晓霞是不是在谈……"话还没说完，他见少平脸色有点不太对劲，立刻清醒过来，没有再说下去。他这才想到，少平一直和晓霞关系很要好——他这句该死的话一定引得少平心里难过！

噢，年轻的朋友们，你们是不是还会重演一次过去那样的爱情之剧呢？

第四十一章

小满前后，双水村周围的山野里，又渐渐呈现出一派盎然生机。阳光暖洋洋地照耀着大地。东拉河两岸的缓坡上，鲜绿的草芽已经遮住了冬日里顽童们烧荒留下的大片黑色斑痕。农村实行以户为单位的生产责任制后，水利和灌溉设施破坏得很严重，因此东拉河水倒比往年旺了许多；河道的某些狭窄处，水流居然起波打浪，发出隆隆的声响。在田家圪崂通往庙坪的河滩里，泛滥的春水淹没了过去的列石，人们不得不搬来一些大块的石头，组成一列新的活动“桥”。

所有的乔木、灌木和大部分野草，都有了叶片。就连对春天的爱抚不很敏感的枣树，也开始生出了嫩芽；庙坪重新泛起了一片朦胧的绿意。豌豆已经缀满了粉红的小花。小麦在拔节，有些向阳的山湾里，甚至都努出了小小的穗头。

这时候，农事也开始繁忙起来。大部分秋田作物都开始播种了。村周围的山野里，到处都传来庄稼人“噢啊……”的回牛声。光景好的人家，能买得起充足的化肥，这时节给小麦追一次尿素那是再好不过了。

孙玉厚老汉在庄稼行里是一把好手。他在土地上的那种精通、缜密和自信心，不亚于工厂里一个熟练的八级老工人。虽然他上了年纪，胳膊腿有点生硬，但营务庄稼仍然在双水村是数一数二的。眼下，他把许多该种的都种上了，并且抽空在院子下面漫了几畦旱烟苗。正月里少平回来时，给他买好了半年用的化肥，前几天刚下过那场小雨，他就给所有的麦田都追了尿素。

但这时节的农活是做不完的。他仍然没明没黑在山里操劳。二小子不在家，大小子已经分开家另过光景，他没有依靠，只能自己一个人挣命刨挖。即使活路再紧张，他也不想麻烦少安。儿子已经买回来“机器”办砖厂，忙得门里门外乱窜，他怎忍心拉扯他呢？别说让少安来帮他种庄稼了，就是儿子的那点地，也是他帮着给种上的！

孙玉厚老汉虽然忙碌和劳累，但心情倒也还不错。家里现在有吃有穿，没什么大熬煎。两个儿子各奔各的前程，小女儿今年也要从高中毕业了。要说有什么不畅快，那就是大女儿兰花的不幸——这是他永远不愈的心病。唉，有什么办法呢？老天爷总要给人弄一点不如意！

正在这个忙忙乱乱的当口，孙玉厚的老母亲突然生病了。其实，老人家浑身一直都是病。但这次看来得了急症——肚子疼。

这可把孙玉厚急坏了！

老母亲已经一天水米没沾牙，蜷曲在炕头上不时发出呻吟。生命顽强的老人，今年整整八十四岁了。七十三，八十四，阎王不叫自己去——这是高龄老人最忌讳的两个岁数。

孙玉厚不敢再出山去了。他一时急得不知如何是好。少安也不在家——他到原西和一个建筑单位签合同去了；据秀莲说，得五六天才能回来。

晚饭后，他把玉亭叫下来。兄弟俩开始商量怎么办。

两兄弟决定立刻把老母亲用架子车拉到石圪节医院去。

不料，老母亲坚决不去医院。

她呻吟着说："你们把刘玉升叫来！"

兄弟俩听母亲说这话，一时面面相觑，倒不知该怎办。他们知道母亲叫刘玉升来是什么意思。一年前，他们村的刘玉升在一夜之间由凡人变成了"神仙"，开始给周围村庄的庄稼人"治病"，据说特别"灵验"。奇怪！这事什么时间倒传进了这个不出门的老人耳朵里？

孙玉亭嘴对着母亲的耳朵说："妈，那是迷信！"

他妈不管迷信不迷信，继续用微弱的声音坚定地说："你们把刘玉升叫来！我夜里梦见一只白狗，在我肚子上咬了一口，早上起来就疼开了……"

怎么办？是不是去叫刘玉升来"捉拿"这只该死的"白狗"呢？

兄弟俩大眼瞪小眼。

孙玉厚无可奈何地说："那就去叫刘玉升吧！"

"你也相信这神神鬼鬼？"玉亭瞪住眼问他哥。

"也不能说有，也不能说没有……"孙玉厚含含糊糊说。

"我不能做这事。我歪好还算个共产党员哩！"玉亭在这方面的原则性是不可动摇的。

孙玉厚叹了一口气说："那你回去，让我去叫刘玉升，不要牵连你……"

本来，孙玉亭坚决反对去叫"神汉"刘玉升。但这是他母亲的要求，他无法用革命道理说服这位糊涂的老人。

玉亭只好怏怏不快地离开这个即将发生"是非"的地方，拖拉着两只烂鞋赶紧回田家圪崂去了。

玉亭走后不久，孙玉厚老汉就起身去前村请刘玉升……

关于刘玉升的情况，我们过去了解甚微。我们只知道他是已改嫁到石圪节的王彩娥的亲戚；并且在王彩娥和孙玉亭的"麻糊事件"

和金富强占她在双水村的窑洞两次关键时刻，他及时去向亲戚通风报信。至于他和王彩娥究竟是什么亲戚，连双水村的人也不太清楚。

这刘玉升小时候出天花时，落下一脸坑凹，人们也叫他“刘麻子”。他倒也不忌讳这个绰号。

刘麻子身板干瘦，一刮风能吹倒，劳动行里实在不行。他老婆神经老早就不大对劲，疯疯魔魔的，头发经常乱得像个喜鹊窝，胸前衣服上的垢痂积了有一铜钱厚。两口子生了六个儿女，加上刘玉升劳动不行，光景日月在双水村也算得上最为烂包的一家。大集体时，分粮按工分人口二八来开成，虽然要出点粮钱，但吃饭问题也和村里其他人家一样，没什么高低之分，勉强能维持一家人的性命。

但实行生产责任制后，全村大部分人家光景都已好转，刘玉升的光景却不如集体时候了！

反正总得要寻个生计。

一年前的某一天半夜里，邻居田海民和媳妇银花突然被隔壁传来的几声毛骨悚然的嚎叫声惊醒了。他们分明听见这是刘玉升的声音。

第二天，刘玉升自己证实，那嚎叫声正是他发出的。他瞪着一双恍恍惚惚的眼睛，对双水村某些年老的村民讲，他昨天晚上下了一回阴界。他说他在睡梦里到了地下一个洞中，看见了许多阴界的大官。有个坐在中堂的戴花镜的老汉就是阎王爷——他面前放一本生死簿。阎王对他说，阳界你们那一带没人管生死，我叫你下来，封你为“黑虎灵官”；谁要死，你先替我审查一下。领旨以后，一个小鬼还领他在阴界转了一圈；村里过去死过的人他都见了，这些人在下面各做各的事。他点出了双水村许多亡故人的名字：金老先生和他的儿子金俊斌，田二，以及其他一些人。他说田二在下面封了个照门房的职务；而五年前淹死的金俊斌职务是管水的，因此这几年双水村才没有再发过洪水……

刘玉升信口开河胡扯一通，却把村里一些人惊得目瞪口呆……从此，刘麻子就成了双水村一个显赫人物。在暗中，人们对他的敬畏已经超过了村中任何一位世俗领袖。

新“出马”的神汉刘玉升立即开始为人“治病”。由于几次偶然和巧合,这家伙真的把村里几个人的病“治”了。这下子声名鹊起，连外面的村社也不断有人来偷偷请他去治病。这大概使得石圪节和米家镇的医院门诊率下降了许多。

刘玉升除过躺倒在炕上“闷梦”治病外，还兼看手相，以预测人的祸福和寿数。据刘玉升说，石圪节公社主任徐治功也偷偷让他看过手相，以预测他这辈子的时运和仕途如何。只是治功本人从不承认有过这事。

刘玉升那纯粹的瞎说有时也会碰巧言中，因此那“神性”竟然越传越玄乎。有些农村的二流子看此道还不错，就想拜他为师学几手——即使不能随意下阴界，光学会看手相就行了。但刘玉升不会将这“秘招”传人。据说，他只给省里慕名而专程来拜访的一位热衷于此道的作家略略指点了一二。

刘玉升因为和神鬼结了亲缘，又和阎王爷“挂了钩”，无形中对迷信的村民们造成了一种精神压力。人们出于对自己命运的畏惧，谁也不敢再惹这家伙。邻居田海民虽然不信神，但他媳妇银花却怕得要命。经过好言协商，两家人在院当中打起了一堵墙。从此，刘玉升独院里的那两孔破窑洞，就笼罩上一层神秘的色彩，一般人平时谁也不去踏个脚踪……

当孙玉厚老汉踏进刘玉升的家门时，这位神汉正坐在后炕头上抽纸烟。他老婆和一群衣衫褴褛的孩子在前炕的一堆破被褥里抢夺着吃什么东西。窑里光线暗淡，给人一种阴森森的感觉。

孙玉厚简短地向刘玉升说明了来意。

刘玉升眯着眼沉默了一会，问:“我干妈说啥没有？”

“就说梦见一只白狗在肚子上咬了一口……”孙玉厚说。

刘玉升又沉默了一会，然后咧开嘴狡猾地笑了笑说：“你家里有玉亭哩……我不能去。但我干妈有病，我也不能不管。你回去，晚上睡觉时，你和我大嫂头蒙住，不要关门，我的魂来呀！”

刘玉升知道孙玉亭的革命性，因此不敢贸然亲自上门去——看来神鬼也有惧怕的东西！

孙玉厚只好从刘玉升家里出来了。

晚上睡觉时，玉厚两口子按照刘玉升的指示，没有关门；并且还用被子把头蒙起来。

老两口在被子里憋着气，一直没有睡着。

半夜时分，突然听见门关子响了一下——其实这是风摇动的；少安他妈便紧张地对老伴说：“来了！”

孙玉厚老汉继续蒙着头，从被子里伸出一条胳膊，把少安他妈捣了一拳，意思是叫她不敢出声。

可是第二天，玉厚他妈的病仍然不见好转。

临近黄昏时，孙玉厚老汉再一次上了刘玉升的门，请他无论如何亲自到他家里去看一下。他并且保证说，他弟玉亭根本不会知道这事。

刘玉升支吾着犹豫了半天，才终于跟孙玉厚起身了。

到家后，玉厚老两口先侍候这位“神仙”吃了一顿白面条。尽管天气已经暖和，刘玉升还穿着那身用麻绳大纳的旧棉袄，腰里束一根拿各种颜色的破布条拧成的腰带，如同缠一条花蛇。他干麻子脸黑得像锅底一样，坐在麻油灯下吃了三老碗干调白面条。

吃完饭不久，刘玉升的目光就渐渐变了，直勾勾看着一个地方，怪怕人的。他用手摸了摸脏得像毡片一样的头发，对孙玉厚说：“你先拿一把高粱秆，用刀背捣扁，在门背后用火点着。”

孙玉厚赶紧照办了。

火点着后，他又让孙玉厚端来一碗凉水。

他噙了一口水，“噗”一声把门背后的火喷灭了。

然后他关照孙玉厚的老婆说：“嫂子，你把我干妈的脸蒙起来，不要叫老人家受了惊吓。我一会有个什么，你们也不要怕。”

少安他妈赶紧用被子把婆婆的脸蒙住。

刘玉升眼睛痴呆呆地望着对面墙，倒退着上了孙玉厚家的小土炕，连鞋也没脱。

他对孙玉厚两口子说，他们当年在这里建家时并不知道，这地方多年前曾死过一只白狗，埋在窑上面的山坬上，后来就成了精。他说玉厚老母亲的病肯定没什么大危险，因为他以前在阴界的生死簿上没见阎王爷把干妈的名字用红笔打了叉。

说完这些话后，刘玉升就慢慢合住眼，嘴里开始念嚷一些凡人所不能知晓的咒语。

紧接着，只见他“咚”一声栽倒在前炕上，身体僵直，双拳紧握，嘴里吐着白沫子，牙关子咬得格巴巴价响！

孙玉厚两口子恐惧地退到后窑掌的脚地上。他们好像听见刘玉升嘴里喊：“小鬼！快把白狗精收回去……”

不一会，又见刘玉升一只手在身体下面的炕席片上抓什么。抓了一会，只见他胳膊一扬，把什么东西向窗户上撒去——只听见窗户纸被打得啪啪价响！

玉厚老两口被这非凡现象惊得嘴巴张了多大！

哈呀，这刘玉升就是有神灵哩！席片上干干净净，他把什么东西扬到窗户上了？不得了！光席片上都能抓起东西哩！

其实，刘玉升麻绳子大纳的破棉袄上有个暗口袋，里面装着沙土。他假装手在席片上摸，实际上是偷偷从这口袋里摸出沙土来，猛然扬在了窗户上……

刘玉升嘴里胡念嚷着，间隔地向窗户上扬了几把沙土后，就直挺挺地躺在前炕上，张开嘴向土窑顶上一口一口吹气；其吃劲程度就像田福堂犯了肺气肿病。少安他妈见其状，立刻从后炕上拿起一个枕头，准备垫到刘玉升头下，结果被孙玉厚威严地阻止了；老汉用眼神向老婆暗示：这是神性！

又过了一会，刘玉升呻吟般地向窑顶上吹了最后一口气，才慢慢睁开了眼睛。他身体随即松弛下来，但仍躺着，也不看人，只看窑顶。

很久，他才从炕上爬起来——席片上留下一摊涎水。

现在他爬蜓着坐到炕栏边上，两条腿软绵绵地耷拉着，像走了很长时间路。

孙玉厚现在才敢走到他跟前，给他把旱烟锅递到手里。

刘玉升抽了一锅烟，来了精神，便开口说："我刚才下了一回阴曹，阎王爷没听说过这只白狗精，不好捉。后来派了两个小鬼上来，还没捉住。不过，你们不要担心，阎王爷天不明时还要派四个小鬼上来，肯定能捉住哩……嘿！我从阴界上来时，见咱们村的俊斌跑到庙坪山后坬上玩耍哩！我对他说，下面正点名，你还不快回去？这小子才跑下去了……"

刘玉升一边说，一边将一个肮脏油污的线口袋从怀里掏出来，放在了炕上。少安他妈赶紧拿起这口袋，到后窑掌里装了两大升麦子。

刘玉升说："本来咱们同村邻舍，我不能收你们的东西。但这是阴曹下面的规定，不收也不行……"

孙玉厚赶忙说："那怎能哩！"他随即又揭开那只旧木箱，把一块二尺左右的红布也拿出来，连同粮食一起放到刘玉升面前。

刘玉升把红布塞在棉袄襟子里，把那袋小麦扛在肩头，就要起身走了。

"我拿手电把你送一下。"孙玉厚说。

“不用了！我们这号人白天和晚上一样，都能看见路哩……噢，我倒忘了！你们今晚上用一斤白面捏成两个猪像，在灶火里烧熟，赶天不明时送到田家圪塄下面的河湾里，放在一块干净石头上，周围画一个圆圈。白狗精走时，歪好吃上一点，以后就不会记仇了……”

孙玉厚老两口连连点头应承了下来。

刘玉升走后，少安妈就用一斤多白面捏了两个“猪像”，在灶火里精心烧烤得焦黄喷香。

天不明时，孙玉厚按刘玉升指定的地点，把这两块吃食送到东拉河岸边一块干净石头上，用手指头在周围画了一个圆圈。

玉厚老汉怎能想到，他离开河岸不久，刘玉升就来到这里，把这两块还温热的吃食拿回家，给他的六个小“白狗精”分着吃了……

第二天早晨，孙玉厚他妈对儿子和媳妇说，她的肚子好些了。孙玉厚两口子在高兴的同时，对刘玉升敬佩得五体投地。

可是好景不长！中午时分，老人的病情突然加重了——肚子疼得在一堆破棉絮中滚来滚去！

孙玉厚大惊失色，赶紧把孙玉亭叫下来。弟兄俩不敢再瞎折腾，手忙脚乱把老母亲拉到石圪节医院。

医生一检查，是肚子里有了蛔虫；随即给开了一瓶“驱蛔灵”。

老人回到家，吃了两次药，就屙出了几条蛔虫，肚子自然也就不再疼了。

第四十二章

在祖母生病的几天里，孙少安一直在原西县城奔波，因此他对家里发生的事一无所知。

实际上，就是他在家，也不会像以前那样，为了老人的一点病，就可以把一切都撂在一边。

这不是说他对祖母的热爱已经消淡了——他实在是忙不过来呀！制砖机一开始转动，他自己也跟着旋转起来。各种生产环节，七八个雇用的工人，还要亲自跑着搞经销，简直乱成了一团。一个高小文化程度的农民小子，突然办起了这么大的事业，那种繁忙和紧张都难以用笔墨来描述。尽管他用每月一百五十元工资雇来的河南师傅主管砖厂的生产流程，但他是这砖厂的主人；他不得不将大量的精力投入到生产现场——搞好搞坏最后都是他自己的，和河南师傅屁不相干！另外，他还得经常往信用社、税务所、运输公司以及买方等等部门穿梭奔跑。

他不在家的时候，他老婆就成了砖厂的主管人。可怜的秀莲除过给七八个人做饭外，还得给买方点砖数，开发票当会计——这一切都够难为她了。

小两口再也不可能夜夜消闲地钻在一个被筒里搂着睡觉——他

们常常好几天都见不上一面。虎子几乎一直跟爷爷奶奶住；他们顾不上照管自己的宝贝蛋。

当然，他们如此挣命，是因为生活突然充满了巨大的希望。有了希望，人就会产生激情，并可以义无反顾地为之而付出代价；在这样的过程中，才能真正体会到人生的意义。什么是人生？人生就是永不休止的奋斗！只有选定了目标并在奋斗中感到自己的努力没有虚掷，这样的生活才是充实的，精神也会永远年轻！

眼下，农民孙少安尽管不会这样表达他的思想，但所有这一切他都实实在在感受到了。在农村这个天地里，他原来就不是平庸之辈；只不过在往日那漫长的年月里，他想做的事情不能做，不想做的事情却又非做不可。

好，现在政策一变活，他终于能放开马跑了！

两个多月来，少安和秀莲尽管累得半死不活，但小两口心里从来也没有像现在这样畅快过。两个小学文化程度的人，已经在他们新家的小土炕上，扳着手指头反复计算过今年下来的光景。如果不出什么差错，他们将在年终还完贷款后，还有两三千元的收入——更主要的是，制砖机和砖厂所有的财产都将成为他们自己的啰！

随着全社会的改革与开放，国家迅速地转入了大规模的建设时期。从农村到大大小小的城市，各类建筑如雨后春笋一般破土而出。有些属于计划之内，有些是盲目上马。整个中国似乎变成了一个大建筑工地。在这样的形势下，各种建筑材料都成了热门货。木材在涨价，钢材在涨价，而砖瓦一直供不应求！尤其是宝贵的钢材，就像困难时期的营养品一样，受到了严格的控制。越是控制，越是紧缺，漏洞也就越多；各种后门洞开，许多环节上都有不法之徒大发横财——报纸上不时报道有贪财的官员锒铛入狱！

孙少安开办砖厂，的确赶上了当口——他不愁他的砖没有销路。

但是，要把每一块砖变成人民币，还得要费一番周折喽！如果按当时通行的价格，那倒很省心——起先他就是这样把砖卖掉的。可是有一次，他碰见“夸富”会上和他住同屋的“冒尖户”胡永合，把他这种便当的买卖大大嘲笑了一番。

胡永合告诉他，现在的买卖人没他这号瓷脑！他教导孙少安说：脑筋放活些！你把买方的人请到食堂里吃上一顿，每块砖就能多卖一二厘钱！

孙少安大为惊讶。他先把这位“传教士”请到原西县国营食堂吃了一顿。这顿饭使两个买卖人成了朋友。三杯酒下肚，生意油子胡永合又给他传授了不少窍道。

打这以后，孙少安就“灵性”多了。按胡永合的教导试了一回，果真灵验——原来一块砖最多卖三分八厘钱，这次卖了三分九厘。一块砖多卖一厘钱，那就是一笔不小的款项；请一两个人吃顿饭能花几个钱！

当然，作为一个本分农民，起先这样做的时候，他心里总有点七上八下，很不踏实。后来他才知道，你不这样做也不行！有些公家人不仅不在乎这种请客送礼，而且还主动暗示或直截了当要你“出血”。这是一种“互惠”生意，既然公家人不怕，一个农民为什么有便宜不占呢？

一个可悲的事实是，许多土头土脑的农民，很大程度上是因为公职部门的不正之风和某些干部的枉法行为，才使他们成为“熟练的”生意人。他们提着黑人造革皮包，带着好烟名酒，从乡下来到城里，看起来动作迟笨，一脸忠厚，但精明地不会放过任何一个可以打开的“缺口”。

但和胡永合这样的生意人相比，孙少安在这方面仍然没有开什么大窍。他只会请人家在食堂里吃一顿饭——这是一个得了好处的乡下人通常感谢别人的方式。

说起来，孙少安的身上也还有一些明显的变化。比如说他现在的衣着装束,就今非昔比了。如今他只要外出办事,就会换上那套“礼服”:贴身一套红线衣，外面是一身廉价混纺毛料制服;足登“力士”牌球鞋，头上戴一顶深蓝的卡单帽，手里像其他生意人一样提着黑人造革皮包（也可斜着大背在身上)。当然，这身打扮在城里人看来仍然是个土包子，但在农村，就算很“洋”了。秀莲坚持要让他这样改头换面。少安自己也感觉到，到城里办事，一身老百姓衣服实在蹬打不开。穿着这身新衣服，开始时还怪有点别扭，以后慢慢也就习惯了……

现在，孙少安就是这么一副装束，坐在原西县国营食堂的小餐厅里。

他正在这里请客吃饭——当然是为了销售他的砖。

客人是原西县百货公司的正副经理和这个单位管基建的干部。副经理我们已经熟悉了——跛女子侯玉英的父亲侯生才。正是因为少平当年曾经在洪水中救过侯生才的女儿，这笔生意使孙少安多赚了不少钱。百货公司要新盖一座三层楼的门市部，需要大量的砖。有许多砖厂在竞争这个大买主。当主管基建的副经理侯生才知道少安就是少平的哥哥后，毫不犹豫把好处先给了他;并且每块砖出价四分——这比当时通行的价格高出二厘。侯生才的“理由”是，少安的砖好。当然，少安的砖确实也好，压力系数都在一百号以上(七十五号以上就是国家标准)。

为了感激慷慨的侯经理，少安就在县国营食堂的小餐厅里搞了这桌饭。从原西水平来说，这桌饭菜已经属最高层次了。桌上有山珍海味，还上了各种酒。少安殷勤地为那三个人夹菜劝酒，尽量使自己的风度像那么一回事;生活已迫使一个封闭的乡下人向外部世界开放。

吃菜喝酒的时候，孙少安无限感慨地想起，当年就是在这地方，他和润叶曾经一块吃过一顿饭。那顿饭是润叶请他的。那时，他是何等的窘迫与恓惶啊！谁能想到，今天他能在这同一个地方，铺张地请别人吃宴席呢？

他由不得想起了润叶——这几年里，他很少再想起这个曾经爱过他的人。对于一个在实际生活中陷入千头万绪矛盾中的农民来说，没有那么多闲暇勾起自己的浪漫情思。不过，一旦想起这个人，他就会想起自己整整一段生活历史；不仅是当年他和润叶的关系，还有他自己和一家人曾经度过的那无比艰难的岁月……

他在饭桌上的情绪突然低落下来。此刻，他痛苦地想到，他们家其他人的情况眼下仍不景气。分家以后，父亲的负担加重了，那么大年纪，还得像小伙子一般出山劳动。弟弟一个人流落门外，谁知成了一种什么样子。姐姐家的状况更是一如既往；就连上高中的妹妹，也是很艰难的。

孙少安的额头冒出了一层冷汗。他内心里刹那间升起一股羞愧之情：分家之后，他只顾他自己的事，对家里其他人几乎没尽什么责任。他太混账了！一天忙着为自己赚钱，连弟弟和妹妹都没顾上去关照一下——他们严格地说还没有长大呢！

孙少安勉强赔着笑脸吃完了这顿饭，把三位客人送出了国营食堂。

他决定立刻到中学去找妹妹——他要给她留下五十元钱。

是呀，亲爱的妹妹马上就要高中毕业，她已经长成大姑娘，尤其在穿着方面应该像个样子了。本来，他想自己到商店给兰香去买几件衣服，又怕不合身，就决定到中学去把钱送给妹妹，让她自己去挑拣着买一身好衣裳。

孙少安提着那个黑人造革皮包，急匆匆地往中学赶去。在此之前，他已经打问好去石圪节的一辆顺车；给兰香把钱送下，就得赶紧搭车回去——他已经出门几天，心里惦记着家里那一摊场。秀莲一个人顾不来啊！

兰香正在上自习。他把她从教室里叫到外面的大操场上。

他先简单地询问了一下妹妹的情况。

兰香说她什么都好着哩。

他于是就掏出那五十块钱来给妹妹。

可兰香却不接这钱。她不知为什么眼里突然涌上泪水，说："我有钱哩……"

"你哪来的钱！"少安见妹妹不接钱，有点生气。

"我二哥每月给我寄十块……"

孙少安一下子呆了。

呀，他没想到弟弟一直给妹妹寄钱！

他的喉咙顿时像堵塞了一团什么东西。

他有些声软地说："你二哥的是你二哥的，这是大哥的。你拿上给你买一身时新衣裳，你看你这身衣裳都旧了……"

兰香抠着手指头，突然扬起脸用泪濛濛的眼睛望着大哥，说："哥，我知道你的心哩。现在分了家，你们那面有我大嫂哩。我不愿叫你作难。你不要给我钱。我不愿意大嫂和你闹架。我手头宽裕着哩……"

少安的眼窝发热了。

他接着又硬把钱往妹妹手里塞。兰香却掉转身，手抹了一把眼泪，跑回教室里去了……

孙少安手里捏着五十块钱，呆呆地立在空荡荡的中学操场上，一颗伤痛的心像是泡在了苦涩的碱水里。

……他不知道自己是怎样走出原西县中学的。他也不知道自己是怎样从原西县回到石圪节公社的……

孙少安在石圪节下车后，便神情恍惚地向双水村走去。

一路上，那无声的哽咽不时涌上他的喉咙。他的胸口像压了一块石头。多么痛苦啊！他记起，那年因为扩大自留地在公社批判完后，他就是怀着这样痛苦的心情，从这条路上往村子里走。那时的痛苦一切都是因为贫困而引起的。可现在，他怀里揣着一卷子人民币，却又一次陷入到深深的痛苦之中！

生活啊，这是为什么？贫穷让人痛苦，可有了钱还为什么让人这么痛苦？

过了罐子村，在快要进双水村的时候，孙少安实在忍不住了。他突然从公路上转入一块庄稼地，找了一个四处看不见人的土圪塄，一下子扑倒在土地上，抱住头痛哭起来！

山野悄无声息地倾听他的哭泣。

落日将要沉入西边的万山丛中；圆圆的山包顶上，均匀地涂抹了一层温暖的橘红。有一群灰白的野鸽从蔚蓝色的天空掠过，翅膀扇起一片嗡嗡的声响。不远处的东拉河边，传来黄牛的一声低沉的哞叫……

好久，孙少安才从地上爬起来。他拍打掉衣服上的灰土，又抹下头上的布帽擦去了脸上的泪痕，然后无精打采地卷起一支旱烟棒，蹲在地上静静地抽起来。他脸色灰暗，看上去像刚刚生了一场大病。

一直到太阳完全落山以后，他才从地上拾起那个黑人造革皮包，拖着两条无力的腿，慢慢向村中走去。

拐过一个山峁后，他猛地立在了公路边上。

他看见了他的砖厂！那里，制砖机在隆隆地响着，六七个烧砖窑的炉口闪耀着红光；滚滚的浓烟像巨龙一般升起，笼罩了一大片天空。

一股汹涌的激流刹那间漫上了孙少安的心头。他疲惫的身体顿时像被人狠狠抽打了一鞭，立刻振作起来了。

是的！不论怎样，他还得在这条新闯出的道路上顽强地走下去；一切都才刚刚开始，他的心不能乱！这么大的事业，如果集中不起精力，搞倒塌了，那后果不堪设想！

决不能松劲！他还应该像往常一样，精神抖擞地跳上这辆生活的马车，坐在驾辕的位置上，绷紧全身的肌肉和神经，吆喝着，呐喊着，继续走向前去……

孙少安迅速地卷起了一支旱烟卷。

他鼻子口里喷着烟雾，扯开脚步匆匆地向他的砖厂走去；他远远地看见，头上拢着白羊肚子毛巾的妻子，已经立在一堵蓝色的砖墙旁等待他了。

第四十三章

我们最初知道兰香的时候，她还是个十三岁的孩子。现在，站在我们面前的，已经是一位窈窕的大姑娘了。

她今年整整十九岁。

我们真惊叹这贫穷的山乡圪崂里养育出如此出众的女孩子。瞧，那一身旧衣衫包裹着的身材是多么挺拔而苗条！洁白的脸庞像上了釉的白瓷，闪着珍珠般的光泽；黑油油的剪发优美地弯曲在腮边，使那俏丽的下巴显得愈加叫人心疼。长长的睫毛护着一双清澈动人的眼睛……当她静静地坐在教室里的时候，我们会不由想起不朽的罗丹那尊著名的雕塑《沉思》。

贫困的家庭出身和艰难的生活磨练，使孙兰香并不特别留心自己的漂亮。

这个在窘迫和煎熬中长大的姑娘，很早就开始直面艰辛的人生。她的意识中时常充满了忧虑，焦灼地凝视着自身以外的生活。奶奶、父母亲、两个哥哥和姐姐一家人，都无时无刻不在她的关注之中。唉，她无力去帮助所有这些亲人，但她为亲人们的一切不幸而揪心地痛苦呀！

兰香强烈地意识到，她读到高中是多么不容易！现在她明白了，她一生不能再回到农村去；她一定要考上大学。那年在石圪节的时候，她还曾打算连初中都不上完就回家去。现在想起来都有点后怕。是的，她怎么没学下个什么名堂就回去呢？这样她就对不起含辛茹苦的一家人；她只有考入大学，才不辜负亲人们的一片苦心！

从进入高中那天起，考大学就成了兰香追求的目标。自一九七七年恢复高考制以来，原西县高中每年都有几十名学生进入大学门，这无疑极大地刺激了像她这样有抱负的青年。

正因为这样，学习对她来说是至高无上的。近三年来，她不仅在班上，而且在整个年级保持前三名的位置。在九门功课中，数学、外语、物理、化学和生物，考试几乎常常是满分。但她并不满足。她知道，高考是全国性的竞争，光在自己学校考高分并不能保证全国统考也能考出好成绩。

马上就要高考了。再有几个月，她就要面临这个决定自己一生命运的关口。不管她考上考不上，她都将会变成另外一个意义上的孙兰香。当然，这次命运的大决战不仅对她是至关重要的，对所有的同学都一样。

班上抱有希望的只是一部分人，另一部分人已经不抱什么指望——他们知道自己没有多少脑水。后一部分人包括许多城里学生。上高中时，他们仗着自己的优越，功课抓得不紧；现在事到临头却大势已去，只好开始动员父母亲为自己寻找出路。

毕业班一片紧张与慌乱。

兰香也在内心隐隐地感到一种恐惧。她知道，要是高考榜上无名，对她来说，那后果就不堪设想。她清楚地知道，那时会有什么样的命运在等待着她。她将在一两年内出嫁。而像她这样的家庭，又能嫁个什么人呢？和一个农村后生结婚，过好了，自己能维持自己；过不好，还得连累老人和两个哥哥——姐姐的不幸就在她眼前明摆着……晚上睡觉时，她常梦见自己没有考上大学；醒来之后，手里捏着两把冷汗。

她只能一心钻到功课中去；除此之外，其他任何事都引不起她的兴趣。她的学习干事职务，也是老师做了许多次工作才勉强接受了的——她怕当“官”影响她的学习。

班上的女同学们，都到了一个鲜花般的年龄，个个开始精心打扮自己。洗发精、面霜、头油，甚至口红或其他一些很有名堂的化妆品，都出现在各自的小木箱中。有些没指望考上大学的女生，已经开始谈恋爱了。对于这个年龄的女孩子，她们的爱美之心不仅无可指责，而且是我们生活中最为动人的现象；我们的世界正因为有花朵般的姑娘，才永远如此美好！

但孙兰香除一块香皂和一只贝壳装着的廉价擦脸油外，什么也没有。一方面她生性不爱涂脂抹粉；另一方面，她也没钱买这些东西。别说这些花费了，直到现在，她还没有过一件像样的衣服。好在她那天生丽质大大弥补了穿戴的寒酸，因而仍然在女同学中鹤立鸡群，使得姑娘们妒忌不已。

自从进入高中后，她只能勉强维持自己的一般生活。当然她还不像两个哥哥上学时那样艰难；她起码能吃饱饭，并且也还能吃得起一份乙菜。

在这期间，曾给她带来过重大打击的，莫过于大哥和他们的分家了。从她记事起，一家人的依靠就是大哥。一旦没有大哥，他们家的日子怎么过？多么忧愁啊！她曾为这事偷偷哭过好多回。

后来，是她二哥使她从惊恐中平静下来。她在实际生活中感到，只要有二哥，她也就不必过分担心。她越来越看出，二哥是一个不平常的人。他和大哥一样能吃苦受罪，而且懂的事也多；跟上他，就觉得什么也不怕了。她甚至还这样想过：将来能寻二哥这样一个男人就好了！

二哥一直对她特别关怀，每月都从黄原给她寄钱来，并且还常写信开导她，鼓励她。她最爱读二哥的信，还在笔记本上抄了他的许多话。她也常给他写信，甚至还敢在信上和他讨论一些“大”问题哩。她的信是寄给金波哥转他的。

二哥不久前在信中写给她的一段话，使她的心情久久不能平静。那信是这样写的——

……亲爱的妹妹，关于你，说心里话，是出乎我意料的。因为我原来对你不抱什么大的希望。我想你一生能有个温暖的家庭，生儿育女，有吃有穿，不要像姐姐那样恓惶和屈辱就行了。现在我越来越看出，实际上你的天资比我和大哥都高。你一定能考上大学的！而且我从你的来信中，看出你已经对人生在较高的层次上有了觉悟。这使我非常激动！我感到，人的一生总应有个觉悟时期（当然也有人终生不悟）。但这个觉悟时期的早晚，对我们的一生将起决定性的作用。实际上就是说我们应该做什么人，选择什么样的人生道路。

我们出身于贫困的农民家庭——永远不要鄙薄我们的出身，它给我们带来的好处将一生受用不尽；但我们一定又要从我们出身的局限中解脱出来，从意识上彻底背叛农民的狭隘性，追求更高的生活意义。

要知道，对于我们这样出身农民家庭的人来说，要做到这一点是多么不容易啊！

首先要自强自立，勇敢地面对我们不熟悉的世界。不要怕苦难！如果能深刻理解苦难，苦难就会给人带来崇高感。亲爱的妹妹，我多么希望你的一生充满欢乐。可是，如果生活需要你忍受痛苦，你一定要咬紧牙关坚持下去。有位了不起的人说过：痛苦难道是白忍受的吗？它应该使我们伟大！

另外，我不知在什么地方看过一则消息，对我们很有启发：

有位美国总统的女儿为了不让父亲供养她上学，自己便利用课余时间到饭馆里为人家洗碟子赚钱……妹妹，二哥这样说，不是逼着让你也去自己谋生！相信我每月的十块钱一定准时寄给你！真想和你在一块好好谈谈……有时间就来信，并希望能把字写大些，不妨出出格嘛……

这封信引起了她强烈的震动。她在心里慢慢揣摸二哥的这些话。她内心非常激动，似乎多少年一直堵在眼前的一片朦胧的云雾，突然被阳光撕开并被大风吹散，使她看见了生活无比广阔的地平线。真的，她现在对二哥产生了一种崇拜的感情——就像她小时候崇拜大哥一样！

可是实际上，她对大哥的尊敬一点也没少。她现在只是认识到，大哥和二哥不一样。

她明白，大哥因为文化程度低，从小又压上了生活的重担，只能和大多数农民一样为最实际的生活问题而操劳——她深知大哥受过什么样的苦啊！一想起大哥，她眼圈就发热……

现在，大哥终于办起了砖厂，不要再像过去那样穷困。为此，她心里也为大哥而感到骄傲。她希望大哥发达起来——正是因为大哥的光景翻了起来，村里人现在才不再小看他们一家人。同时，也正是家庭出现了这种新背景，才使她自己心里踏实了许多，觉得在同学们面前不很自卑了……

但兰香又清楚地知道，大哥和他们不再是严格意义上的一家人。一旦分开家，大的方面只能是各顾各的光景。

光大哥好说，可还有大嫂哩。大嫂虽说也是个十分好的人，但分家后，当然要维护自家的利益——这是正常的。就是互相帮助个什么，也得明确这是两家人之间的互相帮助，而不能再是一笔糊涂账。

当然，实际上也不可能一切都斤斤计较。虎子不照样还在他们这边家吗？而大哥和嫂子也常给他们做这帮那。只不过较大数字的开销，那就得大约有个计算了，否则，大嫂当然会不高兴！

正因为如此，不久前她才没有接大哥给她的五十块钱。

兰香知道，大哥当时的确是一片真心。但她又知道，这钱是大哥瞒着大嫂给她的。以后万一被大嫂知道了，说不定要和大哥吵架；她怎么能因为五十块钱而使大哥和嫂子闹不和呢？

大哥走后，当时她又反复想了这件事，觉得没有接大哥的钱是完全正确的。

唉，这不是说她不需要这五十块钱！二哥每月的十块钱，她只能勉强维持自己的伙食，另外的花费就十分困难了——光高考的复习材料就得许多钱；幸亏开学时，二哥还给她留了二十几块钱，交过八块五毛报名费后，手头丢下十几块，抠掐着应付那些必不可少的开支。至于生活中的其他奢望她一点也不敢有。半年来，她连一场电影也没有看过；一方面是因为高考临近，她要抓紧时间复习功课，更主要的是她舍不得花那一毛钱！

眼下，兰香惟一的愿望是买一件短袖衫。天马上就要大热了，她连一件短袖衫也没有。两件换着穿的长袖衫，天一热，只能把袖子卷到半胳膊上，像上了箍似的难受。

可是，一件稍好点的短袖衫少说也得十几块钱，她手头只有几块钱，而且除万不得已决不敢花出去！

但不论怎样，她既不能拿大哥的钱，也不准备另外向二哥开口要。凑合着穿长袖衫吧！她决不能再给家里人添麻烦了……

大哥走后的第三天，他们班的一位女同学患急性盲肠炎，在县医院动了手术。班上的同学们都先后到医院去看望了。她也准备去看望。而到县医院看望生病的同学得带点礼物——这钱是无论如何要花的。

她正准备去街上买点食品，金秀却带着一挎包东西来约她一起去看这位同学。兰香明白，亲爱的金秀知道她手头缺钱，就先买好东西拉她去医院——礼物算是她们两个人一块给这位同学送的。

和兰香同岁的金秀也长成了一位漂亮的大姑娘。金秀是另外一种漂亮。她比兰香个头低，但身材匀称而丰满，两只水汪汪的大眼睛流露出温柔而多情的波光。她的学习虽然在班上不是拔尖的，但门门功课都很扎实。金秀和兰香一直保持着十分亲密的关系，像一对亲姐妹。金秀已经确定要报考省医学院，而兰香对自己报考的学校和专业心中还没数……

下午课外活动时，两个好朋友拿着东西，一块相跟着去看望生病住院的女同学。

到医院后，金秀在同学的病床前坐了一会，说她父亲给县运输公司的一位熟人捎来一封信，她要给人家送去，便先告辞走了。

兰香一个人和同学又拉了一阵话，才从病房里出来。

她无意中看见，医院不远处的地方正在箍一长排窑洞。她马上想到，她二哥在黄原也是给人家干这种活的。

她竟然不由自主走过去，想看看这些人是怎样干活的——这样她就会大约估摸出二哥在黄原的情况。

兰香走近前去，看见石匠们都光着膀子，只穿件小布褂，分头忙活着。有的人在土场子里细心地拿锤錾琢磨粗糙的石块；有的人往垒起一截的窑墙上背石头。墙头上立着高人一等的大匠工，不时吆喝下面的小工送这运那。到处是一片爆竹似的锤錾声。

兰香突然发现，提泥包的大部分是一些女孩子。看她们的穿着，不像是农村来的。

她于是就好奇地问其中一个提泥包的姑娘："你们是哪里来的？"

"我们是这城里的待业青年。"

“你们一天赚多少钱？”兰香大胆地问。

“一天一块半。”

啊，一天就赚一块半钱呢！这些女孩子看来和她的年龄差不多，人家一天就能赚这么多钱！

兰香的心不由动了一下：我能不能也来这里提泥包呢？当然，白天她要上课。不知道这里晚上干不干活？要是晚上能来干几个小时，哪怕赚几毛钱都行呢！

她于是又惴惴不安地走过去，问刚才那个女孩子：“你们晚上干不干活？”

那女孩子莫名其妙地看了一眼多嘴的兰香，说：“我们晚上不来。但匠人们晚上还做活。”

“那晚上谁给匠人们提泥包呢？”

“他们自己腾出人手提……”

“那我晚上来提泥包不知行不行。”

“你呀？”

“嗯。”

“那你要去问站场的工头！”

“哪个人是工头？”

这女孩子便给兰香指了指不远处一个立着抽黑棒卷烟的人。

孙兰香已经决定要来干这活了！她记起了二哥信中所说的话。她想，人家美国总统的女儿都能跑到饭馆里洗碟子赚钱，她为什么不可以提泥包赚点钱呢？

二哥说得对，要自强自立！她一家人都是吃苦干活的人，她自己干点活又有什么了不起的！二哥说了，不要怕苦难，如果能深刻地理解苦难，苦难就会给人带来崇高感。对，她这样做，不应该有任何一点害臊的感觉。

兰香身上具有孙家的那种倔犟劲。她真的勇敢地走到那位站场工头的面前，向他提出了自己的愿望。

工头听完她的话，又了解了一下她的身世和眼下的情况，大为惊讶。

看来这工头对人有同情心。他立刻慷慨地说：“你要是不怕误课，你就来。干两三个钟头活，给你开上五毛工钱！”

兰香又高兴又激动地离开了医院。她猛然觉得自己长成了大人——她惊讶她竟敢做出如此大胆的抉择！

既然这样决定了，她就应该毫不畏惧地投入这种生活。她白天可以增加学习时间，好把晚上的时间腾出来去干活。当然，她不会干太多的天数，因为高考快临近了。她只准备做一个来月活，赚的钱够买一件短袖衫就行了。她想，用自己赚的钱买一件衣服，穿着更有意义！只是有一点，这事既要瞒着同学们，又不能让家里人知道……

从这一天以后，每到傍晚，兰香就以各种理由离开学校，然后悄悄来到医院的基建工地，为箍窑洞的匠人们提泥包。

这样一个漂亮的女孩子出现在一群揽工男人中间，当然会受到一些粗言俗语的伤害。但我们的兰香有她自己的一套对付办法。她一开始就对所有做活的人尊敬地称他们为“叔叔”和“大哥”，把那些口出粗言的家伙捧到“人”的位置上，结果使他们自己羞愧不堪。这些人终究也是人，一旦你尊敬他，他就不会再牲口似的对待你了。

提泥包的活并不轻松。十点钟左右收工后，兰香常常浑身酸疼难忍。她先躲进医院的女厕所里，把外面那身糊满泥巴的衣服脱下来，塞进自己的书包里，然后就穿过夜晚清冷而空旷的街道向学校赶去。

一个人行走在寂静无声的街道上，她常常会仰起头来，眨巴着那双美丽的眼睛，迷惑地瞭望着暗蓝而幽深的天空，瞭望着那一轮皓月和满天繁密的星斗，陷入到了深远的沉思之中。哦，人生，宇宙，一切都是多么神秘和深奥！她突然想起不知在什么地方看过的几句诗：走千山，涉万水，登不上你的殿堂……

这个天赋很高的姑娘，常常在这样的时候，会产生某种突发的奇想。

某一天夜里在医院干完活后，她一边往学校走，一边猛然想：我将来一定要乘宇宙飞船到太空去！不知中国有没有与此有关的大学？她要去问一问老师——如果有，她就一定去报考！

第四十四章

一大早，太阳还没有从东拉河对面的山背后升起的时候，睡梦中的双水村人就听见后沟道里传来一阵机器轰隆隆的响声。

这是少安的砖厂又开始了一天的繁忙。

自双水村的新强人孙少安用机器制砖那天开始，这声音就天天震动着这个古老的村庄。

开始的几天，全村不论大人还是娃娃，都先后新奇地跑到孙家开办的“工厂”来参观。人们围着那台神秘的制砖机，看着土砖坯像流水似的从传送带上源源不断地运出来的时候，一个个都惊讶得嘴巴张了老大。哈呀，这玩艺儿神了！什么能人造出这么好的东西呢？如果每家都有这么一件机器，那人人都可以发大财！

当打听到这家伙的价钱时，庄稼人才又惊得舌头在嘴里弹得嘣响。

后来，人们对少安的“工厂”习以为常了，也就不再来参观。他妈的，看一回叫人眼红一回！眼红人家又顶屁用哩？没能耐的人还得用双手在土地上刨挖着吃！

双水村搞了责任制以后，一下子平静了许多。我们知道，这个往日有名的嘈杂村庄，过去经常人喊马叫的，好像天天都在唱大戏。

可是现在，人们单家独户种庄稼，各谋各的光景，谁还有心思去管那些闲淡事？再说，也没什么相聚的机会。主动去串门？没工夫！真是不可思议呀，一个村的人，如今甚至几个月都不见一面！村中各处的“闲话中心”早都自动关闭了；只留下几个不能出山的老汉聚在公窑外面的官路旁，观看来往的车辆行人，说他们那些老掉牙的话题。

好安静的双水村！

可呀，外人并不知晓，实际上村里每个人的心中从来没像现在这样骚乱和喧哗。

是呀，新的生活带来了新的问题、新的矛盾和新的欲望。大多数人肚皮撑圆以后，必然要谋算新的出路和新的发展。由此而产生了许多新的难念的经。至于少数光景日月还不如集体时的家户，那愁肠和熬煎更是与日俱增——过去有大锅饭时，谁碗里的一份也少不了。现在可没人管啰！你穷？你自己想办法吧！你不想办法？那你穷着吧！

双水村许多有苦恼的人并不知晓，他们羡慕的能人孙少安，如今也有他自己的苦恼。正像俗话所说：一家不知一家难哪！

想想也是，孙少安摆开这么大的战场，而且想弄出点名堂来，那也就少不了他后生的苦恼。是的，他的确为他的事业苦恼——但更苦恼的倒还不仅仅是这些事！

前几天从县城返回村子后，尽管他一如既往紧张地投入到砖厂的忙乱之中，但心情一直感到很沉重。妹妹那双泪濛濛的眼睛不时浮现在他眼前。他在砖厂一边干活，一边难受地咽着唾沫。他明白妹妹为什么不要他的钱。懂事的兰香心疼他、体谅他，怕秀莲和他闹架。唉，几年前他怎么也不会想到出现这样的情况。光景好转了，可家庭却四分五裂！

但话说回来，他又怎能全部埋怨他的秀莲呢？

自进这个家门来，她也没少吃过苦哇！现在，她又熬死累活帮扶他支撑这个大摊场，家里和砖厂两头忙，手上经常裂着血口子……虽然她坚持分了家，但按乡俗说，对待老人也无可挑剔。平时，这面家里做点好吃喝，她总想着给那面的三个老人端过去一些。天冷的时候，母亲眼睛不好了，她就熬夜把老人们的棉衣棉裤都拆洗得干干净净。就是他给老人量盐买油，她也从不说什么。只是他要把一笔大点数目的钱拿出来给家里的人，她就有些不高兴了——钱是她管着的，分分厘厘的花费都瞒不了她……

少安思来想去，觉得分家以后，是他自己对家里的人没尽到责任。办法总应该是有的；但他忙于自己的事，没有对亲人们的处境精心关照过。

怎么办呢？偷着给他们一点零碎钱，也起不了大作用，反而还得和老婆磨牙拌嘴……

少安在他的砖厂一边起劲地干活，一边焦虑地思谋着。

后来，他突然想：最好还是说服少平回来和他一块办砖厂！是呀，他掏大钱雇用两旁世人哩，为什么让弟弟流落在外边赚人家的下眼钱？少平受死受活，一月又能赚多少？如果弟弟回来和他一块办这砖厂，他们两个合伙操持，赚得红利一分为二，两家就都能有个大翻身。要是这样，秀莲也就无话可说。他相信他能说服妻子。这是一个最根本的解决办法，而这样他们实际上又成了一家人！

好！早应该这样办了。

孙少安想到这里的时候，停止了干活，赶忙卷起了一支旱烟棒。他开始深入考虑怎样实施这个计划。他越想越兴奋。弟弟文化程度高，说不定很快就能独立操持制砖机，不用再掏大工钱雇这位河南师傅了。弟兄俩一个照料砖厂，一个出去办“外交”，说不定还能把事干得更大哩！

孙少安鼻子口里喷着烟雾，在制砖机旁吸了一支旱烟卷后，就决定明天亲自去黄原找少平。

少平会不会回来呢？这倒是个问题。

少安觉得，少平在吃苦方面和他一样，但另外一些方面和他有很大区别。弟弟脑子里常有一些怪想法。唉，也许是书念得太多了！

不过，他想他还是有些把握把弟弟叫回来的。他知道少平在外面也赚不了多少钱。当初他不愿意和他一块办砖厂，想到外面去闯荡一番——年轻人嘛，这也是可以理解的。他当年要不是家境无法维持，说不定也要出去闯荡一回哩。少平闯不出去，自然就会回头的。至于他迁出的户口，那好办，迁回来就是了；双水村不会把老根扎在家乡的人拒之门外的。

孙少安想好以后，决定明天早晨就搭班车走一趟黄原——这也将是他有生以来走得最远的地方。

晚上睡觉的时候，他就把走黄原的事对秀莲说了。当然他没说是去找少平。他对妻子撒谎说，有个熟人告诉他，黄原一个下马单位有台便宜处理的旧电机，他想去看看，行不行一两天就回来了。他现在不能对妻子说明他的打算。等少平回来了，他再和她商量这件事——反正到时生米做成熟饭，她同意不同意都无济于事了。

本来少安想先和父亲商量一下，但觉得也没必要。只要少平愿意回来和他一块干，父亲肯定不反对，还会很高兴的。他先要说服的只是少平。

第二天早晨，他换上了秀莲为他洗干净的“外交”制服，便在家门口下面的公路上，举起庄稼人僵硬的胳膊，挥手挡住了去黄原的班车。

他有点兴奋地踏进车厢，在车窗玻璃前向送行的妻子和儿子招招手，就被汽车拉着向远方的城市奔驰而去了……

下午两点钟左右，孙少安到了黄原。

当他斜背着那个落满灰土的黑人造革皮包从汽车站走出来的时

候，立刻被城市的景象弄得眼花缭乱，头晕目眩。他连东南西北也搞不清楚了。他抬头望了望城市上空的太阳，觉得和双水村的太阳位置都是相反的——太阳朝东边往下落了？

我的天！这就是黄原？这么大的城？一条街恐怕比双水村到罐子村都远吧？

他现在得打问东关邮政所在什么地方。他走时就准备先找金俊海父子。少平是揽工的，谁知他在什么地方。找到俊海父子，就能找见少平——家里写信，也都是寄到这里让他们转交的。

孙少安走到一个扫街道的老头跟前，先掏出一根纸烟往老头手里递。老头一惊。少安忙笑着问："老人家，东关邮政所在什么地方？"他说着，又掏出打火机给老头点烟。

老清洁工大受感动——他大概没碰见过这么客气的问路人。

老头举起手里的扫把，热心地给他指点了半天——其实就在前面不远的地方。

少安对这老头道了谢，就急忙向前面走去。他心里踏实了下来。

他刚踏进邮政所的大门，就被照门房的老头大声喝住了。当少安说出他要找的人时，门房老头告诉他，金俊海父子都出车去了，一两天内不会回来。

把他的！这该怎么办呢？

孙少安立在大门口，头上急得冒出了一层汗珠子。他人生地不熟，到哪里去打问弟弟的下落？

他惶惶不安地转到街道上，立在一个小杂货门市前，盘算他该怎么办。

他想起了润叶。除过金波父子，这城里他认识的人就是润叶和她二爸了。田福军是地委书记，说不定门上有站岗的警察，他进不去。润叶听说在团地委工作，门上可能没警察，但他又鼓不起勇气去找她啊……

根据树木和电线杆投在地上的影子，少安知道时间已经不早了。不论长短，他得先有个落脚的地方。对，赶快去找旅社！要是晚上没地方住，他就得在这街上蹲一夜了。

他看见东关房墙上有许多箭头，指着一些旅社的去处。他凭在原西县城的经验,知道这些旅社都是私人开的。他不敢去住“黑店”，因为他身上装几百块钱呢！万一叫小偷摸走了，那还了得！听说城里贼娃子很多——城里人钱多，贼娃子当然都往城里跑；他们村的金富听说就在黄原做这“生意”。

他决定去住国营旅社。他对公家单位有一种传统的信任感，觉得那里面要安全一些。他要时刻留心自己身上的钱。因为第一回出远门，他实在估摸不来花费，就多带了一些钱。另外，他不知弟弟已经恓惶成个啥了，准备随时帮助他解决困难。

孙少安背着黑人造革皮包，穿过东关拥挤的人群，过了黄原河老桥，便向对岸的大街道上走去。他一路留心着看门牌上的字，寻找住宿的旅社。他肯定公家的旅社都在大街上。

接连问了几家旅社，都已经客满了。孙少安这才有点紧张起来。啊呀，大地方的确不是土包子来的，有钱连个住处也找不到！

孙少安惊惶失措地从黄原街上走过来，一直都快到北关了，还没找到个住的地方。

他无意中瞥见了“黄原宾馆”的牌子。他知道这是个高级地方，不知道老百姓能不能住？

因为再没有其他办法，少安就冒出个颇有气魄的念头：干脆到“黄原宾馆”去碰碰运气！

他于是鼓足勇气，心“咚咚”地跳弹着，走进了这个富丽堂皇的“宫殿”。

孙少安运气不错！“黄原宾馆”最近会议不多，接待零散客人。

“我住旅社……”他胆怯地走到登记室的柜台前，结结巴巴对里面一位“办公”的姑娘说。

“旅社”二字显然使搞登记的姑娘好奇地抬起头来，瞟了他一眼。

那姑娘问：“几个人？”

“就我一个。”少安赔着笑脸说。

姑娘一边开票，一边说：“证件。”

“证件？”少安吃惊地问。

那姑娘抬起头来，停止了开票，说：“你是哪儿的？什么单位？”

“我是个农民，来这里找我弟弟，因此没证……件。”他老老实实说。

这姑娘看出他不是撒谎，又问：“那你带着介绍信吗？”

把他的！走时都忘记在田海民那里开个介绍信了。

他只好又照实说：“我走得忙，忘记在队里开介绍信了。”

“按规定，没介绍信我们不能让你住。”那姑娘把笔搁在了一边。

“啊呀，好同志哩！我这是初出远门，人生地不熟，一条街走过来也没找下个住处，你就行行好，让我住一晚上……”少安可怜巴巴地央求这位搞登记的姑娘。

那姑娘看他这么恳切，犹豫了一下，就把票开了，说：“那你明天得另找地方去住。交十八元钱。”

我的天！住一晚上就得十八块？

如果原来知道贵得这么惊人，那他宁愿在街上蹲一夜也不来这里！

但现在他不好再退缩了。人家“破例”让你住，你再不识抬举，那就不像话了。

去他的！男子汉大丈夫，不能说熊话，十八块就十八块！

少安于是很有气魄地解开外衣，从贴身衬衣的口袋上取下别着的领针，掏出两张硬铮铮的“大团结”，递给了开票的姑娘。

办完手续后，他根据发票上的房号，上了中楼第三层。

服务员把票据和他本人反复打量了半天，才把他引到了房间里。

少安进得房间来，惊讶得愣住了。哈呀，这么阔的房子啊？地上铺着栽绒毯，一张双人软床，雪白的被褥都有点晃眼；桌子上还搁台电视机……

嘿，花这十八块钱也划得来！

他把黑人造革皮包搁在墙角的地毯上，新奇地又把这房间细细察看了一番。当他推开过道里一个小门时，发现还有一间小房——嘿，这是澡堂子嘛！还带厕所着哩！

他立刻激动地走进去，把搪瓷澡盆的水龙头拧了一下。突然，不知从什么地方喷出一股水，浇了他一头，也吓了他一跳。

他慢慢才弄明白，一个带喷头的软金属管一头连着水龙头，一头架在半墙上。哈呀，这澡堂子既能躺到盆子里去洗，又能淋浴，先进透顶了！

孙少安拿干毛巾把湿头发擦了擦，就从“澡堂子”里退了出来。

他现在才又发愁地想，他到什么地方去找他弟弟。无论如何，今晚上就应该找到少平。否则，明天人家就不让在这里住了，他还得为自己的住处熬煎。再说,这地方房费太贵,人家让住也不敢再住,只敢凑合这一晚上。

他走到窗户前，两只手托在窗台上，焦虑地望着外面。天临近暮黑了，远远近近亮起了星星点点的灯火。

他猛然记起了田福军的女儿晓霞。他听少平说过，她在黄原师专上学，他们之间也有来往。她或许能知道少平在什么地方吧？

对，找这个田晓霞去！

孙少安立刻掉转身，把墙角的黑人造革皮包提过去，压在被子底下，然后就匆匆地出了房门。

他在街道上打问了黄原师专的去处，就一直向北关那里走去——他忘记了他到现在还没有吃晚饭呢……

第四十五章

孙少安暮黑时分进了黄原师专，见人就打问一个叫田晓霞的学生住在什么地方。他既说不出来她是哪个系的，也不知道她是几年级的。

但田晓霞在黄原师专是个“名人”——除过她本人很惹人注目外，又是地委书记的女儿；因此不多时少安就打问到了她的住处。

他在女生宿舍找到了她。

那年晓霞回双水村时，他只见过她一次。但现在见了面，他一眼就认出来了田福堂的侄女——这姑娘脸上某些地方很像润叶。

晓霞一听是少平的哥哥，很快热情地招呼他坐在自己的床上，接着就给他冲好了一杯加糖的茶水。宿舍里其他同学见来了客人，便先后礼貌地离开了。

“你知道少平做活的地方离这儿远不远？”少安拘谨地抿了一口茶水，问。

“远着哩！在南关外的柴油机厂，少说也有五里路。”晓霞对他说。

使少安高兴的是，晓霞真的知道少平在什么地方。他现在心里才真正踏实了。“我这就起身寻他去呀。”少安性急地站起来。

“那怎么行呢？这么远的路，你得走老半天！”

“五里路算个啥，我一会就走到了。”

“你会不会骑自行车？”晓霞问。

“会哩。”

“那好！我有自行车，咱们骑车子去找他。你能带了人吗？”

“就怕城里我带不了……”

晓霞笑了，说：“现在街上没多少人。万一你带不了，我带你！”

“那怎能哩！我试着带你！”

少安没想到，地委书记的女儿对人这么热情。

晓霞很快在肩头挎起了自己的黄帆布书包，推起自行车和他一同相跟着出了门。

孙少安本来骑自行车还可以，但这是在黄原城里，又带着地委书记的女儿，心里不免有些紧张。他两条胳膊僵硬地握着车把，小心翼翼地按晓霞的指点往南关骑去。

到柴油机厂的大门口时，他浑身的内衣都被汗水湿透了——这多半是由于紧张而造成的。

进了柴油机厂乱七八糟的大院，晓霞也难住了。上次顾养民请少平吃饭，她曾来这里找过少平一回；但她是在工地的脚手架上找到他的。现在已经收工，谁知他住在什么地方呢？

少安马上对她说：“你先在这儿等一等，我去查问一下！”

孙少安好不容易才找到揽工人住的一孔破窑洞。这些人告诉他，少平一个人住在正盖着的第二层楼房里。

少安旋即返回来，对晓霞说：“他在前面的楼上住……你回去吧，实在麻烦你了！”

“我跟你一块去找他！我正想看看他住在什么地方哩！”晓霞说着便把车子推在一边，锁了起来。

少安只好和她一块到那座楼里去找少平。

从外面矗起的脚手架看，这是一座五层楼，现在正盖第四层。

少安和晓霞磕磕绊绊从一堆一摞的建筑材料中穿过，进了那座楼的门洞。

整个楼内像炸弹炸过一般零乱。到处是固定和拆卸下的木模和钢模。楼道的水泥还没有干，勉强能下脚。里面没有电灯，两个人只能借助外面投进来的模糊灯光，摸索着爬上了二楼。

二楼的楼道也和下面一样乱。所有的房间只有四堵墙的框架，没门没窗，没水没电。

两个人在楼道里愣住了：这地方怎么可能住人呢？是不是那些工匠在捉弄他们？

正在纳闷之时，两个人几乎同时发现楼道尽头的一间“房子”里，似乎透出一线光亮。

他们很快摸索着走了过去。

他们来到门口，不由自主地呆住了。

孙少平正背对着他们，趴在麦秸秆上的一堆破烂被褥里，在一粒豆大的烛光下聚精会神地看书。那件肮脏的红线衣一直卷到肩头，暴露出了令人触目惊心的脊背——青紫黑瘢，伤痕累累！

大概完全凭第六感觉，孙少平猛地回过头来。他在惊讶之中，下意识地两把将线衣扯下来，遮住了自己的脊背。

他跳起来，喊了一声“哥”，就赶忙迎到门口。“你怎到这儿来了？是不是家里出了什么事？”没等他哥回答，他又不自在地扭头对晓霞笑了笑，似乎为了解脱一种尴尬，说：“欢迎来寒舍做客。可惜我无法招待你。你看，连个坐的地方也没有！”

晓霞看来还没有从一种震惊中清醒。她面对此情此景，竟不知说什么是好。她原来就猜想少平的日子过得艰难，但她无法想象居然能到这样的地步！

少安的眼圈已经红了。他声音有些哽咽地说：“没想到你……”

少平看出了这两个人各自的心思。他知道，他们都在为他的处境而难过。

他自己心里也有点难过。他难过的倒不是自己的处境，而是自己的处境被这两个人看见了。他已经过惯了这种日子，觉得也没有什么；但这两个人显然为他的窘况而难过——还有什么能比得上亲近的人悲悯你而更使你自己难过呢？

他只好掩饰着这种心境，说："我都好着哩！本来下面有住处，我为了找个安静地方看书，才搬到这里来住的……咱家里没什么事吧？"他再一次问哥哥。

"没什么事……"少安说着，又向麦草中弟弟的那堆烂被褥瞥了一眼。这使他想起了歇息在破庙中的叫化子。

"你住下了没？"少平问少安。

"住下了，在黄原宾馆。"

"黄原宾馆？"少平冲晓霞一笑，"我哥成了'冒尖'户，要上阔了！"

"走，你跟我到宾馆去，咱们好好拉拉话！"少安说。

"那当然啦！"少平过去拿自己的挎包。

晓霞对这兄弟俩说："你们把我的自行车骑上！"

"那你呢？"少平问她。

"我就不回学校去了。这儿离地委很近，我回家去住一晚上。"

于是，少平带路，三个人一块从这个乱糟糟的楼里摸索着走出来。

三个人在柴油机厂大门口分了手：晓霞步行回了地委；少平用她的自行车带着哥哥去了北关。

到半路上的时候，少安看见一个卖吃喝的夜市，就让少平停住车。

两个人走过去，少安一下子买了八碗荞面饸饹，兄弟俩一人四碗，不一会便吃得一干二净。店主就像遇见了梁山好汉，赔着笑脸送他们出来。

现在他们进了黄原宾馆少安包下的房间。弟兄俩都是第一次住这么高级的地方，不免又感叹地议论了一番。

两个人商量着先洗澡——一晚上掏十八块房费，不洗个澡简直对不起这钱！

少安先躺进澡盆的热水里，舒服得嘴里呻吟着。少平光身子穿个裤头，为哥哥搓背。

他们一边洗澡，一边先拉谈家里和村里的各种事。主要是少平询问，少安给叙述。对于他们来说，亲爱的双水村一切都永远那么令人感兴趣，有说不完的话题。

通过少安的描述，少平才知道，在他离开的短短时间里，村子里又有了许多新变化。哥哥说到村里某个人或某件事，少平完全如同身临其境一般。他们在一片蒸气笼罩之中边说边笑，心情格外愉快。当然，他们更兴奋的是，想不到生活使他们在这样一个地方相会！

当说到他们的老祖母时，少安对少平叙述了刘麻子为奶奶捉“白狗精”的故事——这是母亲告诉了秀莲，秀莲又告诉了他的。弟兄俩同时为这出有趣的闹剧大笑了一番。

少安从澡盆里出来后，那一盆水竟变得像墨汁一般黑，上面还漂浮着一层污垢，如同发洪水时的河柴沫子。少平拿蛇一般柔软的金属管喷头给哥哥冲洗净身子，又把盆中的黑汤换成了清水，自己随即泡了进去。就在他身子入热水的一刹那间，像被刀子捅了似的喊叫了一声。那是水刺激了他脊背上的创伤。

少安心一沉。那种愉快的情绪顿时消失了，他记起了他此次来黄原的使命——等弟弟洗完澡再说吧！

少平洗完澡后，弟兄俩像抽了筋似的，软绵绵地分别坐在了沙发上。

少安心想：现在应该谈那件事了。

他想了一下，便直截了当地说：“我这次来是寻你回家的。”

少平脸色陡然变了，惊骇地问：“是不是家里出事了？你为什么不早说呢？”

“家里确实没事。”少安说。

“那为什么你亲自跑来找我？”少平有点纳闷。

“回去咱们一块办砖厂！”

噢，原来是这！

少平卷起一支烟，寻思着说：“我的户口已经迁到了黄原。再说……”

“户口好办！迁回去不就行了？”

少安说着，也卷了一支旱烟卷。

“我已经习惯外面的这种生活……”少平说。

“这外面有个什么好处？受死受活，你能赚几个钱？回去咱们合伙办砖厂，用不了几年，要什么有什么！”

“钱当然很重要，这我不是不知道；我一天何尝不为钱而受熬苦！可是，我又觉得，人活这一辈子，还应该有些另外的什么才对……”

“另外的什么？”

“我也一时说不清楚……”

“唉，都是因为书念得太多了！”

“也许是……”

“我不愿意看着你在外面过这种流浪汉日子……”

“不知为什么，我又情愿这样……”

一阵长时间的沉默。弟兄俩鼻子口里喷云吐雾，各想各的心事；也想对方的心事。生活使他们相聚在一块，但他们又说不到一块。两个人现在挨得这么近，想法却又相距十万八千里……

“那这样说，我这趟黄原算是白跑了？”少安问。

“哥，你的一片好心我全能解开哩！可是我求你，让我闯荡一段时间再说……”

“那又会有个什么结果？”

“说不定能找到个什么出路……”

“出路？”少安不由淡然一笑，“咱们农民的后代，出路只能在咱们的土地上。公家那碗饭咱们不好吃！”

“我倒不是梦想入公家门。”

“那又是为什么？”

“唉，我还是给你说不清楚呀！”

少安长叹了一口气。

过了一会，他又问少平：“你月月给兰香寄钱吗？”

“不多。一月寄十块。”

“可我给她钱，她却不要。这叫我心里难过……”

“你不要难过，哥。兰香现在有我哩。咱们分了家，不要叫我嫂子不高兴……”

“兰香这么说！你也这么说！”

“你要理解我们的心情哩！”

“我……”

孙少安突然用一只手捂住两只眼睛，当着弟弟的面哭了。

少平慌忙起来给他冲了一杯茶水，端到他面前，劝慰说：“哥，不要哭。男子汉，哭什么哩！咱们一家人现在不都好好的？”

少安抹去脸上的泪水，说：“可我就是难过！日子过不下去难过，日子过好了还难过！你想想，我为一家人操心了十几年，现在却把老人和你们撇在一边管不上……”

“不要这样说！无论是父母，还是我和兰香，都会永远感激你的！你已经尽到了你的责任。分家前，在东拉河边，我就对你说过这些话。哥，你对我们问心无愧。真正有愧的是我们。现在应该是我们为你着想的时候了。爸爸妈妈也是这个意思。我们都希望你能过几天畅快日子！

“至于我和兰香，我们都大了，不应该再连累你。我们怎能常让哥哥关照呢？哥，你更不要担心我！咱们是一根蔓上的瓜，尽管各走各的路，但心是连在一起的。不过，还是我过去的想法，咱们为什么一定要一辈子在一个锅里搅稠稀呢？”

“那说来说去，你是不准备回去了？”

“我真的不想回去。我不想就此罢休……”

“唉……”

孙少安看来很难再说服孙少平了。

兄弟俩于是又沉默起来。

后来，他们只好转了话题，开始讨论了许多家庭的实际问题。

一直快到天明的时候，两个人的情绪才又激昂起来。虽然少安没能说服弟弟回家和他一块办砖厂，但他们兄弟俩兴奋地谈论了这两年家庭发生的变化，互相还鼓了好多劲，这使他十分高兴。通过实际观察，少安感觉弟弟的确成了大人，看来完全可以独立在外面闯荡——他现在对这点倒可以放心了。归根结底，孙少安还不是那种纯粹的老农民意识；他多少还有点文化，本质上又不属那种安于现状的人，因此他也朦胧地思索，弟弟的这种生活态度或许也有他的道理？

天大明以后，弟兄俩又到自由市场上一人吃了四碗荞面饸饹。

既然话已说到这种程度，少安就不准备再在黄原停留了。他决定一会就坐班车回家去——家里有多少事在等着他做啊……

临走前，他硬给少平留下一百元钱。他让弟弟给原西城的妹妹寄上五十元，让她买身换季的夏衣；另外的五十元，让少平把他的被褥换一下。

“一定把被褥换了！你尽管揽工，可终究是出门人啊！”他嘱咐弟弟说。

少平怀着无限温暖的感情，把哥哥给他的钱装在贴胸的衣袋里。

他一直把哥哥送上了开往米家镇的长途公共汽车。

当汽车走远了的时候，他眼里忍不住涌上了两团热呼呼的泪水……

孙少平送走哥哥后，怅怅然回到黄原宾馆的停车场，骑上田晓霞的自行车，去了师专——他要把自行车还给晓霞。

晓霞碰巧不在宿舍。他要赶回去上工，顾不得再去找她，就把车子安咐给她同宿舍的人。

少平怀着一种踏实的心情，一路步行着从北关回到了南关的柴油机厂。他准备把挎包送回他住的地方，然后就去上工——起码还能赚半天工钱！

当他进了自己那个门窗洞开的房间后，吃惊地站住了。

他看见，麦秸草上的铺盖焕然一新。一块新褥子压在他的旧褥子上，上面蒙了一块淡雅的花格子床单；那块原来的破被子上摞着一床绿底白花的新被子……一切都像童话一般不可思议！

孙少平刹那间便明白了这是怎么一回事。他一下子忘情地扑倒在地铺上，把脸深深地埋进被子里，流着泪久久地吸吮着那股芬芳的香味……

很长时间，他才从被子上爬起来；同时在枕头边发现了一张二指宽的小纸条。纸条上写着：

不要见怪，不要见外。田。

孙少平用手指头轻轻抹去了脸上的泪珠，迅速换上那身脏衣服，便像孩子一般蹦跳着下了楼，大踏步向工地走去……

第四十六章

端阳节前后，石圪节搞了个物资交流大会——农民俗称“骡马大会”。

哈呀，在这个小街镇的历史上还没有过如此的红火热闹！

几天以来，肩挑手提的庄稼人源源不断地涌到了这地方；石圪节的那条土街从早到晚人群挤得水泄不通。

土街下面的东拉河沟道里，到处拴着牛、羊、猪、骡、马、驴等等的牲畜。生意人三个一伙，五个一群，带着一脸的诡秘，在袖筒里，在草帽下，捏码子搞交易。东拉河小桥的两头，蔬菜、粮食和各种农副产品一直摆到了两边的土坡上，甚至都挤上了河对面的公路……赶会的庄稼人已经远远超出了石圪节公社的范围，许多人都是从外公社和外县跑来的。至于本公社的庄稼人，就是什么买卖也不做，至少要腾出一天时间来赶一趟这多年不遇的红火热闹。

最吸引人的地方当然在戏场里。这种物资交流会没有不请剧团来演戏的。可怜的石圪节连块平坦的戏场也找不到，就在街东头一个小山湾的土坡上，用帆布搭了个临时戏台。另一面土坡就是观众席。这倒也好！人们在斜坡上看戏，像城里那些讲究的剧院一样，座位依次升高，谁也挡不住谁的视线。

剧团是公社徐治功主任从县上请来的，其中有几个演员在本县的知名度，大大超过了当时中国的电影明星陈冲和刘晓庆。

农历五月的阳光暖洋洋地照耀着这个人山人海的小土湾，台上台下的各种声音一片喧闹，老远就能听见那海啸般的嗡嗡声。庄稼人蹚起的黄尘和各种卖茶饭的临时炉灶里升起的烟雾，笼罩在人群的上空久聚而不散。

许多人其实对戏兴趣不大，主要是转悠着吃点什么，买点什么。戏场外围的坡坡坬坬上，到处都是卖吃食和各种货物的人。这些摊贩吆喝声四起，像是专门和县剧团唱对台戏。

我们在这里发现了双水村的金俊文。这个因儿子金富的“手艺”而急骤发达起来的庄稼人，竟然弄起了一个售衣服的摊子，木竿上挑挂着金富从外地“拿”回来的各式时新成衣，人们争抢着买，生意看来十分兴隆。金俊文和他的精能老婆张桂兰，一个卖衣服，一个收钱，简直忙得不可开交。双水村的一些人明知道这是金富偷回来的赃物，但看见金俊文将大把的人民币塞进自己的口袋里，也着实有些眼红。只有俊文的弟弟俊武在心里冷笑。精人兼强人金俊武既然不能说服他哥认识侄儿的危险性，索性也就不再理睬他们了。虽然是一母所生的兄弟，但现在各过各的光景，出了事和他金俊武球不相干！俊武前两天也到戏场来过一回，可他决不会凑到他哥的衣服摊上去。他只是在远处瞟了一眼得意洋洋的大哥和大嫂，在心里说：好吃难消化，吃进去就怕你们屙不下！

在石圪节如此红火热闹的时候，我们一直没有看见这个大场面的总导演徐治功。

他到哪里去了？难道他这几天还下乡搞工作吗？

怎么可能去下乡！他就在石圪节。

此刻，徐治功正坐在王彩娥家的沙发里，一边抽烟，一边和彩娥眉来眼去地说些不三不四的话——仅此，我们就不难看出，这两个人已经是何等关系了。

物资交流会一开始，胡得禄和王彩娥的夫妻理发店就快被顾客踏断了门槛。这是石圪节惟一的专业理发店。另外一些摆摊理发的人，充其量算是剃头匠而已。因此，人们当然愿意到这“正式”理发店来理发。一天没毕，胡得禄和王彩娥就累得连腰也直不起来了。

去他妈的！钱是好东西，但不能把命也赔上。夫妻俩一商量，第二天就关了门。胡得禄是个戏迷，饭碗一撂，就跑到街头那边的小土湾里看戏去了。彩娥本来也爱赶红火，但她有她的“事”，一天闭门不出——她在等待徐主任的到来。

我们知道，这两个人很早就互相熟悉了。在王彩娥和孙玉亭的“麻糊事件”引起那场械斗后，正是有气魄的徐治功带领公社民兵“镇压”下去的。去年小偷金富强占了她在双水村的窑洞，还是徐主任亲自写信让她拿着去找田福堂，才使金富又乖乖把窑洞腾了出来。

就是在这次“窑洞事件”后，王彩娥开始主动缠磨上了徐主任。

在双水村和孙玉亭有过那段风流事以来，这个漂亮女人的心就野了。那件事使她名扬四方，也使她不再惧怕自己的名声。另外，她时常在镜子里照自己的模样，觉得她这辈子的婚姻很不幸。她这么俊的女人，先嫁了个“瓷锤”农民，后来又改嫁了一个比她大十几岁的剃头匠，胖得像个弥勒佛，实在叫她伤心和委屈。

当她受了别人的欺负，而热心的徐主任出面保护了她的时候，她自然就在心里爱上了这位年轻而有魄力的公社领导人。

瞧人家徐主任，长得多帅！又是这公社最大的官，讲话口才像打机关枪一样利索！要是和这个人相好一回，这辈子也就没枉活一场人。当然，她还不敢奢望和人家徐主任结婚，只要两个人能相好她就心满意足了。

她自己先开始向徐主任发起了猛烈的感情“攻势”。这事当然要她主动；人家是大官，不会来麻缠她这样一个不识字的女人！

几次攻势，她就把徐主任“活捉”了……

至于徐治功本人，的确招架不住这女人的进攻。他老婆在城里工作，七年来，他一直一个人生活在石圪节，遇县上开会，才能回城里住几天。他当副主任的时候，就想回县上去工作——哪怕平调回去都可以。结果他没能回去，换来的好处是副主任升成了正主任。

他一个人在石圪节，当个“土皇帝”，倒也满足了他的虚荣心；但就是感到日子过得单调而乏味。

因此，王彩娥主动往他怀里扑，他就神魂颠倒地乐意被这风流女人“俘虏”了。

两个人的这种关系已经有很长一段时间。他们不知道，尽管遮盖得严密，有关他们的风声早在石圪节传播得风一股雨一股。

这几天石圪节“大乱”的时候，正是他们两个的好机会。让胡得禄去看戏吧！他们在理发店后面的小房子里演他们自己的“戏”。尽管这房子离街道很近，但门一关，就和外面闹哄哄的世界隔绝了……

但这天下午，事情突然败露在了胡得禄他哥胡得福面前。厨师胡得福带一把弟弟门上的钥匙，他是来给他们送猪肝的。没料到推门进屋后，看见公社的徐主任和彩娥大白天睡在一个被窝里。

胡得福气得脸像手里的猪肝一样，说了句：“我找张有智去告你！”就门一掼走了。

惊慌失措的徐治功赶忙穿起衣服，哭丧着脸叫道：“天啊，这下完了！”

王彩娥又像上次和孙玉亭的事败露后那样，镇定地对徐主任说：“甭怕！让他告去！屁也不顶！我不承认，能把你怎样？”

徐治功感动得泪花子在眼里直转。

但他慌得再也不敢在这个小屋里呆下去，立刻像兔子一般蹿出了门。

治功心慌意乱地从街道上的人群里挤过来。所有认识他的庄稼人都尊敬地给他打招呼，他只是牙疼似的给这些人咧一咧嘴，只顾向前走。

可是他并不知道他要到哪里去。

不断有熟人给他打招呼。天啊，哪来的这么多熟人！他现在需要一个人躲到什么地方去，想想看这怎办呀。

一辆汽车从对面的公路上停下来，许多人正往上挤。徐治功似乎看见胖炉头胡得福也挤上去了。一切都完了！他知道“红烧肘子专家”常被请到县里摆宴会，所有的领导人他都认识——一个多钟头以后，胡师就会坐在县委书记张有智的办公室里，告他徐治功……

徐治功为了摆脱街上的熟人，赶忙往他的“大本营”公社走去。

快到公社时，他又想到，此刻那里也不是个好去处！说不定一群人在等他解决问题哩！

他急中生智，折转身拐进了土坡旁边的厕所里。好地方！

他蹲在茅坑上，既不拉屎又不撒尿，只是为了想想他该怎么办。他知道，县委书记张有智对他不感兴趣。一旦胡得福告到他那里，张书记不会轻饶了他。不管事情最后结果如何，先派人来把你调查一下就叫人吃消不了。如果事情公开，他受处分不说，他老婆还说不定要和他闹离婚。这样，一切都不可收拾了。唉，他当初为什么要到这该死的石圪节来呢？

现在的问题是，最好能让张有智开恩，把事情从他那里压住。

但他又想，就是给张书记磕上几个头，恐怕也无济于事。他不会饶他！

谁能对张有智说上话呢？想来想去，张有智大概只会听地委书记田福军的——这两个人的关系最好。

徐治功蹲在茅坑上摇了摇头。太天真了！这种事怎能让地委书记知道呢！要是田福军知道了，说不定还让张有智加码处分他。真是，脑子急乱了！怎敢妄想地委书记包庇他呢！

他突然想起个白明川。

是的，明川和张有智也是好朋友，说不定只能央求他给张有智做工作。明川过去在这公社当一把手时，他和他处得不太好。但他知道明川是个善良人，也富有同情心，说不定会帮他一把的。

对，立刻到黄原去找明川！现在就动身！事到如今，一分一秒都是宝贵的！

徐治功把裤子一提，慌慌张张出了厕所，跑到公社里找来副手刘根民，说他有个急事要去黄原一趟，让根民把物资交流大会负责搞完。

他语无伦次地给刘根民安顿完工作，把他办公室的门“咯吧”一锁，提了个包子就跑到东拉河对面的公路上。他即刻挡住一辆去黄原的汽车，手忙脚乱地爬了上去……

天黑以后，徐治功在黄原东关下了汽车，心急火燎地跑到市委。

他进市委大门口时，才从门房老头的嘴里知道，明川在前不久已经提拔成黄原市委的正书记了。他当时心里不免泛上一股苦涩的滋味。唉，人家都在进步，他徐治功倒在搞些什么事呀！

他终于在办公室里找到了白明川。

明川特别亲切地接待了他，又是泡茶，又是递烟，又是问候。

落难的徐治功感动得鼻子发酸哩。他羞愧地想起，他们在石圪节一块工作的时候，他曾经常和明川过不去。

徐治功哪有心思喝茶抽烟啊！事到如今，他也顾不了多少，就厚着脸向明川直截了当说明了他的来意。

白明川张着惊讶的嘴巴听他说完后，从沙发里站起来，立在地上急得摊开两只手，说：“啊呀，治功！你怎搞这么些没名堂的事！你几十岁的人了，又是个领导干部，怎能这么不检点呢？你呀……”

白明川真不知该怎样数落他的前副手。

徐治功垂头丧气地说："乱子已经闯下了。教训我以后会记取的。只是眼前这一关就过不去。我知道你和咱们县委书记张有智关系好，你现在这位置说话他也重视，因此我求你给他写一封信……"

白明川想了一下，诚恳地说："不是我不愿帮助你，这种事我实在不好帮。要说和张有智的个人关系，我倒想起一个人，但不知他会不会帮你……"

"谁？"徐治功急着问。

"徐国强。你不是和他一个家族的吗？徐老过去也是张有智的老上级……你是不是去找找他？"

"我怕碰上田书记……"

"田书记一般不在家。他家里有电话，你现在可以先打电话和徐老约一下……"

徐治功只好拿起明川桌子上的电话。

打完电话后，徐治功对白明川说："徐老让我现在就过来。"

"那你快去吧！"明川说。"毕了你过来在我这面住。"

徐治功出门的时候，又对白明川说："如果徐老不肯帮忙，还得要你出面哩！"

白明川说："你先去，罢了再说。"

徐治功蹚过小南河，几乎是小跑着来到南关的地委家属楼上。

使他高兴的是，这一趟没有白跑。

同族长辈徐国强怀里抱着一只小黑猫，听他说完后，先指着鼻子把他臭骂了一通；然后戴起老花镜，用核桃大的字给他以前的下级张有智写了一封求情信。

徐治功感激涕零地拿起这"圣旨"，一再央求本族叔叔不敢把这事说给田福军；随后就一溜烟又从地委大院里跑出来了。

本来他想去白明川那里住一晚上，但现在才感到不好意思去见明川了。于是他就在街上一个小旅社里随便登记了个房间，浑身酸痛地睡了一夜……

第二天一大早，他就跑到东关买了张汽车票，直奔原西县城。

上午十点钟左右，徐治功从原西车站跑出来，低着头向县委走去。

路过供销经理部的时候，他瞥了一眼楼上那个熟悉的窗口，困难地咽了一口唾沫——他老婆就在那窗户后面办公。

徐治功在往县委走的路上，又遇到好多人和他打招呼。他支吾着应付一下，慌忙地只顾朝前走。他感觉人们都用一种异样的眼光看他。唉，说不定事情已经在城里传成一窝蜂了！

他在县委家属院张有智的家里，一直等到书记下班回来——他不能跑到机关去把徐国强的信交给他。

让徐治功大吃一惊的是，张有智一见他，热情地和他握手，并向他询问石圪节物资交流大会的情况。书记还表扬他这件事搞得很有气魄哩！

是不是张书记先稳住他，给他来点和风细雨，然后再吼雷打闪呢？徐治功在吃惊之余暗暗思忖。但他又想，张有智向来心中有事脸上就带出来了——他没有这么深的城府。

治功就大胆试探着问："张书记怎知道我们交易会的情况呢？你又没去。是不是石圪节谁来告诉你的？"

"石圪节没来谁。我是听县上去过的干部回来说的。"张有智扭头对老伴说："炒几个菜，我要和治功喝几盅！"

徐治功提在喉眼的一颗心，又慢慢跌进了胸膛里。现在看，胡得福没来告他？

徐治功并不知道，对他钟情的王彩娥与他同时采取了行动。这个厉害的女人在治功走后不久——也就是他蹲在厕所里的那阵儿，立刻到后街头的食堂里找到了胡得福。她声色俱厉地警告"红烧肘子专家"：如果他要把她和徐主任的事传出去，她就马上和他弟胡得禄离婚；并且会一口咬定她和徐主任什么事也没！

胖炉头屈服了。他知道弟弟对这个风骚女人爱得像宝贝蛋一样。再说，得禄年近五十，已经打了多年光棍，而这女人才三十来岁，有什么资本赌气哩！话说回来，徐治功是公社主任，也不是好惹的！

王彩娥大将风度，三秤二码就把一场危机化为乌有！平心而论，我们不能不佩服这个又麻又辣的女人！

不过，狼狈不堪的治功同志要等回到石圪节，才能知道他已经完全摆脱了危机……

现在，他正惴惴不安地和县委书记一块喝酒。当然，徐国强老汉的那封救急信眼下还不必掏出来。

乘着一点酒劲，治功便巧妙地把话题扯到了自己的工作调动上。他很动感情地对张书记诉苦说，他把老婆孩子丢到县城，已经在石圪节干了整整七年，组织应该考虑他的情况，把他调回县城工作。说到难受之处，他竟然哭了起来！

张有智见此状，立刻安慰这位下级说，县委知道这情况，罢了很快会考虑他的问题……

从县委书记家里出来，徐治功又立刻马不停蹄地返回到石圪节。

王彩娥打问着了他回来，很快设法向他通报“事情”已经完全风平浪静了！

徐治功对彩娥感激不已，高兴得几乎要哭一鼻子。但打这以后，他却再没胆量和这位大胆的女人交往了……

没有多久，徐治功突然喜从天降！县委组织部下了文件，任命原副主任刘根民为石圪节公社主任，而把他调回县里任了令人羡慕的水电局局长。徐治功大为感慨地想：还是毛主席老人家说得对，坏事里面有好事哩！

第四十七章

在我们亲爱的大地上，有多少朴素的花朵默默地开放在荒山野地里。

这花朵没有人注目。也许惟有自身才怜爱自身的芬芳。

可是，在我们普通人的生活中，在这平凡的世界里，也有多少绚丽的生命之花在悄然地开放而并不为我们所知啊！

但愿我们还没忘记，不久前，田福堂的儿子田润生开着他姐夫的汽车，在外县一个庙会上偶然碰见了原西上高中时和他同班的女同学郝红梅；在目睹了丧夫携子的红梅在异乡的山村悲惨而不幸的生活后，这个身体瘦弱、不善言语的青年，便像个真正的男子汉一样，担负起帮助这位落难女同学的责任。我们知道，尽管他很快就遇到了世俗舆论的压力，但仍然毫不在乎地开着车来到这偏僻山庄，给生活于困境中的孤儿寡母送这送那，关怀备至……

从那时到现在，田润生到郝红梅这里的奔波一直没有中断。

毫无疑问，开始的时候，润生这样慷慨地帮助红梅，纯粹出于一种同情心。从善良和对别人的同情心来说，田润生简直不像田福堂的儿子。

田润生这样跑了一段时间以后，他自己惊讶地发现：他的心情似乎发生了某种微妙的变化。

是啊，他强烈地意识到，他而今到红梅这里来，不再仅仅是要给她送一些维持生活的用品；而是渴望能见到她，坐在她的热炕头上，看着她亲切地侍候自己吃两碗香喷喷的细面条。尽管他长这么大，从没缺过吃喝，可他也从没吃过这么有滋味的面条。是的，那面条是很有滋味。但是，仅仅是有滋味的面条才使他如此留恋这地方吗？

不。他在这孔贫寒的窑洞里，那么多地体验了从来没有体验过的温暖。是的，温暖。心灵的温暖。他每次坐到这个土炕上，一路奔波所带来的紧张和劳累立刻就会消失得一干二净。耳朵里再也听不见呼呼的风声和马达的轰鸣；疲倦的眼睛视线可以放心地重叠在一起，甚至可以闭目养神。僵直的胳膊腿松弛了下来；浑身的骨头也可以一块一块散乱地堆垒着——那种舒坦和轻松，就像躺在澡盆的热水里一般……唉，一旦他坐在这个热炕头上，他就不想再离开这里了！

他清楚这一切意味着什么。

是的，不必隐讳，他在心里开始爱上了他的同学——这个苦命的寡妇！

我们知道，从田润生的家境来说，虽然不可能找个端公家饭碗的城里姑娘，但要在农村找个对象，那的确不必发愁；甚至可以有挑有拣。远处不说，东拉河一道沟的村庄，谁家不愿把女儿嫁给赫赫有名的田福堂的儿子呢？

可是，人的感情，尤其男女之间的感情，是世界上最难解释的一种现象。

现在，在田润生的眼里，只有这个寡妇才是他最可心的女人。

在高中上学的几年里，润生尽管和她是同班，但相互间的交往倒很一般。他是一个晚熟的青年，那时还对男女之间的事并不敏感。

至于郝红梅，他只知道她家成份是地主，但光景很穷，本人常面黄肌瘦，穿身破衣服，连个丙菜也吃不起。后来他隐约地听别人说，他们村的少平和这个女同学有点“关系”……

以后他又听说，他们班的班长顾养民爱上了红梅。这倒使他大吃一惊。他想不到家庭和本人都很出众的班长竟然看上了这个成份不好、家境又困苦的女生。那时他才稍微留意了一下这个郝红梅。他似乎也发现，她是班里女生中最漂亮的……毕业以后，同学们都各奔东西，他也就不再记得这些事了……

至于他自已，是这两年才多少懂得了一点所谓“爱情”——在很大程度上是由于姐姐和姐夫之间的不幸婚姻，迫使他也考虑起了他自己的事。是的，男大当婚，他也将要面临这件人生大事了。姐姐和姐夫的教训是深刻的，他决不能像他们一样。

润生在姑娘面前生性腼腆和胆怯，加之目睹了姐夫的不幸与痛苦，使他对女性产生了某种恐惧心理。他在有女人的地方立刻感到一种不自在，因此经常回避和女的接触。这同时造成了一种逆反心理：越是躲避女人，就越觉得女人的神秘；越是感到神秘，内心就越强烈地渴望得到女人的温暖和体贴。这种水深火热般的矛盾心理，在悄悄地、严酷地折磨着这个二十三岁的青年。这种状况时间一长，竟使他在女性面前渐渐自卑起来，觉得他一生也许再没能力去征服和占有一个女人的感情了……

但自见到红梅以后，他这种心理障碍却神奇地消失了。这在很大程度上是因为红梅自己一开始就在他面前表现出了一种难以掩饰的自卑感，反倒大大地刺激了他的男子气概。他喜悦地感到，他在红梅面前才是个真正的男人。男人通常都有一种保护女人的天性，并以此感到满足——他现在尝到的正是这种滋味！

田润生左思右想，觉得只有和红梅生活在一起，他这辈子才能真正感受到男女之间的温暖和幸福。

他想过，正因为她结过婚，她也许就更知道怎样关怀男人；而正因为他没结过婚，她也不可避免在他面前有点难言的自卑，因此会对他的感情要求热烈响应，他就不必像姐夫那样饱受心理和生理上的折磨了。他是一个有文化的人，他不会因为她结过婚并且带着前夫的孩子，就用世俗的眼光低看她一等。不，他多么爱她！她现在看起来要比高中时更漂亮。虽然穿一身农村妇女的衣服，但掩饰不住她那丰满而苗条的身材和没有丧失掉的文化教养。最使他心旌摇动的是，她是一个各方面都成熟了的女性——和这样的女人在一起，立刻就能满足他那饥渴的男性欲望！

决心已经坚定不移了。他要很快向红梅表露他的心迹。当然，他知道在这件事上，最大的阻力将是他的父母亲。但他先不管他们。等他和红梅把事情说妥了，再去攻克家庭这座堡垒吧！

这一天下午，他怀着无比激动的心情又来到了红梅家。这次，他给她扛来五十斤重的一袋白面，也给她带来了一颗热腾腾的心。

像往常一样，红梅立刻把那块叫人心疼的碎花布围裙束在腰里，手忙脚乱地开始为他和面。

他脱了鞋，像主人似的自在地上了炕，安然盘腿坐在炕头上，抱起红梅的孩子，用手指头轻轻点着娃娃的下巴，那孩子就咧开小嘴不住地对他笑。他也在笑。一颗心在胸膛里不安地跳动着。

不一会，孩子睡着了。他小心翼翼地把这小家伙的头搁在枕头上，然后拉了条小被盖住，就又从炕上下来，转到炕火圪塄帮助红梅烧火。

火烤得他额头上汗水淋漓——但多半是因为他内心过分紧张。红梅就在锅台旁边和面。她离他这么近！

他一边烧火，一边拼命地咽口水。他一路上已经反复想好了他要对她说的话——可现在却感到如此难开口啊！

他把一块干柴塞到灶膛后，嘴唇哆嗦了半天，才讷讷着说：

“红……梅，我想对你……说句话……”

红梅停止了和面，默默地看着他，显然是等他说那句“话”。

润生没敢抬头看她，用很大的力气鼓着劲说：“咱两个……能不能一块过日子？”

红梅呆呆地立在锅台旁，低倾下了头。

半天，她才小声说：“我这个样子，怎能配得上你……”

润生索性不烧火了，从灶火圪塄里站起来，激动地说：“我已经下了决心，一定要和你一块过！”

红梅仍然低着头，两条腿微微地抖着，说：“你不要凭一时冲动。以后你会后悔的……”

“不！我想了好多时了！我……我现在只要你的一句话，跟不跟我？你相信我！我决不会亏待你和娃娃……”

“你们家的老人不会同意的……”

“我要说服他们！只要你同意，我就有信心说服我父母亲！你同意不同意呀？”

“我……”红梅哭了。

润生勇敢地走过去，伸出两条瘦胳膊，紧紧地抱住了她。红梅垂着两只面手，脸依恋地伏在他胸前，哭得更伤心了。润生的眼里也含满了泪水。他紧紧地抱着她，自己却怵软得像一团棉花。

“你不要为难，润生。你要回去把老人说通，咱们两个再说这事。不管时间长短，我都等你！”红梅在他怀里哭着说。

“这事你别担心！我要说的是，我这汽车也开不长久，说不定马上得回去劳动；要是这样，你一辈子还得跟上我受苦……”

“劳动怕什么呢！咱们就一辈子安安稳稳在农村过光景。只要你对我好，跟上你就是去要饭，我也情愿。只不过你对我的娃娃也要好……”

“这还要你说哩！娃娃就是我的娃娃！咱们结婚了，我就是这娃娃的父亲！”

这天夜晚，润生就在红梅家里留宿了。

第二天，他像获得了新生一般容光焕发。他感激地告别了他亲爱的人，立即返回原西去找父亲商谈他的终身大事……

田福堂眼下已不在双水村。徐治功调回县里当了水电局长后，正好一个下属单位要修建十几孔窑洞，他就把这工程让以前的老相识田福堂承包了。双水村这位“无产阶级革命家”，终于采取了机会主义态度，开始走上了“资本主义道路”，到县城当起了包工头。

润生在县城找到他的时候，他正忙着招兵买马，铺排工程。田福堂虽然以前没做过这事，但他是个天生的领导人，很快就成了出色的包工头，不亚于走州过县的胡永州之流。他把一切都安排得井井有条。现在，田福堂不仅不再徒劳地和社会的大潮流对抗，反而觉得时势的变化也并不可怕。只要人有本事，能踢能咬，现在这世事胳膊腿更能伸展得开！

这位过去指挥农业学大寨的帅才，现在正指挥着一群他雇来的工匠，忙得不可开交；虽然咳嗽气喘，照样指手画脚，一点也不失当年的气魄和风度！

田福堂万万没有想到，新的打击又一次降临到了他的头上。

当他听儿子说要和一个带孩子的寡妇结婚时，就像头上被敲了一闷棍，一刹那间几乎要晕过去了。

天啊！他上辈子作了什么孽，逢应上这么两个气老人儿女呢？女儿的婚事已经够他痛苦了，现在儿子又来活活地把他往死折磨！

“你他妈的是不是跟上鬼了！什么人家咱挑不下，你为什么要找个寡妇呢？田家祖宗几代，什么时候出过你这号败家子？你羞先人哩！早些把心死了！只要我活着，你就甭想把这丧门星娶回来！”

田福堂先劈头盖脑把儿子臭骂了一通！

润生从小就惧怕他父亲，一下子被他虎啸般的吼叫震慑住了。

不过，他声音很低但态度坚定地辩解说："我们这是爱情……"

"狗屁！"田福堂吼叫了一声，便剧烈地咳嗽起来。

润生眼里泪花子直打转。他没想到父亲用如此粗俗的态度对待自己神圣的感情。一刹那间，他在心里对他产生了某种仇恨。

当天下午，痛苦万分的润生和气急败坏的田福堂一起回到了双水村。互相不能说服对方的父子俩，都把胜利的希望寄托在润生他妈身上。田福堂指望他老婆能劝解儿子放弃这宗荒唐的亲事——润生向来听他妈的话。而润生又盼望母亲能理解他，站在他一边劝解父亲，帮助他成全自己的婚姻。

可他妈一听这事，先一鼻子哭得连话也说不成了。她实际上比父亲还要坚决地反对这亲事。她痛不欲生地絮叨说："润叶的婚姻是那么个样子，你现在又要找个二婚女人，带着前家的娃娃……"

"还是地主成份！"田福堂加添说，"咱里亲外戚中连个中农成份也没，你却要把地主的后代引到家里来。田家的门风叫你糟蹋完了！"

绝望的田润生丢下哭啼的母亲和咆哮的父亲，一个人踉踉跄跄从家里走出来。他感到东拉河对面的庙坪山和神仙山，都在疯狂地旋转起来；虽然天晴日丽，但他眼前一片黑暗！

他不知不觉竟走到了孙玉亭家里。他知道玉亭叔和父亲的关系比较好，就想让他给父亲做点工作。这真是病急乱求医！

孙玉亭正圪蹴在院子的磨盘上看报纸。当他听完润生的陈述之后，把报纸卷起别在胸前仅有的那两颗钮扣中间，拖拉起两只烂鞋，就和润生一块到他家里来了。

玉亭总算念过几天书，又在太原钢厂当了几年工人，经见过世面，因此对这事倒能理解。他赶到田福堂家里，像位敢对"圣上"谏言的忠臣一样，对书记夫妇说："福堂哥，嫂子，你们要尊重润生这感情哩。既然润生和那寡妇有了爱情，你们就要理解娃娃哩！二婚女人又怎？当然，农村对这事有说法，可那是封建主义！”孙玉亭说得倒振振有辞。

“你懂个屁！谁叫你来骚这杨柳情？”田福堂气愤地对他的助手出言不恭地喝骂道。他讨厌玉亭到他家里来火上加油。

孙玉亭立刻被田福堂骂得张口结舌，泛不上话来了。他再一次意识到，田福堂已经不再把他孙玉亭当一回事。

玉亭一看他说话等于放屁，啥事也不顶，就知趣地拖拉着鞋离开了田福堂家……

田福堂一家三口人同时陷入到了深深的痛苦之中。

田润生在几天内就好像变成了另外一个人。他目光呆滞，神情恍惚，本来就很瘦弱的身体又瘦了几圈；袖筒和裤管里伸出来的胳膊腿，竟像麻秆般纤细。他再也不跟他姐夫去开汽车了，整天神神魔魔爬上双水村周围的山梁，默默地淌眼泪。他思念远方的红梅；他痛恨自己的软弱；他和他自己在激烈地斗争着……

第四十八章

在约定的时间里，李向前没有等到他妻弟来跟车。

他于是就一个人出车了。为了让润生的驾驶技术更熟练，他常常偷着让他单独上路。既然润生没来，他自己就得按时出车。

这趟车是到铜城去拉货，途中要经黄原，因此他中午前后才从原西出发——他准备在黄原父母那里住一晚上，第二天再下铜城。

一个人开车真是枯燥乏味。如果润生在旁边坐着，他们还能说点什么。

李向前和他妻弟相处得十分融洽。两个人的性格也差不多，言谈处事都属“和平型”。润生也爱开车这一行，人看起来咄咄讷讷，但心灵手勤，一摸就通，天生是吃这碗饭的材料。他们在一块的话题离不开汽车。只要提起汽车，两个人就会兴致勃勃，说个没完没了，就像官瘾重的人谈论仕途上的升降调遣一样……

说起来也真叫人难过。李向前由于不能把一片痴情奉献给他的妻子，就将很大一部分感情倾注到了妻弟的身上。他对润生关怀备至，甚至可以说百依百顺。两个人要是一同上路，倒好像他成了润生的徒弟。润生驾驶车，他坐在助手的位置上，把纸烟吸着，小心翼翼地递到妻弟的手里。到了一个地方，也是他抢着把两个人的饭买好。冬日里，天还不明的时候，他让润生在暖被窝里睡着，自己爬起来给汽车加热水，并且先启动一次马达——两只手握着冰冻的铁摇把，好像把手上的皮肉都要粘下来……

只要和润生在一块，李向前受伤的心灵就有了某种慰藉。是的，通过妻弟，使他感到在自己和妻子之间总还有一丝维系。他虽然不能和润叶生活在一起，但他惧怕他和她之间完全变为“真空”。润生成了他和她的一种微弱的“导线”——尽管这“导线”没指望把处于两端的“导体”接通。无论如何，即使从纯粹的心理安慰来说，润生对他也是重要的。

润叶不会不知道自己的弟弟在他的车上！李向前常常在心里猜测：她有时会不会想到这一点呢？如果她想到了这件事，又会是怎样一种心情呢？他凭直觉判断，她不会反对弟弟跟他学开车的……

噢，润叶，我心上的人！无论你怎样反感我，但你应该知道，我一如既往地爱你。尽管你把我抛在一边，但我永远不会改变热爱你的心意！我对你的等待是无望的，但我还要等待下去，哪怕一直等到我了此残生……我是个粗笨人，可我明白，我这样对你是不应该的，让你的一生也不能幸福。可我在这件事上永远要自私下去！你是我的，不应该是别人的……

无论是在车上，还是睡在旅途的客店里，李向前经常不断地和润叶在对话。这对话没有应答之声。他的话只能在自己的心灵中孤寂地回荡。这是一种无法解脱的痛苦啊！自从他爱上这个女人之后，他就备受折磨。人都说爱情是甜蜜的,瞧这小伙的爱情有多么苦涩！爱情啊，有可能是天堂之光，也有可能是地狱之火！但人又不能不去爱！是的，什么也别想阻止爱，不管这爱给人带来的是幸福还是不幸。爱往往是不清醒的。尤其对某些人来说，常常像奔涌的火山熔岩顾不得择道而行——结果把自己也烧坏了……

现在，李向前一边驾驶着汽车，一边脑子里仍然乱纷纷地想他和润叶的事。一想这事，必定就苦恼万分。但不想又不可能。尤其是汽车一旦奔跑起来，他的思绪也就马上活跃起来了。思维是二重的：既要注意行车，又要想自己的心事。对于这个瞬息万变的工作来说，这种二重思维是极其危险的。李向前却很自信能将二者并行不悖。实际上，他又不是不知道开车不能分心——可这不由人啊！有时候，他赌气地想：去他妈的！要翻车就翻吧，一命归天也比这活受罪强！

离黄原还有一半路程的时候，李向前心里越来越烦躁。他实在想和什么人说说话。唉，这个润生！家里有什么事搁不下，偏偏把出车时间都误了。要是润生在，他还可以安稳地坐在一边，抽支烟，想点心事；要么两个人拉点什么话——现在能把人活活闷死！

向前怎能知道，他妻弟正丧魂失魄地在双水村的山梁上瞎转，心情和他一样烦闷——他也在为自己的爱情而痛苦不堪！

要是知道妻弟的情况，向前不知会作何感慨？唉！他们真成了一对难兄难弟……

路过一个小镇时，心情烦乱的向前把汽车停在了公路边上。

他把油污的线手套抹下，跳出驾驶楼，向那个熟悉的小饭馆走去。

他一进饭馆门，老板就眉开眼笑地招呼他入座。看来他常光顾这里，已经是个老食客了。

老板没有征求他的意见，就吆喝着朝里面喊："一盘炒鸡蛋，一盘凉拌猪耳朵，四两烧酒！"

李向前沉默地坐下，把两条胳膊放在脏兮兮的饭桌上。两盘菜，四两酒，这是老规程，也是这个夫妻店所能提供的最好吃喝了。

一时三刻，老板娘就脸上堆着笑容，把酒和菜都给他摆在了桌子上。向前就自斟自饮，开始吃喝起来。心情烦恼的时候，酒成了他的最好朋友。几杯酒下肚，沉重的身体连同沉重的心情，便像从深渊里一起轻轻地飘浮起来，升腾到一种昏昏然的境界中。对他来说，忘却一切并不可怕，记着一切倒是可怕的……喝！酒能叫人忘记忧愁！是啊，酒实在是好东西！哼，他丈人村里有个叫田五的伞头，还唱秧歌敲酒的怪话哩！那个大号叫田万有的人唱什么来着……对，他唱秧歌说：一垧高粱打八斗，打下高粱蒸烧酒，酒坏君子水坏路，神仙不敢和酒打斗……嘿嘿，我打斗不过个女人，连他妈的酒也打斗不过了？……

他已经醉意十足，迷迷糊糊，脸上带着一丝麻木而凄凉的怪笑。

约摸一个钟头后，他从这个小饭馆走出来，虽然没有东倒西歪，但脚步显然很不稳当了。他没有看表，却抬头望了望太阳，心里估摸时间大概到了下午三点多——完全来得及回家吃晚饭。唉，他本来不愿意在该死的黄原城住一晚上。多么令人难堪啊！自己名正言顺的老婆就在那个城市里，可他却要住在父母亲家里。他痛苦，父母亲心里也痛苦。在两个老人的眼里，他是一个窝囊废，是一个被鬼迷了心窍的人。他们一直叫他离婚。离婚？他才不离呢！他舍不得润叶！唉，他知道，老人时刻在为他生气，为他着急，可这又有什么办法呢？尽管回他们那里，三个人都不好受，但他还得回去。他是双亲的独生儿子，多时不去看望他们，老人和他自己又都感到很不是滋味……

向前勉强地爬进了驾驶楼。他一半凭意识，一半凭技术，又开着汽车向黄原赶去。

半个钟头以后，酒劲更猛烈地发作了。他感到他像坐在一团棉花上，两只手忍不住有点抖动。眼前是一个急转弯，一瞬间，他感到灾难已经不可避免了，飞奔的汽车迅速向路旁倾倒下去！他凭求生的本能扭开车门，一纵身从驾驶楼里跳出来……

但是，一切都晚了！他的两条腿压在歪倒的车帮子下面，刹那间就失去了知觉——连那声悲惨的惊叫都没来得及喊出口……

一个小时以后，一辆过路的空面包车停在向前翻倒的汽车旁。一位年约五十岁的老司机跳下车来，面如土色地看见了眼前的惨状。他把手放在向前的鼻孔上，感到还有气息。可是他无法把他从车帮子下面弄出来。

看来这是位心肠好又有经验的老司机。他立刻转身在自己车上的工具箱里翻出一把小铁铲，跑过来在向前压住的腿下面挖出一道小沟，把他从车帮子下面拉出来。那两条腿已经血肉模糊，勉强还和身体连结着。一条腿伤在了膝盖以下，另一条腿伤在了膝盖以上。这位老师傅拿出一块毛巾撕成两绺，把受伤的腿分别包扎住。他显然没有进一步的医学常识，伤位高的右腿扎在上部——这是正确的；但伤位低的左腿扎在膝盖下面，根本起不了止血作用。

不过，他实在是尽心尽力在抢救。他把向前抱进了他的面包车，自己的身上糊满血迹，开起车就往黄原城里跑。

又一个多钟头以后，这辆面包车驶进了黄原地区医院的大门。车被门房上值班的老头挡在了门口——按医院规定汽车不准进入院内。

满头大汗浑身血污的司机跳下车来，几乎要扇门房老头一记耳光。忠于职守的门房老头无动于衷地问明情况，让司机到急诊室去。

老师傅按门房的指点跑到了急诊室。这正好是个星期天，又是晚饭前后，急诊室只有一名值班护士。

护士叫司机把伤号背进来。这位师傅只好又跑出去，把昏迷中的李向前从面包车上背进了急诊室。

值班护士一看伤势的确严重，立刻给外科值班大夫打了电话。紧接着，她便开始忙乱地量血压，量脉搏。

二十分钟后，外科值班大夫才来了。

他瞥了一眼那两条血淋淋的腿。

“血压？”他问护士。

“五十——三十。”

“脉搏？”

“四十。”

大夫转身问那位师傅受伤的经过，老师傅只能说上来他到现场以后的情况，其他一无所知。不过，他从伤者衣袋里的工作证上，已经知道了他是原西县汽车运输公司的司机，名字叫李向前。

大夫和护士这才明白这位老师傅与伤者无亲无故。医护人员那种中国式的惯常冰冷脸色缓和了一些。

这时候，又来了一位护士。

大夫一边察看伤口，一边让值班护士给伤者吊糖盐水，然后配血；同时吩咐刚进来的那位护士，立刻通知手术室，准备急诊手术！

十分钟以后，李向前就被手推车推进了一楼手术室……

那位好心救人的老师傅这才从急诊室走出来。

现在，天色已经昏暗了，满城亮起了辉煌的灯火。

这位师傅救人救到底，又跑出去给原西县汽车运输公司挂了长途电话，告诉了他们李向前受伤的情况；然后他才开着自己的面包车离开了医院。

直到现在，我们还不知道这位师傅叫什么名字。在以后的几年里，李向前一家人到处查询这位救命恩人，但也没有能找见他。他是我们这幕生活长剧中一位没有名字的角色。这位无名者做了一个普通人应该做的事以后，就在我们的面前消失了。但愿善良的读者还能记住他……

原西县汽车运输公司接到这位陌生人打来的电话后，上上下下顿时乱成了一团。公司领导首先立刻给地区卫生局李登云挂长途电话。李登云已经下班回家去了。卫生局的一名干事接到电话后，马上向行署家属楼跑去。

地区卫生局长李登云现在正一个人无所事事地立在他家三楼的

阳台上。他刚吃完晚饭，手里悠闲地转着两个健身铁蛋儿，望着傍晚大街上来来往往的行人。他爱人刘志英在市医院任党委书记，尽管是星期天，饭碗一撂照旧跑到单位去了。

当卫生局的干事气喘吁吁跑来报了噩讯后，李登云自己的两条腿也像坏了，哆嗦得如同筛糠一般。

他急得嘴张了几张，语无伦次地让干事赶快去叫司机，自己却抢在前面，大撒腿跑出了房门。

等他跑到大街上，卫生局的吉普车才撵来停在他身边。他对司机骂了一句什么脏话，就赶紧坐上去往地区医院赶来……

这时，在地区医院的手术室里，医生们正在紧张地为李向前清创和止血。

伤势显然是严重的。看来伤者被压住后，在浅昏迷中曾试图挣扎着拼命往出拉自己的腿，因此将血管、神经和肌肉全部撕裂。要保住两条腿，也许只有显微外科还有点希望——但地区医院哪有这等设备和条件？

惟一的办法只能是截肢！

在血管还没有结扎之前，卫生局长李登云十万火急直接找到了医院院长。

院长一听说局长的娃娃腿被压坏了，立刻将医院的正副主任医师、正副主治医师全部带进了手术室——院长本人也是外科的副主任医师。

李登云已经顾不了体统，在院长等人进手术室之前，捶胸顿足地哭着说："我就这一个儿子呀！你们无论如何要把他的两条腿保住！"

手术室的门关闭以后，李登云被卫生局的干事和小车司机一人架着一条胳膊，靠在走道的墙壁上。

可怜的登云浑身已经瘫软得无法站立。他大张着嘴巴，惊恐地看着手术室的两扇门，等待着儿子的命运。

“要不要到市医院把刘书记接来？”卫生局的司机对李登云说。

“先不要！”李登云痛苦地摇摇头，“先不要叫他妈知道……”

一位护士拿来把椅子，让李局长先坐着等一等。

不一会，院长和主任医师从手术室里出来了。李登云紧张地观察着这两个人的脸色——他从他们的脸色上看出事情有些不妙。

这两个人戴着大口罩走到他面前，用手示意让局长不要从椅子上立起来。

穿白大褂的院长这时在上级面前已经是一副专业人员的严肃面孔。他对局长说：“根据我们检查诊断，已经没办法再转省医院进行显微外科。第一，断肢和肢体离开时间太长，没有冰冻措施，无法再植。第二，血管和神经创面模糊，无法吻合。如再转送省院，恐怕有生命危险……”

“那就是说要把腿锯掉？”登云绝望地问。

“是的，马上要施行截肢手术。”主任医师说。

“能不能留下一条腿？”李登云又哭着问。

院长和主任医师都摇摇头。

这时，一位主治医师拿来了“医院术前谈话记录单”，让家属签字。李登云手颤抖着半天才写上了自己的名字。

手术室的门再一次关闭了。

李登云一个马趴晕倒在了地上。他的两个下属赶紧把他也抬进了急诊室……

第四十九章

在地区医院的急诊室里，李登云在儿子刚躺过的那张小床上，好不容易才缓过气来。

看他挣扎着要下床，卫生局的干事和小车司机，就把他扶到椅子上。

坐在椅子里的李登云绝望而痛苦。他脸色灰白，平时不太明显的几块老年斑，现在很突出地散布在两鬓旁边。巨大的打击顷刻间就把他完全变成了一个老年人。

人的命运啊！谁知什么时候大祸就降临到你的头上？在他们老两口快要进入垂暮之年时，他们的独生儿子却失去了双腿。人常说养儿防老。可他们老了还得侍候儿子。他们自己受点罪又算得了什么！反正行将就木，歪歪好好这辈子凑合着已经活完了。可儿子还没活人哩！他今年才三十一岁，正是人生的黄金岁月……

那边的手术正在进行中。李登云脸上挂着泪痕，目光呆痴地坐在这边的椅子上。此刻，他都真的有点相信命运了。他悲观而看破红尘地想，人一辈子都是瞎活哩！谁能掌握了自己的命运？哼，人常常为了一点小小的利益和欲望，就在那里机关算尽，你争我夺，喜怒无常，实在是可笑！一切都是命里注定的！

可是，冥冥之中真的有什么神灵安排凡人的命运，为什么不让他自己失去双腿，而偏偏让他的儿子失去双腿呢？

老天爷，你太残忍了！

李登云悲哀地想起，他儿子的一生是多么不幸。后半生不用说，将成为一个残废人。就是前半生，也活得可怜呀！虽说结婚已经几年，连个夫妻生活也没有过，更不要说生儿育女了。

登云还不知道，向前正是因为爱情苦闷喝醉了酒，才把汽车开翻的——如果他知道这一点，他更会把田福军的侄女恨到骨头里！

眼下他想到这个所谓的“儿媳妇”的时候，只是在心中怨恨地说：哼，这下你可以走你的阳关道了！你把我的儿子折磨得好苦哇！

李登云想起润叶，气就不打一处来。如果她和儿子感情好，向前今生一世也能多少得到一点女人的温暖……唉，说来说去，这也怨自己的人！向前要是同意离婚，等不到润叶滚蛋，就会有新媳妇进门来！可是儿子偏偏被这个女妖怪迷住了，宁愿受罪也不离婚，他和志英实在是没办法呀！正是为了迁就儿子，他老两口才奔跑着调到黄原来工作了。因为“儿媳妇”调到了团地委，老两口划算他们调上来后，再活动着把向前也调到黄原，这样，向前和润叶在一个城市里，就能多见面、多接触，时间一长，兴许两个人还能过在一块哩。为了儿子的幸福，登云宁愿放弃当原西县一把手，而屈驾到地区当了个“无足轻重”的卫生局长。他多年的愿望就是独当一面领导一个县。为了儿子，他只能牺牲了自己的政治理想。

但所有这一切都没能改变向前和润叶的关系。向前说什么也不来黄原工作。他说他在原西长大，那里熟人多，县运输公司对他又好；要是到了黄原，他急忙习惯不了。实际上，主要是润叶和他打别扭，他就索性离她远一点，躲个眼不见，也少点烦恼。这个窝囊废儿子能把他们活活气死：既然是这样，为什么又不离婚呢？

可话说回来，他老两口也太幼稚了：就是向前调到黄原，向前和润叶就能过在一块吗？当年他们不都在原西县城吗？两口子只要合心，天南海北又有什么关系！

几年来，他们夫妇俩已经被儿子的婚姻问题折磨得心衰力竭。

可谁又能想到，还有这么大的灾祸在等待他们！

天啊，要是志英知道了眼前的惨祸该怎么办？

“志英，志英，志英……”李登云像死人一般堆瘫在椅子里，嘴里喃喃地念叨着老伴的名字。

“李局长，我看还是把刘书记也接来……”卫生局的干事嗫嚅着说。

李登云闭住眼痛苦地咧了咧嘴。是呀，纸里包不住火，这事迟早要让他妈知道。应该把志英接来……

他仍然闭着眼，说：“侯师，你去接向前他妈……”

卫生局的司机立刻出去了。

时间不知不觉过了四个钟头……

现在，已经是夜里十一点钟。

不久，穿白大褂的医院院长走进急诊室，一看李局长这副模样，竟不知怎样安慰他。他迟疑了一下，对局长说：“手术已经完了。情况都很好……”

“很好？什么叫情况很好？两条腿都保住了？”李登云嘴角像受了委屈的儿童那般抽动着；痛苦已使他不能自已，竟用一种刻薄的语言极没水平地讥讽院长。

院长不敢计较局长的混账话。当然，如果普通病人的家属丧失理智对他如此出言不逊，他会立刻拂袖而去。

院长尴尬地苦笑了一下，说：“孩子已经进入单间病房，特级护理。你现在可以去看看了。”

院长说着，便和卫生局的干事搀扶起垮掉的李登云，出了急诊室，来到住院部的单间病房。

向前仍然处于昏睡状态中。

李登云一进房子，瞥了一眼儿子的断腿，就扑倒在地上，失声痛哭起来……

不一会，向前他妈闯进了病房。

性格刚硬的刘书记被眼前的景象惊得目瞪口呆。等她反应过来这是怎么一回事的时候，便像受伤的母牛一般哞叫了一声。她对周围的医护人员哭喊着说："为什么要把我儿子的腿锯掉？为什么！"她一直在医院做领导工作，因此敢对医生发出这样的诘难。

院长和主任医师正要给市医院的刘书记说明情况，她却又问丈夫："是你签的字？"

"嗯……"

"你……"刘志英一下子跪倒在床边，手摸着昏迷中的儿子的头发，只是个号啕大哭。她已经不再听院长和医生的解释了。她心里明白，他们的治疗是不会错的。就是错了又怎样？反正她儿子的两条腿已经没有了——她面对的只是这个冷酷的事实！

这一夜，悲痛欲绝的李登云夫妇一直守在儿子的床边……

天明的时候，向前还在麻醉状态中没有醒来。在他床边的父母亲也已经快休克了。

以院长书记为首的医院领导，硬劝说李登云夫妇回家休息几个小时再来；他们说，医院会全力以赴精心护理的……

李登云夫妇回到家里后，躺在床上互相拥抱着仍然痛哭不已。

后来，他们像孩子一样，一个给一个揩去脸上的泪水，互相心疼地说着安慰话。是啊，一切都无可挽回了，他们都应该健康地活着，好在以后漫长的岁月里，帮助他们残废了的儿子……

上午十点钟，手术后九个小时，向前慢慢地睁开了眼睛。

明媚的阳光从大玻璃窗户投射进来，映照在雪白的病床上。

他努力挣扎着，老半天才弄清楚这好像是在医院里。

医院？思维闪电般地复活了！他迅速地记起了昨天发生的那幕悲剧……

当目光触及到自己的下部时，他闭住眼惨叫了一声："完蛋了！"

刹那间，醒过来的李向前对生活完全绝望了。

他怨恨为什么没有把他压死，而弄成了这副样子又让他活着——这样活着还不如死了！

是的，生命对他来说，还有什么意义呢？他不能再行走，更不能再开他心爱的汽车；把他和亲爱的大地连结在一起的不再是自己的血肉之躯，而将是两根木头拐杖！本来应该是他照顾老人的晚年，可年迈的双亲将要侍候他以后的生活了……而父母亲离开人世呢？谁再来管他这个残废人？他连个弟兄姐妹也没有！到时，大概只能进养老院；天天坐着轮椅，孤独地看着墙外的树叶发芽、变绿、变黄，又一片片飘落在地上……年复一年，就这样度日过月，寂寞地等待死亡的到来……

死亡！为什么要用那么漫长的时间去等待死亡？

是的，尽管人总有一死，但人总是恐惧死而想活在这个世界上。可是，既然活着，就应该活得美好呀！如果人活着是一种受罪，那还不如早早死去，把自己永远从痛苦的深渊里解脱出来！

死？

他想：是的，死。也许死对他来说是最合适的。他本来就活得没什么滋味，现在却又失去了双腿，活着就更没什么意思了。

是的，死！

他的眼睛一瞬时便被黑暗遮住了。

可是，在那一片死亡的黑暗中，心灵的宫阙却回荡起铃铛般悦耳的声音，使他不由回过头来，追溯他短暂而平凡的一生……

他的生命的大部分时间都是在那个亲切的小县城里度过的。他曾有过无忧无虑的童年。灿烂的阳光，美丽的野花，碧波荡漾的原西河，凹凸不平的石板街……他曾在那里像匹小马驹一样活蹦乱跳地撒过欢。以后，先是在有棵老槐树的小学里开始了学生生活；后来又上了原西中学。无论在学校，还是在家里，那一切回想起来都是温馨的。最后，他上了汽车——就像身上添了两个翅膀，痛快自由地飞驰于东西南北。真正的幸福感是他懂得爱情并热恋上润叶体验到的。但是，人生的不幸也从那时候开始了。是的，他为爱情深深地痛苦了几年，最后导致了这个悲惨的结局……

不过，往日的痛苦比之现在来说，那又算得了什么呢？那痛苦是一个健全人的痛苦——某种意义上也是一种幸福！为什么呢？因为你痛苦，就说明你对生活还抱有希望！可如今的痛苦是绝望的痛苦；绝望的痛苦甚至使人不再痛苦——既然生活没有了希望，还有什么必要再痛苦呢？

真的，如果痛苦不能改变生存，那还不如平静地将自己毁灭。毁灭。一切都毁灭了，只有生命还在苟延残喘。这样的生命还有什么存在的价值？

死……

在这短短的时间里，向前的思绪像洪水般流淌；但所有的一切终归都流向了那个黑暗的无极深渊：死。

可怎样去死呢？

他讥讽地想：这倒是一件“具体工作”。令人遗憾的是，他现在连做这件事的能力都丧失了。上吊？他动也动不了。吃毒药？哪有这东西？

对！安眠药！

他突然来了“灵感”。听说有人就是用这白色小药片结束了自己的生命。据说这种自杀像睡着了似的，没有什么痛苦。这好！他活着时已经够痛苦了，死的时候当然应该舒服一些！

现在手头没有安眠药，而且一片两片也不顶事——睡一觉又醒了；得一次吞下去许多才行。那么，这就得常向护士要，慢慢积攒……

李向前周密地论证并决定了自己的命运以后，心灵立刻获得了一种大宁静。既然生活已经有了一个总结局，那么其他一切都无关紧要了。

这时，他却不由得又想起了润叶——他永远的“主题”。

不同以往的是，他现在想到润叶时，心情也是平静的。因为事情再明白不过了：这个从来也没属于他的女人，将永远不必再属于他。

他在心里冷笑了一声。

命运嘲弄了他。他如今也在心里嘲弄命运；或者不如干脆说是嘲弄他自己……

你现在自由了，润叶。随着我的毁灭你将再生。我不怨恨你。我之所以到了这般地步，那全怪我自己。谁让我这样爱你呢？是我自己。我现在感到失望的并不是自己的爱没有得到回报——尽管我多么希望是这样。我现在难受的是，你并不了解我怎样爱过你。如果你真能了解了我对你的一往情深，那我死了也心平气静。使我内心愤慨的是，你把我当成了那种民间故事里的“憨女婿”。是呀，我没什么学问，是个普普通通的人。但是，一个普通人懂得的事，我都懂。只有到今天这样的时候，我才明白，我的爱也够不容易了。一个男人所能忍受的和不能忍受的，我都忍受了。的确，我也真有点像民间故事里的“憨女婿”。我就这样憨爱了你一场。一切都结束了——包括你的痛苦和我的痛苦。现在，我对你说的仅仅是两个简单的字：别了……

不知什么时候，他的思维又从润叶转到了汽车上。润叶和汽车，几乎是他生活的全部内容。当他得不到润叶的时候，汽车就是他的爱人。现在，这个“爱人”也别了；他再也不能驾驶着心爱的汽车奔驰在四面八方。令人痛心的是，正是他所迷恋的这两个“爱人”

最终结束了他的生活……

约摸在午饭前后，向前感到两条断腿被截去的地方剧烈地疼痛起来。他咬着牙不让自己喊出声。说来也奇怪，失去了两条腿之后，他似乎在感情、思想和意志方面，猛然间变得丰富、深沉和强大起来。一夜之间，他好像成了另外一个李向前！

李向前啊，李向前！面对眼前的你，我们悲伤，但也感到欣慰。你的两条腿是失去了，但愿你能在精神上站起来！死是不可取的。死并不表明强大（当然，也未必就是软弱）。

正在向前伤痛难忍的时候，悲伤的父母亲一起走进病房来。他们趴在他床边，再一次泣不成声。向前看见，两个老人脸色灰暗，皱纹横七竖八布满额头，衰老得几乎都让他认不出来——他知道父母亲已经被折磨垮了。这时，他才真正感到了一种无法言语的痛苦。为了自己失去的双腿，为了年老的父母，他的心像尖刀在捅戳。死被暂时忘却了，活人的痛苦却又尖锐地主宰了他的意识。但他强忍着没有哭。他也无话可安慰老人。他紧闭着嘴巴，让苦涩的泪水流进咽喉里……

又过了一会，原西县运输公司的领导以及他父母亲的许多朋友熟人，先后都拥进了这个小小的病房。来看望他的人都带着礼物；各种吃的和喝的，罐头、橘子水、水果、饼干、蛋糕……堆满了床头柜，挤满了两个窗台。

向前真不愿意看见这么多人。他央求父母亲说："你们都回去，这里有护士……你们不要着急，事情已经这样了……我想一个人安静一点……"

他闭住了自己的眼睛。

他听见护士也在婉言劝父母亲和其他人离开病房。

不一会，一切又重新安静了下来。

向前仍然闭着眼睛，在疼痛中恍惚地回想刚才来了些谁？他在一片虚无中追寻的还是那个人啊!

是的，她没有来。

她不知道他已经成了这个样子？就是知道了她也不会来……

不知为什么，李向前突然渴望能最后再见润叶一面。他在内心重新审视了他最终的人生极地，结论仍然是去死。但他想在死之前，再见一次她。

为什么要见她？他是想对她说，他要和她办离婚手续。他不能让她成为“寡妇”。在他死之前，就应该让她成为自由人；这样她也许就能更好地安排她以后的生活。他那样爱过她！这爱就应该始终如一。这样做不仅是为了她，也为了自己心灵最后的宁静……

润叶！难道我死前都不能再见你一面吗?

一股强烈的辛辣冲上了他的鼻根，两颗泪珠便从他紧闭着的眼角里慢慢地滑落出来。

他感到有人用手帕轻柔地揩去了他眼角的泪水——这一定是好心的护士。

他微微地睁开眼睛，却怔住了：润叶正静静地坐在他的床边。

润叶?

啊啊，是她!

李向前闭住眼睛，让汹涌的泪水在脸颊上溪流般地纵情流淌……

第五十章

田润叶是今天早晨上班后，才听说李向前因车祸而被锯断了双腿。

地区一个局长家里发生了这样的事，很快就会传遍地委和行署机关。不过，局外人传播这类事，就好像传播一条普通的新闻，不会引起什么反响。

但田润叶听到这消息后却不可能无动于衷。不论怎样，这个遇到灾祸的人在名义上是她的丈夫。

她不能再像往日那样平静地坐在团地委的办公室里，处理案头上的公务。她心慌意乱，坐立不安。与此同时，她还关切她的弟弟润生是否也蒙难了。

后来她才确切地弄清楚，失事的只是向前一个人，润生没有跟这趟车。她还听说，向前是因为喝醉酒而把车开翻的……

润叶一下子记起：上次润生来说过，向前是因为她而苦恼，常常一个人喝闷酒。她知道，这个人过去滴酒不沾，也不吸烟。

一种说不出口的内疚开始隐隐地刺激她那颗冰凉的心。是呀，这个人正是因为她才酗酒，结果招致了惨祸，把两条腿都失掉了。从良心上说，这罪过起因在她的身上。

事情到了这个地步，润叶才不由设身处地从向前那方面来考虑问题。是的，仔细一想，他很不幸。虽然他和她结婚几年，但一直等于打光棍。她想起了结婚后他从北京回来那晚上的打斗。她当时只知道自己很不幸，但没有去想他的可怜。

唉，他实际上也真的是个可怜人。而这个可怜人又那么一个死心眼不变，宁愿受罪，也不和她离婚。她知道他父母一直给他施加压力，让他和她一刀两断，但他就是不。她也知道，尽管她对他冷若冰霜，但他仍然去孝敬她的父母，关怀她的弟弟；在外人看来，他已经有点下贱了，他却并不为此而改变自己的一片痴迷之心……

可是，润叶，你又曾怎样对待这个人呢？

几年来，她一直沉湎于自己的痛苦之中，而从来没有去想那个人的痛苦。想起他，只有一腔怨恨。她把自己的全部不幸都归罪于他。平心而论，当年这婚事无论出自何种压力，最终是她亲口答应下来的。如果她当时一口拒绝，他死心以后，这几年也能找到自己的幸福。正是因为她的一念之差，既让她自己痛苦，也使他备受折磨，最后造成了如此悲惨的结果。

她完全能想来，一个人失去双腿意味着什么——从此之后，他的一生就被毁了；而细细思量，毁掉这个人的也许正是她！

润叶立在自己的办公桌前，低倾着头躁动不安地抠着手指头，脊背上不时渗出一层冷汗。她能清楚地看见，躺在医院里的李向前，脸上带着怎样绝望和痛苦的表情……

“我现在应该去照顾他。”一种油然而生的恻隐之心使她忍不住自言自语说。

这样想的时候，她自己的心头先猛地打起了一个热浪。人性、人情和人的善良，一起在她的身上复苏。她并不知道，此刻她眼里含满了泪水。一股无限酸楚的滋味涌上了她的喉头。她说不清楚为谁而难过。为李向前？为她自己？还是为别的什么人？

这是人生的心酸。在我们短促而又漫长的一生中，我们在苦苦地寻找人生的幸福。可幸福往往又与我们失之交臂。当我们为此而耗尽宝贵的青春年华，皱纹也悄悄地爬上了眼角的时候，我们或许才能稍稍懂得生活实际上意味着什么……

田润叶自己也弄不明白，为什么多年来那个肢体完整的人一直被她排斥在很远的地方，而现在她又为什么自愿走近这个失去双腿的人？

人生就是如此不可解说！

总之，田润叶突然间对李向前产生了一种怜爱的情感。她甚至想到她就是他的妻子；在这样的时候，她要负起一个妻子的责任来！

真叫人不可思议，一刹那间，我们的润叶也像换了另外一个人。我们再也看不见她初恋时被少女的激情烧红的脸庞和闪闪发光的眼睛；而失恋后留在她脸上的苍白和目光中的忧郁也消失了。现在站在我们面前的是一个含而不露的成熟的妇女。此刻，我们真不知道该为她惋惜还是该为她欣慰。总之，风暴过去之后，大海是那么平静、辽远、深沉。哦，这大海……

润叶迅速拎起一个提兜，走出房间，“啪！”一声关住门，穿过楼道，进了团地委书记武惠良的办公室。

“向前的腿被压坏了，我要请几天假到医院里去。”她对书记说。

武惠良坐在椅子里，惊讶地怔住了。他知道润叶和丈夫的关系多年来一直名存实亡，现在听她说这话，急忙反应不过来发生了什么事——这比听到向前腿锯掉都要叫人震惊。

惠良愣了一下，接着便“腾”地从办公桌后面站起来。他突然明白发生了什么事。他又激动又感动地说：“你放心走你的！工作你先不要管，需要多少天你就尽管去！要是忙不过来，你打个招呼，我和丽丽给你去帮忙……”

润叶沉默地点点头，就从武惠良的办公室出来，急匆匆地走到大街上。

她很快在就近的一个副食商店买了一提兜食品，搭坐公共汽车来到北关的地区医院。

在进李向前的病房前，她先在楼道里站了一会，力图让自己的情绪平静下来。啊啊，没想到这一切发生得这么快！她现在竟然来看望自己的丈夫了。丈夫？是的，丈夫。她今天才算是承认了这个关系。她的情绪非但平静不下来，反而更加慌乱。她甚至靠在走道的墙壁上，不知怎样才能走进那个房间去。她知道，接下来的几步，将再一次改变她的命运——她又处于自己人生的重大关头！

“是否需要重新审视你的行为？”她问自己。

“不。”她回答自己。

她于是怀着难以言状的心情，走进了这个病房。

第一眼瞥见的是那两条断腿。

她没有过分惊恐她所看到的惨状——一切都在预料之中。

紧接着，她才把目光移到了他的脸上。他紧闭着眼睛。她想，要么是睡着了，要么还昏迷着。

他脸上弥漫着痛苦。痛苦中的那张脸有一种她不熟悉的男性的坚毅。头发仍然背梳着，额头显得宽阔而光亮。使她惊讶的是，她从没感到李向前会有这么一张引人注目的脸！

吊针的玻璃管内，糖盐水静无声息地嘀嗒着。此刻这里没有护士，一切都静静的。她听见自己的心像鼓声一般“咚咚”地跳着。

她走过去，悄悄地坐在病床边的小凳上。

突然，她发现他眼角里滑出了两颗泪珠！

他醒着！

她犹豫了一下，便掏出自己的手帕，把那两颗泪珠轻轻揩掉。于是，他睁开了眼睛……

你奇怪吗？不要奇怪。这是我。我是来照看你的。我将要守在你的床边，侍候你，让你安心养伤。你不要闭住眼睛！你看着我！我希望你能很快明白，我是回到你身边来了，而且不会再离开……

当李向前睁开眼睛，看见为他揩泪的不是护士而竟然是润叶的时候，那神态猛然间变得像受了委屈的孩子重新得到妈妈的抚爱，闭住自己的眼睛只管让泪水像溪流似的涌淌。这一刻里，他似乎忘记了一切，包括他失去了的双腿。他只感到自己像躺在一片轻柔的云彩里，悠悠地飘浮着。

噢，亲爱的人！你终于听见了我心灵的不息的呼唤……

润叶一边用手帕为他揩泪水，一边轻声安慰他说："不要难过。灾难既然发生了，就按发生了来。等伤好了，过几个月就给你安假肢……"

这些平常的安慰话在向前听来，就像天使的声音。

他紧闭双眼，静默无语。但他内心却像狂潮一般翻腾。他直到现在还难以相信，坐在他床边的就是使他备受折磨、梦寐以求的那个人！

可这的确是她。

你感到幸福吗？他在内心中问自己。

不！这幸福又有什么用！他的一切都毁掉了，还有什么幸福可言！说不定她也是来尽最后的人情义务，就像和一个临终的人来诀别……

不过，我亲爱的人，仅此一点，我也就心满意足了。你来了，这很好。我多年来为你而付出的沉重代价，你多少已给了我一个补偿。在我要离开这个世界的时候，最后那个句号总算比较圆……

他想起了高中课本上学过的《阿Q正传》。可怜的阿Q在死之前怎样费尽心机也没把那个圆圈画圆。他比阿Q强的是，他的"圆圈"总算让自己满意了。

"你一定要把思想放开朗。不要怕，我会尽心照顾你。一直照顾……不久前，行署家属楼上给咱们分了两间一套的房子。等你出了院，我就把你接回去……”润叶仍然在他耳朵边轻轻地说着。

这是她说的话吗？

是她说的！

他睁开眼睛，满含着泪水不相信地看了她一眼。

“你现在应该相信我……”她那双美丽的眼睛真诚地望着他。

他再一次闭住眼睛。幸福地闭住眼睛。一股温热的暖流漫上他的心头，向周身散布开来。他无法理解她为什么在这时候才把那温暖给予了他。但他已经开始相信，一种他苦苦寻觅的东西似乎真的出现在了他的面前……

“我已经完了……”他用微弱的声音悲观地说。

“没有！只要活着，一切都会重新开始。”她用坚定的声音说。

“不，咱们现在可以离婚了……请你原谅我。我是因为……爱你才……这几年把你也害苦了……可是，你不知道，我为了你……”向前说不下去了，闭住眼抽动着两片嘴唇，不出声地哭泣起来。

澎湃的激流开始猛烈地叩击田润叶的心扉。她不由自主地俯下身子，把自己的额头在他泪水纵横的脸颊上贴了贴。她用手轻轻摩挲了一下他又黑又密的头发，对他说："我现在全明白了。从今天起，我准备要和你在一块生活。你要相信我……"

背后传来一声轻轻的咳嗽。

润叶赶忙站起来，回头看见护士端着小白瓷盘已经走到了房中间。

在护士为向前换吊针的时候，润叶问她："什么时候可以出院呢？"

“四个星期伤口就基本愈合了。但出院得到两个月以后……”

润叶默默地点了点头。

不一会，李登云夫妇也来了。

他们显然对润叶的到来大吃一惊！

润叶也有些不好意思。她想开口叫一声“爸爸”或“妈妈”，但由于不习惯，怎么也开不了口。她就直接对他们说：“以后由我来照看。我已经请过假了。你们年纪大，好好休息，不要经常来。这里有我哩……”

李登云和刘志英立在病床前，简直反应不过来这是怎么一回事。他们做梦也想不到，在儿子大难临头的时候，润叶竟然来照看他了。人啊……

老两口对这个他们一直所厌恶的儿媳妇，竟不知说什么是好。但就在这一瞬间，过去的所有敌意都消失了。他们知道，也许只有这个人，才能使儿子有信心重新生活下去。此刻，他们是多么感激她啊！

刘志英抹了一把眼泪，说：“只要你有这心肠，往后我和他爸一定全力帮助你们……”

李登云站在一边，两只眼睛红红的，百感交集说不出一句话来了……

第二天早晨。手术后二十四小时。征得医生的同意，润叶开始给向前喂一点流食。她把自己带来的橘子汁倒在小勺里，跪在床边，小心翼翼地送到丈夫的嘴里。

向前张开嘴巴，把那一勺勺橘子水——不，甜蜜的爱的甘露，连同自己又苦又涩的泪水，一齐吞咽了下去……

生活啊，生活！你有多少苦难，又有多少甘甜！天空不会永远阴暗，当乌云退尽的时候，蓝天上灿烂的阳光就会照亮大地。青草照样会鲜绿无比，花朵仍然会蓬勃开放。我们祝福普天下所有在感情上历经千辛万苦的人们，最后终于能获得幸福！

中午的时候，向前他妈来到病房，说什么也要顶替让润叶回去休息一下。润叶只好依了她的愿望，说她下午再来顶替让婆婆回去休息。

田润叶走出医院来到大街上，感到自己的脚步从来也没有这样轻快过。太阳暖洋洋地照耀着街上的行人；行人的脸上都挂着笑容。街道两边的梧桐树绿叶婆娑。在麻雀山下两条大街交汇的丁字路口，大花坛里的鲜花开得耀眼夺目。城市和她的心情一样，充满了宁静与爽朗。

她没有回机关的办公室，径直来到了行署家属楼上——这里有不久前分给她的那套房子。这座新盖起的楼房，只分给结过婚的干部职工，她当然也就有份了。不过，从房子分下到现在，她只来看过一次，也没有收拾过，自己仍然住在机关办公室里。当时，她对这房子没有任何兴趣——这只能唤起她的一片忧伤之情。人家是分给结过婚的人住，可她虽然算是结婚了，但和单身又有什么两样？

现在，她突然对这套房子感到很亲切。

她上了三楼，打开房门，然后从对门同事家里借来扫帚和铁簸箕，用一条花手帕勉强罩住头发，便开始收拾起了房间。

她一边仔细地打扫房子，一边在心里划算着在什么地方搁双人床，什么地方搁大立柜……对了，还应该买个电视机。他不能动，有了电视机，可以解个闷。买个十四英寸的，但一定要买彩色的——她这几年积攒的钱足够买台带色的电视……

田润叶这样忙碌地收拾着，精心地划算着，倒像是为自己布置新婚的洞房！

第五十一章

日子过得快如飞箭！算一算，田福军从省里回到黄原任职已经有两年的时光；他在这个贫困的家乡所在地区任一把手也已经有一年多了。

两年之间，不仅黄原地区，整个中国发生了多么大的变化呀！许多不久前人们连想也不敢想的事，现在却成了我们生活中最一般的现象。中国的变化震动了资本主义国家，震动了社会主义国家，也震动了中国自己。

阐述这个变化的深远历史意义也许不是小说家所能胜任的。我们只是在描绘这个历史大背景下人们的生活时，不由得感叹：我们这一代人经历了如此深刻而又富于戏剧性的历程！现在还是孩子的人们，将不会全部理解我们这代人对生活的那种复杂的体验。

是的，我们经历了一个大时代。我们穿越过各种历史的暴风骤雨。上至领袖人物，下至普通老百姓，身上和心上都不同程度地留下了伤痕。甚至在我们生命结束之前，也许还不会看到这个社会的完全成熟，而大概只能看出一个大的趋势来。但我们仍然有理由为自己生活过的土地和岁月而感到自豪！我们这代人所做的可能仅仅是，用我们的经验、教训、泪水、汗水和鲜血掺和的混凝土，为中国光辉的未来打下一个基础。毫无疑问，在这一历史进程中，社会和我们自身的局限以及种种缺陷弊端是不可避免的。但这决不能成为倒退的口实。应该明白，这些局限和缺陷是社会进步到更高阶段上产生的。

可是，在具体的现实生活中，坚持前行的人们，步履总是十分艰难的。中国式的改革就会遇到中国式的阻力。

近一年多来，有关田福军的告状信不断头地从黄原涌向省城和北京。中国的其他事干起来不容易，但告状倒相当简便——八分人民币买一张邮票就可以了。这些信件寄到了中央纪委、省纪委、中组部、省组织部和中央以及省的人民来信来访办公室。更多的信直接寄给了省委正副书记个人手里。告状信的内容五花八门，从政治错误、经济犯罪一直到男女关系。如果这些问题都能落实，田福军恐怕够判死刑了。

福军知道有人告他。他也知道省纪委和省委组织部来调查过他的“问题”。但他不知道告他告得如此猛烈；也不知道这场“倒田运动”的幕后人物是他的副手高凤阁。

地委副书记高凤阁是黄原前地委书记苗凯多年精心培养的接班人——接他自己班的人。但由于田福军从省上“杀”回来，高凤阁没有当成专员，当然就更当不成地委书记了。苗凯调离后，高凤阁窝着一肚子不舒服，便开始在暗中鼓动苗凯手上用过的一些对田福军心怀不满的人，大量给田福军制造“罪证”……

起先的时候，省委并没有特别重视有关田福军的这些告状信。根据一贯的经验，一位新任领导免不了要遭受一些人的反对。后来，告状信越来越多。同时兼任省纪委书记的省委常务副书记吴斌，便指示省纪委派人到黄原去调查田福军的问题。当然，苗凯同志也给这位老上级耳朵里灌了不少田福军的“情况”。

但省纪委的人没有调查出田福军的什么大问题；许多告他的信

纯属凭空捏造。事情随之也就不了了之。可是，告田福军的信仍然有增无减；而且后来的告状信都直接寄给了省委书记乔伯年的办公室。

本来，省委书记乔伯年这一两年对南北山区几个地区的工作，还是较为满意的。这些地区大部分都实行了生产责任制。一两年来，实际成果说服了许多怀疑论者。那些地区大规模生产方式的改变，极大地刺激了农民的生产积极性，初步改变了极度贫困的生活状况，使大部分群众解决了基本的温饱问题。

当然，“冒尖户”还是少数。眼下并不像某些满怀热情的作家用肤浅的文艺作品所宣扬的那样，似乎农民都发了财，动不动就把电视机抱回了家。我们的农民难道我们还不清楚吗？他们过去在某种程度上已经穷到了骨头里；新政策的优越性不可能在一两年内就把所有人都变成大富翁。对于大多数农民来说，解决了吃饭问题，这就是一件多么了不起的事啊！一切都还在刚刚开头，许许多多的新问题和新矛盾接踵而来，需要迅速而有力地给予解决。

但是，省委书记感到，这一两年来，党的某些基层组织和它的负责人，本身在认识方面都不同程度地存在着一些因循守旧的观念。改革的阻力由此可想而知。毫无疑问，我国整个农村的进步乃至最终走上现代化的道路，有待于一个长时期不断改革的艰难过程。

无论如何，这个省的南北山区已经迈出了令人鼓舞的一步，并以此昭示了未来多方面的广阔的发展前景——这是任何眼睛没瞎的人都能看得见的。应当指出，在这一方面，最贫困的黄原地区走在了全省的前列；这当然和地委书记田福军同志大胆解放思想是分不开的。

可是，偏偏他的告状信最多！

唉，中国呀！什么时候才能把那些诸如“人怕出名猪怕壮”、“枪打出头鸟”、“出头椽先烂”等等“经典哲学”从我们的生活词典中剔除了呢?

近一年来，乔伯年主要把自己的精力放在落实中部平原地区农村生产责任制方面。

中外历史证明，革命常常容易在最贫困落后的地区开始。而较富庶的地方，变革往往要困难一些。

当山区以户为主的生产责任制已经实行一年多的时候，本省中部平原地区的农村还在吃“大锅饭”。不是群众不愿意改变这种状况;而是这些“白菜心”地区的许多领导一直抵抗着,长期按兵不动。当然，在省委领导中，也有分歧意见。比如吴斌同志就认为，平原地区不必处处都搞责任制;理由是有些地方的大集体一直搞得很好。

乔伯年认为，平原地区农村的“大锅饭”照样应该砸烂。为此，他通过答省报记者问的形式，号召平原地区仿效山区的榜样，大规模实行生产责任制。没有人公开反对新政策，但实际工作中抵抗的大有人在。他们采取的是口头上拥护实际上对抗的方法。这些人在会议上一口一个要坚决贯彻“上面的精神”，而在私下里，在和老婆睡觉的时候，在和知己们下棋打扑克的时候，却用一种嘲弄的口气讥讽所有的改革。而严重的是，这些人往往领导着一个几百万人口的地区或几十万人口的大县份。一年来，乔伯年为了改变这种局面，改换了中部平原几个地区的领导班子——这些地区的农村已经渐渐处于一种急剧变革的状态中……

小暑前后，乔书记想起应该到山区去看一看情况。近一年多，他忙于平原地区的工作，对南北山区的当前情况摸得并不透。

于是，他准备在全省的煤炭基地铜城市按原计划视察完工作后，顺便先到毗邻的黄原地区走一圈。

没想到他在一个山沟的矿区发起了烧。这使乔伯年很着急——他已经给黄原打了招呼，说他明天到那里。

他当时住在这个矿的招待所，又是半夜，只好把秘书小王喊醒，让他给自己找点药。

小王手在他额头上摸了摸，说：“让我给医院打个电话！”

“算了，”他说，“吃几片药说不定明早上就会好的。你一打电话，市上和矿务局医院说不定把救护车都开来了。”

“而且还把警报器拉得呜呜响！”秘书加添说。

乔伯年笑了。他和身边的工作人员都很随便，他们都敢和他“放肆”地开玩笑。

乔伯年索性接上秘书的话，进一步“发挥”说：“那样，大家以为失了火，说不定把救火车也开来了！”

乔伯年一边开玩笑，一边吞下去八片羚羊感冒片和一包阿鲁散。

第二天早晨，病情果真好了许多，他就立刻起程直奔黄原……

省委书记一到，地委书记就忙了。田福军先陪乔书记在几个偏远县份的农村跑了一大圈；回到黄原后，紧接着就召开县委书记以上的领导干部会议，以听取省委书记对全区工作的指示。

在这个干部会上，乔伯年热忱地肯定和赞扬了黄原地区的工作；同时指出了下一步应该解决的主要问题。这实际上也是省委对田福军本人工作的肯定。乔书记的讲话使田福军眼圈不由得发热。他感谢省委在他困难的时候，及时支持了他……

省委肯定了田福军的工作，也不等于就否定了反对田福军的高凤阁同志。以后不多日子，在省委常务副书记吴斌同志的坚持下，高凤阁被调到南面一个地区如愿以偿地任了行署专员。领导这么一个大省，省委书记不可能在一切事上明察秋毫；再说，即使看出类似的问题，有时也不得不作某些妥协——这是政治生活中常有的现象……

送走省委书记以后，黄原地区各县的县委书记都回去了。但田福军把原西县委书记张有智留了下来。他要单独和他商谈一件事。当然，他实际上也有许多话想对这位老朋友说。平心而论，原西县这两年的工作是不能令人满意的；这责任在很大程度上和有智分不开——他是一把手嘛！福军自己感到，他一个很大的弱点就是在老朋友面前抹不开脸皮。本来，他早应该直截了当指出有智同志这两年在工作中所存在的问题，但他却一直没这样做。

这一天晚饭前，他把张有智从黄原宾馆带回到自己家里。爱云没去医院上班，忙了整整一个下午，已经备办好了一桌饭菜。饭桌上，因为老丈人徐国强和妻子都在座，福军先没和有智谈工作方面的事。四个人一边喝酒吃饭，说起许多过去的话题。有智是个爽快人，不仅和爱云开玩笑，还和他过去的老上级徐国强老汉也逗趣。

吃完饭后，田福军和张有智进了会客室。爱云给他们沏好茶，就退出去了——作为地委书记的老婆，她知道丈夫要和有智谈些她不应该再听的话了。

“有件事我想和你商谈一下。”田福军给张有智递上一根纸烟。

张有智没说话，点着烟听福军的下文。

“文龙已经从省党校毕业回来了。据地委组织部的考察和省党校方面的介绍，小伙子这两年学得不错，表现也很好。我想让他回原西县去给你当个副手……”

“怎安排？”张有智的脸沉了下来。

“副书记兼县长。”

“什么？”张有智冲动地从沙发里站起来，“你把一个造反派弄来给我当县长？”

“有智，你坐下，先别激动。文龙在‘文革’中是造过反，前几年在柳岔公社也搞过极‘左’的东西。不过，他是个青年嘛，‘文革’中他还是个中学生，才十几岁。这几年来，小伙子对自己进行了严厉的反省，照我看那是真诚的。对待青年，我们不能总是揪住过去的一些事不放。只要认真改了，我们该使用的还要用。

“他是西农毕业生，又上了两年的省党校中青班，等于争得两个大学的文凭，并且先后当过公社一把手和县上的副主任；年轻力壮，又有文化，说不定能在工作中开创新局面呢！至于过去的错误，他记取了教训，未必是一件坏事。俗话说，知耻者勇……”

“哼，反正知耻不知耻只会个勇！”张有智挖苦说。

田福军看张有智态度生硬，一时不知该怎样说服他。他把茶杯往他面前推了推，说：“你……喝水。”

张有智端起茶杯，长长出了一口气，说：“不能改变了？重用这小子我不反对，可为什么一定要让他回原西来呢？”

“这不是我一个人的意见。呼专员和组织部也是这个意见。文龙本人也表示愿意回原西去工作，说他要哪里跌倒再从哪里爬起来。我们应该给他一个机会……”

“哼，回原西来和我再闹腾一番，弄得鸡飞狗跳墙！”

“有智！你为什么要这样看问题呢？人都在变嘛！”

“不见得。我就没变！”

田福军不好再说什么了。

但是，有智，你真的没有变吗？

唉！田福军本来还想顺便和他的老朋友谈谈心，指出他这两年来工作中存在的一些问题；但看有智这样刚愎自用，只好又一次打消了这个念头——看来今天再谈这方面的事显然更不适宜；他们现在已经有些不愉快了。

张有智最后算勉强接受了地委对周文龙的任用，便怏怏不快地从田福军家告辞了……

送走有智后，田福军一个人又回到会客室，苦恼地在脚地上转圈圈走了半天。这一刻里，他心头涌上一股很难受的滋味。他现在倒忘记了对张有智的不满意，而对自己太不满意了。他感到自己非常无能，连批评朋友的勇气都鼓不起来，怎么可能把这样大一个地区领导好呢？

他看了看腕上的电子表，猛然记起，他下午已经给司机打过招呼，晚饭后要去地区医院看望失掉双腿的向前。他几天前就知道了这件惨事，但因省委书记来了，忙得实在抽不出时间去医院。另外，他也知道侄女去侍候不幸的向前了——这是润叶自己对他说的。当时他的鼻子也有点发酸。他感到欣慰的是，他多年来对侄女的心血终于没有白花——她在人生关键的时刻表明她是一个多么好的孩子！

田福军匆忙地下了楼，来到院子里。司机早把车停在门口等他了。

田福军来到地区医院向前的病房时，冯世宽和文化局长杜正贤以及他的女儿、女婿都在这里。当然，润叶也在。他来后，这个小小的病房已经挤得没处立脚。于是，世宽、正贤和丽丽夫妇都一齐告辞走了。

田福军坐在病床旁边的小凳上，拉着向前的手，说了许多亲切的安慰话。向前只是眼里含着泪水不断给田叔叔点头。润叶立在一边低倾着头抠手指甲。

不一会，向前他妈刘志英来顶替润叶照看儿子。这些天里，婆媳两人轮流在医院里过夜。在向前的病床旁，单另支起了一张行军床。

志英没想到田福军也亲临病房来看望她的孩子。虽说是熟人，现在又算是亲戚，可福军是地委书记啊！

志英控制不住自己的悲痛，又在田福军面前哭了一鼻子。福军和润叶劝慰了她半天，叔侄俩才离开了病房。

田福军到医院时，就把司机打发回机关了。现在，他正好可以和侄女一块相跟着步行回南关。

七月的夜晚是温热的。大街上灯火辉煌。悠闲的人们在梧桐树下散步。各处的夜市正到了红火热闹的时刻，拥挤着熙熙攘攘的人群。黄原河充满激情的喧哗声从不远的地方传来，给城市欢愉的夜晚带来了别一种情调。

田福军把外衣搭在胳膊上，和侄女不紧不慢地在街道上走着。润叶手里拎着一个花布提包，那里面装着一些给向前带吃喝的瓶瓶罐罐，叮叮当当地响个不停。她跟在二爸的身边，不时用手拢一拢被晚风吹散的秀发。

田福军心情很激动。他这时回忆起许多有关侄女的事。尤其是孩子结婚以后，他曾在原西县的办公室里见她那一次。当时看见她被折磨成那个样子，他难过极了。可是那时他的确无法纠正老丈人瞒着他而造下的罪孽。他只能无可奈何地等待时间来解决这件事。他没有想到,事情在今天有了这样一种结局。不过,他内心深处知道，对于侄女来说，未来生活的严峻考验正在等待着她——她能经受得住吗?

田福军实际上有许多话想对侄女说，但此时却不知说什么是好。他只是关心地问:“向前什么时候出院？什么时候可以安假肢？”

“医生说过一个多月就可以出院。安假肢得三四个月以后。我已经请惠良的叔叔和省义肢厂联系了，到时我和李叔叔陪他去……”润叶亲切而平静地对他说。

田福军感到眼窝热辣辣的。他只是连声说:“好，好，那好……”

第五十二章

大暑过后，一进入中伏，垂直地悬挂在空中的太阳，几乎不是放射光芒，而是在喷射火焰了。大地上热浪滚滚，一片灼人似的炙热。好在黄土高原有充足的风，这些日子，还不像中部平原那样昼夜都如同扣在闷热的蒸笼里，令人窒息。当然，整个白天，如果你在高原烈日下活动，那多半得晒掉一层皮。只是夜幕一旦扑落，大地上常常会吹起凉爽的清风，使人感到这个季节有多么美好……

在这个火一般炎热的季节里，即将在黄原师专毕业的田晓霞，心中也像燃烧着一团火焰。她刚从省报实习回来。她做梦也没有想到，在省报实习期间，报社的总编辑非常看重她的才华和工作精神，决定通过省高等教育局，要分配她去省报当记者。按他们学校的性质，毕业的学生当然应该分配到黄土高原各地中学去当教师。但每年也总有一两名特别出众的学生，以特殊原因被分到了另外的单位。看来田晓霞成了他们这届毕业生中的幸运儿——谁不愿去当一名记者呢？更何况还要进大城市去工作和生活！

不用说，立刻就有许多谣言在学校和毕业生中间传播开来，说晓霞是通过她父亲走“后门”才被分到省报的。平心而论，这的确和田福军无关；因为省报决定要她的时候，并不知道她是黄原地委书记的女儿。

田福军夫妇知道这个消息后，也很为他们的女儿高兴。事到如今，福军才猛然觉得，也许他的晓霞最合适的职业就是记者工作！这孩子思维敏捷，知识面也比她哥晓晨宽一些。另外，她性格泼辣，爱跑动，又不怕吃苦——这些都是搞记者工作所需要的。

实际上，当记者对田晓霞来说，也是她梦寐以求的理想职业！

没想到这个理想就这样变成了现实。命运往往就是如此——有的人事事不顺，有的人一顺百顺！

分配基本没什么大问题后，田晓霞愉快得都有点飘飘然了。也许用不了一个月，她就要离开黄原，到省城的报社去报到啦！

那么，她该怎样打发在黄原的这一段日子呢？

她很快想到了孙少平。

是的，她要尽量多些时间和少平在一块。她实习回来后还没顾上去找他。他当然也不知道她已经分到省报去当记者了。

晓霞想起少平的时候，心中就会涌上一种连她自己也急忙弄不清楚的复杂情绪。毫无疑问，在她已有的生活之中，没有一个男人像少平那样使她在感情上有一种亲近感。尤其是和他在黄原交往以来，每想起他，心中就会泛起一缕温热的情思。她的确还没有考虑好她和这个人未来的关系会怎样发展。但她感到她在生活中已经不能再失掉这个人。是的，从家庭和社会地位来说，他们的距离很大；可是从心灵方面说，没有一个人像他那样和自己接近。在我们的生活之中，还有什么能比得上人与人心灵的融洽更为珍贵呢？不是家庭、职业、社会地位和其他条件接近的人，相互间心灵就更能接近；而实际上，生活中常有的现象是，两个人尽管其他方面条件殊异，可心灵却往往能接近和相通——她和少平正是这样的。

田晓霞决定立刻去找孙少平。

上次实习走前，少平告诉她，南关柴油机厂的活不久就要完工了。不知他现在是否还在那里？如果他已经离开了，她又上哪儿去找他呢？

但她又想，有一点是肯定的：他不会离开黄原城。只要他在这个城市里，她就一定要找到他！她在心里调皮地说：哼，孙少平，你插翅难飞！

其实，孙少平眼下仍然还在南关的柴油机厂干活。不过，用不了多少天，这里也就完工了——他现在正熬煎不久以后他到什么地方再找个活干哩……

当田晓霞找到这里的时候，少平正在工地上拉水泥板。他光着身子，只穿一件短裤，被太阳晒黑的身子流着肮脏的汗泥道。这副样子站在穿着裙子、打扮得花枝招展的晓霞面前，使他感到十分窘迫。他赶忙把那件比身体还脏的汗衫套在身上。

很长一段时间了，他一直没和晓霞见过面。现在她猛然出现在面前，倒使他十分激动。

晓霞按捺不住自己的兴奋，先赶快把她分配到省报当记者的事告诉了他。

记者？对孙少平来说，这是记者田晓霞向他报道的第一条新闻——一条让他震惊的新闻！

他那激动的情绪刹那间消失了，随之而来的几乎是一种无声的哽咽。是的，她要远走高飞了。他再一次认识到，即使她和他近在咫尺，可他们之间相隔的距离却永远是那么遥远！

“你能不能请半天假，咱们一块出去玩一玩？”晓霞很快看出她自己的好消息在朋友那里引起了什么样的反响，于是赶快转了话题。

“行！”孙少平立刻爽快地说。事到如今，他感到他很快就要和晓霞天各一方了，因此也很想再和她在一块呆一段时光。他痛切地感到，一种最美好的东西从此将要永远地从他身边流逝。是的，流逝。

“你先在这儿等一下，让我去换换衣服！”他说着就走过去向站场的工头请了假，然后两条腿像抽了筋似的跑回到他住的地方。

他先在楼下水龙头上冲了冲身子，便回到房间换了身干净衣服，用手指头匆忙地梳理了一下蓬乱的头发，就又跑回来了。他没忘记带了二十元钱——他要请晓霞在街上的饭馆吃一顿饭，以庆贺她到省报去当记者……

他们在梧桐树和汉槐洒下的浓密荫凉中，相跟着从南关的大街上走过来。

在影剧院附近，满怀激情的孙少平，潇洒地把晓霞带进了黄原最好的一家饭馆。这时候，谁也不会看出来他是个半小时前还满身黑汗的揽工小子。

少平让晓霞坐着，自己跑前跑后，买了四菜一汤，并且提来两瓶青岛啤酒。

晓霞今天像个乖孩子似的坐在凳子上，眼睛一刻也没离开走动着的少平。她感到自己的眼窝有点热。她第一次这样安心地坐在饭馆里，让一个男人花钱为她买酒买菜。她长大后从来没有感到过心情如此轻松，又如此踏实；就像小时候依偎在妈妈的怀里或者伏在爸爸肩背上一样……

酒菜齐备以后，两个人面对面坐在一张小桌前。少平举起啤酒杯，微笑着轻声说：“祝贺你。为你干杯！”

晓霞无言地把她的杯子在少平的杯子上轻轻碰了一下，视线就有点模糊了……

两个人不像过去那样，见面后立刻互相打开话匣子。此刻，他们都默默地碰杯、喝酒、吃菜，很少开口说话。

这时候，少平想起了高中毕业时，晓霞在原西饭馆请他吃的那顿饭。现在，是他在这里请她吃饭。转眼之间，他们就又踏入了一个人生的新阶段！晓霞将再一次进入一个更高层次的生活领域——对她来说，这是很正常的，也是他所希望的。不过，这一切仍然使他心头泛起一股说不出的苦涩滋味。他自己的未来会是个什么样子？还顾说未来呢！过几天，他就不知该再到何处去落脚！

正如俗话所说：人比人，活不成。

但无论怎样，他还是高兴今天能用他自己劳动赚来的钱，在这里请晓霞吃一顿饭。哪怕他今生一世黯淡无光，可他在自己生命的历程中，仍然还有值得骄傲和怀恋的东西啊！而不至于像一些可怜的乡下人，老了的时候，坐在冬日里冰凉的土炕上，可以回忆和夸耀的仅仅是自己年轻时的饭量和力气……

吃完饭后，晓霞提议他们去上古塔山。这也正好是孙少平所想的！

于是，两个人出了饭馆，兴致勃勃地过了小南河上的水泥桥，沿着一条荒僻的小土路，攀上了高高的古塔山。

立在古塔旁的边畔上，烈日烤晒下的黄原城便一览无余了。从高处观望，街道、房屋和人的比例都已经缩小，像小人国似的。黄原河与小南河如同一粗一细两条银练，闪着耀眼的光辉在老桥附近缠绕在一起，然后到东关飞机场前面拐过一个大弯，就在远方的山峦峡谷间消失得无踪无影了。尽管烈日炎炎，但看见大街上仍然有不少行人——尤其是东关大桥附近，忙碌的人群如同暴风雨前搬家的蚁群一般纷乱……

少平和晓霞只在塔下立了一会，两个人便不言不语向山后的树林中走去。他们一前一后只管向树林深处走；似乎他们已经约好了一个明确的去处——实际上，是两颗心不约而同把他们导向一个更为静谧的地方。

他们穿过大片低矮的杏树林，来到古塔后面的一个小山湾里。

嘈杂喧闹的市声马上被隔在了另一个世界。四周围静悄悄毫无声息，只听见一两声小鸟的啁啾。

这是一个三面被地塄围起来的小土圪塄，长满了茂密的青草；草间点缀着许多无名小花——红、黄、蓝、紫，一片五彩缤纷。雪白的蝴蝶在花间草丛安心地翩翩飞舞。这地方只长着一棵独立的杜梨树，碗口般粗，浓密的枝叶像伞似的投下很大一片荫凉。

少平和晓霞走过去，先后坐在树阴下。两个青年的心在狂跳着，脸都红腾腾的。他们大概意识到，此时此刻，他们来到这样一个地方意味着什么。

很长一段时间里，他们仍然都没有说话。

太安静了！静得叫人能听见自己的呼吸和心跳声。一阵凉爽的清风吹来，杜梨树的枝叶在他们头上发出沙沙的声响。由于这里地势较高，透过密密的杏树林，可以隐约地瞭见九级古塔塔尖上的金属避雷针，在炽热的阳光下闪烁着炫目的光芒。

晓霞顺手在草丛中摘下一朵粉红的打碗碗花，举在眼前微笑着细细瞅着，似乎那上面有什么景致，有什么十分逗人的情趣。少平两只手局促地抱着膝头，一动不动地望着东川空荡荡的飞机场。

“终于毕业了……”晓霞“终于”开口说，“他正坐在教室里，突然有个女同学在门口叫他出来一下……”

“女同学？叫他？谁？”少平敏感而惊奇地转过头，对晓霞这句没头没脑的话感到莫名其妙。

晓霞仍然微笑着，不看他，只瞅着那朵粉红色的打碗碗花，继续说：“是的，是一位女同学叫他出来一下。他出来了。那女同学在教室外面的走道里，对他说：‘有句话我一直想跟你说说：十年以后咱俩见一次面吧！’”

“我敢肯定，你要给我说你的事了。那个女的就叫田晓霞吧？”少平脸涨得通红，插嘴说。

晓霞仍然不理他，只管说她的。

“……那女的说完后，男的问她：‘为什么要见面？’女的说：‘因为我想知道那时候你会变成什么样子。这些年来我一直很喜欢你……’”

“你原来要在今天告诉我这么一件事？”少平忍不住又打断晓霞的话。

“男的问那女的：‘为什么你以前一直不说呢？’女的说：‘说了又有什么意义？你那么喜欢尼娜！’”晓霞继续说她的。

“我不愿听你们的三角恋爱故事！”少平叫道。

“……那男的怅然若失地问道：‘那咱们什么时候，在什么地点见面呢？’‘十年以后，五月二十九日晚上八点在大剧院那排圆柱正中间的通道里。’”

“不过，黄原剧院那排柱子是方的。十年后大概会变成圆的？”少平的话里含着一种酸味的讽刺。他接着便沉默下来，任凭晓霞去说她的罗曼蒂克故事。

“……‘要是那儿的圆柱是单数怎么办？’男的问。‘那儿有八根圆柱……’女的说，‘如果我的外貌变化很大，你就凭我那时候的照片来辨认我吧。’

“‘好吧，那时候我肯定也是个知名人士了，反正我准是乘我的小轿车来……’

“‘那才好呢，到那时你就带着我在全城兜风。’

“……就这样，他们分别了。岁月流逝。后来发生了战争……”

“战争？”孙少平看着如痴如醉的田晓霞，惊讶地问。

他越来越被她说糊涂了！

“是的，战争。战争开始了，她从大学辍学进了航校。以后她牺牲了。当年她所爱的那位男同学在军医院住院期间，从无线电广播里听到授予空军少校鲁勉采娃以苏联英雄的称号……”

“噢！你这家伙……你原来说的是一个苏联故事！”孙少平长长地出了一口气。

“可是，这个故事并没有完。”晓霞仍然瞅着手里的打碗碗花，脸上的微笑不知在什么时候就消失了。

“……‘生活不断向前，’作者这样写道，‘有时我会蓦然想起我们俩的约会。快到约会期限的那几天我觉得有一种强烈的不安的感觉，仿佛过去这些年来我一心一意在为这次会面作准备……’”

“后来呢？”少平轻声问。

“后来，他在当年约定的那一天终于如期来到那个大剧院前。他向卖花姑娘买了一束铃兰，朝大剧院圆柱正中央的通道走去。圆柱确实是八根……他在那里伫立了片刻，然后把那束铃兰送给一个脚穿球鞋，身材纤瘦的灰眼睛姑娘，就驱车回去了……”

“作者后来这样抒发了自己的感情：‘……刹那间我真想令时光停住，好让我回顾自己，回顾失去的年华，缅怀那个穿一身短小的连衣裙和瘦窄的短衫的小女孩……让我追悔少年时代我心灵的愚钝无知，它轻易地错过了我一生中本来可以获得的欢乐和幸福！’”

“这是一本什么书？在哪里？让我看一看！”少平从草地上跳起来，对田晓霞喊道。

晓霞也站起来，用手绢把眼角的两颗泪珠揩掉，从尼龙布挎包里摸出一本去年出版的《苏联文艺》，说：“就在这上面。名字叫《热妮娅·鲁勉采娃》，作者是尤里·纳吉宾。”

少平走过去，先没有接书，立在晓霞面前，浑身微微地抖着。

晓霞抬起头来，用热切而鼓励的目光望着他。

他终于张开揽工汉有力的双臂，把她紧紧地抱住了！

她头埋在他胸前，深情地说：“两年以后，就在今天，这同一个时刻，不管我们那时在何地，也不管我们各自干什么，我们一定要赶到这地方来再一次相见……”

“一定。”他说。

第五十三章

接近傍晚的时候，孙少平和田晓霞才从古塔山上走下来。

他们在小南河边约好了下一次见面的时间，就有点依依不舍地分手了。晓霞回了地委自己家；少平看时间还早，想到东关金波那里坐一坐。

现在，孙少平沿着小南河边的马路，怀着激动的心情，向东关大桥那里走去。

一时三刻，城市的四面八方就成了灯火的世界。不知又来了什么重要人物，九级古塔上的彩色灯串也亮了，像半空中蓦地出现一座琼山仙阁，景象壮丽而辉煌。

少平一身轻快，迈着矫健的脚步走着。暑气消失了，凉爽的晚风从河道里吹过来，撩乱了他一头浓密的黑发。黄原河和小南河流泻着灯火，闪烁着金银般的光辉。

直到现在，少平还难以相信今天发生了这样的事！

他第一次拥抱了一个姑娘，并且亲吻了她。他饱饮了爱的甘露。他的青春出现了云霞般绚丽的光彩。他真切地感受到了什么是幸福。幸福！从此以后，不管他处于什么样的境地，他都可以自豪地说：我没有在这人世间枉活一场！

他时而急匆匆地走着，时而又放慢脚步，让那颗欢蹦乱跳的心稍许平静一些。前面不远处就是大街，那里人声沸腾，一片纷扰。人们！你们知道吗？知道这城市有个揽工汉和地委书记的女儿恋爱吗？你们也许没人会相信有这样的事；这样的事只能出现在童话里。可这是真的！

此刻，我为什么要去找金波？是要告诉他这件事？

是啊，多么想给朋友说一说，好让他来分享我的幸福！分享！这个字眼用得不恰当……扯到哪儿去啦！

是的，我当然会把这事告诉金波的，但不应该是现在。正如他和那位藏族姑娘恋爱一样，秘密最好过一段时间再给朋友倾吐。爱情啊，无论是橄榄还是黄连，得先自己一个人嚼一嚼！

既然不是去给金波说这事，现在就不应该去他那里——此刻最好一个人慢慢地回味刚刚发生过的那一切……

现在，孙少平发现他已经走到东关大桥的人群里了。

他猛地停住脚步，不由向人行道旁边那个低矮的砖墙瞥了一眼。

一股冰凉从后脑勺沿着脊背传遍了全身。他顿时像重感冒退过烧似的清醒而软弱无力。刚刚发生的事一下子就似乎遥远了，而现实却又这么近地出现在眼前！

他的两条腿自动走到那个砖墙下。他初来黄原之时，就是在这地方落下脚，开始等待包工头来买他的力气。以后他又不止一次来到这地方。

他弯下腰，不由用粗糙得像石板一样的手掌，在那砖墙上面摸了摸——这是他经常搁那卷破行李的地方……

一种无限忧伤的情绪即刻便涌上孙少平的心间。

你有什么可高兴的？你难道现在就比以前好些了吗？你只不过和地委书记的女儿亲热了片刻，有什么可以忘乎所以地乐个没完？瞧，你在实际生活中的一切都没有丝毫的改变。你仍然像一丛飘蓬流落在人间，到处奔波着出卖自己的体力，用无尽的汗水赚几个钱来养家糊口。你未来的一切都没有着落——可岁月却日复一日地流逝了……

孙少平立在砖墙边，眼里旋转着两团泪水。街道上的人群和灯火都已经模糊不清。

爱情的温柔使少平感到自己变得脆弱起来。他现在痛心地认识到，就是他和她已经到了这一步，但他们仍然还在两个世界里！而且随着晓霞的远走高飞，这两个世界只能是越来越远！

孙少平强迫自己立刻回到现实中来。他，农民孙玉厚的儿子，一个漂泊的揽工汉，岂敢一味地沉醉在一种罗曼蒂克的情调中？是的，他和地委书记的女儿拥抱了，亲吻了，但这是否意味着他就能和她在一块生活？他们如此悬殊的家庭条件和个人条件，怎么可能仅凭相爱就能结合呢？更重要的是，晓霞的行为是出于爱情还是一种青春的冲动？她马上就是省报的记者，能一直对他保持爱情吗？

可是，他感到她确实是一片真心……

这时候，少平不由想起他哥和润叶姐的关系——不幸的是，命运是否也要他重蹈他哥的覆辙？

不！他决不会像哥哥一样，为了逃避不可能实现的爱情，就匆忙地给自己找个农村姑娘。无论命运会怎样无情，他决不准备屈服；他要去争取自己的未来！当然，这不是说，他以后就一定能和晓霞一块生活——即使没有田晓霞，他也要去走自己的道路！生活包含着更广阔的意义，而不在于我们实际得到了什么；关键是我们的心灵是否充实。对于生活理想，应该像宗教徒对待宗教一样充满虔诚与热情！

立在砖墙旁的孙少平闭住了眼睛。他看见：遥远的撒哈拉大沙漠里，衣衫褴褛、蓬头垢面、一步一跪的教徒们，眼睛里闪烁着超凡脱俗的光芒，艰难地爬蜒着走向圣地麦加……

他睁开眼睛，看到的是他熟悉的世俗生活中的黄原东关。现在，夜色之中，灯火通明，人群熙熙攘攘；摊点小贩杂乱地散布在街道两边。各色人等，南腔北调，吆喝声不绝于耳。在他周围，最后一些等待包工头招工的工匠们，正失望地收拾自己的行李，准备找个地方去过夜——少平知道，这些人多半不会找旅社，现在是伏天，野外随便一个小土圪塄就能安息。

突然，他在对面电影院的门口，似乎发现了一个熟悉的身影。

他仔细辨认了一下：没错！这是上次他用自己的一百元钱打发回家的小翠！

这女孩子怎么又出现在这里呢？

孙少平赶忙穿过马路，径直走到小翠面前，急切地问她："小翠！你怎又来了？"

这孩子一边嗑葵花子，一边瞪住眼看着他。大概是因为他穿了一身新衣服，她几乎都认不出他是谁了。

好半天，她才"噢"地叫了一声，说："你……"

她显然已经记不起他的名字。她大概只记得，几个月前正是他给了她近一百元钱，才把她从黑包工头胡永州那里领出来，就在前面不远处的汽车站打发她回了家。

小翠看来不知如何是好，天真地从衣袋里掏出一把葵花子，硬塞在他手里，说："哥，你吃！"

少平哪有这兴致！他问："你什么时间又来了？"

"快一个月了。"

"你为什么又要来呢？"少平痛苦地问。

"家里没钱了，我爸又骂又打，叫我出来做工……"

"那你现在在什么地方干活？"

"在北关哩……"

"提泥包还是做饭？"

“还是做饭。”

“工头叫什么名字？”

“还是胡永州。”

少平一下子僵住了。他万万想不到，这孩子又重新跳入了火坑！

他难受地咽了一口吐沫，问：“他再欺负没欺负你？”

“我已经习惯了……”小翠一副无所谓的样子回答他。

少平这才发现，这小姑娘的脸上已经带着某种堕落的迹象。

“你为什么还到这里来呀！”他绝望地叫道。

“没办法嘛！”小翠说。

是呀，没办法……他再不能把自己的血汗钱给了这女孩子，打发她回家去——这钱用完了，她那无能而残忍的父亲仍然会把她赶回到这里来。我们的社会发展到今天，也仍然不能全部避免这些不幸啊！

他匆匆给这孩子打了个招呼，就两眼含着悲愤的泪水，转过脸向马路上走去。

他几乎是横冲直撞地穿过人群，又顺着原路拐回到小南河边。此刻，他早已把自己的幸福忘得一干二净！他连鞋也没脱，就蹚过了哗哗喧响的小南河。他像一个精神失常的人，疯疯魔魔爬上河对岸，扑倒在一片草丛里，出声地痛哭起来；他把手中小翠给他的葵花子撒在一片黑暗之中，一边哭，一边用拳头疯狂地捶打着草地……

孙少平现在完全又回到了他自己生活的这个世界里。一颗心不久前还沉浸在温暖的幸福之中，现在却又被生活中的不幸和苦难所淹没了。在这短短的一天之中，他再一次品尝了生活的酸甜苦辣——也许命运就注定让他不断在泪水和碱水里泡上一次又一次！

人的生命力正是在这样的煎熬中才强大起来的。想想看，当沙漠和荒原用它严酷的自然条件淘汰了大部分植物的时候，少女般秀丽的红柳和勇士般强壮的牛蒡却顽强地生长起来——因此满怀激情的诗人们才不厌其烦高歌低吟赞美它们！

……孙少平很晚才从小南河的岸边回到他做活的南关柴油机厂。

两天以后，他的心情已稍许平静下来。这里很快就要结工，他重新发愁他过几天到什么地方去干活——他真没勇气再到东关的劳力市场去等待包工头把他“买”走。

生活的沉重感，有时大大冲淡了他对田晓霞的那种感情渴望。人处在幸福与不幸交织的矛盾之中，反而使内心有一种更为深刻的痛苦。看来近在眼前的幸福而实际上又远得相当渺茫。海市蜃楼。放不得抓不住。一腔难言的滋味。

啊，人哪！有时候还不如生活在纯粹的清苦与孤独之中。

两天来，少平无论是干活，还是晚上躺在那个没门没窗的房子里，都在思索着他和晓霞的关系——连做梦也想的是这件事。他越想越感到悲观；热情如同炉火中拉出来的铁块，慢慢地冷却下来了……

按原先约定的时间，这天下午晚饭后，他应该到地委她父亲的办公室去找她。当然，在那个老地方的这次新的会面，将会不同以往——他们现在已经越过了那条“界线”，完全是另一种关系了。

少平并不因为两天来悲观的思考就打算失约。不，他实际上又在内心激动地、迫不及待地期待着和晓霞见面。

刚和一群赤膊裸体的同伙吃完饭，他就十分匆忙地在楼道的水管上冲洗了身子，返回宿舍从枕头底下抽出那身洗得干干净净、压得平平整整的衣服换在身上。仍然用五个手指头代替梳子，把洗净的头发拨弄蓬松，再梳理整齐。他赤脚片穿起那双新买的凉鞋，就急切地下了楼。

出柴油机厂的门房时，他在那扇破玻璃窗户上看来无意实际有意照了照自己的身姿。他对自己的“印象”还不错。真的，除过脸和两条胳膊被太阳晒得黝黑外，他现在看起来又不像个揽工汉了！

孙少平怀着欢欣而紧张的心情，不知不觉就来到了地委常委办公院。

不知为什么，这次在进入那个窑洞时，他心中充满了恐惧。他看见那窗户亮着灯光。她在。那灯光是如此炽烈，像熊熊燃烧的大火。他不由颤栗了一下。

现在已到了门口。心跳得像擂鼓一般。他困难地咽下去一口唾沫，终于举起了僵硬的右手，像有规矩的城里人一样，用指关节轻轻叩响了门。

叩门声如同爆炸一般在耳边、在心中荡起巨大的回声。

门立即打开了。

同他期望的那样，出现的是那张灿烂的笑脸（他想起夏日里原野上金黄色的向日葵……）。

进门以后，他才发现：润叶姐也在这里！

他的脸立刻像被腾起的蒸气扑过一般烫热。难道他和晓霞的事润叶姐已经知道了？

他拘谨地开口说："姐……"

"你长这么高了！"润叶亲切地看着他。"快坐下！"她招呼说。

"润叶姐要和你说件事呢！"晓霞一边倒茶，一边对他说。

少平心里不免有点惊讶：润叶姐要给他说什么事呢？

他两天前才从晓霞那里知道，李向前的两条腿被他自己的汽车压坏，润叶姐已经担当起了一个妻子的责任。他当时既为向前而难过，又为润叶姐而感动。润叶姐的行为他并不惊奇，这正是他心目中的润叶姐！

可是，她有什么事要对自己说呢？是要把她和向前的事托他转告少安吗？可他又一想，不会是这件事——这没有必要了……

少平看见，润叶姐已经不像过去的模样。她看上去完全成了少妇，脸上带着一种修女式的平静与和善。

“我向前哥……什么时候能出院呢？”少平只好这样先问润叶姐。

“还得一段时间……我已经好长时间没上班了，想多少做点工作，团委领导就让我在社会上找个人，把地委行署机关的中小学生组织起来，搞个暑期夏令营，免得孩子们在暑假里无事生非。据说这也是地委秘书长的意思。

“要找个有文化，又懂点文艺的人才，我正愁得找不下个人，晓霞就给我推荐了你。我也想起，你正是最合适的人了！听晓霞说你在柴油机厂干活，已经要结束。不知你愿不愿意做这事？可能工资没你干活拿得多，按规定一天一块四毛八……”

原来是这！

少平一口就把这事答应了下来。

去带地委行署的子女搞夏令营，这件事太吸引人了。赚钱多少算不了什么！总比在东关白蹲着强。再说，这是一件多么体面的工作——就是一分钱不赚，他也愿意干个半月二十天的！

少平的情绪一下子高涨起来。他正发愁过几天没活干哩，想不到有这么个好营生在等着他。

润叶姐说妥这事后，就急急忙忙到医院顶替婆婆照看丈夫去了。

于是，少平和晓霞又单独在一块度过了一段美妙的时光。一直到机关要关闭大门的时候，他才怀着甜蜜和愉快的心情，回到了柴油机厂他那个乱糟糟的住处……

第五十四章

几天以后，柴油机厂一完工，少平衣袋里揣着一摞硬铮铮的票子，把自己的破烂被褥用晓霞送他的花床单一包，就来地委“上班”了。

润叶姐已经给他收拾好一个空窑洞，并且还给他抱来一床公用铺盖，因此他不必把那卷见不得人的烂脏被褥在这样一个地方打开。

地委行署各级干部的几十名子弟集中起来后，润叶姐就把他介绍给大家。他穿戴得齐齐整整，谁也看不出来几天前他还是个满身黑汗的揽工小伙子。像以前在中学演戏一样，他在生活中也有一种立刻进入“角色”的才能。他很快把自己的一切方面都复原成了“孙老师”。

孙少平的确很胜任这个夏令营的辅导员。他教过书，演过戏，识简谱，会讲故事，还打一手好乒乓球。另外他又不辞劳苦——比起扛石头，这点劳累算得了什么！

他风度翩翩地给同学们教唱歌，排小戏；带着孩子们在地委对面的二中操场上打篮球，做游戏。他内心感慨万端，时不时想起他光着脊背在烈日下背石头拉水泥板的情景……

几天以后，孩子们把孙老师领他们搞的一切活动，都反映到家长的耳朵里。家长们又反映到地委和团委领导的耳朵里。各方面都对团地委书记武惠良搞这件事很满意。武惠良起先并没有重视这工作；听到这些反映后，他很快让润叶带着来看了一次孙少平，对他大加赞扬；并且感慨地对润叶说："咱们团委正缺乏这样的人才！"

润叶乘机说："那把少平招到咱们团地委来工作！"

武惠良苦笑着摇摇头："政策不允许啊！现在的情况就是如此，吃官饭的人哪怕是废物也得用，真正有用的人才又无法招来。现在农村的铁饭碗打破了，什么时候把城市的铁饭碗也打破就好了！"

少平并不指望入公家的门。他知道这是不可能的。但他要在这短短的时间里，证明他并不比某些自以为高人一头的城市青年更逊色！

带这几十名娇生惯养的家伙对一个干部来说，也许太吃劲。可对少平来说，就像过节假日一般轻松。

"下班"以后，他还有许多闲暇时间和晓霞呆在一块。

晚上，要是田福军不在，他们就可以厮守在他的办公室里。傍晚，常常在天凉以后，他们就去登古塔山、麻雀山和梧桐山；要么，就肩并肩顺着黄原河上游或下游漫步。有时候，要是有好点的电影，他们就一块去看。他们都记得，两个人在黄原的第一次相会，正是在电影院门口的人群里——那次放映的是《王子复仇记》……

润叶姐过一两天就来看望他一次，询问他有没有困难。她还给了他一摞地委大灶上的饭票；他不要也不行，润叶姐硬往他口袋里塞。记得他上高中时，好心的润叶姐就给过他钱和粮票。

当然，他现在还不能给润叶姐解释，已经有另一个人在关怀他了！

总之，田家两姐妹使他深切地感受到，一个男人被女人关怀是多么美好。

在这期间，他还抽出时间去找了他的好朋友金波。

前不久，金波在万般无奈的情况下，终于听从了父亲的劝告，已经正式顶班招工了——他现在接替父亲开了邮车。对于金波来说，这是一个“划时代”的事件；这意味着他成了公家人。事到如今，金波看来也很高兴。这心情完全可以理解；到了这种年龄，生活和工作没有着落，叫人又难过又慌乱！

当然，少平比之朋友，也有他自己的高兴事——那就是他和晓霞的关系。但他现在还不愿给朋友说出这件事。在他内心深处，这件事最后的结局仍然是个疑问。也许他们将以悲剧的形式结束一切。到时，他大概也会像金波讲他和那位藏族姑娘的故事一样，对他讲述自己和晓霞的悲剧故事……

半月以后，少平征得团地委的同意，决定把孩子们带到野外去玩一玩。他把地点选在离黄原几十里路的一个解放军驻地。团地委和地委办公室大力支持，专门调了两辆大轿车运送他们。

孙少平带着孩子们搞了一整天野营活动；还和当地驻军开了联欢会。返回途中，他们又在一个野花盛开的山坡上，让孩子们分散开自由玩了一会。

下午，两辆汽车上插着彩旗，一路歌声开到了地委门口。

所有的家长都跑出来迎接自己兴高采烈的孩子。孩子们纷纷把水壶里的山泉水递到父母亲嘴边，让他们尝一尝“大自然的滋味”。从地委行署的一般干部到部局长们，谁也没有留意给孩子和他们带来欢乐的孙少平——他已经悄悄地回到了他住的那孔窑洞里……

当天晚上，在地委大灶上吃完饭后，少平正准备去找晓霞，旁边窑洞的一位干部过来告诉他，说门房打来电话，外面有个人找他，让他出去一下。

少平忍不住心一缩：谁？是家里的人？出什么事了？谁病了？

他一边匆促地向地委大门口走，一边还在猜测谁来找他。会不会是家里托人来给他捎话，让他回去？除过老人生病，按说这一段不会有什么大事——惟一的大事就是妹妹兰香考大学。不过，考上考不上，现在还没到发榜的时候呢！

快要到大门口时，少平才发现，立在大门外的是阳沟大队的曹书记！他悬在半空中的心踏实了下来。

不过，曹书记这时候来找他，有什么事呢？没紧事他不会到这里来找他！

自他在阳沟安下户口后，由于四处奔波着丁活，很少能抽出时间回那里去。虽说他成了阳沟人，但实际上只是个名义；除过户口，他在那里一无所有。当然，他仍然很感激曹书记两口子给他办了这么一件大事。几个月来，他已经拿着礼物去看望过他们好几次……

孙少平一直不知道曹书记两口早已把他当未来的女婿看待了。曹书记两口早就商量好：如果他们的女儿再一次考不上高中，他们就要和少平摊开说这件事。说实话，如果不是要招女婿，他们也不会帮助他把户口落在阳沟大队。

不久前，曹书记的女儿考高中又没考上。看来这孩子的书不能再念下去了。于是，书记和他老婆才把少平的事提到了女儿的面前。不料，菊英学习不中用，找对象的眼头倒蛮高。她说她看不上孙少平！话说回来，这也难怪。菊英虽然是农村户口，但一直在黄原城里长大，怎么可能看上一个乡下来的揽工汉呢？她对父母亲表示，她决不可能和这个叫孙少平的乡巴佬结婚；她要在黄原城找个有工作的对象哩！

曹书记两口子四只眼大瞪。他们绝没想到，他们各方面都平庸的女儿，竟然看不上他们精心挑选的孙少平！

这可怎么办？这不仅使他们的愿望落了空，也把人家娃娃闪在了半路上！如果少平成了他们的上门女婿，那阳沟队其他人有什么，少平就得有什么；如果没这个关系，少平怕连空头户口也落不长久！

正在曹书记发愁的时候，事情突然有了一个转机。

根据市上下达的文件，今年铜城矿务局要在黄原市招收二十来名农村户口的煤矿工人。他们公社的领导人是他的酒肉朋友，跑来问他有没有什么亲戚要去。

曹书记大喜！马上要回一个指标来。

尽管这是入公家门，但城边上的农民没人愿去干这种下苦工作。曹书记早料到了这一点。他于是立刻四处打问着寻找孙少平，看他愿不愿意去……

当少平在地委大门口听曹书记说了这件事后，高兴得几乎要跳起来了！

啊啊，这就是说，他将有正式工作了，只要有个正式工作，哪怕让他下地狱他都去！

不过，曹书记对他说，因为他落的是空头户口，怕市上和地区的劳动部门找麻烦。

“不怕！”少平胸有成竹地说。他马上想到了晓霞——他要让她出面给他帮忙！

送走曹书记后，少平几乎是小跑着找到了田晓霞。

晓霞听说有这事，说她明天就开始活动！

她对他说：“我知道你不怕这工作苦。”

“苦算得了什么呢？而今揽工干的活也不比掏炭轻松！”

“是呀，这样你就有了正式工作！”

“对于我这样的人来说，这也许是惟一可以走进公家门的途径。我估计这也不容易，怕人家会在什么关口卡住。你一定要给我想办法。”

“这你放心！这种后门大敞开，也没多少人愿意进去……只要你到了煤矿，过一两年我再央求父亲把你调出来！”

“这样说，你不愿意我一辈子是个煤矿工人？”少平笑着问她。

晓霞不好意思地笑了，说：“到时我才能知道我的真实想法。”

“那就是说，我如果一辈子当农民，你更不会把我放在眼里了！”少平的脸色一下子严峻起来。

“你扯到哪儿去啦！”晓霞在他胸脯上捣了一拳。

第二天，田晓霞披件衫子，便风风火火为少平当煤矿工而“活动”开了。少平夏令营的事还没完，一时脱不开身，每天都惴惴不安地等待着晓霞的消息。

田晓霞虽然第一次操办这样的事，但“一招一式”看起来倒像个老手似的。当然，各个“关口”知道她是田福军的女儿后，赶忙都开了“绿灯”。晓霞也不怕。她想，这又不是让少平干什么好工作哩！下井挖煤，有多少干部子弟愿去？她的孙少平连这么个“工作”都不能干了？走后门就走后门！为了给少平办成这事，她甚至故意让“关口”上的人知道她是谁的女儿！

市上主管这次招工的劳动局副局长，神秘地问她，这个孙少平是他们家的什么人？晓霞说是她大爹的儿子——她干脆糊弄着把少平换到了田润生的位置上！

既然是地委书记大哥的儿子，劳动局长岂敢怠慢！一定是田书记本人不好出面，才让女儿来找他办的。办！

给地委书记办事心切，劳动局长都没顾上想想田书记的大哥竟然姓孙。

田晓霞知道，要是父亲知道她背着他搞这些名堂，一定会狠狠收拾她一通！

事情很快就妥当了，孙少平以“一号种子选手”列在了市劳动局副局长的私人笔记本上——这比写在公文上都可靠！

孙少平兴奋不已，都没心思继续搞这个夏令营——好在也快结束了。

晓霞和他一样兴奋。她说铜城市已经到了中部平原的边上，每天有两趟到省城的火车，他们以后见面也容易多了。

两个同时准备远行的人，沉浸在他们未来生活的美好向往中……

填完招工表不多几天，孙少平就被通知正式录取了；九月上旬，他们就要离开黄原到煤矿去报到。

还有近半个月时间——他得准备一下！

他身上还有近二百元钱。他先给家里寄回去一百元。他自己不准备添置什么。只买一套零碎生活用品就行了——到时拿上工资，再从根本上为自己搞点“建设”！

这一天，他在百货门市上买了一把梳子和一支牙膏后，突然在十字街头碰见了过去揽工时结识的“萝卜花”。几个月没见面，“萝卜花”似乎又老了许多，腰弯得像一张弓。两个人用城里人的礼节紧紧握住了手。我们记得，在工艺厂做活时，为了胡永州欺负小翠的事，“萝卜花”说了几句“怪话”，少平就扇了他一记耳光。此刻，那件事已经在他们之间不存在了。揽工汉之间的友谊常常在经受了拳脚的洗礼后,变得更加热烈和深沉。此时相见,少平还亲热地把“萝卜花”引到地委他住的地方，并且买了二斤猪头肉和十几个油饼子，两个人用揽工汉的方式大吃了一顿。

最后，少平索性把他那卷破烂铺盖也送给了“萝卜花”——可怜的“老萝”就一领老羊皮袄伴随他度夏过冬，连个被褥也没有。当然，晓霞送他的那床被子和那条床单，他不会给人；他要留下来永远温暖自己的身体和抚慰自己的心灵。

送走“萝卜花”后，孙少平就兴奋地跑到东关，向他的好朋友金波报告了他被招工的喜讯。金波立刻炒了三十颗鸡蛋，买回一瓶白酒，两个人一下午喝得面红耳赤，说话时舌头在嘴里直打卷……

他从金波那里出来，正是下午四五点钟，西斜的太阳仍然火热地照耀着喧闹的城市。远远望去，城外四周的群山覆盖着厚重而葱茏的绿色，给人的心情带来一片荫凉。山明水净，岸柳婀娜；白得晃眼的云彩像一团团新棉絮，悠悠地飘浮在湛蓝如水的天空……

少平晕晕乎乎挤过人群，来到东关大桥头。他在那“老地方”伫立了片刻。他用手掌悄悄揩去满脸的泪水，向这亲切的地方和仍然蹲在这里的揽工汉们，默默地告别。别了，我的忧伤的辛酸之地，我的幸运与幸福之邦，我的神圣的耶路撒冷啊！你用严酷的爱的火焰，用无情而有力的锤砧，烧炼和锻打了我的体魄和灵魂，给了我生活的力量和包容苦难而不屈服于命运的心脏！

别了，我的东关……

第五十五章

八月下旬，孙少平已经做好了去铜城煤矿的所有准备。

在此期间，本来他想回家走一趟，但又放弃了这打算——他怕他离开黄原后，又会有什么突然的变故。幸运之神降临得过分慷慨，他生怕好景在最后一刹那变为海市蜃楼——他的心已被命运折磨怯了。如果他在黄原，事情有个变化，他就可以立刻找田晓霞力挽狂澜！

家里人到现在也许还不会知道他要去铜城当煤矿工人。这也好！当他们突然接到他从煤矿寄回的信时，一定会又惊又喜！当然，他知道，父母亲在惊喜过后，就会为他的安全担心。相信哥哥会安慰老人——上次他来黄原看他，已经对他出门在外放心了。

现在，孙少平最大的心事是，他不知道妹妹兰香能否考上大学。

按她来信说，她自以为考得不错。但这是全国性的竞争！一个山区县城的好学生，说不定连大城市的一般学生都比不过——人家是什么学习条件啊！

孙少平在内心不断祈告幸运之神也能降临到妹妹的头上……

按往年的时间，高考很快就要发榜了。他多么希望在他离开黄原之前，能知道妹妹的消息。无论她考上考不上，他都要为她的未来做出安排——这责任天经地义落在了他身上。再说，他对妹妹的感情极其深厚，他决不能让她像姐姐一样一辈子吃那么多苦！

现在，夏令营的工作早已结束，他不会再去找活干，因此一天很闲。晓霞马上也要动身，忙着收拾东西，和要好的同学告别聚餐，最近也不能时时和他在一起。他只好一个人躺在窑洞里读她送来的书。此刻，他内心骚动不安，就像一个即将进入火线的士兵。

虽然夏令营结束了，润叶姐给武惠良打了招呼，仍然让他住在地委的那孔窑洞里。听说他要到铜城去当矿工，润叶姐也很为他高兴，还给他送来了一条毛巾被，并一再安咐让他到煤矿上注意安全……

这一天，他仍然躺在窑洞里心烦意乱地看书。本来他想出去走动一下，但外面热浪扑面，出去就是一身大汗；他舍不得把自已新买的短袖衬衫弄脏。他发现，从南关柴油机厂结束揽工后，他已经习惯了眼下这种较为舒适的生活。唉，人的惰性哪！

不过，他同时也原谅自己的懒散——他牛马般干了那么长时间活，有权利放纵几天了！

他正在看书，金波突然从门里闯进来。少平看见，他的朋友的脸上带着一种异样的情绪。

金波进得门来，先没说话，伸出胳膊就把他紧紧地抱住了！

“怎么啦？”他紧张地问。

“兰香和金秀都考上大学了！”金波说着，两团泪水就从他那双漂亮的大眼睛里涌了出来。

少平一下子呆住了。当反应过来的时候，他自己又伸开双臂，把金波紧紧地抱住了！

两个好朋友兴奋和激动得在脚地上像小孩一样又笑又闹！

“你什么时候知道的？她们被哪个大学录取了？”少平揩着眼角的泪水问金波。

“兰香考上了北方工业大学天体物理专业。金秀考进了省医学院……北方工大是全国重点大学！”金波从衣袋里摸出一封信，“这是她们给咱俩的信！”

少平急切地打开信，飞快浏览了一遍。

“九月一号就开学！那她们这两天就要从家里动身！”少平一边看信，一边说。

“我马上就开车回去接她们。中午一吃完饭就走！明天到包头，后天返回时正好能把她们捎到黄原来！”

金波不敢再耽误时间，报完信后马上就走了……

少平心情难以平静，一个人在窑洞的脚地上转着圈走了好长时间。生活的变化是如此急速，以致使事变中的人们都反应不过来——一切都叫人眼花缭乱！

孙少平强迫自己平静下来，冷静下来；因为潜意识提醒他，还有一些具体事需要办理，而时间已经很紧迫了！

他坐在凳子上，低倾下头，两个手指头叉着闭住的眼窝，让自己的思想集中起来。是的，他应该在这一两天内为妹妹做点准备……当然，父母亲和哥哥嫂子也会为妹妹操办出门的行装；但有些事他们想不到。对，他首先应该为兰香买一只漂亮的人造革皮箱。这是门面。箱子要尽量大一点，能容纳所有的零七八碎。色彩要鲜艳而不俗气……想起来了！百货一门市的那种最好。要拐角处黄红条格相间的那种——不知还有没有？

还要给她买三套夏衣：两件短袖，一件长袖衬衣。省城听说夏天特别热，多买一件短袖。罩衣不买了，热天用不着——等他到煤矿后再给她买也来得及。

另外，还有香皂、牙膏、牙刷、手帕、面霜、凉鞋、袜子……

少平一边思考要给妹妹买的东西，一边同时计算所需要的钱。他身上仍然有一百多元。他自己买东西用掉的是夏令营赚的工资；

过去的工钱给家里寄过所剩下的，一分钱也没动。本来这钱是他准备初到矿上应急用的——但现在他准备全部给妹妹花销完！

他突然想到，还有几件女孩子最重要的用品要买。本来，这些东西应该由母亲为妹妹准备，可一个农村老太太绝对不可能备办这件事。哥哥嫂子大概也不会想到。他们只知道农村的习惯……

是的，他应该给妹妹买几条内裤、两个乳罩、几条卫生带……

孙少平十分周详地想好了他要给妹妹买的全部东西；然后再一次估算了费用，觉得他身上的钱足够。

本来他马上就准备到街上去置办这些物品。但又一想，应该让晓霞给他参谋一下；女孩子的东西应该由女孩子来买，才能确切知道买什么更好更合适。

第二天，晓霞听少平说他妹妹考进赫赫有名的北方工业大学后，大吃了一惊。她简直难以相信一个农村姑娘能考进这样的大学，而且学的还是天体物理！

晓霞马上兴奋地陪少平到街上去为兰香买东西。

所有买到的东西他都相当满意。

当少平让晓霞为妹妹买那几件女孩子的必需品时，晓霞忍不住眼里含满了泪水——她被少平能这样周到地体贴人而深受感动……

按金波说好的时间，兰香和金秀今天就要到达黄原。

一吃过早饭，少平就提着为妹妹准备好生活用品的那只花条格人造革箱子，来到东关俊海叔那里，等待他们的到来。

金俊海和少平一样兴奋。这位提前退休以便让儿子顶班的老司机，高兴得连嘴也合不拢。是啊，应该高兴！儿子招了工，女儿上了大学，作为一个普通工人，这辈子也算功成业就了……

上午十点半，金波和妹妹们就如期地到达了！少平高兴的是，他哥少安也跟车下来了！

两家六口人热热闹闹地挤在金俊海的一间小房里，互相激动地说个没完。

少平发现妹妹虽然穿了一身新衣服，但显然比金秀的衣服土气——金秀是时新式样的成衣，妹妹的衣服大概是嫂子给裁缝的。另外，金秀是一只大皮箱，妹妹带的是家里那只惟一的木箱——这还是当年母亲出嫁时带来的嫁妆；年深日久，红油漆都脱离得斑斑驳驳。

他立刻把他买的人造革箱子和其他用品给兰香和大哥看。他同时对哥哥说："把东西腾出来放在这只皮箱里，你把家里的箱子带回去，那箱子太旧了……"

少安没想到弟弟为妹妹置办了这么多东西。他有点惭愧地说："时间紧，我们家里来不及准备；再说，也不晓得城里过日子需要些什么……"

兰香看见二哥为她考虑得这么周全，几乎都要掉眼泪了。但她是个很能克制自己感情的孩子，立在一边只是低头抠手指头。另外，她也不能过分地对二哥表示她的感激——这样会使大哥伤心的。实际上，在她离家之前，大哥也跑前跑后为她的出门操尽了心……

这时候，金俊海已经开始忙碌地准备午饭了。

少安立刻跑过去制止了他。这位"冒尖户"很有气魄地宣布：为了庆贺，他要出钱在黄原最好的饭馆请两家人一块吃桌酒席！

这样，他们就一起相跟着来到了街上。在金波的指点下他们走进了南关的"黄原酒楼"——这正是上次少平请晓霞吃饭的地方。

不多时间，两家六口人就在摆满酒菜的圆桌前坐下来了。

少安捏着玻璃酒杯，手微微地有些抖，说："太高兴了，真不知该说些什么。几年前，咱们做梦也想不到有这一天……"他的眼睛里闪着泪光，困难地咽了一口唾沫，"是因为世事变了，咱们才有这样的好前程。如今，少平和金波都当了工人，兰香和金秀又考上了大学。真是双喜临门呀！来，为了庆贺这喜事，咱们干一杯吧！”

六个人站起来，一齐举起了酒杯。

准　备：1982—1985 年

第一稿：1986 年秋天—冬天

第二稿：1987 年春天—夏天

图书在版编目（CIP）数据

平凡的世界．第二部 ／ 路遥著．-- 北京 ：北京十月文艺出版社，2019.12
（路遥全集 ：典藏版．长篇小说卷）
ISBN 978-7-5302-2009-2

Ⅰ．①平… Ⅱ．①路… Ⅲ．①长篇小说－中国－当代 Ⅳ．① I247.5

中国版本图书馆 CIP 数据核字（2019）第 222992 号